念君歡

卷一

竄紅注目作家

村口的沙包——著

楔子　惡紫奪朱

隨著一聲淒厲的尖叫，一道血跡驟然噴在四扇朱紅色雙交四椀菱花格扇門上，順著夾紗緩緩流進交錯的櫺條間。

這是東華門內，皇太子宮中最後一個黃門內侍的血。

格扇被人一腳踢開，冷冷的夜風灌進來。屋內素朱漆床上床敷、床裙皆成正紅，其上坐著一個女子，大袖長裙，絳羅霞帔，梳兩博鬢，頭戴十八株花釵冠。年少秀麗，卻容顏肅穆，神情威嚴。她看著來人，冷冰冰的臉上沒有半點詫異。

這是今夜方大婚的東宮太子妃傅念君。

此時外頭的天上正落著層層霧雨，今夜一向巍峨陰暗的皇城卻格外明亮，大內宣德樓五門上的金釘朱漆，磚石間甃的圍牆上的龍鳳飛雲圖案，都在火光映照下熠熠生輝。

大宋皇城，在今夜染上了一層血色。

漫天的喊殺聲傳進傅念君的耳朵裡，她直視著眼前一個穿深紫色長袍的年輕男子，提著的長劍染血，猶如地獄爬出的惡鬼。

她等來的不是自己新婚的夫君。那人將手裡的東西隨手甩在仍布置著花生、紅棗等乾果的櫸木月牙桌上。

傅念君向那被丟在桌上的東西看了一眼，臉色立刻變成慘白。

提著劍的年輕人看著她笑了。「剛拜堂的太子妃，立時就成了寡婦，這滋味不好受吧？」

她認得他。

周紹敏。淮王嫡長子，封紀國公，除右羽林衛將軍；少年羅剎，玉面修羅。正是他，一手主導了這場血腥的政變。

看著桌上自己夫婿頭顱，傅念君知道，一切都快結束了。周紹敏取得了這座皇城，他也將得到大宋整個天下。她默默站起身，用自己手邊大紅的蓋頭包覆住尚且死不瞑目的夫君，抬起高傲的脖頸，花釵冠上的流蘇微微晃動。

她對著周紹敏淡淡道：「惡紫之奪朱也，天下必亂。」

穿著紫色錦袍的周紹敏勾起嘴角，白玉般秀美的臉上有著難言的猙獰。

朱是正色，紫乃間色，傅念君指他即便奪宮，也難成正統。奪朱非正色，異種亦稱王。

周紹敏大跨步走到傅念君身前，狠狠捏住她纖秀的下巴。眼前的小娘子明眸善睞，神情卻堅定無畏，與她嬌弱的外表形成極強烈的反差。

她唇上的一抹胭脂灼得人眼睛發紅。

周紹敏突然笑了。「可惜這樣年輕貌美的小娘子，今日就要命喪黃泉。」

傅念君緊緊咬著下唇，神態雖嬌弱，卻仍然保留著自己最後一絲勇氣。

「那就請你賞我個痛快！」

「好個剛烈的嬌娥，只可惜妳那貪生怕死的父兄早已給我磕了幾百個響頭，連胯下之辱都能忍受，只求我饒他們一命。都是姓傅的，還真是不一樣啊。」他手裡的力氣又重了兩分。

傅念君瞬間變了臉色，他這樣侮辱自己的父兄，她本該出言反駁，但心裡卻又清楚，父兄做出這樣的事，她其實並不感到意外。

她一直都知道，父兄眼裡最重要的，只有權勢名利。

周紹敏的拇指緩緩地在她的紅唇上摩挲而過，臉上帶著幾分譏誚。

傅念君一口狠狠咬住他的拇指，周紹敏吃痛鬆手，同時又感覺到一股力抬起了自己的長劍。

太子妃赤手握住他滴血的長劍，架在自己的脖子處。劍鋒利異常，她細膩的手心開始流血，可她連眼睛都不眨一下。

就是這把劍，斬下了太子的頭顱吧。

「傅家沒有氣節，不代表我傅念君沒有。你可以說他們沒有風骨，卻不能說我也是如此。」她的一對眼裡彷彿燃燒著兩簇陰火。

生，不能由己。起碼死，還能讓她選擇。

「動手吧。」她閉上眼睛，平靜地等待死亡的來臨。天下易主，惡紫奪朱，她身為傅氏長女、東宮太子妃，已經不可能有第二條路了。

「娘子……」旁邊的詹婆婆哭著撲上來拉住周紹敏的手腕。「求您……」

周紹敏冷冷一笑，二話不說提劍就貫入了詹婆婆的胸口。須臾間，他就教人送了命。

傅念君眼睜睜看著陪了她母親一輩子，也陪著自己十幾年的詹婆婆倒在血泊中，無聲無息。

她的雙手有點顫抖。

周紹敏面無表情地揭過傅念君的喜帕，擦了擦劍鋒。

「不自量力。」

傅念君跪在詹婆婆身邊，幫她闔上雙眼，大顆的淚珠終於從眼中滾落。

周紹敏帶著幾分嘲弄看著她。「自己的郎君死了不哭，倒為了下僕流眼淚……」

傅念君含淚抬起頭怒罵：「畜生！」

他驟然冷冽的目光射在她身上。貞烈的女子不多見，本來還想饒她一命的。

「郎君，您還沒好嗎……」突然有下屬在門外喚他。

「就來了。」

周紹敏懶懶地應了一聲，看著傅念君笑了一笑，這笑容曾讓整個東京的小娘子們趨之若鶩，可現在傅念君知道，這是死亡前的警告。她不由自主地渾身發抖。

「所以，再見了，太子妃。」

一劍貫胸。傅念君睜大了眼睛。原來……這麼痛啊……

周紹敏的聲音出現在自己耳邊，如寒冰般讓人戰慄。

「可惜啊……」他嘆了一聲。

長劍慢慢地被抽走，傅念君不受控制地咳出一口血，頓時只覺得眼前一片紅霧瀰漫，四周嘈雜的聲音都在瞬間模糊起來，她只能感受到自己的心跳得飛快，而渾身上下，只有痛……

死，原來這麼不好受。

她閉上眼睛，全身的力氣漸漸消失……

她就這樣死了。多麼不甘心啊，她這短短的一生，還從來沒有為自己活過，她一直都是父親一個完美的工具，為傅家生，為傅家死。

母親死前摸著她的臉流淚說過：「孩子，阿娘對不起妳，下輩子，不要再作我們的孩兒了……」

對母親來說，死是個解脫。其實對她來說，何嘗不是呢？

太子性情陰鬱暴虐，對伺候內帷之人多有拳腳相加，她心中多少的不甘願也只能化為忍耐，好在死後，她就自由了……

她願自己的來生，終能夠為自己活一次。

1 大不相同

疼死了！

傅念君咳了一聲，便起身彎腰乾嘔起來，那被利劍貫胸的痛苦她永遠不可能忘記。

冷冰冰的劍鋒就這麼剜開了自己的心啊！可是她怎麼還會有知覺呢？死人不該有知覺的。

「娘子，您醒了！」

一個圓臉的機靈丫頭捧了一盅茶遞到她面前，很自覺地湊上來和她咬耳朵：「娘子，您這回裝暈的時間有點久啊，奴婢都快當真了……」

裝暈？傅念君凝神看了看，才發現這是個陌生的小丫頭，自己根本不認得她。可是她還沒來得及問清楚，自己寢房的格扇就被人一把推開，帶起了房裡的朱帷微揚。

來人是個十四、五歲的小娘子，梳椎髻，飾花鈿，穿著素羅的大領窄袖長衫，項飾瓔珞和披帛，此時正哭得脂粉糊了滿面，身後還跟著兩個打扮相仿的小娘子，兩人根本拉不住她。

先進來的小娘子看見傅念君醒著，當即就尖叫了一聲，竟二話不說衝上來，一把撂開半跪在傅念君身前的小丫頭。傅念君不明白她要幹什麼，就被她抬手往自己臉上甩了一巴掌。

傅念君偏過臉，徹底懵了。她為什麼一醒過來就會被人甩巴掌?!

沒想到那打人的卻又跺腳嚎啕起來：「妳個沒有臉面的，還敢裝暈！竟敢纏著杜郎，我打死妳！我打死妳……」說著竟又要撲上來。

傅念君忍著胸口的悶痛，穿著羅襪，一個閃身竄下床。兩個同來的小娘子一左一右地拉著打人的那個。

「四姊，冷靜點……」

「是啊，四姊，妳怎麼能對二姊動手……」

剛才被摺倒在地的小丫頭也一咕溜爬起來，擋在傅念君身前，像隻護犢的母雞。「四娘子！事情還沒弄清楚，您就跑來打二娘子，哪有這樣的道理！我們告夫人去！」

「妳去便是！我怕妳們不成！」傅四娘子瞪著眼，說著又哭倒在旁邊那個高個子小娘子的肩頭上。「大姊，事情都那麼清楚了，我還能冤枉她不成嗎？她又不是第一次做這種事，這回連杜郎都不放過！她有沒有把我當作妹妹啊，大姊……」

傅大娘子拍拍她，也對傅念君說：「二姊，妳就和四姊說說吧，當時是什麼情況，杜二郎是妳未來的妹夫，妳怎麼能……」她瞧著傅念君的眼神再明白不過。

傅念君長長吸了一口氣，這是她的夢呢？還是她沒有死？

但是顯然，她不認識眼前這些人，可她們卻一口一個叫著自己「二姊」。

「我沒纏著杜二郎。」她說道。她連杜二郎生得是圓是扁都不知道。

因為疼，傅念君連眼眶裡也有淚珠打轉。真是無妄之災。

傅四娘子聽了這話卻炸了，立刻又道：「春香都看見了，妳都用手去勾他的肩膀了！妳不知廉恥，還敢說自己沒纏著他！」

她身後隨即怯怯地站出來一個小丫頭，點頭說：「我都瞧見了……當、當時芳竹還在把風，幸好我跑得快，不讓被她逮住了又要被一頓擰……」

她目光露怯，傅念君發現她卻不是看著自己膽怯，而是……那個擋在自己身前的小丫頭。原來她就是芳竹。

芳竹紅著臉扠腰罵道：「胡說八道，原來是妳這小蹄子嚼舌根，敢來這裡血口噴人，我還不打死妳！」說著她竟掄胳膊上去就要打人，春香忙喊救命往人身後躲。

傅念君一陣頭疼，看著這房裡瞬間亂七八糟的一片。她一把扯住芳竹，這小丫頭比自己矮了半個頭，氣勢卻囂張又張牙舞爪的。

傅念君道：「有話好好說，不作興打人的。」她頓了頓，隨即蹙眉輕聲問：「莫不是我真像她們說的那般，去纏著那杜二郎同他說話？」

芳竹也同樣低聲回答：「娘子莫慌神，咱們就按您說的，抵死就是不認！看她們能怎麼樣！」

傅念君：「……」好啊，果真是真的！

屋裡亂糟糟一團，喊打喊殺的，東京御街旁的酒樓茶肆都沒有這裡熱鬧。

「夠了！」傅念君大聲呵斥。她真的已經很多年沒有高聲說話了。

四下裡靜了靜。

她看著四娘子，把口氣放緩道：「今天這話我說了不算，春香說了也不算，長輩自然心中有計量。妳這樣帶著人拉拉扯扯來我屋裡鬧，是罔顧了長幼尊卑、禮義廉恥。『幼則束以禮讓，長則教以詩書』，先生教妳禮儀詩書，就是教妳這般作為嗎？被人傳出去，人家只會說我們家的小娘子不懂規矩，把祖宗的臉都丟光了。」

話音不高，卻句句在理，條理分明，端的是大家風範。

三個小娘子，包括傅念君身前的芳竹都愣愣地盯著她發呆，表情十分震撼。

傅念君幼承庭訓，這樣的話張口就來。她蹙了蹙細眉，想也知道，原主必然於禮教多有疏失，才會縱得丫頭都如此放肆。

傅大娘子第一個反應過來。「二姊說得有道理，四姊，這樣鬧太難看，等會兒伯母就回來了，自然會有她做主，我陪妳回去收拾收拾儀容吧。」

傅四娘子扭著身子。「呸！我不回去！是誰不懂禮儀規矩，仗著爹爹護著她，便是阿娘也管不得她。今日我非抓花了她的臉，瞧她再敢怎麼去同那些郎君說話去！」

「四姊！」兩個小娘子叫道。

傅念君抱臂淡笑，也不怕她這潑婦樣。「妳要抓我的臉儘管來，我若是毀了容，咱們姊妹閨譽就一起壞了，一損俱損。妳只想想犧牲了自己搭上我，值得不值得？」

她話音沒有高半分，卻一下把傅四娘子定在了原地，瞪著一對杏眼瞧著眼前人。

傅大娘子和傅五娘子見狀忙拉住四娘子。

「四姊，不可胡來，若讓杜家知道了，以為妳潑辣狠厲，才叫不妙！」

傅四娘子被她們勸了幾句，咬牙半晌，才跺腳道：「好罷，先饒過妳這一回，等會兒阿娘回來，看妳怎麼對她交代！」說罷急匆匆走了。

傅大娘子臨走前卻向傅念君投來極疑惑的一眼，似乎是察覺到她與往日大不相同。

§§§

傅念君捂著半邊臉，攬鏡照了照。

不意外，她見到了一張不屬於自己的臉。

雖然此刻這張臉一半是腫的，依然能看出來是個美人；年紀尚且不大，卻能看出眼角眉梢都帶著嬌豔，唇鼻臉龐處處透著精緻，肌膚嬌嫩，竟比自己原先的樣子還要美一些。

這難道真不是夢？她是被周紹敏殺了沒錯，難道死後附身在別人身上了？傅念君微微嘆口氣，只覺得一頭霧水。

「嘶——」芳竹幫她上藥，傅念君疼得倒抽一口涼氣。

「對不住，娘子，我……」

「沒事。」傅念君反而對她扯出了一個不算好看的笑容。

芳竹怔了怔。娘子她，好像有哪裡不一樣……是啊，娘子對她說話竟這般溫柔？

細竹簾後突然透出一張淨白的小臉，是個怯生生的小丫頭，和芳竹差不多年紀。

「娘子，夫人回來了，讓您去上房見她……」

芳竹比傅念君更快反應過來。「知道了知道了，妳別催娘子。」

門簾後的小丫頭被她訓得黯然，傅念君嘆氣道：「芳竹，妳對她這麼兇做什麼？」

芳竹道：「是娘子說不喜歡儀蘭的，覺得她囉嗦愛念叨，讓她少出現在您眼前。」

傅念君只好說：「讓她進來幫我沏杯茶。」

儀蘭小心翼翼地進來替傅念君沏茶，看得出來她很怕自己。

傅念君看這孩子比芳竹穩重一些，便問：「儀蘭，妳以前常常勸我？」

儀蘭嚇得立刻跪在地上瑟瑟發抖。「娘子，我以後不敢了，再也不敢了……」

「先起來。」傅念君看著她一對小手上留下不少深深淺淺的疤印子，一看就是冬天凍瘡留下的，再看那張泫然欲泣的漂亮小臉，便覺得有些不忍心。

她柔聲道：「想不想再回到我屋裡？想的話，妳把我和我身邊的人，還有最近府裡發生的事清楚說一遍。這段時間是我在考驗妳，若是妳足夠聰敏機靈，明日妳就不用再做粗活了。」

儀蘭愣了一愣，抬頭卻看見傅念君含笑的一張臉，雖然此時不好看，可是卻極溫和。她心裡定了定，立刻口齒清晰地把自己能說的鉅細靡遺都交代了一遍。

傅念君手中的茶杯一頓。

這麼巧？「她」也叫傅念君？

也很巧，這位「傅念君」的父親也任同中書門下平章事，同樣的，她也是長房嫡長女，身分尊貴，但是母親早逝，只留下她和兄長傅淵。

如今的大夫人姚氏是她的繼母，同時也是姨母，是四娘子傅梨華和六郎傅溶的生母；她還有一個年幼的庶妹。

二房裡二老爺早逝，留下遺孀二夫人，和一對兒女。三房是庶房，三老爺三夫人放外任，府裡留下了一個女兒五娘子傅秋華。四房是嫡房，四老爺雖官位不高卻文名頗盛，有一個嫡長女大娘子傅允華和兩個兒子。

傅念君適才見到的那三個，就是排行一、四、五的三個小娘子。

從儀蘭口中就只套到了這些話。

這位「傅念君」家裡的人可比她多多了。

「妳說得很好。」傅念君笑了笑。「明天進我房裡做事吧。」

儀蘭感恩戴德地跪謝。傅念君隨口又問了一句：「今兒是什麼日子？」

儀蘭回道：「今兒是九月十八了。」

「九月十八……」傅念君想到自己死的時候是十月，難道這麼快就過了一年嗎？

「現在是天順幾年？」

儀蘭顯然被她的問話嚇到了。

「娘子……今年是成泰二十八年啊……天順是什麼？」

成泰二十八年?!傅念君竟一下身形有些不穩。

成泰是光宗道武皇帝的年號，可是早在她出世前，光宗就過世了啊。成泰二十八年，是在她去世的天順九年的三十年前啊！

整整三十年……傅念君覺得頭有些暈。她附身到別人身上，而且還是三十年前的人?!

她重新活了過來，不僅僅是完全不同的一個人，更是完全不同的時代。

儀蘭被她的樣子徹底嚇到了，就說今日的娘子態度怎麼這樣奇怪！

「娘子，娘子……您、您怎麼了啊？」

「三十年，三十年……」

傅念君彷彿被魘住了，不顧眼前的人，跌跌撞撞地往屋外跑。

好像有什麼東西在她腦海中一閃而過。

儀蘭急得跟在她後面，芳竹在外頭正喜孜孜地等著奚落儀蘭，卻看見兩人一前一後地跑出來。

「怎麼了?娘子要去哪兒啊？」

芳竹一把拉住儀蘭。

「不知道啊。」儀蘭急得雙頰通紅。「娘子像是突然魘怔了一般。」

芳竹一拍大腿。「遭了!真是讓四娘子給打懵了！」

傅念君跑出門，就彷彿能夠找到方向。

「這裡……」

她覺得心頭猛跳，提著裙襬快步跑過了眼前的抄手遊廊，惹得一路上的僕婦丫頭紛紛側目，又轉了彎兒，跑了五十步遠，這裡連著一個大院子，院子中央種著一棵鬱鬱蔥蔥的老青檀樹。

它在這裡。它真的在這裡！

傅念君喘著氣停下腳步，突然覺得視線模糊了。

她小時候，就很喜歡這棵樹，說不上來為什麼，就是喜歡，成年後她以青檀為小字，記念家中這棵樹。

三十年，物是人非，這棵樹卻沒有變過。她彷彿見到了一個久別重逢的親人。在這裡，唯一的親人。她心底的疑慮終於確認，這裡是傅家，可是又不是她的那個傅家了。

傅念君的父親傅寧是西陽傅氏旁系子孫，年少家貧落魄，但是從小下人們就無不驕傲地告訴自己，京中的宅子最後是到了父親手裡，是他為傅氏承繼香火，光宗耀祖。父親是傅家出過的第二個相公。

所以，她對這裡很熟悉，哪怕有些屋宇和布局不太相同，但她還是能找到方向，然後，找到了這棵樹。

這裡是傅家啊，三十年前的傅家。

傅念君抬手抱住老青檀樹的樹幹，忍不住濕了眼眶。她是三十年後的傅念君，她這一閉眼一睜眼，就跨越了三十年的時光。

傅念君想起自己死前的願望。她想為自己活一次。可是她用這樣慘烈的方式和自己的人生告別，等再次醒來的時候，卻被迫背負上了另一個傅念君的命運。這難道算是解脫嗎？

她蹲下身子，雙手圍抱住自己無聲地流下眼淚。頭頂上青檀的樹葉簌簌響動，投下的陰影將她覆蓋住，好像伸著一雙手盡力想去擁抱她。

不遠處的芳竹和儀蘭看得目瞪口呆，芳竹猛戳儀蘭腰際，道：「看來得去請郎中來……娘、娘子她……不對勁……」

此時傅念君驟然間想起了什麼，猛地站起身來。她抹了抹臉上的淚痕。

三十年前的傅家……父親是宰輔……難道是那個主持新政的傅相公傅琨？

那麼他的嫡長女不就是……

傅念君覺得自己的雞皮疙瘩在一瞬間爬滿了全身。她立刻止住自己的傷懷，忙走向呆滯的芳竹和儀蘭。

「我問妳們，我是不是……還有一個名字，叫傅饒華……」

芳竹和儀蘭瞪著眼睛互看了一眼，點點頭，齊聲道：「是啊，娘子族譜上的名字，就是喚作饒華……」

天崩地裂，都不足以形容傅念君此刻的感受。

傅饒華……她是傅饒華……這個傅饒華，不就是她那個如雷貫耳臭名昭著的姑祖母嗎？

那個花癡到了極致，閨譽一塌糊塗，罵名流傳了幾十年，從她三歲起就被嬤嬤們當作教案，一而再再而三警告她的那個傅饒華。

她還記得，傅饒華最後的結局是嫁人後因為水性楊花，紅杏出牆，被夫家拉去浸了豬籠……

傅念君突然感到一陣天旋地轉，芳竹立刻上去扶住說。

「娘子您怎麼了？別嚇我啊……」

她怎麼就成了這麼一個人呢？老天爺竟然對她開這樣的玩笑。難怪她會去勾引妹夫，這根本一點都不奇怪啊。

在那個「傅饒華」輝煌的人生中，大概勾引妹夫實在是不值得一提的小事。她涉獵的男人，光光有據可考的，傅念君這個後輩就知道好幾個。

她還沒成親前，跟著兄長去集賢院大學士楊舒家中聽老大人論過道，便聽人說，楊舒大人年輕時也被這位傅饒華糾纏過，傅念君看著楊老大人臉上一褶又一褶層層疊疊的皺紋，實在無法想像當年的他有多英俊。算算年紀，那時候楊舒老大人剛過完六十大壽，那如今也屆而立之年了，這傅饒華的喜好和口味還真是無遠弗屆。

傅念君白著臉，胃裡只覺得翻江倒海地難受。突然間，一行人出現在了她們眼前。

「張姑姑……」儀蘭怯怯地喊了一聲。

張氏是個方臉闊耳的婦人，在大夫人姚氏身邊很得力，她對兩個丫頭「哼」了一聲，就吩咐左右道：「去，把二娘子帶去青蕪院。」

「張姑姑，娘子有點不太好……」芳竹忙說道。

張氏只「嗯」了一聲，根本不理會她。

「二娘子，我勸您，還是別故技重施了，裝病裝傻都沒有用，夫人正等著呢！您要是再鬧我們就得用老法子了。」

「老法子？」傅念君見到後頭幾個婆子手裡的絹帶，頓時明白了。原來這個原主以前還被捆過。

一個婆子伸手要來握住她的肩膀，卻被傅念君抬手打開了。

「傅家的規矩，什麼時候奴僕也能對娘子們動手動腳？」

她望向那婆子，對方完全愣住了說不出話來。

傅念君極淡定地整了整儀容，依然是波瀾不興的語調：「不勞煩各位動手，我生了一雙腳。」

張氏朝她行了個禮。「二娘子肯配合就是好的，請吧。」

傅念君挺起脊樑，淡淡地說：「請領路吧。」疏離又驕矜地吩咐著。

張氏也有些怔忡，以十分詭異的眼神看著。此時看在她眼裡，只覺得傅念君整個人從頭到腳，都流露出一股高貴凜然的味道。話音不高半分，身上從容的舉止氣魄卻無人能及，和從前那個動不動就躺在地上撒潑打滾的娘子，哪還有半點相似。

這到底是怎麼回事？

§§

到了青蕪院，傅念君見到了自己的繼母姚氏。

姚氏大概三十歲年紀，十分年輕，坐在圍床上，梳著高髻，穿著暗花牡丹花紗的對襟襦裙，生得很標緻；清冷華貴，如幽蘭一般，就說二十芳齡都有人信，眉眼間和傅念君還有幾分相似。一旁正氣呼呼地坐著她的親生女兒四娘子傅梨華。

姚氏正蹙眉看著傅念君，嘴唇的角度向下彎了彎。這是極有教養地體現出不滿的一種表情。

姚氏的聲音十分悅耳：「二姊，妳今天又鬧什麼？杜二郎上門來和妳四哥論詩，妳好好的怎麼會走到梅林中去？」

面對這樣當頭一句斥問，傅念君先是極自然地彎了彎膝蓋行禮，然後回話：「今日之事怕是有些誤會，下人誤傳了幾句，讓您操心了。」

姚氏見她竟然會向自己行禮，且動作行雲流水，十分漂亮，也是先愣了一愣，這回的話也不像她的風格。她隨即抬手揉了揉自己的額角，兀自說：「二姊，妳如今已經大了，小時候胡鬧也就罷，能不能為自己想一想，為妳妹妹想一想？如果讓崔家知道，妳這門好不容易得來的親事可就懸了，讓我怎麼和妳爹爹交代？」

「是，您教訓得很對。」傅念君依然不卑不亢，反而對面的姚氏接不上話了。

姚氏本是做好了準備聽她各種狡辯抵賴，誰知她今天竟然連回嘴都沒有，乖順得教人吃驚。

「阿娘！」傅梨華不依道：「她這是欲擒故縱，故意想讓您寬宥她！」

姚氏對親生女兒也蹙了蹙眉。「四姊，誰允許妳這麼說姊姊的？」

傅梨華只好嘟著嘴不說話了。

姚氏轉頭對傅念君道：「二姊，我現在罰妳去跪祠堂，妳有沒有異議？」

傅念君在心中嘆息，原主勾引那個杜淮是事實，她既得了人家的身體，為她跪一次祠堂也不算虧。傅念君臉上的笑容根本沒有變過，唇角上彎的角度都是滴水不漏。

「沒有異議。」如珠玉般的聲音灑落。

姚氏第一次覺得她竟有這樣一把好嗓子。

她手裡的茶杯蓋斜了斜，不知該說什麼。「妳……」

「您可還有交代？」傅念君輕聲問道。

姚氏皺著好看的柳葉眉，訥訥了半晌，才道：「沒有。」

傅念君走後，姚氏才急著和張氏商議：「這怎麼回事？中邪了不成？」

讓她幹什麼就幹什麼，這還是那個傅念君嗎？

張氏只好說：「夫人不如明天請妙法庵的仙姑來看看？我也覺得二娘子今日很是奇怪。」

「不錯，她今日這樣子，我看著實在心裡發毛，她竟然還對四姊說了那樣的話。」

幼則束以禮讓，長則教以詩書。

這是太宗朝一位狀元公的母親曾說過的教子家訓，傅念君斥責妹妹教養疏失，竟能引這樣的話。這怎麼可能呢？這怎麼能是那個草包傅念君說的話？

不是姚氏疑神疑鬼，從前的傅念君，提起來便是她的惡夢。

桀驁不馴，粗魯鄙陋，天天不是頂撞她父親就是自己。那個傅念君更有一個改不了的臭毛病，就是極其喜歡和俊秀的少年郎們來往，光光被姚氏發現偷跑出府就不下十次了。每次罰，每次鬧，下次還是繼續去。

兩年前恩科放榜，她竟跟著榜下捉婿的大戶們滿城追逐綠衣郎，一時淪為笑柄。

琴棋書畫，詩詞歌賦，無一長處可言，卻還總愛寫些不著四六的歪詩去調戲她父親的學生和兄長的同窗們，弄得來傅家請教學問的學子們恨不得蒙面登門。但凡長得好看些的世家公子，在東京，都是聞傅家二娘子之名而喪膽；傅家也因為這麼一個女兒，在東京丟盡了臉面。

本來身為底蘊如此深厚的傅家長房嫡長女，父親是當朝丞相，生母是榮安侯府的嫡女，她這樣的身分，什麼人家聘不得。只是她倒爭氣，八歲時進宮赴宴，言行舉止就被太后出言呵斥。此後，宗室中是沒有人會娶她的了。

再後來，隨著她的所作所為一天比一天出格，連京城裡有名望些的世家都不敢要這位傅氏嫡女了。

到最後，還是傅家老夫人在過世前，好不容易為她說成了一門不上不下的親事。可是沒想到她如今被姚氏拘著不能出門，竟然就連自己妹妹的未婚夫婿都不放過，在自家的梅林裡就勾搭妹夫，這種事傳出去，哪個人家能接受這樣的媳婦。

姚氏真的覺得頭疼。

§§§

傅家的祠堂很大，寢殿裡供奉著祖先神位，並列兩個兩開間，加上兩盡間，共六間，還有閣樓，享堂懸有巨大匾額，上書「彝倫攸斁」四個大字。

除了先祖牌位，歷代皇帝賜予傅氏的誥命、詔書等恩旨綸音都珍藏於此。

傅念君跪在祠堂裡，身形筆直，沒有滿腹怨氣，倒是覺得心平氣和。她數著供奉的神位，一排又一排……竟然有這麼多！

到三十年後，她的那個傅家，是早沒有這些牌位了。

西陽傅氏因為逃避戰亂，已經搬到汴京上百年，宗祠和族人都在此地紮根，她的父親傅寧雖然是傅氏子弟，可是卻是極落沒的分支庶子，他甚至不喜歡聽人家提起當年的傅家如何輝煌，因為那榮耀不屬於他。

可傅家到底是怎麼衰敗的呢？

這麼龐大的宗族，像一棵枝繁葉茂的大樹，彷彿短短幾年，就被連根拔起了。顯然如今的家族砥柱傅琨是關鍵。

傅氏家學淵源，朝中傅氏子弟出仕為宦者不可盡數，傅琨之父傅迥曾任翰林學士承旨，而其嫡長子傅琨更是天資過人，才名頗盛，年少即登科簪花，到如今官拜同平章事，可謂位極人臣。而這位一手主持新政、差點就拜入名臣閣的傅相公，卻在理宗朝初時就為新帝所棄，屢遭貶謫，死於異鄉。傅家更是從此一蹶不振，直到她爹爹傅寧入中書省樞密院，傅氏才算後繼有人。

想到這個，傅念君心裡就沉甸甸的，她知道傅琨的結局，可是她如今，卻是傅琨的女兒。

她當如何自處呢？

突然覺得有冷風吹來，傅念君斷了思緒，搓搓手臂。

身後有跫音響起，帶著輕輕的回聲，是芳竹拎著小籃子給她送吃食來了。

「夫人允許妳來？」

芳竹說：「娘子，您糊塗了，這是相公首肯的。您以前跪祠堂，相公都會派人送吃的來，可惜近幾天他公務繁忙，都宿在宮中。」

「看來爹爹對我不錯。」

「當然啦。」芳竹說著，「相公最喜歡的就是您啦！要不然怎麼就您的名字和別的小姐們不一樣呢……」

是啊，她既是傅饒華，又是傅念君。念君，念君……傅琨思念亡妻，便為長女取名為「念君」。

傅念君咬了一口手裡一寸見方的董糖，輕輕放下了。

「這是妳做的？」

芳竹搖搖頭。「是儀蘭準備的，小姐不是一向愛吃這個嗎？」

傅念君對她笑了笑。「等我從這裡出去了，我教妳們做更酥香味美的。」她說這話時的模樣俏皮又溫和，連芳竹都忍不住有些失神。

娘子本來就生得好看，她這般說話的時候，整個人顯得鮮鮮亮亮的，和相公種的芙蓉花一樣。不不，芙蓉太妖嬈，像水蓮，可水蓮又太寡淡。

她看著傅念君低垂著的濃密羽睫，連咀嚼都帶著十分的韻味。真是美好得哪一種花都比不上。

芳竹渾身一個激靈。就是這樣才不正常啊！她們娘子怎麼會有這般模樣！她只好試探地問道：「娘子，您一直都不擅廚事的……」

「是嗎？」傅念君道：「或許在夢中得觀音娘娘點化了吧。」

「真、真的嗎？」真不是中邪？

傅念君看著她緩聲說：「我只是突然有些迷糊，許多從前不明白、不知道的事，如今突然清明起來了。可是發生過的事，又會記不清，芳竹，妳覺得這樣駭人嗎？」

芳竹雖然被從前的傅饒華教導得有些潑辣不馴，對主子卻極忠心。

她堅定搖搖頭。「我是娘子的丫頭，娘子怎麼樣，都是我的娘子。」

何況娘子這樣的變化，她只覺得無限欣喜。畢竟娘子以前那樣子，連她都覺得太瘋了……

傅念君微笑。「好啊，既然這樣，有些我記不大清的事，妳來說說看。第一樁，我訂親的夫家是個怎麼樣的人家？」

她把夫家都忘了嗎？芳竹忐忑地望了她一眼，只道：「和您訂親的崔家五郎是晉陵崔家的嫡子，因為老夫人的庶妹嫁給了崔家老太公，因此咱們和崔家也有這麼一層親。」

崔家是兩浙路常州晉陵縣丹徒鎮上數一數二的望族，家貲萬貫。江南多富賈，自古以來卻都難入世家青眼，而如今國朝士庶通婚漸成風俗，勳貴們也逐漸願意與富賈聯姻。

當年傅家老夫人最小的庶妹嫁去了晉陵崔家，她還一度覺得十分丟面子，倒是崔家老夫人對這個長姊十分崇敬，年年的禮節孝敬從來不落下，因此兩家才維繫著往來。

崔家是行商出身，三代前也開始入仕，只是家族中還未出過名流顯宦，如今官位最高的，也就是在吏部任職的崔郎中。而與傅念君訂親的，就是這位崔郎中的嫡長子崔五郎。

芳竹只稍一提醒，傅念君就想起了這個崔家。三十年後，這個家族漸漸在東京站穩了腳跟，只是崔五郎這個人，她竟毫無印象。

「娘子，崔五郎生得俊秀，您也說過很中意他，何況開年又將開恩科，相公說以崔五郎文采多半能高中，屆時以其品貌，必被官人們爭相招婿，老夫人算是為您提前訂下了一門好親事。」

好親事嗎？傅念君笑笑，若真是好親事，傅饒華怕也落不得那種下場，崔家想必對她也是極厭憎吧。

若真像芳竹所言，崔五郎是崔家下一代最出色的郎君，恐怕配給傅饒華當夫婿，確實是浪費了。如今他們是高攀傅氏，不消十年光景，怕就要掉個個兒了。

傅念君仔細聽芳竹說，再加上自己聽來看來的，總算把如今家中的情況摸得清楚了些。不知不覺就快天亮了。

她走出祠堂，回房去洗漱，誰知還未歇息多久，就有家中的女使來報，原來是傅琨歸來了。

不讓丫頭來叫，她就自己起身，讓芳竹和儀蘭梳了頭要去見他。她挑了一件碧色繡折枝玉蘭花的長裙，披一件藕色乳雲紗對襟的中長衫，腰間環珮是青玉的，芳竹和儀蘭瞧著都是眼前一亮，挪不開眼來。

「娘子今日打扮得格外好看。」她們由衷讚嘆道。

傅念君又對她們笑了笑，瞧了瞧自己的衣物，只說：「得了空，還是得再做幾身。」

儀蘭小聲對芳竹說：「娘子這樣笑真好看，若再對我笑幾下，怕是我便受不住了。」

芳竹輕聲罵她：「沒出息。」可心裡也同意了。

傅念君對鏡子照了照，鏡中鵝蛋臉的美人正微微睇著她笑。原主偏愛豔麗的顏色，衣料雖好，一旦搭配不當，穿來難免被衣裳壓住了人。這樣就很恰到好處。

她趕去書房見傅琨。

那位就是鼎鼎大名的傅相公啊，她竟一時有些忐忑。小廝只說，相公入內淨面了，請她稍坐坐。她安心地坐下，看見傅琨書案上正擺了一本書，正是《漢書》，再看看左側桐木立櫃上擺滿了密密麻麻的古書典籍，傅念君一時神往，便不由走近詳看。

國朝以文人治天下，朝中權臣們都是文采風流的俊彥，如傅琨之流，自然藏書皆非凡品。

「念君，妳來了。」

傅念君回頭，看到了一個瘦削清俊的中年文士，戴著一頂青色軟角襆頭，穿著一身圓領寬袖的皂色常服，腰垂魚袋。下頜蓄長鬚，眼睛卻是極秀麗的長目，正看著傅念君露出微微的笑意，既儒雅又冷清的感覺。

原來這就是那個傅琨啊……

他的聲音也極悅耳，有一種慢條斯理的優雅。「怎麼了，這麼看著爹爹？不認識了嗎？」

傅念君垂下眼睛，向他行了個禮。

傅琨有些愕然，他只說：「爹爹從宮裡帶了一籠青殼蟹給妳，看見了嗎？妳素來愛吃這個，那是官家賞賜的。」

傅念君心裡突然有些難言的柔軟，同樣是丞相，她的父親，從來就沒記得過女兒愛吃什麼。

她道：「我急著來見爹爹，還未見到螃蟹。」

傅琨笑了，踱步到書案後，卻看見她的臉上的紅腫。「妳的臉怎麼了，誰打了妳？」

傅念君聽他的語音驟然急促，心裡又是一緊。她緩聲說：「沒有的事，爹爹多慮了。」

傅琨嘆了口氣，也不再追問，恐怕是因為這些年來，這樣的事發生也多了，知道她若是真受了委屈，必然會找他哭訴，不會是現在這模樣。

「念君，來幫爹爹研墨吧。」

她應了。婺源墨在歙硯中緩緩打著圈兒，逐漸流出墨香芬芳。傅念君一截雪白纖細的皓腕沒有戴任何首飾，不急不緩，畫出優美的弧；這次都不用傅琨親自執掌硯滴，她就磨出了十分合他意的墨來。

她一直愛戴金器的，傅琨想著。可今日這樣素淨，卻別有韻致。

傅琨道：「妳近來長近了，從前爹爹要這麼磨妳的性子，妳早喊著手疼撂下了。」

傅念君笑了笑，其實她磨過、寫完的墨，早不知有多少了。

傅琨挑了一枝淨羊毫的筆，飽蘸了濃墨，不急著寫，反而問傅念君：「妳猜爹爹要寫什麼？」

傅念君看著那筆道：「爹爹想寫行書吧，所以用淨羊毫。」

傅琨頓了頓。「這次被妳給蒙對了。」

傅念君沒有反駁，只安靜地觀摩他落筆。能有這樣的機會見識傅琨的筆墨，她在夢中想都沒想過，若不是之後他的名聲一落千丈，就是他的一幅字，在三十年後，也是世面上有價無市的珍品。

她在心中默默嘆了口氣。

等到傅琨寫完，他拿開鎮紙吹了吹。「念君，來看看爹爹寫得如何？」但他說完愣了一下，兀自笑道：「罷了，妳這孩子又要胡說一通。」話中不顯責備，盡是滿滿的寵溺。

傅念君沒有想過，這樣一個文采風流的人，竟時時與草包般的女兒對牛彈琴，可見確實寵愛傅饒華。

傅念君細細端詳紙上的字。雖說都是行書，可是每個人的風格都是大不相同的。

她柔柔的聲音響起：「爹爹是不是近日有煩心之事？」接著又微微蹙眉。「行書講究血脈相連，筋骨老健，風神灑落。爹爹素擅飛白，得顏公之酣暢純厚，只是稍有幾字，橫斜曲直，鉤環盤紆，無峰卻有勢，便入草章之法。爹爹大約是心有所想，下筆便隨著心意動了。」

傅琨驚異地望著她。她竟能看出自己有幾個字不知不覺用了草章筆法！

「是女兒說錯了？」傅念君也回望著他，心裡怪自己多嘴，班門弄斧了。

「不，好孩子，爹爹只是太震驚了……」

他震驚於愛女怎麼一夜之間，從渾濁的魚目就成了通透的明珠。她從前可是半點都看不懂的，且極沒耐心，對寫字念書很是厭惡。

「爹爹，」傅念君嘆道：「我從前荒唐，讓您擔心了這麼久，也是該長大了。」這就是她要來說的話，不得不向傅琨說的話。

傅琨擱下筆，情緒有些激動。「好、好……只是妳何時又學會賞字了？」

傅念君笑道：「姜公《續書譜》中皆有言。」她指指他的書架上，正有這本書呢。

她竟真的開始看書了！她小時候連背《千字文》都坐不住……傅琨只感到大慰平生，他的女兒，終於要開竅了嗎？

他覺得雙手微微有些顫抖。阿君，看到了吧？妳的女兒，果真是像妳的啊。

想到亡妻，再看看如今的傅念君，不僅僅是秀麗的相貌，渾身的氣派更是如出一轍。腹有詩書氣自華。他第一次覺得這句話，也能用來形容這個不馴的長女。

「爹爹。」傅念君見招數管用，又乘勝追擊湊上去捏著他的袖子晃了晃，帶了兩分撒嬌道：「朝中的事是沒有能忙完的一天的，既然回到了家中，便不要再去想瑣事煩心了。」

傅琨大為受用，問她道：「妳又是如何看出來我在朝中不順心的？」他側頭看著與亡妻八分相似的女兒，她正捂著嘴嬌憨地笑，說不盡的爛漫天真。

傅念君半側著頭含笑望著傅琨，話音如珍珠落玉盤，清脆又明快。

「爹爹這闕詞，是蘇子美的〈水調歌頭〉，是他貶謫江南之時所作。『方念陶朱張翰』，蘇子美將自己比作范蠡遨遊太湖，比作張翰因思念故鄉蓴羹鱸膾而歸隱，固然是有兩分文人風骨在裡頭。可爹爹不同，您貴為宰輔，高居廟堂，要為天下百姓謀福祉，自然做不得那閒雲野鶴。我瞧爹爹不是與他有共鳴，只怕是想到了蘇子美的歸隱，有所感懷罷了。」

傅琨摸了摸下頷的鬍鬚，繼續看著她。

傅念君又指了指書案那頭的《漢書》。「蘇子美素愛漢書，曾有『漢書下酒』的典故流傳，讀《漢書．張良傳》而撫掌長嘆，擊節高歌，說讀《漢書》就是一鬥酒也能喝，他曾經也是個慨然的有志之士。」

她見傅琨的唇角微微上揚，心下鬆了鬆，繼續道：「爹爹感嘆他時運不濟，最後不得已收起滿腔抱負，遠走江南。您心中對他起了憐惜，只怕是因為同樣今日在朝，遇到了相同的事，才會這樣有感而發吧。」

她的聲音不緊不慢，有條不紊，聽著讓人十分舒心。傅琨望著自己寫的字，也長嘆了一聲。

傅念君斂衽垂首。「是我魯莽了，言辭無狀，爹爹莫要生氣。」她在這方面的感覺一直很敏銳，知道猜不中十分，也該有七八分。

「妳說得很對。」傅琨道：「我確實與參知政事王相公政見不合，因此心中生了些退隱之意。只不過是寫了一闕詞，就被妳這孩子猜出來八分，念君，妳真的長大了。」

傅琨抬手拾起那本《漢書》，微笑道：「竟開始讀《漢書》了，來，念君，妳和爹爹說說，有何見解？」

這樣的話，以前的傅琨是從來不會問女兒的，只是今日她實在表現得太靈慧了，讓他忍不住想考考她。

傅念君露齒笑了笑。「我和蘇子美，和爹爹一樣，愛《漢書》勝於《史記》。」

傅琨見她說得調皮，又笑起來。「妳又胡猜，爹爹一樣喜愛《史記》。」

傅念君接道：「女兒讀史尚且粗淺，更不能說有什麼見解，只不過是作為閨帷女兒，仰慕《漢書》中大漢盛世的烈烈雄風罷了。」

她神色中有些嚮往。「女兒覺得，班固在燕然山勒石封功，隨著竇憲出塞三千里，帶回的不止是卓著功勳，還有形諸筆墨的慷慨豪情。太史公筆法固然『言有序而有物』，卻不如班固筆下那般『犯強漢者雖遠必誅』的氣勢令人折服。先人大作，女兒自不能窺其萬一，不敢說想以史為鏡，望今時興替，不過是瞻仰大漢豪情罷了。」

她一番話畢，傅琨只深深望著她。「念君，這話妳是聽誰說的？」

傅念君搖搖頭。「無人教授。」她真的只是這麼認為。

大宋受西夏、契丹、蒙古環伺，燕雲十六州尚未收復，朝廷在軍事和外交上疲憊無力，百姓在民族氣節上也深感屈辱，昔日漢人擊退匈奴的雷霆之勢早已無存。她讀書這麼多年，也同許多士人一樣，不僅僅囿於風花雪月，偶爾也會惜古思今，追憶下漢家陵闕。

只是這點子文墨，她也不敢在傅琨眼前賣弄，自然說了幾句就不好意思地垂下了頭。

傅琨卻閉了閉眼，對著女兒長嘆一聲，彷彿尋到了知音。「何以下酒，惟《漢書》耳！」

她竟把他的心事也說中了。

他今日在朝堂上與參知政事王永澄政見不合之處，就是針對西夏的對策，自西夏脫宋自立不過數年，就敢屢犯邊境，朝廷卻如當年不敢立刻出兵討伐一般，左右踟躕，拖累地軍心渙散。是戰是和，不斷商議，文武百官，竟一個都沒有強漢之時的慨然大勇，再出不了一個千里縱橫，馳騁大漠，至封狼居胥而還的霍去病。

怎不教人扼腕。

2 神仙指路

「爹爹。」傅琨感到女兒又在拉他的袖子，一雙明眸正閃亮亮地盯著他。「是我說錯話了。」

「好孩子，妳沒有說錯。」傅琨抬起臉，帶著驕傲的語氣說：「不愧是我傅氏女兒！」

她才十四歲，竟有這樣的氣魄和見識，與他一脈相承，真比兩個兒子都出色！傅琨心中激盪，先前的愁苦也輕減了不少。

他問：「妳現在還跟著張先生讀書嗎？」

傅念君不知道張先生是誰，只好說：「少些了，我在屋裡自己讀。」

沒想到傅琨卻點點頭。「這是好的，只與小娘子們一起讀那些詩詞，格局未免太小，改日爹爹再幫妳留意，替妳尋個好老師。」

傅念君彎了彎嘴角，心裡也放下了，接著乘勝追擊。「爹爹，不要覺得憂心，你給我帶了青殼蟹，禮尚往來，女兒烹了牠們博爹爹一笑吧。」

傅琨好笑道：「妳何時還學會烹蟹了？」

她軟聲說：「就是因為不會，才要學啊，爹爹便勉為其難，權當一試吧。」

看著她嬌俏的神情，傅琨心裡一陣柔軟。從前的傅念君，從來不會這樣體恤自己，她只是嘟著嘴唇糾著眉毛，埋怨自己不夠關心她，埋怨他看重四姊和六哥勝過她，哪裡有這樣靈動慧黠的時候。

他怎麼可能不看重她呢？她是他和亡妻最喜愛的孩子，她出生時，傅琨甚至抱著她不願鬆手。後來妻子過世，長子又與自己疏遠，是這個小女兒的存在，撫慰了他失去髮妻時無限悲苦的心情。

她說什麼，傅琨都會依她的。傅念君便笑著出門了。

傅琨在書房中嘆了一聲。「阿君，還是妳在天有靈啊。」

他們的女兒，終於長大了。

可出門的傅念君心中卻有一絲愧疚。

她剛剛來到這裡，很知道自己目前的情況。聲名狼藉，繼母和姊妹也不喜歡她，隨時可能婚事不保，她在這裡沒有任何倚靠。

只有父親，這個據說對自己溺愛的父親，是她唯一能爭取的籌碼。她只有牢牢占住他的寵愛，才能改變傅饒華那固定的命運。

可是她從來沒想過，傅琨真的這樣疼惜女兒。這是她從來沒感受過的寵愛。原來也有父親是這樣子的。

傅念君想到了自己短暫的一生。她和母親住在別院裡，到了五歲，才被父親傅寧領回府中；因為出眾的天資和相貌，傅寧聽信術士之言，相信她有母儀天下的命格，才對她多多加以培養。

她感受到的從來不是父愛，只有父親和庶長兄無盡的敦促和鞭策。

讀書寫字，作畫吟詩，女紅禮儀，甚至經義策論，她都必須要比別人更好。他們逼著她沒有停歇地奔赴向太子妃的寶座。因為太子沒有才能，就必須有一個完美的太子妃。

而傅寧父子，願意為皇室貢獻這樣一個人。這就是她那輩子活著的全部意義。

她嘆了口氣，緊緊攥了攥手心，無論如何，撿來的這條命，她一定會好好活下去。

傅琨賞下的一籠螃蟹共有十隻，傅念君親自下廚。

她讓人去尋了黃熟帶枝的大柳丁，截去頂，去瓤，只留少許汁液，再將蟹黃、蟹油、蟹肉等挖出來放在柳丁裡，用柳丁的頂蓋覆住，放入小甑內，用酒、醋、水蒸熟，算好了時辰拿出來，再加入醋和鹽相拌。

所用的酒、醋、鹽，都是她親自盯著，沒有一點偏差。

她耐心地囑咐廚娘，親自動手，沒有高高在上，敦促她們時也沒有半點不耐，細細地把每一步讓她們看清楚。

取出來的螃蟹竟是飄香十里，廚房裡所有的僕婦都愣愣地睜著眼，沒見過這樣的菜色。

竟有這樣烹製螃蟹的方法！螃蟹是稀罕物，產於南方，中原人原本也不甚會吃。傅念君知道，三十年前的人，還只知道吃洗手蟹，便是蒸熟了螃蟹，簡單用鹽梅和椒橙調著吃，這道蟹釀橙，對他們來說仍聞所未聞。

「好了。」傅念君點了點個數，吩咐丫頭們把螃蟹們散去各房孝敬長輩，自己讓芳竹端了兩盞親自送去傅琨的書房。

傅琨感到極為不可思議。「這是妳做的？」

傅念君點點頭，笑著說：「爹爹慢用，新酒菊花，香橙螃蟹，配爹爹這樣的君子是恰恰好，女兒不打擾您了。」

她說罷斂衽退下，極有規矩，只是剛巧掩上書房門，她就遇上了一人，是個十六、七歲的年輕郎君，他走得極快，傅念君甚至只來得及看清他一閃而過的青色襴衫。

這應該就是她的兄長傅三郎了。

芳竹在她身後嘆氣。「娘子，三郎竟然還是對您這般不理不睬的！」她說得很氣憤，而換了以往的娘子，肯定要跺腳了。

傅念君卻轉身，雲淡風輕地說：「隨他吧。」

傅淵踏進父親的書房就聞到了一股蟹香，臉上不由生起一絲疑惑。

傅琨正摸著鬍子笑，看起來心情很好，對兒子道：「三哥，一起來嚐嚐罷，這是念君親手做的，還說了什麼『新酒菊花，香橙螃蟹』的俏皮話來勸我品嚐，倒是有趣。」

傅淵見父親笑得開懷，心裡卻沉了沉。

他的妹妹嗎？那個丟盡他臉面的妹妹？她什麼時候還有這等雅趣了？

適才在書房門口時，他連看都不願意多看她一眼，只覺得一股清雅的茶花香繚繞不去。她那樣粗鄙的人也配用茶花香嗎！

他皺了皺眉，還是沒有破壞父親的雅興。

§§§

傅家四房人，都嚐到了傅念君的蟹釀橙，無一不讚嘆折服，二房和四房是回了禮來的，三房卻沒什麼消息。

三房裡只有一對小郎君小娘子留下，不懂些規矩，傅念君自然也不會去計較。但是看二房和四房的回禮，就能大概摸清楚兩位嬸娘的為人。

二房回了一碟魚鮓，雖然不貴重，卻很新鮮，看得出是今日自家上桌的菜色；四房回了幾碟果子，卻是人人屋中都有的俸例。用心與不用心，可見一斑。

正巧姚氏昨日招來的道姑按時上了門，說要來看看傅二娘子的情況。姚氏便親自帶了人過來，傅梨華也跟著來湊熱鬧，坐在偏廳等候。

傅念君倒是沒有她們想像中得暴跳如雷。

「仙姑請吧。」她對著三十來歲的道姑十分有禮。

道姑先是愣了愣，覺得傅二娘子倒是與外頭傳聞得不大一樣。

芳竹神氣地當著傅梨華的面重重甩上格扇，氣得對方直跳腳。傅念君把道姑單獨請到了內室。

妙法庵這位李道姑據說曾得過張天師幾日的指點，也沾了些道行，常常出入貴人後宅，在貴族女眷中很有影響力。

傅念君只打量了她半晌，就吩咐人招呼了最好的茶水瓜果。

「仙姑看出什麼來了嗎？」

李道姑只覺得這小娘子一對悠悠的眼睛十分唬人，本來她這樣不入流的修道之人，入俗世驅災解厄也就是三分真七分假。她想到那傅夫人的銀錢，便也煞有其事地在屋裡端看起來，還要檢閱傅念君的隨身物品。

「仙姑也不必忙了。」傅念君喝止她，請她坐下，隨即招招手，儀蘭就端上了一份東西。

「這裡是二十緡錢。」傅念君笑了笑，開門見山不囉嗦：「請仙姑笑納。」

李道姑驚了一驚，她還什麼都沒說，這小娘子就打發人給自己這麼多錢？

傅念君挑起一串銅錢道：「二十緡足夠在開封府買上好的水田十畝，仙姑來我們府中一趟能有多少酬勞？八百文？一千文？」

這數目對她這出家人來說也已經不菲。她現在出二十倍的價。

「仙姑出入世家無數，也當知道這其中的門道。」她勾了勾唇，面上依然平淡。「我從前荒唐，母親又是後娘，與我難免有些隔閡。但是我家中卻是爹爹當事的，妳也瞧見了，我身為傅家嫡長女，一年的花銷有多少？我如今給仙姑賣個好，就不知道妳想不想得通了。」

李道姑望著那些銅錢眼睛直發紅，她當然明白傅念君的意思。

「娘子言重了，娘子好得很，根本沒有什麼邪祟侵襲。」

「那就好。」傅念君點點頭，她抬手理了理髮鬢。「但是只有我知道還不夠，外頭人不知道不是嗎？」

李道姑眼珠一轉，立刻聽出了言外之意，馬上說：「娘子是得了仙人庇佑，心智已開，才叫家人誤會邪祟上身，實在是大大的冤枉。這話，貧道自然會給傅相公帶到，若是娘子同意，我走門串巷時，也能當作奇事說給貴人們聽聽。」

李道姑看這小娘子說話做事，哪裡有傳聞中那般無腦，只處處透著厲害。

傅念君滿意地點點頭，與聰明人說話就是省力。「仙姑不愧是得道之人，這點薄禮我自然會讓人送到貴觀中，往後還應該多來往才是呢。」

「如此就多謝娘子了。」李道姑喜笑顏開，歡歡喜喜地退出去找傅夫人覆命去了。

「娘子白給那貪財的道姑這麼多銀錢。」芳竹忍不住抱怨。

「錢是小事。」傅念君淡淡地道。

她現在需要的，是一個對自己轉變的合理的藉口，不可能再像從前的傅饒華那樣活下去。她的變化，由李道姑來說最合適不過；姚氏和其他人信不信，她無所謂，只要傅琨信就行了。有這樣一個臺階，她才能順理成章地做她自己。而剛剛自己的表現，也讓傅琨明白，她是能做一個好女兒的，對於一個這麼疼愛女兒的父親，他當然樂見這樣的情況。

果真，隔壁李道姑把話對姚氏一說，先跳起來的就是傅梨華。

「妳胡說！她、她怎麼可能被神仙引路呢，她、她那個……」她有一堆可以用來罵傅念君的話，可是在母親面前，又生生忍住了。

姚氏也蹙著眉，不信地打量了幾番李道姑。「仙姑所言當真？」

李道姑的眼神有一瞬間的恍惚。「當真，自然當真。貴府二娘子吉人天相，大器晚成，如今夢中被神仙指了路，才開心智，難免行事作風有了變化，這是好事。恭喜夫人，賀喜夫人了。」

傅梨華氣得直咬牙。姚氏也不大相信，正想細細盤問幾句時，傅琨終於到了。

「這麼熱鬧，在說什麼？」

他一眼就看到了穿著青色道袍的李道姑，李道姑十分乖覺地向他請了安。

傅琨坐下，便道：「因為哪樁事，說與我聽聽吧。」

李道姑心裡鬆了口氣，便把話又交代了一遍。

屋裡落針可聞。片刻後只聽傅琨長長地「哦」了一聲，便對姚氏溫聲道：「念君長大自然就懂事些了，她今日還親自烹了一籠蟹分發給各房，自己一隻都未嚐，妳吃過了嗎？」

姚氏的嘴角微微一僵，只淡笑。「還未曾。」

傅琨卻繼續和風細雨地說：「快回去嚐嚐吧，涼了不好吃。」

「也是。」姚氏也微笑。

這就是傅琨的做派！從不疾言厲色，永遠這般溫和，可是話中的尖銳卻教姚氏心苦。他的寶貝女兒知道做蟹博眾人歡心，她這後娘卻還糾纏於她身中邪祟，彷若她見不得傅念君好似的。

出門後，姚氏心裡有氣，連女兒糾纏著要來扯自己的衣裳都覺得不豫。她知道女兒要說什麼。

「四姊，娘和妳說過，便是再和妳二姊過不去，也不能去計較，妳爹爹永遠是幫她的。」

傅梨華站在原地，被這句話震住了，只覺得眼淚在眼眶裡打轉。

她不甘心……一樣都是嫡女，為什麼爹爹就只喜歡傅念君？憑什麼？

§§§

傅琨扣了扣傅念君的格扇，傅念君探出頭來甜甜地喊了一聲：「爹爹。」

傅琨嘆息著搖頭。「鬼精鬼精的丫頭，叫我給妳撐腰，自己卻躲著不露面。」

傅念君的話在嘴裡盤了盤，說出了讓傅琨覺得無比窩心的一席話。

「母親待我真的很好，既是我姨母，又是我繼母，這些年都是她照料我，我怎會不感激呢？而我確實惹了她生氣，心裡怕得緊，可我只是想通了，並不是中邪呀，要是教人聽了傳出去多難聽啊。我不捨得正面頂撞母親，只好叫爹爹來替我撐場面了，誰讓您吃了我的蟹釀橙呢。」

見女兒俏皮無心機的模樣，傅琨彎了彎嘴角。她確實變聰明了，卻又不是那般見不得人的小聰明。

「我倒不信什麼神仙指路。」他說著，傅念君心裡「咯噔」一下，卻又聽他繼續道：「是妳娘在冥冥之中保佑啊。」

傅念君點點頭，也紅著眼眶。「前幾天阿娘總是給我託夢，叫我好好侍候爹爹，再不能給您添麻煩了。」

傅琨心中一熱，伸手摸了摸她的髮髻。「好孩子，有這份心就好。」他頓了頓。「妳母親讓妳禁足，也解了吧，爹爹知道妳閒不住。」

傅念君捏著傅琨衣裳的一角。「謝謝爹爹，您真好。」

傅琨笑嘆：「爹爹要回去忙公事了，妳呀，兩隻螃蟹就敢使喚自己的父親。」

傅念君又俏皮地吐了吐舌頭。

傅琨走後，傅念君卻一人坐在桌前發呆，心裡覺得不是滋味。

世上哪裡沒有算計呢？她算計起傅琨來也是毫不手軟。

傅念君習慣在心情鬱結的時候寫幾個字，兩個丫頭幫她把筆墨紙硯鋪開，她落筆就學著適才傅琨的行書寫了一遍蘇子美的《水調歌頭》，看看還是差了幾分神韻。

芳竹和儀蘭就算不懂文墨，卻也看得目瞪口呆。

等到她們把「她」從前寫的字拿出來時，傅念君才明白她們的驚訝從何而來。

「這都是我寫的？」

紙上的字有形無骨，一看便是沒有下過工夫。學柳體，剛摹了個樣子，就去學顏體，寫了幾日又學飛白，便是沒一樣寫好的。

芳竹點點頭。「娘子您最怕寫字了，經常說什麼毛筆不好用，要用……什麼筆……」

「千筆！」儀蘭補充：「好像是叫做『千筆』來的，是一千枝筆的意思嗎？」

傅念君聽也沒聽過那種筆，只覺得原主十分古怪。「書呢？把我跟著先生學過的書都拿來我瞧瞧。」

她把傅饒華學過的書都拿來翻了一遍，書頁上的注釋寫得亂七八糟，還有很多奇形怪狀的字，再看她寫的詩文，文章更是不堪入目。詩詞倒有幾首絕妙的，可風格迥異，只是恐怕傅琨自己都曉得這不是他女兒能寫出來的，畢竟她連詩集都沒讀完幾本。

傅念君嘆了口氣，再瞧見一疊畫紙，讓她這般修養也差點背過氣去。

畫不是花鳥工筆，更不是墨戲風俗，而都是年輕男子的畫像。傅饒華把它們裝訂成冊，毫不忌諱地提了「大宋美男冊」五個字，看紙張側邊泛黃的痕跡，想來是常常翻閱。

「這都是娘子那時候出重金，央街上那些鬻畫求生的書生畫的……」儀蘭紅著臉道。不然誰能做這樣的事，也太丟臉了。

「是啊，」芳竹點頭附和道：「娘子還說這是什麼『商雞』來著，說要賣去市面上，能賺錢，不過商雞是什麼雞啊？」

她一直就沒弄明白過。

「別提這個。」儀蘭忙拉了拉芳竹。「妳忘了後來娘子又被罰去跪祠堂嗎？」

這個傅饒華的荒唐真夠突破傅念君的想像。幸好她才十四歲，還沒有太來得及做更多驚世駭俗的事，不然這麼放任下去，還不知要給外頭添多少笑柄。

「都拿去燒了吧。」傅念君推推眼前的書稿紙張。

從今往後，傅饒華的一切，都要了斷得乾乾淨淨，這些荒唐都是過去了。

「哦。」芳竹抱著那「大宋美男冊」就要下去。

「等等。」傅念君轉了念頭，按住那疊紙。「這個我再看一下。」

兩個丫頭交換了一個「我就知道」的眼神。

傅念君想的卻是，她到底認識的人有限，通過這本不正經的東西或許能認識不少人，包括她未來的夫君。

傅饒華倒真沒有讓她失望，連自己的親哥哥都沒有放過。

傅念君沉著臉看著畫紙上與傅琨有七分像的少年，俊眉修目，眼睛和傅琨一樣細長卻透著冷冽。傅淵……就是她剛才碰到的那一個。這個人的結局不好。

她心中突然生出隱隱的疑惑，這樣一個人，他怎麼會做出那種不堪的事呢？

第二個是她的未婚夫君崔涵之，很溫和平靜的一張臉，眼角微微向下，有種極妥帖的謙謙風度，如幽蘭般靜謐，看起來是脾氣很好的一個人。當然他的性格如何，傅念君一無所知。

芳竹當仁不讓地向她介紹：「您從前最喜歡瞧的是這幾張……」

她指了指一個眉目濃豔的少年。「齊駙馬和邠國長公主家的大郎君，您說他也好看，就是這樣貌生錯了時代……」

傅念君笑了，不就是男生女相麼？如今的人都偏愛崔涵之和傅淵這般清秀文人氣重的男子。連皇帝看大臣，也偏好如此相貌。

正所謂「體貌大臣」，說起來這還是一道有趣的國學試測問。

她如今的父親傅琨，便曾被進士舉例稱讚「若傅相公、魏文通，皆大臣之有貌者」。這魏文通，便是某科一位極俊秀的狀元郎，聽說遊街時一度鬧得御街被女子們圍了個水洩不通。所以體貌大臣者，而勵氣節。從兩晉開始，對於士人大臣的容止便有一定要求。

皇上只笑著對那進士大加讚賞，可見對傅琨和魏文通的美風儀確實是贊同的，這件趣事也就這麼流傳了幾十年，連她都知道。

「還有這位……」

芳竹又指了指另一個少年。「您說這位也好看，壽春郡王……」

壽春郡王？傅念君覺得倒是耳熟，一時竟突然想不起來。畫上的人確實極有風姿，尤其一對眼睛，幽深深的鳳目，很是增色。

儀蘭拉拉芳竹的袖子。「別說了，郡王畢竟是皇子……」

「出了屋子又沒人知道。」芳竹不理她，又興奮地繼續和傅念君一起翻閱大宋美男冊。「娘子，東平郡王也不錯呢，便是比壽春郡王就差了些。還有還有，何尚書家中的六郎，李太尉家的四郎……」

傅念君懷疑她確實被原主帶歪了，看得這般津津有味，如數家珍。

手頭的「大宋美男冊」翻了大多數，傅念君不禁奇怪。「怎麼沒有那杜二郎……」

芳竹不屑地說：「娘子，您說杜二郎可沒資格上這『大宋美男冊』。」

沒有資格卻還要去撩撥人家？傅念君無話可說。

但是隔天，傅念君就見到了這位沒資格上「大宋美男冊」的杜二郎杜淮。

傅琨解了她的禁足，傅念君便在府裡四下走動一下熟悉熟悉如今的傅家，逛到了她「勾引」杜二郎的梅林，沒成想卻又遇見那位苦主。

眼前的少年生得還算秀緻，眉目五官尚且稚嫩，頂多也就十五年紀；穿著士子的襴衫，襆頭旁簪著花，臉上似乎敷著一層細粉，這樣看也沒什麼不妥，可一對眼睛卻不大規矩。

傅念君有些不喜，怎麼看都覺得有幾分賊眉鼠眼。竟是這樣一個人，還值得傅梨華打自己一個巴掌。

杜淮笑嘻嘻地對她做了個長揖。傅念君不想和他糾纏，只是寒著臉轉身，對身邊的丫頭說：「我們走吧。」

沒想到杜淮卻快步追過來，繞到她面前，又是一揖不起。「娘子留步，小生是來道歉的。聽說因為我，惹了娘子跪祠堂，這真真是我的不是，請娘子罰我。」

他邊說著一對眼睛邊帶著笑意往傅念君臉上瞟，等見到她臉上未消腫的巴掌印時，忙道：「娘子臉上怎麼了，可是因為我？真是我的罪過，妳捶我兩下，瞧著能不能好些？」

看著是十分心疼的模樣，滿眼卻都是曖昧。竟是個如此輕佻浮浪的人！

傅念君心中怒起，想她活了這麼些年，何至於被個這樣的小賊如此調戲。

她壓抑著心底的怒火，冷聲道：「杜二郎是我未來的妹夫，和我在此說這樣的話多有不妥，恐引來人誤會，你快走吧，我也不用你的道歉。」說罷越過他就要走。

可這小賊竟是膽子大過了天，轉身就要來抓她。

「娘子，真是我錯了，可別同我置氣，我真不知她會打你，咱們還同從前一樣……」誰和你同從前一樣！他抓住她的手腕，另一隻手就要來握她的下巴。

「瞧妳，妳今日薰的香煞是好聞……」說罷鼻子就要湊過來。

傅念君渾身一顫，想到了前世揮之不去的惡夢。

他父親曾經邀太子過門相看她，其實就是讓太子來驗驗她這件貨是否合意。她當日就是這樣，被輕佻的太子握住下巴在自家院子裡調戲。

滿眼屈辱的淚水只能忍下，她甚至不能表現出一點不悅，否則父親一定不會放過她。那種感覺今日又將她吞沒，讓她幾乎發狂。

「杜二郎，不可……」兩個丫頭在旁邊低聲勸，卻不敢來拉，想來是知道她從前的秉性，不敢確定她是否真的不願。

那隻手還沒碰到傅念君的下巴。

「啪——」地一聲，杜淮就被一個巴掌打得踉蹌。

傅念君用了十分的力氣，手掌都微微覺得有些疼。她漂亮的眼中是毫不掩飾的厭惡和憤怒，杜淮被盯得一陣發毛，轉頭卻又暴怒起來。

「妳、妳……」他手指發抖地指著她。還沒人敢打他的！

「你學不會尊重，我教教你。」傅念君很平靜，多年來的修養讓她瞬間恢復冷靜。「怎麼說你也要叫我一聲姨姊，若再做這樣的事，我便告到你府上去，請令尊教教你規矩。」

「好啊。」杜淮捂著臉，冷笑道：「妳倒翻臉無情。」

「話說明白，我和你，可沒有什麼有情無情的。」傅念君看了他一眼。「以前沒有，如今也沒有。」

杜淮啐了一聲。「裝得倒是像，也不是沒碰過……」

傅念君的聲音即便在這種時候，仍是十分平和，冷靜地威脅他：「若聽不進我的話也成，再有下次，我便直接叫人打斷你的腿。」

從前怎麼樣是從前，如今她傅念君，斷不可能被這齷齪的小賊占去半分便宜。

杜淮愣愣地看著她。打、打斷他的腿？她瘋了嗎？

「妳、妳給我記住！」他又啐了一口，恨恨地轉身走了。

傅念君蹙著眉頭，覺得有些不對。果真他才剛走，林子裡就轉出來兩個小娘子。

一個是她見過的，三房裡五娘子傅秋華，還有一個年紀很小，大概七、八歲，看著倒是伶俐，算算年紀應該是二房裡二夫人的獨女七娘子傅月華。

兩人看看傅念君，又瞧了瞧正走遠的一個身影。

五娘子突然用帕子捂嘴叫了一聲：「二姊，今日杜二郎來府，妳不會又是和他……」眼中閃著興奮的光芒。

傅念君看著她，眼神幽幽的，沒有五娘子熟悉的那種暴怒，也沒有被揭穿的羞憤。

「就是杜二郎。」她很快地承認。

五娘子心裡一喜，面上卻帶愁。「二姊，妳怎麼……四姊可又該鬧了！」

傅念君在心裡飛快地盤算了一遍。她們在這裡不是偶然，是有人又想用「捉姦」來給她頭上扣屎盆子了。

是五娘子嗎？看著眼前這個幸災樂禍的小娘子，傅念君可以篤定不是。如果是她，不會那麼蠢立刻衝出來做槍把子。

傅念君只眉間輕輕蹙了蹙，顯得極為楚楚可憐，眼中彷彿還有淚光閃過。「五姊妳來得正好，我氣得狠了，正打算去找母親告狀。這杜二郎人面獸心，齷齪不堪，剛才竟試圖非禮於我，被我甩了個巴掌惱羞成怒走了，我真是怕他再尋麻煩……」

「啊？」五娘子愣住了。這是什麼發展？非禮傅念君？被她甩了個巴掌？

傅念君用帕子掩了掩嘴。「走吧，妳既看見了，勞煩妳去母親面前替我做個證。」

「我、我不去……」五娘子不自覺後退了兩步。

她又沒看見，她去做什麼證？

「我和七姊還要去二嬸那裡，二姊自己去吧。」

到底還是年紀小，不願意惹麻煩。五娘子覺得傅念君今日怪怪的，什麼神仙指路，分明就是中邪。她決定不蹚這趟渾水，說罷拉著七娘子的手走了。

「娘子好高明啊，兩句話就把五娘子嚇走了。」芳竹誇讚傅念君。「這樣就不怕她亂說話了。」

「走吧。」傅念君道。

「去哪？」芳竹一愣。

「我說要去找母親告狀的。」傅念君淡淡道。

她看了兩個丫頭一眼，剛才事發突然，儀蘭因為沒有及時護住她，此時還有些羞愧地低下了頭，可芳竹卻絲毫沒有察覺。

這兩個丫頭，做她的下人，還得好好教。

「還真去啊？」芳竹張大了嘴。

「自然要去。」傅念君道：「不去的話，若被有心人去夫人面前亂說話，妳說現在我的名聲，別人會相信我打了杜二郎一巴掌，還是我拉著他投懷送抱？」

芳竹摸摸鼻子，好像還真是後者。

§§§

姚氏的反應和五娘子一樣，震驚、不信、不可思議……傅念君的模樣卻又極為委屈。

她沒由來心裡一陣無名火，傅念君從前那個強頭強腦的樣子，傅琨尚且處處幫她，如今竟學得這般伶俐，傅琨還不是更加由著。

但大夫人的修養功夫也極到家，軟聲道：「二姊，這事母親會去查的，若是杜二郎當真這般，母親一定為妳討回公道。」

傅念君屈了屈膝。「我自然相信母親。」

姚氏讓人送走了她，就吩咐身邊的張氏：「去把四姊攔下，我不想再聽她來我面前哭訴。」

她不用猜就知道傅梨華會來纏夾不清，張氏張口想勸幾句，可看著姚氏的樣子，又閉了嘴。

這杜二郎也確實太浮浪了……

此時已走到外頭庭園的傅念君三人，芳竹遠遠就看見一人殺過來，忙當機立斷。「不好，娘子我們快跑，四娘子來了！」

傅念君無奈。「我怕她幹什麼。」

兩個丫頭已經習慣了，一時還有點改不過來。

「妳！」傅梨華怒道，手指就點著傅念君面門。「說杜郎調戲妳，呸！虧妳也有臉說！」

傅念君微微蹙了蹙眉。「被人調戲，還要問罪於受害者，四姊這是什麼道理。」

「什麼什麼道理！」傅梨華十分霸道。「妳自己是個什麼樣不知道嗎，妳是檢點的人嗎？也好意思告狀！」

也不是她……傅念君心中想著，看來傅梨華對杜淮那小賊還挺中意，不可能用他來算計自己。

「妳們兩個，成何體統！」

一道冷冽的嗓音響起，原來是路過的傅淵。

「三哥。」傅梨華立刻乖覺了。傅念君也向他行了禮。

傅淵面上如同籠著一片寒霜，偏人又是挺拔清瘦，看起來確實高傲不可侵犯。

「姊妹口角，在路上喧嘩，不成體統，每人回去抄一遍《女誡》。」他說完這話，再不肯多看兩個妹妹一眼，蹙眉轉頭就走了。

傅梨華恨恨地咬了咬牙。

§§

傅念君回房後，就見到了一個年約三十的女子在自己屋中擺盤盞，芳竹看到忙道：「柳姑姑，我來我來，娘子不喜歡這樣，呀，這不是金器……」

柳氏被她一說，就縮了手站到一邊，看到傅念君便和藹地笑了笑。「娘子回來了。」旁邊的儀蘭拉了拉傅念君的袖子。「娘子，姑姑聽您的話去洗了兩天衣裳，也罰夠了，您別再怨她了，她也不是故意的……」

傅念君「嗯」了一聲，對柳氏笑道：「姑姑坐吧。」

柳氏一愣，昨兒個聽人說二娘子突然被神仙指路給點化，莫非是真的。

傅念君和柳氏說了一會兒話，才明白過來。原來幾天前，原主傅饒華聽了外頭不知誰的攛掇，想拿銀子出來投水產行。柳氏勸了幾句，不肯交付鑰匙，被傅饒華一氣之下罰去洗衣裳，本來說要洗夠半個月的。

柳氏是她生母大姚氏的貼身丫頭，後來跟了傅饒華，傅饒華一直嫌棄她粗笨，覺得她什麼都不懂，不肯聽她管教。

「這水產行的事，是我先前急躁了，做水產急不得，一看時令，二看行情，蝦米如何保鮮馬虎不得，外行人想做未免有些心高。姑姑勸得對，是我糊塗在先。」

柳氏張了張嘴，竟是有些感動。「娘子能那麼想就是好的，您日常的花銷也夠用，這生錢之道，急不得的。」

她這麼一說，傅念君才想起來，她能花用的銀錢確實很多。傅饒華有錢她是知道的，只是傅家雖是望族，一個未嫁小娘子手裡有這麼多錢也不合常理，只可能是生母留給她的了。

那為什麼如今當家的小姚氏，看起來手面也不是很大呢？

在和柳氏談話中，傅念君才漸漸理清了這其中的彎繞。

傅念君的生母大姚氏是外祖父姚安信的長女，姚安信年輕時跟著太祖起事，官至侍衛親軍都指揮使，封了榮安侯。太祖一代的老臣中，姚安信也算長壽的，而傅念君的嫡親外祖母出身晉中望族梅家，家中原是晉商，家財萬貫，在太祖起事時更是援助了大筆金銀，梅氏後來封了正一品榮國夫人，兩人的長子姚隨如今任淮南東路節度使。

晉商家中什麼最多？銀錢。所以這兄妹二人從小便沒缺過銀子。

只是傅念君的外祖母不到四十就去世了，姚安信是個念舊之人，發達之後便迎娶了寡居的表妹方氏為續弦，又生了二子一女，這一女，就是如今的傅家大夫人小姚氏。

姚安信本來出身也不高，他的表妹又能有什麼家世，方老夫人自然不能和榮國夫人相提並論，加上又是再嫁之身，沒陪嫁也沒人手，卻端的會見縫插針。大姚氏過世後，她便硬將年紀小了長姊許多的小姚氏塞到傅家來做續弦。

母女兩人都做了填房，這樁事一直都很被外人看不起，過去還常被拿來說嘴。可是小姚氏頗會做人，到傅家十幾年也算把家中打理得井井有條，那些嚼舌頭的人便便漸漸少了。

只是傅琨心中念著結髮妻子，心疼女兒年幼失母，加上姚隨在京時的威懾，大姚氏那些嫁妝，多數都進了傅饒華的房，生怕被小姚氏給吞了。

小姚氏本就沒什麼私房，傅梨華就更不用說了。她對傅念君如此憤恨，恐怕也有一部分源自於此。

傅念君沉吟。哪家後宅不是母慈子孝，可暗裡卻都是驚濤駭浪。

她的直覺果真沒有錯，姚氏對她，恐怕真沒有半點身為姨母的疼愛，而外祖姚家到底是個什麼情況，她還要去過才能知曉。

傅念君對於引杜淮來與她私會的幕後元凶一直留著個心，她先前在府裡名聲太臭，空有這麼一大筆錢財，卻不會用，連個能用的人手都沒有。

因此一得空，她就先把產業和庫房理出來，有好東西就散給下人。施恩和積威都是個日積月累的過程，如今的明槍暗箭，她都只能受著，等到培植出自己的勢力，她才能有能耐去擋那些算計。

可是她卻低估了那一巴掌的威力。

打杜淮那一巴掌，很快就把她的未婚夫君打上了門。不用她自己的人出去打聽，滿府奔走的下人就嚷嚷開了。

「崔五郎來了，還帶著個族伯……」

「難道是來商量下聘的？」

「哪能啊，帶著婚書來的！好好的拿婚書出來幹什麼啊，分明是來退婚的！」

「哎，咱們二娘子啊，也真是，這樣一門好親事，生生糟蹋成這樣……」

儀蘭很擔心。「娘子，咱們要不要去看看啊？崔五郎已經進了明德堂了，要是真的退了婚……」

傅念君將一柄蓮花紋的玉梳背遞到她手裡，讓儀蘭插進她的髮髻。「就算要去，也得體體面面地去。」

她看著儀蘭快哭出來的樣子，輕聲笑道：「儀蘭，一個人無論遇到怎樣的情況，再壞，都不能作為妳慌亂的藉口。」

儀態和風度，是她不能捨棄的東西。而她也做到了，到死都是那樣。

明德堂內，崔家五郎崔涵之恭敬地站在堂中，長身玉立，目不斜視，俊秀的臉上平靜無痕，無喜無怒，身形挺拔如修竹，說不盡的風姿如玉。

晉陵崔氏一介商戶，卻出了這樣一個人物。難怪有人說崔家五十年的氣度風華都在這崔五郎身上了。

踏進門的是傅淵，依然是極冷漠的表情，和崔涵之互相見了禮。

這未來的郎舅二人其實不甚熟稔，既是親戚又是親家，在國子學中相遇時也不過點頭之交而已。原因其實很明白，還是傅念君。

崔涵之想到自己那位未婚妻子就心底發寒。她曾經還自行上街搭了迎客的馬車，偷偷去國子學門口等著他，就為了看看他的相貌，毫不顧及廉恥，這件事讓他被同窗恥笑至今。

他對整個傅家的印象都不好。

這樁婚事，他阿娘起初是不允的。他十一歲就中秀才，放眼整個晉陵也再找不出第二個這樣的人才。他的婚事本該是家族最看重的，可是太婆的一句話壓下來，他的父親母親辯無可辯，只能應下。

畢竟這是傅相的嫡長女！可是傅相的女兒，憑什麼輪到他呢？只要稍一打聽，就能瞭解傅念君那臭不可聞的名聲。

崔涵之想過很多次，他想要的妻子，不一定貌美無比，也不用家世顯赫，但是一定要知情識趣、知書達理，必然是個溫婉平和的女人。

怎麼能是這樣一個天天就知道追著男人的粗俗女子！

只是崔涵之是個君子，進京後他瞭解了傅相人品，對他也頗為仰慕，他相信傅相如此人物，這樣的女兒還是能教好的。只是當他像個玩物似的在國子學門口被堵住去路，她在自己眼前不斷搔首弄姿時，他就知道沒有希望了。

他要一輩子對著這樣一個女人……

而前兩天三司鹽鐵司杜判官的長子杜二郎和自己說了那件事，更是讓他心中的一把火無法熄滅。他翻來覆去一夜未睡，今日就自作主張，拉了受太婆之託保媒的族伯來到傅家。

他無論如何一定要退了這樁婚事！

傅淵依舊是淡淡的清傲，出口的聲調也極寒涼：「五郎此來，是為了與舍妹的婚事？」他看了一眼桌上大紅的婚書。

「傅東閣，小生此來，確實為是這樁事。」

崔涵之比傅淵小一歲，對他也行兄長之禮，國朝宰相之子，人品出眾者，都會被稱一句「東閣」。這位傅東閣的名聲在東京，是極響亮的。

傅淵蹙了蹙眉。「婚姻大事是父母之命，媒妁之言，哪裡能有你說了算。」

他的眼睛看向旁邊穿著樸素的男子。「這位就是為五郎和舍妹保媒的崔四老爺吧？」

崔四老爺咳了一聲，極為忐忑。「正是，當日在丹徒，五郎和貴府二娘子的婚事是老夫人親口委託給我的。」

傅淵「哦」了一聲，看向崔涵之的目光陡然淩厲了些。「五郎這一趟，令尊可否知曉？」

崔涵之依然不見狼狽，反而低眉順眼地拱了拱手，對傅淵說：「家父生平磊落，既然答應了，便斷斷沒有悔過的道理。只是我如今執意要退婚，自然是有理由的，不知道傅東閣可願聽一聽。」

「你說。」傅淵沉著臉。

崔涵之深吸了一口氣。

「上個月二十六，貴府二娘子不在府中，傅東閣可知她在何處？」

傅淵自然不關心傅念君的去處，顯然崔涵之這也不是個問句。

「不少人能做個見證，傅二娘子在九門橋街市的遇仙樓飲酒。」崔涵之說道。

傅淵知道這是他那個妹妹一貫的風格。

「不過是小娘子們出門去玩耍，也不算什麼。」

崔涵之頓了頓，聲音一冷。「可二娘子是和誰去的這便要說一說了。傅東閣大概不知，同行的就是那位邠國長公主與齊指揮使的獨子，齊昭若齊大郎。」他神色間是滿滿的不敢苟同。

連傅淵也不能說不驚訝。

齊昭若是什麼人？說出來東京大概沒人會不曉得。

這人也算個人物，當得起響噹噹東京第一浪蕩紈絝兒的名號，不僅文武不成，好逸惡勞，貪花好色，且品行十分卑劣；曾經強行霸占過良籍女伎入府，行玷汙之事，她們的家人告到官府去，最後迫於公主威勢只能不了了之，說出來當真讓人不齒。

邠國長公主是當今聖上一母同胞的親妹妹，從小就受先帝和太后娘娘寵愛，是活得最風光的一位公主，連她嫁的駙馬都尉齊仁也是武將中少有的實權派。

公主和駙馬只有齊昭若這一個兒子，從小寵到大，兩人教子無方得離譜。

齊昭若這樣一個傅淵平時多看一眼就覺得髒了眼的臭東西，他那個妹妹竟然當個寶，還和他去喝酒！還去遇仙樓這種耳目眾多的地方，她到底是什麼腦子！

僅僅是因為齊昭若長了張比女人還漂亮的臉嗎？還真是不忌口！

傅淵強忍住了心頭的怒意，他一張瘦削清俊的臉因此看起來更冷了兩分。

他知道，讓崔涵之不計撕破臉也要退婚的事，一定不僅是因為傅念君和齊昭若去吃了頓酒。

「五郎請繼續說。」

崔涵之這時臉上終於有了分尷尬之色，卻不是因為自己，而是因為他一個讀書人，竟然要講出接下來這些話。

「遇仙樓的行菜目睹，二娘子與齊大郎兩人從隅中一直喝到日昳，僅二人獨處，丫頭都沒留下一個。趕趁人也說，他們等菜到便退下了，席間齊大郎還喚了個閒漢，命他去把給二娘子打的一副紅寶石頭面送到府上。」

他頓了頓。「這些傅東閣去遇仙樓一打聽便知，當日往來的閒漢、夥計、酒保、趕趁人皆可查實，連他們兩人飲了幾兩玉練槌都能一一說出來。」

這些，在杜淮與他說了之後，崔涵之就親自去打聽過了。

而且越聽越覺得心寒，難道他那未過門的妻子真是這樣人品敗壞之人？旁的都還好說，這酒樓裡的閒漢做的最多的，就是領了官人們的錢物送給娼妓，崔涵之雖出入花樓酒樓沒有齊昭若多，可這點道理還是懂的。

傅淵也明白，心中暗自生氣。齊昭若這混帳，他把他們傅家的女兒當作什麼了！

他緊緊攥了攥拳頭，可是他最氣的，就是不知檢點的傅念君。和一個男子單獨在遇仙樓待了半日，喝酒作樂，事後還收了人家的頭面，被這麼多人都看見，還要臉不要！她是傅家嫡長女，怎麼能像個娼妓一樣收男人這種東西。不管他們有沒有發生什麼，在外人眼裡，她和齊昭若的關係就是不清不楚了。

傅淵忍著怒氣，深覺自己在崔涵之面前丟了這樣大一個臉。

「去請二娘子過來。」他寒著臉吩咐左右。

可不用他請，這會兒傅念君早已躲在左側格扇後聽了個大概。

她身後的儀蘭委屈地直跺腳。「不是的，娘子，您出去說清楚，當日您和齊郎君只是在談水產行的生意……」

傅念君一把捂住她的嘴，低聲道：「小聲點，我現在不適宜出去。」

傅淵和崔涵之這兩個呆頭鵝，只知人云亦云。遇仙樓那樣的地方，就是門口的夥計都是見慣市面的，還不是瞧著臉色說話，看似什麼都問出來了，可其實又什麼都沒有。

傅饒華雖行止放浪，卻還不至於婚前就做這樣的醜事。至於為什麼上個月的事，崔五郎到了今天才上門，傅念君也猜到了。

好個杜淮，耍的心眼比她這個女人還不入流。

「安靜一點，我讓芳竹去請爹爹了，等爹爹過來我再出去。」她低聲對儀蘭道。

那二人此時心中已經給她定了罪，出去只能是火上澆油。

傅淵請崔涵之坐下喝茶，沒等到傅念君過來，傅琨就來了。崔涵之只好尷尬地起身行禮。

傅琨已經聽芳竹說了。小丫頭受了傅念君指點，只一個勁地對傅琨哭，說是娘子名聲給人潑了髒水，請他過去正名。

「賢侄坐罷。」傅琨那雙和傅淵一樣的眼睛射在崔涵之身上，卻更加讓人覺得腳底發寒。

「賢侄來京一年，也沒有工夫來傅家坐坐，今日總算有空了。」

傅琨和氣地說了這樣一句話，卻驚得崔涵之差點出一背心冷汗。

傅相果真是在朝堂上殺伐決斷的人物，這句話分明是指他不敬，從不來拜會。

這確實不是崔涵之的錯，年節的禮他從來不敢落下，不敢常來走動的原因，便是又怕了那位見人就花癡的傅二娘子。

傅琨嘆了口氣。「你要退婚？」

崔涵之的氣勢已被傅琨這短短幾句話殺去了大半，旁邊的崔四老爺見狀忙道：「傅相公，五郎一時心中憤懣，衝動了些……」

傅琨看了他一眼。「這位老丈就是保媒之人吧？」

崔四老爺應是。

傅琨文人修長的指尖落在了大紅的婚書上。「既然立了書文，便要當作正經事對待。小兒女一時意氣，可輕也可重，說話做事不妥當，如今尚且能有人替你兜圓，等入了朝堂，卻去指望誰？」

他這番話不異於對崔涵之的指點，崔涵之當即長揖不起，心中無限感慨：傅相公這般人品，若是成為他的泰山當真是自己幾世福氣，可一想到他竟有個那樣的女兒，又覺得這世上果真沒有兩全的好事。

「爹爹。」

崔涵之還沒有起身，就聽到一聲極為悅耳的嗓音響起，如珠如玉，萬千婉轉。崔涵之抬眸，就見到一位穿著緗色半臂蜜色襦裙的明豔小娘子緩步而來，梳著銀絲雲髻，蝶口銜玉的青色簪子上墜下流蘇，在她走動間畫出優美的弧度。

不甚豔麗，卻又十分合宜的打扮，襯得她整個人清麗娟秀。

崔涵之怔然後才想起來。臉是同樣一張臉，那短短的一面，她有這麼好看的嗎？崔涵之很快又收回視線。

她自然是好看的，傅相和傅東閣都生得好相貌，她自然也不差。可是再好看又如何呢，想到她粗鄙的行徑和那些丟人的所為，崔涵之就擰起了眉。

這樣一個女人，就是生了九天玄女的美貌，也不過是個庸俗蠢物罷了。

傅念君輕輕走向傅琨，行了個禮，崔涵之聞到了一股茶花馥郁之香。他恨不得屏住呼吸。

她還愛學人雅趣，熏茶花之香，當真可笑！

3 拿回婚書

傅念君帶著淡淡的笑意，開口第一句話先問的是傅琨：「爹爹今日可累著了？」不急不徐，帶了兩分小女兒的撒嬌。

傅琨見到她便微微揚起唇。「爹爹很好，妳怎麼出來了，妳不該出來。」

話裡雖說「不該」，可實際上卻沒有半分責備的意思。崔涵之腹誹，這傅相公寵女兒，果真是出了名的。

「既然崔五郎是因為我名聲不佳才要退婚，這事自然該由我來出面說個一二才是。」

傅琨還未講話，傅淵卻蹙眉出聲了：「有我和爹爹給妳做主，妳又能說什麼。」

傅念君知道這位兄長的態度，他已經明確站在崔涵之那邊。

他們都是光風霽月的君子，而她是不知檢點的傅家恥辱，傅淵會說什麼，她心裡一清二楚。

儘管如此，傅念君還是極鎮定有禮地回道：「我自然知道三哥和爹爹會為我做主，只是崔五郎想退婚，所為之事，怕是旁人都說不清楚，只有我自己能解釋一二。」

崔涵之想到剛才說的那事，耳朵便覺燒起來一樣，當著傅相和她的面他是再說不出來了。

傅念君轉向崔涵之。「崔五郎，上個月二十六，我在遇仙樓一事不是你親眼目睹的吧？哪位給你傳話的呢？」

崔涵之咬了咬牙，對傅念君施了一禮，不肯抬頭看她，可也堅決不回答。他怎麼能在此時說出杜淮的名字。

「是杜淮杜二郎吧？」她的聲音響起，很溫柔和氣，絲毫沒有怒意，只讓人如沐春風。

傅琨的臉色沉了沉。「他怎麼了？」

他一向都不太喜歡杜淮，而次女傅梨華和他訂親也非他的本意，是岳家一力促成。

杜淮的父親任鹽鐵司判官，三司掌管全國財政，鹽鐵司更是重中之重，在三司當差的官吏，家中最不缺的東西，就是銀子。

傅家雖然家大業大，可傅琨做官兩袖清風，家業交給兩個弟弟打理。弟弟們年年都說虧損，公中銀子不甚多，四娘子傅梨華日後的嫁妝比起傅念君來自然吃虧不少，傅琨又堅持亡妻的嫁妝全部留給傅念君打理，對姚氏和傅梨華母女自然覺得虧欠，因此與杜家結親一事上他做了讓步。

傅念君說道：「杜淮杜二郎在三日前上門時，大概一時忘了『君子』之道，對女兒出言輕薄，女兒失手便打了他一巴掌。五姊和七姊都瞧見了，我又怕又悔，便去央告了母親，母親和善，也沒說什麼。沒想到，轉頭杜二郎就和崔五郎說了我的事，大約是湊巧吧。」

她話音最後還帶了一聲輕笑，極為俏皮。

傅琨頭一回聽說，蹙眉道：「還有這事？」

傅念君點點頭。「母親那裡還有四姊、七姊，都可以為我作證。」

有什麼事能讓她急到抽杜淮一巴掌？三人心裡都有數。

傅淵和崔涵之卻有點不信，杜淮是否如此人品先暫且不論，傅念君會這麼貞烈？

傅琨當機立斷，吩咐侍女：「去傅夫人身邊的張氏過來。」

傅念君又說：「至於遇仙樓一事，這可真是崔五郎想岔了。原先那齊大郎說是手頭銀子緊，想與女兒一同做生意，我那時沒仔細思量就和他見面了，這是我的不是。但我們二人也確實談了水產行的事，我房裡的柳姑姑還因此勸我幾句，被我意氣之下罰去洗了幾天衣裳，這個事情，滿府的人爹爹都可以去問。」

「至於遇仙樓那些人，若是爹爹給我個機會，女兒能問出完全不同的一番話來。」

崔涵之此時的臉已經紅得能滴出血來了。他雖然不相信傅念君與齊昭若是清清白白的，可是他也懊悔自己確實是太過衝動了。

杜淮為什麼要枉做小人來告訴自己這樁事，他卻沒有細想。傅念君敢這樣叫人證，或許真是杜淮他對傅念君懷恨在心，再惡意中傷……

很快他又打住了這個念頭。他不該懷疑杜二郎的人品才是。

何況杜二郎早與傅相公家中次女訂親，又怎麼會調戲大姨姊，斷斷是不會的！

這麼想著，他又堅定了幾分要退婚的念頭。這個傅念君，不僅與齊昭若，還與杜淮也牽扯不清！當真是不知檢點。

張氏很快來了，傅琨一問出那話，她就知道壞了。

當日傅念君找姚氏告狀，姚氏只是持懷疑態度，也沒去證實。

畢竟放眼滿府的人，大概除了傅琨，人人都相信傅念君會去調戲杜淮，斷斷不可能是杜淮調戲她而被甩了巴掌。因此姚氏當日只是把傅念君哄回去了，便把這事拋在了腦後。

傅琨看張氏語焉不詳，更是臉色一沉。「我只問妳，二娘子當日是不是去求夫人做主了？」

張氏腿一軟，只好說：「確、確實是……」

「那為何不派人去杜家證實？事關女兒家名節，豈能胡來！」

傅琨確實有點生氣，不管念君以前如何荒唐，她現在改過了，而杜淮立身不正，人品讓他存疑，他立時聯想到了姚氏是怕他不同意傅梨華和杜淮的婚事，才想大事化小。

張氏心裡叫苦，知道這事嚴重了，可她又不能當著外人的面說：以二娘子以往那些劣跡，這件事夫人不願深究，也是明智的啊。

不然從前那些來傅家被傅念君調戲過的年輕士子們，他們的冤去何處訴？

再說，這樣的事，畢竟鬧開了，不好聽的是女方的名聲。雖然傅念君已經沒有名聲了。

好在還有傅淵這一個明白人替張氏說話。「爹爹，母親應該也不是故意的。她可能以為杜二郎和二姊是……小孩子不懂事，開玩笑罷了。」

他說這句時，給傅念君投去了極不友善的一個眼神。傅念君卻乖巧地回以一個甜笑，直讓傅淵差點被口水嗆到。

傅琨知道此時在外人面前不宜說這些家事，便道：「這話暫且可不議，遇仙樓的事也容易，我派人去打聽就是；至於駙馬府那裡，也託人問一句便是。」

傅琨是在場最無條件相信傅念君的人，因此光明磊落，不似適才的傅淵生怕醜事外揚，自然就謹慎了許多。在傅琨眼裡，傅念君說沒做的事，她就一定不會做，這孩子一直都是個直腸子。

他這樣的態度一放出來，崔涵之還沒反應過來，他的族伯崔四老爺卻比他明白，忙接道：「傅相公，大可不必如此，既然本就是個誤會，自然也沒有退婚之說，此來是我們唐突了，請您見諒。」

傅琨以賢德之名流傳於世，想來不會同他們計較。

傅琨摸了摸鬍子，倒是覺得很有意思。

崔五郎固然是個人品德行很不錯的人，看起來在家中地位很高，長輩大概因他少年成才多加寵溺，否則他這樣走一趟，竟沒個知事的長輩勸一句？

他在心中嘆了口氣，商戶人家教子，便無甚章法啊。

傅琨道：「這話還要聽聽崔五郎如何說。」

崔涵之卻突然跪下了，紅著臉對傅琨道：「傅相公，小生不敢欺瞞您，遇仙樓的事是我輕信了人言，誤會傅二娘子。可是小生、小生……確實辜負了貴府和您的抬愛，我、我不想……」

「你不想娶我女兒？」傅琨的聲音微揚。

崔涵之的拳頭攥了攥，白皙的俊臉此時布滿尷尬。

旁邊的崔四老爺急了，不顧禮儀打斷道：「傅相公，非也非也。五郎有些糊塗了，他怎麼會不想娶令嬡呢，他只是有些……」

有些什麼？還能有些什麼？傅琨的臉色沉了沉，即便在朝堂上，也已經很少有人敢這樣下他的面子。

崔四老爺立刻住嘴，急得背心出汗。

可崔涵之卻死咬著牙。他篤信文人風骨，不媚權不媚俗，他這一輩子，若連修身齊家都做不到，談何治國平天下！即便賠上仕途前程，今日他也要爭一爭。

傅淵終於看不下去了。他對這個崔涵之雖沒太多好感，卻見他如此執拗倔強，頗有性情，也生出些欣賞之意。

「爹爹，此事源於二姊平日行為欠妥，倒也不能全怪崔五郎。」

傅念君在旁淡然微笑，看見傅琨的眼睛朝自己望過來。其實傅淵和崔涵之沒有錯，之前的那個傅念君確實很荒唐，荒唐到配崔涵之這樣一個人也是糟蹋人家。

「爹爹，」她軟聲說：「崔五郎大概不是為了下爹爹面子，他如今是舉人身分，明年就是殿試大選，若此時讓人家知道他是您的賢婿，豈不是讓人詬病？五郎如此高風亮節，自然不願意被人在此事上說嘴。」

滿場寂靜，傅琨傅淵父子都盯著她，崔四老爺也張著嘴不可置信，只有崔涵之還是低著頭，手緊緊攥著拳頭。她竟然會為他說話！她、她到底想幹嘛？

她繼續道：「這也是他為爹爹著想，人人都道榜下捉婿，如今榜還沒下，爹爹就先捉了這麼個好女婿，讓人家孫計相為了家中三個女兒摩拳擦掌，明年準備大顯身手的，可怎麼辦好？」

三司使孫秀孫計相與傅琨關係很好，他更曾是傅老太公的學生，孫傅兩家也是世交。

「妳這丫頭。」傅琨又無奈又好笑。「不許對孫世伯不敬。」

傅念君笑道：「所以爹爹，崔五郎可是滿京城大人們都虎視眈眈的好人才，斷斷沒有先讓您挑去的理兒。您挑走了，一來叫各位大人們心裡不平；二來，豈不是告訴滿東京的人，『瞧，我女婿明年必然高中』。這樣被人傳出去，多少對五郎和您的名聲都有影響。從前不知道這樁婚事的人也就罷了，如今這個當口，秋試已罷，殿試未開，五郎拿著婚書來上門，這就值得叫人做文章了。」

崔涵之猶如當頭棒喝，他怎麼沒想到！他拿著婚書大剌剌地走進傅家門，多少人看見了？這不就是相當於告訴全京城的人，他就是傅相的東床快婿！

從前他不願意說，傅家這裡也很低調，兩家逢年過節也只是當普通親戚般走動，許多人只猜不說，可他這樣讓有心人知道了，豈不是對他聲名帶來瑕疵。來年殿試他若得了個好名次，也會有人說他是借傅相之光啊！

他真真是被氣糊塗了！

傅念君在心裡嘆氣，這人啊，讀書都讀傻了，這樣的彎兒都轉不過來，日後如何去朝堂上勾心鬥角。

傅琨顯然就厲害多了，他摸摸鬍子，對女兒找的這個臺階很是滿意。「說得有理，那麼妳看，這事兒該怎麼辦？」

傅念君道：「這也簡單，婚書拿來了，這麼多人也瞧見了。正好保婚人崔四老爺在場，不如說是崔五郎為求公證，特來退還婚書。也不是真的退還，只叫爹爹親自保管，由崔四老爺見證鎖進了匣子，誰也不碰。這婚事既在，也不在，等來年五郎高中以後再論就是。這樣也不會有人說他是借岳家助力，爹爹也可對外道說，您也不是認準了五郎能成進士，才招為東床。」

她指指婚書。「那東西，便說是當年兩家兩位太夫人姊妹情深，才訂了的親。如今五郎出息，我們傅家自然也不能桎梏其發展，到底人才是朝廷的，是官家的，不是我們傅家和您的。」

這話說得就妙了，直說到傅琨心坎兒裡。這樣無論崔涵之今後跟了哪個座師，即便是傅琨的政敵，傅家也不會干預他，這才是一個賢相該擺出的起碼態度。

崔四老爺也眼睛一亮，這真是個好辦法！

崔涵之心中卻有些怒意，他就知道她一定是看準了自己日後必有大出息，才會做暫且的退步。若等他簪花高中，還不是依然成了傅家的女婿！

傅琨眼中帶了些笑意，與傅念君心照不宣地對視一眼。

這丫頭，怕是早打算好的吧。

他看了一眼還跪著的崔涵之，心裡一鬆。也是，這樣的人，可配不上他的女兒。

傅淵畢竟是傅琨的兒子，比崔涵之還是警覺些的。他這個妹妹，怎麼突然變得這麼聰明了？

傅淵雖慢了傅琨幾拍，可仔細一想也明白了。傅念君說這麼多，繞這樣的圈子，無非就是想拿回那張婚書而已。

她要拿回婚書，還要自己的臉面半點不失。她……根本不想嫁給崔涵之！

傅淵驚愕地望向堂中盈盈而立的小娘子。她只是那樣站著，就好像萬千風華都在她身上，從容鎮靜，溫婉大氣。他心中一突，難道那仙人指路的事是真的……

另一邊的傅琨卻咳嗽了一聲，說道：「如此倒也不錯……」

崔四老爺立刻道：「正是如此，傅相公，崔家並非想要退親，只是暫且將婚書留在傅家罷了。」

傅琨笑看他一眼，就不說話了。

崔四老爺只是個沒什麼地位的商戶，進傅家門都是抬舉他了，除了應承下去承傅琨的話，還能如何。

「五郎你……你自己說說罷。」他忙給還跪著的崔涵之使眼色。

崔涵之吸了口氣，仔細想了想，他高中之後的情形還未可知，這門婚事一時半刻退不了，婚書放在傅家倒也好，何況傅相父子都是重諾之人，又有族伯作證，不可能是誆他的。

緩兵之計。說明婚事還有商量的餘地。

這麼一想，他心裡就鬆快了。他當即便道：「如此便按照您說的辦吧。」

傅琨望了他一眼。「地上涼，賢侄起來吧。」

傅念君聽得想笑，這「賢侄」二字可真是含義深濃。

崔涵之瞧見了傅念君的側臉，她正微微側過頭，他正好能看見她小巧可愛的下巴，他立刻嫌惡地轉開視線。

傅淵只在一邊喝茶，靜靜地打量崔涵之。原來以為是個聰明人，竟然被個小娘子擺了一道還不自知。緩兵之計，還不知道是緩誰的兵。

可她為什麼不想嫁給崔涵之了呢？不嫁崔涵之她還能嫁誰？

傅淵不由自主在心底冷笑一聲。算了，她的事自有父親出面，什麼時候輪得到他來管。

婚書被鎖進桐木匣，鑰匙交到了崔四老爺手裡，崔涵之心裡才定了定。

「你們兩個，送送賢侄和崔老丈吧。」傅琨示意一對兒女。

其實也沒有什麼好送的，傅念君其實明白爹爹的意思，他還是想讓自己再考慮考慮。

沒什麼好考慮的，崔涵之不是良人。她蹙了蹙彎彎的眉，傅饒華的結局，她似乎隱約記得最終還是嫁進了崔家，這一點她不敢確認。可丈夫不是這個崔五郎她能肯定，不然她不可能一點印象都沒有……

把她浸豬籠的那個夫婿，不是他……

「二娘子，貴、貴府真氣派啊……」

崔涵之不願多看傅念君一眼，因此並肩和傅淵走在前頭，傅念君身邊是崔四老爺。

她被打斷了思路，也不生氣，笑了笑道：「是嗎，您若喜歡可以來玩。」

傅家在東京置的這處宅子又大又氣派，山水園林，極為秀緻，許多學子都喜歡傅家辦的文會，一部分原因就是喜歡這宅子裡的景。

崔四老爺反而被她這樣的話嚇了一跳。「不敢不敢，老夫一介白身……」

傅念君又笑起來，聲音清脆似銀鈴。「園子又瞧不出您是白身還是官身，爹爹規矩並不大，前頭的園子遞了拜帖都能進來參觀。」

前頭兩個沉默的男人聽到了她的笑聲，彷彿和崔四老爺還聊得很開心的樣子，都不由臉上一僵。她什麼時候連這把年紀的都不放過了？

崔四老爺卻放鬆下來，心裡想著，這位傅二娘子這樣和氣，又漂亮又溫順，還很愛笑，一笑起來看著就讓人覺得心情愉悅。怎麼五郎和外頭都把她說得和妖魔鬼怪似的？

看來傳聞果真不可信。

送了一段路，傅念君就先告辭了，她折回去見傅琨。傅琨早等著她了。

「妳啊……」傅琨無奈嘆了口氣。「妳太婆花了多大心力說上了崔家這親事，妳還不要，從前怎麼沒聽妳說過？不要崔五郎，妳還要怎麼樣的？」

傅念君軟聲道：「爹爹也瞧見了，他處處看我不起，這樣過日子有什麼趣味呢？高門大戶未必是好，粗茶淡飯也別有滋味。爹爹眼光這般好，以後挑個門第差些的上進學子，不曉得我以前那些荒唐事的，也好過這錦繡郎君，一味覺得娶我是自己低就了。」

她很平心靜氣地說這話，她的名聲在外，多好的人家也不敢想了，這是無法改變的事實。她要及時看清，何況上輩子她都當了太子妃，再高貴還能高貴到哪裡去呢？還不是被逆賊一劍斬殺在東宮。

她希望這輩子能尋個有趣樸實的郎君，過安分平淡的日子。

傅琨說道：「妳是我的女兒，怎麼不敢想多好的人家。」他頓了頓，帶了幾分心疼。「念君，妳是不知道，這東西兩京，莫說尋常外地舉子，就是做了官，都買不起哪怕一間房。」

並不是人人都似傅家和崔家。

傅念君點點頭，不以為意，反而打趣道：「那我便和我的小郎君賃屋而住吧，春天找個有花園的，夏天就找個臨湖的；若膩了，還能去西京住兩日，接爹爹去享享清靜，這才難得。」

傅琨聽了心裡又軟又酸，她有如此廣闊的胸襟和見識，難能可貴。

「念君，有爹爹在，妳不會受委屈的。」他輕聲允諾。

傅念君突然也有點鼻酸，原本只是順著傅琨的話說下去，自己倒也真的有所感懷了。她一直都不是個自苦的人，覺得有命在一天，就過好一天的日子，這也沒什麼難的。

是呀，何況還有這個爹爹在。

§§§

崔涵之回到崔家，卻還有一場狂風暴雨。

崔郎中歸家，竟得知自己一向看重的兒子失心瘋地拿著婚書去傅家退婚了，當即差點氣得昏過去，立刻叫人備了車要去傅家，還沒出門，他們卻先回來了。

崔四老爺把事情簡單地和崔郎中說了一下，崔郎中冷笑連連後就抄傢伙準備揍人。

崔郎中一輩子考到舉人便止，走了夫人娘家舅兄的關係才踏上仕途，如今升到郎中也很不易了。他一直以讀書人自居，可是今天真有點忍不住了。

「你怎麼這麼糊塗！你當我死了嗎！當你太婆死了嗎！你就敢去退婚，以為傅相是什麼人！由得你這樣來去？你這孽障，我打死你！」

崔涵之看著父親大發雷霆要招呼自己家法，只跪得筆直，一句話都不敢說。他心中卻不後悔，絕不後悔。傅念君那種人，他娶回來一天都忍不了。

他母親蔣夫人聽到消息匆匆趕來，哭著要撲到兒子身上。

「老爺若打了五哥，我也不活了，我就這一個兒子，還這般出息，打死了他，我也不活了……」說著就大哭起來。

崔郎中氣得滿面通紅，好啊，她原來在家，那就說明她是知道的！

「妳也是豬油糊了心，他要胡鬧妳也跟著胡鬧，好好好，現在滿意了吧，婚書留在了傅家。行啊，妳不是一直想替五哥聘妳娘家那個外甥女嗎，妳去吧妳去吧！」他氣得坐在太師椅上直喘氣。

蔣夫人抹了抹淚，問崔涵之：「當真？婚退了？」

崔涵之搖搖頭。

蔣夫人不明就裡，崔四老爺只好又說了一遍這事。她聽完也沒覺得有什麼不妥，傅相是了不起，可是傅念君是什麼玩意兒，能配得上她的五哥嗎？退了婚也好。

「妳長長腦子！」崔郎中忍不住了。「人家為什麼把婚書拿下，卻不說是退婚，妳以為我們能佔便宜嗎？傅二娘子就能那樣子耽誤下去，還等兒子殿試後高中？也不知道仔細想想！現在恐怕就是我親自去求，人家都不會把婚書還給我們了！」

「不還就不還吧。」蔣夫人摟著兒子。「我們不稀罕這婚事。」

蔣家也是世代讀書人，出過幾位大儒，清卻不貴，在仕途上建樹也有限，家訓卻教得後輩目下無塵，尤其是小娘子們。蔣氏年輕時，眼界就和才學不相符，若不是現在夫婿還算出息，崔家又鉅富，她過著體面的日子，怕是還要嫌棄夫家銅臭。

崔郎中負著手在屋裡不斷來回踱步。「你們怎麼聽不明白呢？我雖然也不喜歡傅家二娘子，因為她確實名聲不佳，可她占著傅氏嫡長女的名頭。就是因為她如此不堪，傅相才會覺得虧欠我們，五哥以後上朝堂還愁沒人提攜嗎……」

這話蔣夫人就不愛聽了，崔涵之的清高就是遺傳自她。

「我們五哥這樣優秀，更是不能借傅相的勢，不然中了狀元也教人說嘴。五哥品行高潔，做的沒錯。」

崔郎中簡直又要昏過去了。「妳懂什麼，啊？高潔……你們蔣家，最大的官兒也就是大舅兄，做了個七品的承務郎，連官家的面都見不到，妳以為是因為什麼……」

蔣夫人聽這話就怒了。「七品怎麼了？當年若不是大哥，你如何能蔭補做官，是他的座師提攜了你。我大哥如此文名，誰人不知？你們崔家有錢又如何，我們蔣家都是讀書的……」

「好好好。」崔郎中也不跟她糾纏於此。「我要說的是，國朝這麼多官，科舉、太學、國子監選出來這麼多學子，還有每年各地敘遷、進納授官的，多少人等著做官，就算五哥中了狀元又能如何，官家轉頭就把他拋在腦後也有可能。」

他嘆了口氣。「即便開始領差事，進哪一部歷事，跟著哪一位老大人學習，都大有講究。」

崔郎中又感嘆一聲。「就這東京，有多少官你們數過沒？有銜沒職的又有多少，品階是一回事，差事又是另一回事，傅相公若肯提點你幾句，就是比我去給滿朝文武塞銀子都管用！

「我們崔家，旁的不說，就是銀子多，大舅兄難道讀書比我差嗎？他沒銀子打點，沒人提拔啊。我雖有銀子，一樣沒人；到了這郎中位子，這輩子也算望到頭了啊。我在吏部當差，再好，也就是過兩年能放到地方去，權力還大些。在東京，不要說中書門下省，就是三司，御史台和諫院這些地方，我連邊兒都摸不到！」

而偏偏，權力都是集中在這些地方的。這些官場上的事蔣夫人怎麼會知道。

崔涵之卻道：「爹爹，傅相公是個正直之人，您大可放心，他斷不會公報私仇。」

崔郎中冷笑。「那他也不會再幫你。不幫你，你憑什麼出頭？」還真以為自己是個人物了。

崔涵之臉色白了白。

崔郎中續道：「傅相公年紀輕輕就做到相公，自身固然優秀，可沒有傅家的底子，你以為容易嗎？我們是什麼人家，你敢去和傅家比？當年你太婆每年這麼多年禮成車往京城拉，等的不就是這樣一個機會？傅二娘子如果不是這副樣子，輪得到你？我看你再拿什麼臉去見你太婆！」

蔣夫人咕噥：「您不是也一直不喜歡這親事嗎？」

「不喜歡是因為我覺得太早了！而且我確實不喜歡傅二娘子。那時我屬意的是傅相公的小女兒，還是阿娘她老人家說，一定要這個。」

蔣夫人埋怨他：「您也不早說。」

崔郎中原本只想讓兒子專心念書，考出試來了慢慢教他也不遲，誰能想到驚天一道雷，他敢自己跑去退婚，人家還受了。

這說明什麼？說明傅相公看不上他們了！

「也沒什麼好擔心的，」蔣夫人說著：「傅相不是都說了，日後親事還要再談的。」

「談談談，還能談什麼！」崔郎中罵道：「明天就讓這混帳跟我去傅家賠禮道歉。人家講什麼話你們還當真了，那是因為退婚涉及傅二娘子的名聲；婚書在我們手裡時，是我們嫌棄人家，現在婚書在他們手裡，傅二娘子就是要我們去求的菩薩了。」

「什麼?!求？」蔣夫人差點跳起來。「滿京城誰還會娶她，我們肯娶就不錯了，還求什麼求！我看是老爺想多了，傅相公定然還會同我們結親的。」

畢竟她的五哥這樣優秀，提拔這樣一個好女婿，是傅相賺了呢。

崔郎中覺得和她說不通了，滿肚子邪火。「妳回屋吧，快回去吧。」

蔣夫人打算要去扶崔涵之，卻聽見崔郎中在自己背後大喝：「讓他給我跪著！」

蔣夫人不敢再言語，戚戚然退出去了。一出門她就差點在門外撞到一人，一看之下，才發現是張姨娘。

「嚇死我了。」蔣夫人拍拍胸口。

張姨娘卻早在門外聽了個大概，她笑著湊上臉道：「夫人，五郎和傅二娘子退親了，老爺很生氣？」

蔣夫人蹙眉。「妳管這個做什麼？」

張姨娘搓搓手。「妾身想問問您，五郎不喜歡，這不是我們九郎……」

蔣夫人當頭就唾在張姨娘臉上罵道：「呸！妳生的庶子，也敢肖想傅相公的嫡長女，吃昏了頭都沒妳這樣的，真是老虎頭上敢搔癢，可笑！」說罷就冷笑著走了。

也不撒泡尿照照自己。蔣夫人用盡了自己的修養才沒說出這句話來。

張姨娘氣得在原地跺腳，恨恨道：「只准妳兒子嫌棄傅相的嫡長女，還不准我們想了！」

她轉頭看著屋內的人影，崔郎中還在高聲訓斥著長子。張姨娘咬咬牙。「也不是就你能娶！」

§§§

當日和崔郎中一樣覺得頭疼的，還有姚氏。

張氏把事情原原本本地告訴她後，姚氏就預感到傅琨對杜淮恐怕……

「我看這樁婚事還要再議議，妳有空去岳家再和岳母好好說說吧。」傅琨看著姚氏的眼神沒有責備，可一樣沒有溫度。

姚氏心驚，杜淮是杜判官的長子，杜判官在三司這麼多年，杜家不說金山銀山，可絕對財資豐足，杜判官又官運亨通，這親事是阿娘夢寐以求的，就這樣被傅念君幾句話給毀了個精光！

「老爺，這件事……」

傅琨抬手打斷她，笑了笑。「我知道妳當然不是故意的，只是念君也不會這樣糟蹋自己的名聲給杜二郎抹黑，所以他若真是德行不佳，我自然不能放心四姊嫁過去。四姊她，畢竟也是我的女兒。」

姚氏在心中冷笑，只是這個女兒，連那個的手指尖都比不上罷了！

傅琨走後，張氏忙勸慰落淚的姚氏。「夫人，這事真不能怪杜二郎，咱們二娘子是個什麼德行誰不知道，相公這是氣狠了才說這樣的話，四娘子的婚事不會吹的……」

姚氏泣道：「我待她還不夠好嗎，她這樣荒唐、那麼多事，我幾時怪過她，她卻這樣害我們！還是我那個長姊命好啊，自己知道一甩手走了，還要留下這麼個禍害來坑我們母女。老爺就捧著那灘爛泥來作踐我和四姊……」

「夫人，這話不能說啊。」張氏也急了，姚氏從來沒說過傅念君這麼嚴重的話。什麼一灘爛泥……要被人聽見了豈不是影響夫人白璧無瑕的名聲。

「我知道她，和崔五郎的婚事成不了，她也不想看四姊的親事成了，她怎麼就這樣惡毒呢？我到底哪裡虧欠了她，要這麼害我們！」姚氏越哭越凶，只覺得無限委屈。

張氏也只能在旁邊嘆氣。「夫人，這件事您還是不能讓四娘子知道得太清楚，不然以她的脾氣又要去尋二娘子麻煩，這要是相公知道了……」

姚氏咬了咬牙。「我知道，我也告訴她要忍，要忍……」

她氣得全身發抖，抬手就甩了小幾上盛著滾燙開水的茶盅，張氏被燙了一下也不敢聲張。

「忍有什麼難的，都這麼多年了！」姚氏大罵，可漸漸地眼神終於平靜下來，逐漸回到那個溫和大氣、人人誇讚的傅夫人，張氏這才長吁一口氣。

§§§

隔天，崔郎中帶著崔涵之來請罪，傅念君都不用露面，必然知道爹爹肯定能打點妥當。

傅琨和傅念君這裡，早就猜到崔郎中肯定是個明白人，可明白人又怎麼樣，他兒子親自把婚書交了出來，就沒這麼容易拿回去了。

徐徐圖之吧。既然不可能立刻把婚退了，他們這裡占著有利先機也好，到底離開春殿試還有一段時間，她自己也還有半年時間才及笄。

結局是崔郎中怎麼來的，就被人怎麼原原本本地送了出去。

傅琨對他們父子依舊和顏悅色，但也只是和顏悅色，無論崔郎中好說歹說，傅琨只一口咬定他是為了崔涵之的前程著想。

崔郎中沒法兒，只好恨恨地對兒子道：「我回去就給你太婆去封信，這事兒怕還要她再想想辦法。傅家的老夫人過世了，我們和他們的親戚關係也就這般了，若是她老人家還在世……」他嘆了一聲。「你想辦法在傅家兄妹身上下下工夫吧。」

崔涵之嘴裡應了，心中卻覺得父親這樣說有些市儈，有的話聽聽就算，也不必真去理會。

此時的傅念君覺得心情不錯，在園子裡彈箜篌，泠泠琴音，芳竹和儀蘭都聽得如癡如醉。

傅家也給幾個小娘子請過樂師，可娘子她是幾位裡頭彈得最差的，但如今技藝就這樣突飛猛進了，原來夢中神仙還教這個呢！

「娘子，您彈得真好聽！」儀蘭由衷誇讚道。

「是嗎？」傅念君彎了彎眼睛。「是這把箜篌好。」畢竟是那位她沒有見過面的母親留下來的。

芳竹突然聽見幾個男子的聲音朝這裡過來了。

「娘子，有人來了！」

傅念君點點頭。「收了東西，給人家騰位置吧。」

傅家來往的學子文人很多，這景色雖好，她也不能一人獨佔。

芳竹還是愣愣地有點不習慣，不習慣娘子抬腿就走的反應，她習慣了那個邊說著「快看我頭髮亂不亂衣裳美不美」，邊飛奔迎向眾學子的娘子……

儀蘭戳戳芳竹的腰。「娘子叫咱們走呢。」

芳竹這才反應過來。

那幾個年輕男子轉過月洞門，花木掩映間，正好看見幾個俏麗窈窕的身影離去。

「佳人羞走，可惜這天籟般的箜篌之聲，是我們唐突了。」突然有人感嘆。

「傅東閣，請問這是府上哪一位小娘子啊？」又有人問傅淵。

傅淵沉了沉臉，那背影，似乎是傅念君……這怎麼可能呢，什麼時候她彈得這麼一手好箜篌了，她明明連宮商角徵羽都辨不清。

「素聞傅家排行最長的小娘子擅箜篌，大概就是這一位了吧。」突然有道低沉的嗓音響起。說話的是個穿蘭青色襴衫的士子，生得身形高大，面龐極有線條，兩頰瘦削，濃眉朗目，很是英武，身上自有種陽剛之氣。雖然如今他這長相並不太受小娘子們歡迎，可依然不能否認他身上這樣獨特的瀟灑之氣，放在人群中也是很惹眼的存在。

「陸兄說得有理啊，大約就是傅大娘子了……」

「如此琴音，必是佳人。」陸成遙不由望著前方感慨，眼神中透露出濃濃的興趣。

有人立刻聽出他弦外之音，說笑道：「陸兄素通音律，適才也是你第一個聽到這琴音的，看來是與傅大娘子有緣了……」

陸成遙身邊一個十五、六歲的少年郎君蹙了蹙眉。他是二房裡的獨子四郎傅瀾，陸成遙的表弟。他往三堂兄傅淵望去，只見傅淵聽了陸成遙那話後，臉色越發黑了……

三哥必然也聽出來了。

彈箜篌的人，並不是大姊。那到底是誰呢？

傅淵沒有說話，只說著：「諸位，請挪步吧。」

傅瀾嘆了口氣，罷了，既然三哥都不指正，那他也不好開口說什麼，就讓表哥保留這個誤會吧……

§§§

「儀蘭，讓大牛去城外妙法庵走一趟，問問李道姑，杜淮杜二郎何日會出遊，去哪裡？」傅念君淡淡吩咐著。

大牛大虎兄弟倆是過世的大姚氏留下的人，從前的傅饒華不喜歡他們生得粗笨醜陋，就打發他們去看門了。到了現在傅念君清點人手，發現生母留下的人也就這幾個能用的，而且大牛、大虎雖憨直粗笨，對她卻忠心。繼母安排的人，她可不敢重用。

儀蘭不解。「娘子，為什麼要請李道姑去打聽？這樣的事，咱們自己也可以……」

傅念君望了她一眼，只覺得她一臉天真爛漫。

「我把杜二郎的事揭到了明面上，妳說四姊和母親怎麼看我？這滿府裡都是母親的人，我去打聽杜二郎，是不是送上門把把柄給人家抓？李道姑收了我這麼多錢，也該為我做些事，何況她們這幫出家人，眼明心亮得很，東京大大小小世家後宅，怕沒什麼打聽不到的。」

儀蘭「哦」了一聲。「那您要尋杜二郎做什麼？」

傅念君笑了笑。「人家都這樣踩到我頭上來了，不把我和爹爹的名譽放在眼裡，這樣的人，多少要給他點教訓吧。我呀，很是小心眼。」

那小子太卑劣了，竟跑去向崔涵之嚼舌根，也配做讀書人？她得讓他吃點苦頭。

李道姑也是個明白人，沒兩天就把事情都打聽清楚了。

十月五日是天寧節，天寧節是太祖皇帝的誕辰，整個東京都要慶賀，場面雖然沒有上元、端午等節日大，很多寺廟道觀卻也會選在這一日開齋會、布道場，尋個緣由熱鬧一下。

李道姑打聽清楚了就讓人帶話給傅念君，杜淮天寧節這日就會和一班世家子弟往萬壽觀遊玩，若是她有意，可以從妙法庵借道。

倒是很機靈。這樣一來，也沒什麼人能一口咬定傅家二娘子在萬壽觀出現過。

十月五日這天，傅念君自然就帶著幾個丫頭、小廝兒出府，到了妙法庵喝了一盅茶就換了一架牛車往萬壽觀去。

萬壽觀是皇家道觀，觀主皆是皇帝親封的天師，雖不如大相國寺般名頭響亮，可是貴族子弟和女眷們偏愛這裡勝過大相國寺。

傅念君帶著帷帽，跟著人流往觀中去。

今日的萬壽觀香火極旺，觀前的集會也很熱鬧，不僅設了樂棚表演雜劇歌舞，官府和市井的藝人也都爭相彙聚，雜而不亂，熱鬧聲不斷。

「娘子，您小心些，這裡人多……」芳竹和儀蘭一左一右護住了傅念君。

「閃開，閃開啊……」

突然有吆喝聲傳來，便看見有幾匹馬躍過來，撞翻了好幾人。

「別擋路別擋路。」嘻嘻哈哈地又過去了。

馬上似乎是幾個年紀不大的郎君，有個連帽子都歪了也不去扶，很有幾分側帽風流的意味。

「這不是齊郎君嘛……」

芳竹看著那一騎絕塵的人說道。傅念君哂然，就是那個和她在名聲上牽扯不清的齊昭若嗎？

「那還有兩個是誰？」儀蘭瞇著眼，沒怎麼看清。

「不曉得。」芳竹說：「跑得太快沒瞧清，不過那兩個騎術是比齊郎君好多了，瞧齊郎君，踩爛了人家一筐柳丁……」

傅念君笑著搖搖頭。萬壽觀的齋會要價很昂貴，一人大概要一貫錢，和山下的酒樓茶肆自不能比，且要提前預定，因此往來的也都是豪門大戶。

傅念君有李道姑先打過招呼了，因此得了萬壽觀後院一間小小的雅室休憩。

「這位娘子，還有半個時辰就有道長的講道了，您且先等等，若要奉香，再喚人即可。」

「有勞了。」傅念君向小道童笑著點點頭，看他紅了紅臉就退下了。

「娘子，您瞧這個，夠不夠結實？」

傅念君正垂著腳坐在門邊，瞧著面對自己的一片蓊蓊鬱鬱的樹林出神，覺著心情舒暢，就見大牛突然冒出來，拿著一根碗口粗的木棒揮舞。

她忍不住笑道：「別急，人還沒過來呢。」

大牛不好意思地搔搔頭，被大虎匆匆忙忙拉走了。

「娘子，您還真要這麼做啊？」儀蘭憂心忡忡的。

「是啊。」傅念君笑了笑，向她調皮地眨眨眼。「放心，只有這一次。」

杜淮這種敗類，還真不值得什麼別的高貴的法子來折騰他。蒙著頭打一頓就是了。

傅念君輕飄飄說這樣一句話的時候，芳竹和儀蘭的下巴都差點掉了。她們娘子什麼時候這麼潑皮了？

「大牛和大虎身手還不錯，打就打了，抓不到證據他只能認栽。」

傅念君依然一臉無所謂。

他們是君子，可她是女子，她不求什麼堂堂正正。

4 兩位郡王

國朝重文，每個人說話做事，都講究儒雅風度。哪裡有她這樣說去打人一頓就打一頓的，她還是個小娘子呢！可是芳竹和儀蘭今天看大牛大虎的架勢，就知道娘子不是開玩笑了。

杜淮今日約了兩三好友，開開心心地在集會逛了逛，又在萬壽觀牆頭提了幾筆詩，加上被身邊好友大加讚賞了一番，心裡也有些洋洋得意。

他自認讀書不差，什麼崔涵之，寫的詩文在他看來也不過爾爾，倒是國子學、太學裡對他是人人稱頌，卻鮮少有人賞識自己，但是好在還是有長眼睛的人。

「二郎大方，萬壽觀的素齋，我們平日可沒有福氣吃到。」

一個竹竿般瘦削的青年學子奉承杜淮，還給他倒上了一杯素酒。

杜淮笑眯著眼睛。「張兄客氣了，咱們都是同窗，不過一、兩頓素齋，算得了什麼，何況是給尊神們添香油錢，來，喝酒……」

小廝兒趁機又偷摸著給杜淮遞上一包東西，一打開，滿室芳香。

「二郎，這是……」

「有酒無肉，無法盡興，來來來，這野雞味道甚美……」

正說著，突然門被一下子拉開，杜淮幾個嚇了一跳。

「好啊。」門口站著一個眉目濃豔的少年，正抱臂看著他們。「我說誰在齋會上吃肉，原來是杜淮你小子啊！」

猛然看見齊昭若，杜淮噎了一下，想到了自己明裡暗裡告訴崔涵之，齊昭若和他的未婚妻子有私一事，但是看齊昭若正拚命吸著鼻子，好像他還不知道。杜淮挺挺背，就算知道了又怎麼樣，不過一樁小事。

「齊大郎，要不要一起？」杜淮邀請道。

齊昭若一樂。「倒是好，只是我還有兩位客人，怕是不便。」

杜淮倒也繼承了他老子幾分機靈，齊昭若說不便，就是說明那兩位客人身分比他尊貴，不能屈尊來他這間屋。見到機會就要把握，杜淮這一點上很有頭腦。

「我們幾人不知能不能跟著大郎你湊個趣兒，一起喝酒也開心些。」

齊昭若笑著點點頭。「也好也好。」

說罷杜淮幾人就起身，跟著齊昭若換了場地。

開門一看，原道這裡最大的雅間給了誰，這裡頭兩位，好像極面善啊……

一個穿白衣的少年郎君生得很標緻，眉目如遠山般雋永，是個清淡似水墨畫裡走出一般的人物。身形略顯單薄，戴著方巾，正親自跪坐在地上烹茶，十指纖纖，滿身書卷氣。

另一個側臥著發呆，正瞧著外頭的景色，穿著鐵青色的箭袖束腰直身，束小冠，體格極好，寬肩窄腰。他微微側過臉，眾人看到一張極俊朗的臉，眼梢上挑，面部線張揚卻又不過分；皮膚白皙，中和了身上磊落瀟灑的氣質，既不顯得文弱，又不是那麼威武，恰到好處得讓人無法親近卻又心生欽慕。

「這位是六郎，這位是七郎……」齊昭若笑著介紹。

杜淮腦子轉得很快。和齊昭若如此親密來往，又值得他特意介紹的。

六郎、七郎……不就是皇子中排行第六的東平郡王和第七的壽春郡王嗎……

他當即就要行大禮，卻被齊昭若拉住了。

「別別，他們見不慣大禮，是吧？表哥們。」

邠國長公主是官家的親妹妹，這兩位自然就是他的表哥。

那位烹茶的「六郎」先轉過頭來，笑道：「是啊，請進吧。」

此時「七郎」也坐起身，對他們挑了挑好看的眉毛，睃了這一圈人，似笑非笑地對齊昭若說：「你還真懂得怎麼給我們找樂子。」

齊昭若咳了一聲。「是七哥你剛才說了，想見見那位在牆頭提詩的才子……」

只見東平郡王周毓琛突然間一陣猛咳，彷彿被茶嗆到了，他回頭一臉好整以暇地看著弟弟。

壽春郡王周毓白也是一臉無奈。

他剛剛說的明明是，「誰這麼一筆爛字也敢提牆頭，寫的這是什麼玩意兒，有機會一定要認識認識此人臉皮是怎生得厚」。

杜淮卻一臉受寵若驚，拱手驚喜道：「原來七郎還曾誇讚過，實在是愧不敢當。」

齊昭若憋著笑，招呼杜淮坐下，杜淮以一種在周毓白看來極度肉麻的眼光盯著他，盯得周毓白渾身雞皮疙瘩。

他望向看戲的兄長，嘆了口氣。「還有茶嗎，再給我一杯。」

壓一壓胃裡的噁心才是。

§§§

杜淮很興奮得了兩位郡王的賞識，推杯過盞，又覺得兩位郡王果真是人品出眾、出類拔萃，不僅相貌無可挑剔，談吐也是極有風度。兩人一如秋陽，一如冬月，身分貴重自持，卻都並不像他以為的那樣清高冷傲。

如此他一高興，就多喝了幾杯，喝得渾忙忙，就起身告退去解手，邊解手還邊兀自回味著該怎樣回去讓兄弟們羨慕羨慕。

他想到這兩位郡王的身世，不免又有些唏噓。

東平郡王在相貌和風度上都要更接近當今聖上，溫和仁厚，而人家的母親是官家最喜愛的張淑妃，盛寵幾十年不衰，那才是官家的心尖肉。

比起來壽春郡王的風姿雖然更教人嚮往，但他是皇后舒娘娘嫡出，舒娘娘不受官家喜愛，要是舒相還在朝，自然境況好些，可是如今呀……

杜淮搖搖頭。說起來，當今這位官家的後宮祕事，滿天下也沒幾個百姓不知道的。

如今的官家是太宗皇帝唯一的嫡子。太宗皇帝的髮妻，徐太后，在太祖沒起事時嫁給了太宗，家裡是以殺豬為業的；她的兩個兄弟後來跟著太祖太宗東征西戰，雖說大字不識幾個，可到底憑著累累軍功建起了家底，如今誰都知道徐國舅一家，那是橫著走的主。

太祖過世後太宗兄終弟及登上皇位，徐氏也成了皇后，她想讓自己的侄女做太子妃，被太宗皇帝擋下了。當時國朝初立，太宗急於和舊朝老臣建立關係，就為太子聘了魯國公，後追諡中書令孫德的長孫女為妃。

孫德是前朝宰相，雖然做了二臣，可是依然引導了大批民心，太宗審時度勢，新舊王朝的第一次妥協，舉措十分正確。

第一位皇后，就是那短命的孫娘娘。

太宗皇帝的打算很正確，可他看輕了自己那個當年就敢提刀追人兩條街的悍妻。

話說當年還是太子的官家，十六歲的時候，大婚前夕，就被親娘算計了，無媒無聘之下在自己親娘宮裡寵倖了表妹徐氏，就是如今的徐德妃。

徐德妃長得很不好看，還是齙牙，且性子和徐太后年輕時一樣，能動手就不動口。官家醒來看到這樣一個女人含羞帶怯地望著自己，還是自己親娘的算盤，真是又氣又急，只覺得女人如洪水猛獸，避之唯恐不及。

可當時的太宗皇帝也沒辦法，因為徐氏很快有了身子，只能讓她做了太子側室。

於是孫娘娘就這樣委屈地嫁給了官家。孫家是百年世家，孫娘娘性子高傲，覺得丈夫對不起自己，不願主動親近，也很不懂得撫慰當時極度厭恨女人的官家的情緒，兩人就這樣夾著個徐氏不冷不熱地過日子。

就在如此情形下，官家遇到了張淑妃。說起來，這位張淑妃張娘子也是個人物，她遇到官家時，還是個走街串巷搖鼓唱曲的貨郎之妻，可是生得貌美窈窕，性格溫柔，與官家一見如故，且讓官家感受到了不同於他身邊所有女子的溫情。

這種心靈上的慰藉，是他久尋不到的。因此即位後，官家立刻不顧百官言論和太后施壓，硬是將她娶進了宮。而徐太后為何會讓步，也是因彼時徐德妃已生下了大兒子，如今的肅王。

帝后感情不睦，太后當然樂見，再來個張氏攪攪渾水，她也沒損失。

可沒想到官家對張淑妃如此情深愛篤，進宮後，她立刻就生了二兒子滕王，可幸好滕王憨憨傻傻，說話口吃，連生母都不喜歡他，太后才放了心。

還是官家的乳母秦國夫人覺得不妥，勸孫娘娘一定要軟下身段來，否則肅王越來越大，日後就是她再生嫡子也沒用了。

孫娘娘身體一直不好，可聽了秦國夫人的話終於醒悟，後來拚了性命用盡最後一口氣生下了官家的第一個嫡子，三兒子崇王。

可崇王這個寄託了滿朝文武希望的皇子，竟是個跛子！官家連多看他一眼都嫌煩。

這之後幾年，張淑妃努力想生兒子，可一連幾個都是女兒，但依然不減寵愛，甚至在她懷安陽公主期間，官家還想立她為后。

當時連旨意都下了，皇后金印寶冊都交到了張氏手裡，可百官和太后不同意，日日吵日日上摺子，說張氏再嫁之身，且出身下九流，萬萬當不起一國之母；御史台的御史們輪番圍攻官家，口誅筆伐，從前五百年一直說到後五百年，鬧得沸沸揚揚烏煙瘴氣，吵到官家最後妥協才甘休。

張氏這皇后，只做了三天，從此以後還只能封淑妃，連貴妃都不能加封。

官家也算可憐，第一任皇后，是出於鞏固新舊朝的關係；第二任皇后，是他對集體文官的讓步。他對心愛的女人，只能懷著一份愧疚。

百官們怕他再提舊事，便挑了一位他們都滿意的小娘子。於是當年官家就娶了當時舒相公的女兒，才十幾歲的舒氏。

因為舒相公是身家最清白的一位，舒氏做了皇后，絕對沒有任何助力，甚至連兄弟都沒有，絕對無法威脅到太后的外戚地位，且舒氏一個當時才十幾歲的女娃，也威脅不到張氏的寵愛。

立了皇后，後宮終於清淨了，官家依舊寵愛張淑妃，冷落皇后。好幾年後，東平郡王周毓琛出生，這是張淑妃和官家最疼愛的兒子，他不似同胞兄長滕王一樣憨傻，而且十分聰明懂事，在繈褓裡時就長得頗為討喜。

可是千算萬算，張淑妃還來不及為這個令人滿意的兒子大肆慶祝，舒娘娘就也誕下了一個兒子，正是官家的七子壽春郡王周毓白。

聽說當時張淑妃發了很大的脾氣，可到底也不怪官家，她懷孕在身，舒娘娘又正值青春，這是很理所當然的事……

張淑妃此後便一直指望著周毓白和孫娘娘留下的崇王一樣，是個有疾的。可是大概官家就是老來兒子命，只有這兩個最小的兒子，越來越合他心意。

於是如今關於立儲，便是御史台和諫院三天兩頭時不時要吵的話題。

大皇子肅王，如今都三十幾歲了，長子都與壽春郡王差不多大，說才能也平平，可架不住人家背後有太后和徐家撐腰。

二皇子滕王，是個傻的，就是張淑妃自己也煩他。

三皇子崇王，嫡長子，最最名正言順，身後有前朝勳貴們支持，只可惜是個跛子，若不是無子的情況下，哪個皇帝會立個殘疾的兒子。

六皇子東平郡王，樣樣都很好，張淑妃和官家也最疼愛他，可人家身分就是比嫡出的壽春郡王低一截啊。立嫡輪不到，立長也輪不到，就是張氏自己來看，兩個兒子，憑什麼是立小兒子？

七皇子壽春郡王，也是嫡子，天資也很好，可舒娘娘背後有什麼？無寵也無勢，甚至也無錢財。當初扶她上位的是百官，可是百官各有想法，舒相退下來後，他們母子更是如風中浮萍，實在難以支撐。

如此就一拖再拖，一辯再辯，就沒一個既合官家的眼，又合百官的眼。

立儲大事，拖不得啊。杜淮想到他父親經常回家感慨的這句話。

杜淮渾身一個激靈，慵慵地提上褲子。罷了罷了，他想這些幹什麼，又輪不到他來操心。

他轉身打了個酒嗝，吸了吸鼻子，覺得有點不對勁，怎麼這麼臭啊……抬眼一看，當頭就被一個糞桶罩了個嚴嚴實實。他連嘴都沒來得及闔上……

跌跌撞撞間，杜淮感覺到自己被人一把拉出了茅廁，他心中害怕悽惶，嗚嗚地想大聲叫，可是一記棒子就打在他腿上。

他疼得眼淚都出來了，當下軟了身子倒在地上，他好不容易拚命甩開頭上令人作嘔的糞桶，可惜被糊了一臉，他只能哀嚎，眼睛都睜不開。

不久糞桶被拿開，可馬上又有麻袋蓋住了頭。

杜淮明白他們為什麼蓋麻袋……因為接下來的棍棒，都落在了他的臉上。下手的人毫不客氣，一棍接一棍，他哭喊著在地上打滾。

「爹爹啊……親娘啊……」聲音要多難聽有多難聽。可他叫得這麼淒慘，也根本沒有人理他。

杜淮也不知有多少個人在揍他，只覺得自己滿眼都是金星。

「不要、不要再打了……」他哭求著。

可是棍棒還是像雨點一樣落在他身上頭上，杜淮疼得在地上扭來滾去。

「別、別打了……」

他麻袋裡的臉上除了那些噁心的東西，還有鼻涕眼淚。

「啊啊……」叫了好幾聲，他自己「砰——」地一記狠狠撞上了一棵樹的樹墩。

他強撐著才沒有暈過去，等覺得清醒了些，似乎打他的人消失了，他聽到了四周的腳步聲。

「什麼聲音，好像是杜二郎的聲音……」

「杜兄、杜兄？」聲音越來越近。

杜淮「哇」地哭喊了一聲。

「二郎在這裡！」他感到有人匆忙把自己扶起來，頭上的麻袋被拿開，杜淮流著眼淚嗚嗚地哭著，終於能透過一絲縫隙看清眼前這些人了。

周毓白和周毓琛目瞪口呆，眼前這臭不可聞滿身屎尿的人，就是才消失半盞茶工夫的杜淮？

周毓琛倒還好，周毓白忍不住「噗嗤」一聲笑出來。

「二郎、二郎你、你怎麼會這樣……」

被杜淮稱為「張兄」的青年學子忙掏出手帕給杜淮，他揪住了杜淮唯一一處乾淨的衣角，強忍住嘔吐的欲望。他可不想這些穢物玷汙了自己高潔的身體。

杜淮邊嚎哭，邊抹了一把自己臉上的東西，樣子要多難看就有多難看。

周毓琛看了一眼看好戲的齊昭若，說道：「還不快去叫人。」

齊昭若撇撇嘴，走開了。

接著，杜淮一下就撲到周毓琛和周毓白兩人跟前，哀嚎道：「求兩位郎君給我做主……」

他這是哪裡學來的腔調？周毓白不著痕跡地往後退半步，避免杜淮抓住自己的衣襬。

「杜二郎你且起來，這件事，我們必然會幫你討個公道。」周毓琛倒是比較好說話，忙示意身邊的侍衛把他扶起來。

咦？什麼時候出現的侍衛？在場的人都很茫然，剛剛都沒看見啊。

有道童倉皇趕來，看見杜淮這滿身屎尿、哭爹喊娘的樣子，同樣臉越來越黑。

他想到剛剛師弟和他說，師父準備要倒的馬桶被偷了……他還怪師弟睡迷糊了，怎麼可能有人偷馬桶？哦，原來是來這兒了。

「杜施主，請您快這裡請……」道童忙上去請杜淮。

杜淮卻還沒個完，一個勁地要和周毓琛說話：「六郎求您了，那起子賊人將我一頓亂打，怕是斷了骨頭了……」

周毓白背靠著一棵樹微笑，看著周毓琛正不斷在蹙眉。

也是，杜淮這滿臉滿嘴的都是那味兒，聞著真夠嗆的，得虧周毓琛受得了。不過還真是，誰這麼缺德，竟然這麼對付他……

真是好有意思，很久沒遇到這麼有意思的事了，不知道是誰做的。他不禁想，這人也一定很有意思。

§§

此時傅念君屋子裡卻是笑作一團。

「娘子，他真是哭爹喊娘的……」芳竹捂著肚子笑。

傅念君也沒錯過這幕好戲，但是她只站著遠遠地看，得手了就帶著兩個丫頭回來。

「好了。」傅念君說道：「他們肯定是要查的，咱們要準備好。」

芳竹和儀蘭點點頭。「娘子就放心吧！」

等杜淮終於收拾乾淨後，眾人看出來他確實沒有騙人，滿頭滿臉都是傷，青一塊紫一塊的，看來對方果真沒有手下留情。

杜淮見到周毓琛、周毓白就像見到了親爹娘。

「六郎、七郎……」

「打住！」周毓白抬手打斷他，無奈道：「今日會向你動手的一定是這裡的香客，這好辦，我們已經命人把守住出口，都去認一認就是了。杜二郎，別人和你無冤無仇的，總不會下這麼大狠手吧？」

杜淮一噎，仔細想了想還真想不起來。他能和誰結這樣的梁子，他爹爹是三司裡的重臣，誰不賣幾分面子？

「兩位郎君，找到了打杜家郎君的棒子。」突然有個護衛說道。

眾人往外看去，杜淮一陣心驚。

「是在萬壽觀柴房裡挑的，卑職去問過守柴房的小道童，他說今日往來人多，他被調去廚房做事，柴房裡並沒有人守。」

「嗯。」周毓白應了聲。「去打過招呼了嗎？我們可以去認認人嗎？」

「是。宣明道長立刻就到。」

在今日這個最忙的時候，張天師的親徒宣明道長還親自過來接待他們，是因為周毓琛和周毓白亮了身分。

宣明道長約莫三十來歲年紀，看到杜淮臉上的傷也有些微微詫異。

「在此處，竟有人下此狠手？」

周毓白笑道：「可見也不是很尊重道法的，有勞道長帶路了。」

登記在冊的都是有頭有臉的人家，有些是女眷，宣明道長還會特意提醒，好在他面子大，也沒有人不配合。有些膽子大的女眷，若是先見到了周毓琛、周毓白這兩個俊朗郎君，還會微微地紅著臉探出頭來朝他們使眼色。

尤其是周毓白，不情願接收了許多秋波，他很無奈，只好把被揍地豬頭一樣的杜淮拎出來擋在自己身前。此時小娘子們一般都會立刻失去興趣，有點脾氣的還會把手裡的瓜子殼兒往地上一撂再「哼」一聲。

等到叩響了傅念君的門，他們就聽見一個小丫頭輕快的聲音。

「請問是哪位？」

芳竹透出半張臉，齊昭若因為走在最後，沒注意到是她。

宣明道長說：「貧道是這裡修行的，有些事想問問貴家娘子，可否？」

一道極好聽的嗓音便傳來。「芳竹，請道長進來。」

門打開，一位極娟秀漂亮的小娘子正笑意盈盈地望著他們，風吹動她的髮絲和桌上的紙，她抬手輕輕扣住它們，手很漂亮，她笑得十分柔美。

「道長有何事呢？」清泠泠的聲音響起。

周毓白忍不住探頭望了望，覺得這嗓音太過動人心弦。

門外眾人都愣了一下，杜淮第一個撥開人群。

「妳、妳……」他指著傅念君瞪大了眼。

是她！一定是她！這個毒婦，是她把自己打成了這個樣子……

「這位是……」傅念君笑了一下，好像不認得眼前這豬頭一樣的人是誰。

後頭有人不客氣地笑出聲來。周毓琛略帶責備地看了周毓白一眼，後者十分無辜。

「這是杜二郎。」有人說道。

芳竹第一個不信。「怎麼可能是杜二郎？杜二郎可是個翩翩少年郎，才不是這副模樣！」

齊昭若也湊過來看。「這是找到了？」

他定睛一瞧，這不是傅二娘子嗎？她怎麼在這？不過他腦子轉得很快，立刻後退了半步，決定先看看這場好戲。

杜淮被芳竹一句「怎麼可能是杜二郎」差點氣歪了鼻子。

「還、還不是妳們打的！」

他氣得暴跳如雷，想來想去，只有傅念君有可能這樣對自己，只有她有這個理由！

杜淮說話有些漏風，激動之下難免唾沫四濺，芳竹嫌棄地往後退了半步。

傅念君端坐著，瑩潤的指尖在宣紙上摩挲了下，微微笑道：「這話沒道理，怎麼就是我打的？今日有這麼多位郎君在，諸位也給我做個見證。我認識杜二郎不假，可他是我未來的妹夫，統共也沒見過幾面，我有什麼事和妹夫牽扯不清到要動手打人，還把人打成了這樣子……」說著她望了望杜淮的臉，忍不住低頭捂著嘴輕笑了一聲，顯得十分嬌俏。

杜淮被這一聲笑更是激得怒火中燒。

「一定是妳，當日打了我一巴掌還不甘休，妳是、妳是報復我，報復我……」話說到這裡，杜淮的神智突然回來了。

齊昭若就在自己身後！還有兩位郡王！他怎麼能把自己和崔涵之說的那些話原原本本地抖出來，說傅念君因為自己把她和齊昭若的私情捅到了崔涵之面前，而指使人來打自己。

「郎君繼續說啊。」傅念君站起身，身形窈窕秀麗。

門外的周毓白一直盯著她，從她適才笑彎的眉眼到現在過人的身段，都仔仔細細地盯著沒有放過。

「你眼神規矩點。」

兄長的聲音突然出現在他耳邊。周毓白對上了周毓琛無奈的眼神。

周毓白沒有多做解釋，繼續看著屋內二人。

傅念君神態自若。「杜二郎，你既說到了我打你一巴掌，那為何不說我為什麼要打你這一巴掌？杜二郎，你真要我把話當眾說明白了？」

杜淮的臉色如果是在正常情況下大概是鐵青的，可惜此時看不出來。

儀蘭插嘴：「杜二郎輕薄我家娘子在先，娘子動手打了您一巴掌，您也不能如此懷恨在心吧？今日還要賴我們把你打成這樣，我們娘子哪是這種人？我們都還沒去和你們杜家計較！」

門外眾人恍然大悟，原來確實是有過節的。

只有齊昭若撇撇嘴。杜淮調戲她？他怎麼有點不信呢。

說起來這位傅二娘子，雖然人是蠢了些，可勝在一副皮囊長得漂亮。他不似那等清高士子，也不在乎她繡花枕頭一包草，因此每次她笑得花癡地貼過來，他就也樂意陪她玩玩。

既然是有舊情的，他也不能坐視不理了。

「好了好了，杜二郎，我看你是誤會了。」齊昭若出來打圓場：「下毒手的怎麼可能是傅家這位嬌滴滴的小娘子，大概是另有其人，你也別發洩私怨了。」

杜淮就怕齊昭若替傅念君說話，抬頭又正巧看見齊昭若這裡朝傅念君投去了個相當曖昧的眼神，當下心裡立刻一清二楚：莫非是這兩個人合起夥來算計我！好啊，齊昭若齊大郎，原來你早就知道了，還背著我演這齣戲！

傅念君這裡接收到齊昭若的一個眼神，充滿侵略性，心裡噁心得不行，可是看著杜淮的臉色，就能知道他必然往別的方向猜去了。

她也樂得促成，便朝齊昭若也笑了笑。「難為齊郎君願意說句公道話。」

齊昭若覺得她今日很不一樣，就是……很有韻味。這一舉手一投足的，瞧瞧，可比之前有女人味多了，他這下心裡一蕩，也分不清東南西北了。

「哪裡哪裡，杜二郎喝多了，一時間衝撞了娘子……」

看齊昭若這五迷三道的樣子，周毓白和周毓琛就知道他是老毛病又犯了。周毓琛轉過身去，真是沒眼看，這還是在道觀裡。

看熱鬧的眾人心裡都轉著同一個念頭，這小娘子倒是好本事，先是被杜二郎調戲，接著這會兒齊大郎又立刻跳出來給她說話，可見也是個能來事的，倒不浪費這副好相貌。

「杜二郎，你說人家打了你，你有證據沒有？」齊昭若瞪了一眼杜淮，覺得他這樣子實在有礙觀瞻，卻渾然不知杜淮此時已把怒火都轉移到自己身上來了。

杜淮捏著拳頭，冷冷地說：「沒有，但是……反正就是妳打的！」

他開始有些無賴了，只覺得眼前這對男女害了自己半條命，實在可惡！由此更是紅了眼，不知是怒的，還是委屈急的。

傅念君見狀說道：「杜二郎說是我，就是我吧。你是君子，我是小女子，你硬說是我，我能怎麼樣呢？」

齊昭若也覺得杜淮瘋了，再怎麼樣傅念君也是傅相公的女兒，還是他未來的姨姊，何必弄得這麼下不來臺。

他要是在這裡耍起賴來，就是他老爹杜判官也要跟著丟臉。

齊昭若靠近杜淮，一把勾住了他的脖子，低聲說：「別鬧了啊，你以後還要不要混了？」

杜淮咬緊著牙，只覺得心裡邪火亂竄。

「這樣就得了。」齊昭若咳了一聲，朗聲說著，拍拍杜淮的肩膀，很想大事化小。「你這樣把罪名渾賴給個小娘子，可不是大丈夫所為。走走，咱們再接著去找，哥哥替你好好找，肯定那賊人是躲起來了。」

齊昭若的模樣很像在哄小孩。杜淮在心中冷笑，哪裡還有什麼賊人，分明就是你們串通一氣來整我！君子報仇十年不晚，現在我不能拿你們如何，看我回去稟告了爹爹怎麼報仇！

杜淮立刻轉身，氣沖沖地撥開看熱鬧的人走了。

齊昭若一副邀功的模樣朝傅念君擠擠眼，彷彿在暗示她什麼。

傅念君忍住翻白眼的衝動，微微偏過頭，逼自己嘴角抿出了一個十分俏皮的笑容，瞧得齊昭若心裡又像貓爪撓似的。

這下看熱鬧的也跟著散了，只有周毓白最後沒有動，往屋裡望了幾眼。

「郎君有事？」傅念君問道，對上一對極有神采的鳳目，那對眼睛明亮有神，像清泉一樣澄澈，很是漂亮。

「想問娘子討一碟甜棗吃。」他的聲音十分悅耳，不低沉也不高亢，有種慢條斯理的優雅。

傅念君微微笑。「我桌上只有香果瓜子，郎君若不介意可自行取用。」

周毓白果真向她身後看了一眼，也笑了笑。「既然沒有，就算了。」說罷轉身走了。

「那人是誰？真是奇怪！剛才他就老盯著娘子瞧。」儀蘭縮在角落裡和芳竹說話。

芳竹小聲說：「大概是瞧娘子好看才想說幾句話吧，不過他長得可真是很俊……」

芳竹眼睛閃光，臉也紅撲撲的，因為真的很俊啊！

「這倒是……」儀蘭也很罕見地贊同了。

兩人對視一眼，突然同時反應過來。

那麼俊的人，一定是「大宋美男冊」上出現過的，難怪覺得面熟來著。

「到底是誰呢……」芳竹很努力地想。

畢竟畫像和真人還是有些差距的，她敢保證那疊畫像可都不及剛剛那位郎君好看。

「妳們嘀咕什麼？」傅念君又在朝對外頭景色的門邊坐下，垂著腳，心情很好地笑了。

「娘子笑什麼？」芳竹問道。

傅念君彎了彎嘴角。「在笑我今天啊，無意間也使了一趟美人計呢……」

這是意外之喜。禍水東引，讓杜淮以為是齊昭若的安排。那杜淮固然是個敗類，可齊昭若也顯然是個好色之徒，讓他們互相不對付好了，反正她又無所謂。

芳竹和儀蘭當然聽不懂，她們還在琢磨著剛才那位郎君到底是誰。

傅念君兩手捧著茶杯，嘆了口氣。「不過還是有聰明人啊……」

幸好她做了萬全的準備。

「娘子這話怎麼說？」芳竹問道。

傅念君道：「我們撤得很快，可還是在杜淮身上留下了一樣東西。」

「什麼……東西啊……」兩個丫頭面面相覷。

「套頭的麻袋。」

那是在入觀前，傅念君在集會上買的一袋甜棗，放甜棗的袋子。唯一的證據。

所以，剛才那個人才會問她討甜棗吃。他必然是已派人去山下問過了。

真是有心。不過幸好……

傅念君笑笑，那袋子甜棗此刻都在她牛車的坐褥底下。

「娘子，咱們不會被發現吧？」芳竹還是有點不放心。

「不會。」買甜棗的那麼多人，是不可能查到她的。

喝完一杯茶，傅念君聽見眼前又有響動。

「大牛，是你又躲在那裡嗎？」傅念君道。

芳竹也說：「大牛，你別嚇唬娘子了。」

這道門是賞風景的，外頭一般不會有人走。

鑽出來一個人影，卻不是大牛，身形挺拔，腰肢勁瘦，個子很高。

主僕三人嚇了一跳，是誰這麼無禮？

那人慢慢地拾開頭上的草葉，拂了拂袖子，轉過臉來，竟是剛剛問傅念君討甜棗的那個俊俏郎君。

「你、你……」芳竹指著他說不出話來。

周毓白甩甩袖子，對三人笑了笑。「別出聲，我沒有惡意。」

他看著很規矩的樣子，可是一對眼睛就像長在娘子臉上一樣盯著。

儀蘭側身擋在了傅念君身前。枉他生得那麼好看，看起來高不可攀的樣子，可竟然也是個登徒子。

傅念君笑嘆著撥開儀蘭。「我是傅家的二娘子，人家不會對我有什麼非分之想的。」

這句話雖輕，可周毓白也聽到了。像是很驕傲，又像是自嘲。

適才齊昭若和周毓琛就說起了這位傅二娘子。

周毓琛還有些驚訝他竟不記得了，說道：「那年她進宮來赴宴，那時她有八歲了沒？在御前失儀了，硬要給太婆和娘娘（注）唱曲兒，也不知唱的是什麼，傅夫人拉都拉不住，又說了好些不得體的話，把娘娘都嚇得不輕，直說這孩子瘋魔了。太婆脾氣不好，當眾斥責了她，本來傅相公的嫡長女，大概是她們挑來預備給你我選妃的……」

正好年紀也合適，不過在那之後是不可能了，這件事周毓琛記得，周毓白卻不記得了。

「那時候我大概跑出去玩了。」

周毓白似乎只記得那時候聽人說傅相家出了個丟人的女兒，想不到就是她。

周毓琛笑道：「聽說一看見貌美的郎君就挪不動道，很是貪好男色，也是個奇女子了。」

注 皇子們說的「娘娘」就是指嫡母皇后。

這話齊昭若也做了證。說自己也與這傅二娘子相識，大概是想強調自己的美貌十分出眾。是個名聲這樣臭的小娘子啊！

周毓白打量著她，視線落在她裙角上，很想看清她裙襬下的腳穿沒穿鞋子。

「你、你怎麼還看！」儀蘭有些急了。

傅念君也覺得有些驚訝，這人是明知山有虎，偏向虎山行？知道她是什麼樣的人還敢往上湊，可見也是個浮浪的。

她心中不喜，只道這年頭好看的男子，大都很少能做到內外兼修。

周毓白挑著眉卻說：「找到了。」

「找到什麼？」傅念君問道。

他笑了笑，指指她的腳。「找到破綻。」

「妳沒有穿鞋。」他一口咬定。「因為妳的鞋上……沾了池塘邊的紅草泥。」杜淮被揍的地方，那裡就有紅草泥。她一定是把鞋藏起來了。這是個聰明的女人，也十分小心，果真有點意思。

他的臉在陽光下神采煥發，有種獨特的自信和灑脫，像鍍著一層金光般閃著光芒，只讓人感嘆大概神仙中人也不過如此了。

芳竹愣愣地盯著眼前的人出神，覺得這對眼睛越看越眼熟。她突然叫出聲，她想起來了！

「壽春郡王！」

他就是那個壽春郡王啊！芳竹激動地喊道。

娘子很喜歡的一張臉，可惜從前只遠遠見過半面，隨後便花重金讓人細細描繪了他的輪廓放在畫紙上的壽春郡王。

周毓白挑了挑眉梢，不知何時一個小丫頭竟也能認出自己。

「妳認得我？」

傅念君蹙眉，壽春郡王……又是這個熟悉的稱號。到底是在哪裡見過呢？

芳竹見她似乎想不起來，忙著急地添了把柴：「就是您房裡那本『大宋美男冊』上，您最常看的那位壽春郡王啊！說看著很下飯的那位啊！」

傅念君：「……」

周毓白：「……」

儀蘭：「……」

六道目光齊刷刷地盯著自己，芳竹才突然意識到自己失言，尷尬地漲紅了一張臉垂下頭。

周毓白花了些力氣才勉強穩住自己瀟灑的姿態，手邊扶著的柳枝差點被他生生掐斷了。

大宋美男冊？看來這位傅二娘子某些方面真同周毓琛和齊昭若說得一樣，很是瘋癲。

他只能乾巴巴地擠出一句：「多謝抬愛。」

傅念君也頗感無奈，但是也懶得解釋了，拉著芳竹儀蘭二人就要行禮。畢竟這是位郡王。

「無妨。」周毓白抬了抬手制止她們。「我只是來求證一下。」

鞋子。這就是他找到的破綻。證明傅念君到過池塘邊，到過杜淮挨揍的地方。

傅念君定定地看向他，神色間沒有慌亂，也沒有意外。彷彿篤定他不會去告訴杜淮。

她的眼神撞得周毓白心裡一動，他心底的那陌生的感覺又湧了上來。

為什麼……他會覺得這個小娘子很熟悉？從剛才第一眼開始就是。

兩個人就這樣旁若無人地直直對視，彷彿根本不是兩個初次見面的陌生人。起碼傅念君知道，他們確實不是陌生人。

她臉上還是平穩無波，可心裡卻早就驚濤駭浪。

芳竹的手在傅念君面前晃了晃，可她恍若未覺。芳竹臉色一黑，心裡暗道糟糕，娘子這老毛病又犯了！

傅念君望著這張臉，這個人……她為什麼會覺得熟悉？

她當然會覺得熟悉！這張臉，除了眼睛，嘴角眉梢，從容俊朗的面部線條，多像殺了她的那個人。

周紹敏。

是啊，壽春郡王，她一直想不起來這個名號，因為在她出生後，就沒有壽春郡王了。因為這個人，後來晉封了淮王。

他是周紹敏的父親！那個殺了她的周紹敏的父親！

他們父子在天順九年的十月五日天寧節，篡奪皇位，弒殺了帝后太子數人，血洗了整個皇城。就是從今天算起的，整整三十年。

傅念君的手緊緊地在膝蓋上攥成拳頭。她不知道自己此時是一種怎樣的心情，彷彿覺得在這一瞬間敗給了命運。

恨嗎？不，她和淮王沒有太多的接觸，只知道這是一位曾被幽禁了十年，殘了雙腿的王爺。殺她的人是周紹敏。現在在她眼前的，是仇人的父親啊！哪怕此時那位仇人都還沒有出生……

傅念君早就明白，她回到三十年前，一定會遇到一些人，與三十年後的自己有著千絲萬縷的關係，只是這種震撼，她現在才剛剛能體會到。

傅念君的變化，周毓白看在眼裡。

他擰了擰眉。這太奇怪了……

她對他顯然有些別的想法，她甚至渾身微微發抖。這絕不是遇到一個俊俏郎君該有的表現。更像是害怕、是恐懼、是無所適從。

他從來沒有得罪過她啊！她真的認識自己？而且更奇怪的是，到底為什麼他也會覺得好像在哪裡見過她，可卻又怎麼都想不起來。

他一定是瘋了！被這東京有名的花癡小娘子給傳染了瘋病。

「娘子！」

芳竹的聲音像一道驚雷劈進傅念君耳裡。

傅念君見自己眼前芳竹的臉，察覺到她正用力握著自己的手臂。

「娘子，您撐住！再怎麼樣，也……不能衝過去啊。」她滿臉憂心。

這是她對傅念君最後的要求了。芳竹只覺得她家娘子快把這位俊朗無比的壽春郡王給盯出個洞來了，可不能再盯下去了啊。

傅念君張了張嘴，覺得這轉變有點太快。

這時，另一邊的門卻被扣響了。

芳竹和儀蘭齊刷刷地往庭中看過去，可是周毓白卻消失了。

兩人不由鬆了口氣，可同時又覺得這位郡王行為很是怪異，簡直與他的相貌極不相符。

儀蘭去開了門，芳竹端了一杯茶給傅念君，想讓她平復一下心緒。傅念君羽睫輕垂，卻還沒有從周毓白身上轉移開思緒。

謀反……她卻記得自己死前與周紹敏一番強辯之時，他說過，他們只是拿回屬於他們的東西……周紹敏指的是皇位。

不論這話的真假，傅念君都明白，這三十年前的故事，儲位之爭，幾位王爺相繼發生的慘劇，肯定比她以為得更複雜。而她，如今也已經身在這亂流之中，再也無法置身事外了。

儀蘭打開門，卻沒想到又迎來了一位美郎君。

她有些不合時宜地想，娘子祈盼已久的桃花運，難道就在今天全部開花？這一個接一個的。

齊昭若朝儀蘭眨眨眼，笑得很輕佻。「許久不見了，小丫頭。」

他不客氣地走進來，傅念君轉過頭去。竟是這個傢伙。

齊昭若盤膝坐到她身邊。「妳怎麼了？真是妳打了那杜二郎？」說話是極熟稔的樣子，很理所應當。

傅念君蹙了蹙眉，她真的很想叫人把他從自己身邊拖出去。真聞不慣他身上那香粉味。

「不是。」她淡淡地說。

她只留了個側臉給齊昭若，他卻瞧得很有滋味，從前怎麼沒覺得她這樣柔媚？

他不由伸出手要去搭傅念君的肩膀，傅念君抬手甩開他自己站起來，居高臨下道：「齊郎君大概是喝多了酒，有些迷糊了。」

他如果想做第二個杜淮，她也不介意第二次揍人。

齊昭若不似杜淮，他本就脾氣大，立即黑了臉。「妳怎麼回事，發哪門子瘋？」

他冷冷地盯著傅念君，基本上除了他那幾個皇子表兄，他對誰都沒什麼好脾氣，何況他剛剛還幫她打發了杜淮，她早該自己笑著纏過來了。

從前他認識傅饒華，還是這女人自己貼上來的，不過摸一下臉親個嘴兒就軟地不行了，這女人貪圖皮相，且還總愛說些什麼「自由」、「戀愛」的鬼話，為自己放蕩的行為找盡藉口。

那些清高的讀書人不愛和她玩，齊昭若倒是不介意，兩人雖然沒到最後一步，可幾次獨處，該摸該看的，他也沒放過。

這樣想著，他又往傅念君身上掃了幾圈。她的身段確實不錯，穠纖合度，嫵媚娉婷，既不會太過豐腴讓人覺得油膩，又不會太瘦硌著人，就是比曲苑街最好的官妓蘇瓶兒也不差什麼。

這樣一看，他心裡也就軟了軟，和個蠢女人計較什麼呢？

傅念君瞧著他的眼神，心中便不由冷笑，以前的傅饒華到底是有多蠢呢？這個人看她的眼神並不比看一個青樓女子高多少，她到底圖他什麼？

齊昭若也放緩了口氣笑道：「好了，別鬧了，妳坐下。」

瞧瞧這作風，倒是真像來狎妓的。

只是齊昭若也不傻，這傅二娘子畢竟是傅相的女兒，他也不會把兩人的關係捅到外頭去。傅饒華雖放浪，可那是崔涵之的事，他尋的是一時快活，當然若她成親後，願意叫那姓崔的書呆做烏龜，他也不介意。

「好嬌嬌，我不過同妳說句話。上回遇仙樓一別，妳還好嗎？家裡有人難為妳沒有？」

芳竹儀蘭兩個只縮在後面大氣也不敢出，儀蘭想上前，被芳竹拉住搖了搖頭。娘子和齊郎君的關係從前就是這樣，她們只能裝不知道。

傅念君強忍住心裡的噁心。還不到教訓這傢伙的時候。

「嗯，沒有，挺好的。」

「那就好。」齊昭若說著：「上次同妳講的，水產行的生意怎麼樣了，幾時把銀子給我？」

傅念君心裡轉了個彎兒，語氣也緩了緩：「最近公主和駙馬在銀錢上對你還是……？」

齊昭若嘆了一聲。「哎，不提了，銀子哪裡有夠花的一天。」何況他出遊一次，去花樓逛一次，錢就像水一樣灑出去了。

傅念君道：「這倒是，只是最近家裡有些事，我的銀子也都是阿娘留下的，動起來麻煩，你且等等吧。」

齊昭若看了她一眼。「成。妳記得快一些，合夥做這個可等不得。」

傅念君說道：「自然，我曉得分寸。」

齊昭若拍拍衣服下襬站起來，適才被傅念君冷了一下他頓時也沒什麼興致了，只過去摸了一下她的臉。

「能拿出來了再叫人告訴我，我等著妳啊。」說罷又看向她素雅的髮髻。「我上回給妳打的頭面，不喜歡？」

傅念君強忍著把他一腳踹開的衝動。「不會，怎麼會不喜歡，只是不大捨得戴罷了。」

齊昭若笑笑，很滿意。其實呢，那紅寶石質地很差，和傅念君自己的首飾不能比，何況她又怎麼可能讓人留下把柄，早就押典當行裡去了。

齊昭若志得意滿地走了，傅念君卻寒著臉望著兩個丫頭。

「這是我說最後一次，以後妳們不必怕他，我和這種人，再不會有任何關係。」

這是傅念君被「神仙指路」後，第一次用如此嚴肅的神態和她們說話。

芳竹和儀蘭感受到了從前從未有過的威勢。

「知、知道了。」兩人怯怯地回答。

傅念君看她們膽戰心驚，又無奈地嘆了口氣。「算了，這也不怪妳們，從現在開始改吧。」

連她身邊兩個貼身丫頭，都不相信她是真正地改過自新。她到底還要花多長時間，才能改變傅饒華這一場糊塗的人生呢？

§§§

兩位郡王和齊昭若的人手，大部分都滿山遍野幫杜淮找凶手去了。

杜淮卻一個人坐著喝悶酒，越看對面意氣風發的齊昭若越不爽。

都是他！就是他！好個齊大郎，竟是背地裡下陰招的小人。杜淮現在已經完全確認了是齊昭若吩咐人來打自己的。

「素酒喝多了也會醉，二郎且住吧。」張姓學子勸告。何況杜淮頂著這麼個豬頭，也應該盡早就醫。

對面齊昭若卻很開心，還要拉著人行酒令，拉著周毓琛不理他，就去找周毓白，周毓白也不理他，他便找別人，也沒有多看杜淮一眼。

杜淮心裡火大，這人！

「六郎、七郎，齊大郎，那我先告辭了。」

杜淮被張姓學子勸了兩次，終於僵硬地站起身。也沒有人挽留他，周毓琛倒是對他點點頭。他出門後越想越氣，把柳條當作齊昭若狠狠地折了下來。他招來身邊的小廝，道：「去告訴扈大，他不是很懂得養馬套馬嗎，你讓他……」他吩咐了幾句，小廝退下去了，杜淮才扯扯嘴角。

不能拿你怎麼樣，總能讓你吃點小苦頭吧！他把柳條一把擲在地上。

屋內的齊昭若同樣對杜淮十分不滿。

「早就該走了。」人剛走，他就嘖了一聲。

周毓琛望了他一眼。「這樣冷落他，為你那位傅家小娘子出了氣了？」

齊昭若笑了笑，果真什麼都瞞不過這位六表哥。他沒有否認也沒有承認，只說：「那小子今日倒給我們添了些趣味。」

周毓白蹙了蹙眉。剛才齊昭若離開了一段時間，其實他也能猜到他去了哪裡。

他站起身，說道：「喝多了酒，我們也走吧，騎馬去賽一圈。」

不知為何，他就是有些不暢快。

「七哥要賽，我這騎術，也是要捨命陪君子的。」齊昭若接道。

三人便也預備牽馬離去。

此時傅念君正坐在不起眼的牛車裡，順手從身下的褥子下摸了個甜棗出來，往嘴裡一塞。

心中事多的時候，她就無意識會想往嘴裡塞東西。

芳竹也很無奈。「娘子，怕是不乾淨……」

傅念君掩著嘴吐出了棗核。「無妨。」

牛車突然停住了。

「怎麼?」傅念君問道。

芳竹探頭看了看，便說：「前頭圍了許多人，走不動道了。呀，娘子，正是齊郎君，還有壽春郡王，和那位……大概是咱們猜測的東平郡王……」

兩位郡王風姿出眾，不用靠近芳竹就能一眼認出來。傅念君坐在車裡，聽見了外頭突然喧嘩起來的人聲。

「快、快把郎君扶起來……」

「郎君、郎君，郎君您怎麼了?快騰個地方給郎君……」小廝們七嘴八舌地叫喚著。

齊昭若在眾目睽睽之下就一跤跌下了馬，頭朝地，瞬間就暈了過去。如此便堵住了道路。

「娘子，好像是齊郎君出了什麼事……」

芳竹和儀蘭睜著眼睛車上掀開了一條縫，爭著往外看。

「讓大虎去看看，小心一點。」傅念君又摸出了一顆棗子輕輕啃著。

壽春郡王和東平郡王……她腦子裡紛亂的，都是前世關於這兩個人的事。

這兩個最年輕出色的王爺，最後卻都沒能當上皇帝。可是齊昭若呢?這個人她應該有點印象的啊，畢竟他身分也不低。

「啊!」她一捂嘴，輕叫了一聲。

「娘子怎麼了?」儀蘭迴身。

「咬、咬到棗子核了……」

儀蘭無奈。「讓您貪吃。」她沒有意識到話裡的僭越，傅念君也沒有怪罪她。

她想起來了。邠國長公主獨子……少年早殤。就這樣短短四個字，就是齊昭若在三十年後給世人留下的唯一的印象了。

如今萬千風光，可他竟是個早死的宿命。看來禍害遺千年這句話也不盡然正確。

人群漸漸圍繞在三位少年郎君周圍，小廝們顧不得驅趕人群，只猛力地掐著昏迷的齊昭若的人中。周毓白坐在馬上，飛快向四周掃視了一圈。

傅念君這輛牛車並不是來自傅家，在人群中並無任何特殊之處。

同樣的，杜淮被揍成了這樣，也沒臉當眾露面，便雇了一輛普通的車。他看見齊昭若如他所願栽了個跟頭，心裡終於舒服點了。他手下的扈大從前就是養馬套馬的好手，只要輕輕在齊昭若的坐騎上動動手腳，他那馬鞍馬蹬就會偏轉；馬蹬不牢，他技術不佳，一踩就容易摔下來。

杜淮冷笑，被下了陰招，那他就要報回來！

周毓白翻身下馬，和周毓琛兩人去查看齊昭若的情況。

周毓琛吩咐著身邊的護衛：「快去尋個郎中來，把齊大郎揹上……」

再怎麼樣，這裡這麼亂，也不能就地醫治。他這裡正吩咐著，沒想到齊昭若卻突然有了動靜。

「郎君、郎君……」

齊昭若的小廝阿喜激動地差點眼淚鼻涕流滿襟，若郎君真的出了什麼事，他如何向公主交代，不死也得被剝層皮啊。

「郎君，您可覺得還好？」阿喜抹了一把眼淚問道。

齊昭若悠悠轉醒。

「我……」

「您摔下馬了！郎君，您頭還疼嗎？能認人嗎？」阿喜嗓門很大，嚎得每個人都能聽見。

周毓琛忍不住打斷他：「阿喜，你先別吵。」

齊昭若蹙了蹙眉，自己手肘撐地坐了起來。阿喜放心下來，還能坐，看來是沒事。

齊昭若用手掌捂著額頭，彷彿極痛苦地抬頭，他身前站著的是周毓白。周毓白望著他，覺得這小子的眼神卻異常犀利。

這一摔當真是摔懵了吧？

他伸出手去，便道：「好了，別賴在地上，既然沒事就起來吧。」

齊昭若望著那手，又轉而看向眼前這張臉，嘴唇動了動，竟吐出石破天驚的兩個字。

「爹……爹……」

周圍似乎在瞬間安靜了一下。齊昭若身邊的小廝們不啻於被驚雷劈中，個個呆若木雞。

他們聽錯了吧？他們一定是聽錯了啊！不至於摔了一下頭，郎君就摔傻了啊，他怎麼會叫壽春郡王做爹爹，怎麼可能！

圍觀的路人視線也在周毓白和齊昭若之間來回掃視，實在不明白這是哪一齣。

周毓白覺得他今日還真盡遇到些匪夷所思的事，不然和自己從小一起長大的表弟怎麼會開口叫自己爹爹？

周毓琛也被這突如其來的一聲爹爹給震住了。大庭廣眾的，不適宜開這樣的玩笑吧……

眾人都愣住了，齊昭若卻還是蹙著眉閉著眼，彷彿十分頭疼的樣子。「我怎麼……沒死？」

又是驚天一道雷。

摔了一下，也不是多高壯的馬，不至於要死要活的吧。大家心裡不由都轉著這個念頭。

周毓琛咳了一聲，一把把還賴在地上的齊昭若拽起來，只能打圓場說：「好了，別開玩笑了。」

齊昭若的眼神卻讓他很不適應。

「你……」

周毓琛無奈地拍了他的後腦勺一下，打斷他說道：「你叫你七哥做爹爹，難不成還要叫我一聲伯父？開玩笑也該有個度吧。」

周毓白卻深知這不尋常，因為齊昭若的神色很不對勁，充滿了戒備和陌生。

他立刻吩咐身邊之人：「快去尋一輛車來。」不能再讓他當街鬧笑話了。

傅念君離得不近，等到人都散去了，她才聽見人們隱約的談論。

「真是怪事了，跌了一跤，爬起來就隨便叫爹，可不是傻了，也不知是哪家的小郎君……」

「可不是，長得還挺標致，跌傻了那多可惜。不過要說傻，還是他叫爹的那個郎君更傻。」

「所以叫什麼，『父子倆』都傻來著……」

兩個婦人嘻嘻哈哈說笑著路過了傅念君的車窗。

她們在說齊昭若？什麼叫爹不叫爹的？傅念君微微蹙了蹙眉頭。

好在大虎鑽到了人群最裡頭，把過程看了個一清二楚，回車上就稟告給傅念君了。

芳竹用手吊著兩隻眼睛的眼梢往上提了提。「他是不是對著這麼一個鳳眼的郎君叫爹？」

大虎不認得周毓白，看了以後直點頭。「是是，就是這麼一個郎君。」

芳竹忍不住「哈哈」笑了一聲。「還真是有開口就管人叫爹的人呢……」

大虎也跟著說：「正是呢，摔跤的人多，一摔認個爹的還真不多。」

儀蘭卻很擔憂，拉了拉芳竹的袖子。「別笑了，萬一人家摔傻了……」幸災樂禍也不好吧。

「娘子……」儀蘭輕輕叫著傅念君，可傅念君卻連一個眼神都沒有投給她。

因為她沉浸在比適才遇見周毓白更大的震驚之中。

只是摔傻了嗎？她倒寧願齊昭若真是一摔摔傻了。她腦子裡不可控制地轉著一個可怕的念頭……叫周毓白「爹爹」的人，她知道，她認識！只有那個周紹敏啊。那個一劍把她斬殺在東宮的周紹敏！

她控制不住地渾身發抖。

「娘子，您怎麼了？您冷嗎？」

儀蘭忙拿著披帛兜在她身上。怎麼突然就抖得這般厲害了？

傅念君握住儀蘭的手腕，整個人臉色發白。

不會的不會的，她一定是想多了！她是因為死了才回到三十年前，他又有什麼理由會回來呢？不可能，一定是她想多了。

芳竹看她這樣子不對勁，立刻倒了一杯熱茶出來。

「娘子先喝口水。」

傅念君雙手捧過茶杯，控制住自己不去想那個念頭。可若是周紹敏真的回來了該怎麼辦？

她命令自己穩住心神，即便真的像她以為的這樣，也沒有什麼可怕的，他不知道自己，他也不可能再有機會殺了自己。傅念君握緊了拳頭，她要想辦法求證……

牛車重新駛回妙法庵，李道姑笑咪咪地迎接傅念君。

「娘子玩得可還好？」

傅念君的臉色依然沒有恢復，她看著眼前的李道姑，只說：「我還有件事要拜託仙姑……」

§§

回府的路上，芳竹因為娘子又答應要給李道姑送錢一事表現得相當不滿。

她那銀子就是這麼好賺的嗎！只不過想讓她去駙馬府打聽打聽齊昭若的事，多少簡單，真是個貪心的道姑！

其實這一點倒是芳竹冤枉李道姑了，她雖貪財，卻也不敢明著宰傅相的長女，確實以她的身分，邠國長公主是瞧不上她的，要進駙馬府去聽消息，還是得花些銀錢疏通疏通。

傅念君的車剛剛進了門，就遇到一輛同是外出歸來的牛車。

芳竹看了一眼，對傅念君道：「大概是二夫人的車駕。」

傅念君下車來，見到二夫人陸氏正被婆子攙著下車，同行的還有一位年輕的小娘子。

陸氏轉過頭來，傅念君看清了她的相貌。與常人不同之處，便是陸氏臉上朱紅色的胎記，幾乎有一個手掌大，布了半張臉，乍一看難免讓人驚懼。常人見到她，怕是只會被這胎記奪去了目光，無暇關注她本身是否美或醜了。

陸氏雖然生了這樣讓人畏懼的相貌，卻很落落大方，沒有用帷帽和面巾遮擋，目光堅定，極為坦蕩。傅念君不禁隱隱對這三十來歲婦人的灑脫氣魄佩服起來。

傅念君上前去和陸氏見禮，陸氏微微吃驚。

這個二娘子喜好長得美的人，那是人盡皆知的。在她兩、三歲的時候，陸氏想要抱她，她就會皺著眉轉開頭了，何時又會這樣主動見禮。還有上回的蟹釀橙……

陸氏是個極通達的人，傅念君主動示好，她也不會抬架子，便笑了笑介紹身邊的小娘子給她。

「這是我娘家侄女，家中排行第三，三娘，這是二娘子。正巧，妳們都是二月裡生的，生辰很近……」

傅念君對陸三娘子點點頭，抬眼一看，對著這張臉卻徹底怔住了……

對面的陸三娘子卻害羞，見了人話沒說兩句就紅了臉，聲音也極細。「有禮了……」

傅念君深覺十月五日這天必然是個奇特的日子。

眼前這位陸三娘子……不是旁人，是她前世的親娘陸婉容啊！

母親在家中姊妹行三，二月生人，這些都符合。

陸氏、陸氏……她細細地想。

是了，陸家也是前朝勳貴，與前頭那位皇后孫娘娘的娘家既是姻親，又是故舊，陸家祖籍廣南南路潮州，是潮州無人不知的世族；亦儒亦商，前朝就出過兩位丞相，無數朝廷大員，還有後妃數人，這種百年公卿之家，上數五代，代代都出經緯之才。

這樣的身家，傅念君很清楚，若陸氏不是生了這樣一張臉，就是配給傅琨做妻子也是低就，又怎麼可能嫁給短命體弱的傅家二老爺。

傅家雖也是世家，可也是從太祖時開始發跡，而陸家卻是前朝留下的勳貴，到底根基更穩。

傅念君長吁一口氣。是了，她的父親傅寧如今只是一個不起眼的旁支庶子，後來能娶到自己的母親陸婉容，必然是通過了如今的傅家這層關係。

對於父母前世的姻緣，她有太多的不解和疑惑。

她只知道阿娘過得不快樂，她那一輩子，就在那個小小的別院裡，傅家沒有一個人期盼她回去，陸家也沒有一個人再記得過她……當自己也被迫離開她以後，她是怎麼熬過那些日子的呢？熬了幾十年，熬到油盡燈枯，然後坦然面對死亡……

連死都成了一種解脫的日子，她到底為什麼要過呢？

她好想問問她。可是眼前的陸婉容，還是一個尚且不滿十五歲的小娘子。

傅念君既意外，卻又不意外。前世的親人、故人，總都會以另一種完全不同的面貌相繼登場……她自己，也再不是那個「傅念君」了啊。

陸三娘子陸婉容嚇了一大跳，急忙望了一眼姑母，卻見姑母也只是皺著眉，她自作主張抽出了懷中的帕子，小心翼翼遞給了傅念君。

「妳、妳怎麼了？」陸三娘子話音溫柔而小意。

「娘子……」芳竹也驚到了。

傅念君努力想眨去眼中的濕意，說著：「是風沙進了眼睛。」

她笑著接過陸婉容手裡的帕子擦了擦眼眶。

她的阿娘，幾十年都沒有變過啊，還是這一陣熟悉的、淡淡的桂花香……阿娘現在才十幾歲，她那些可怕的痛苦的日子，都還沒有發生。如果可能，她能否幫助阿娘，擺脫那些還未到來的惡夢呢？

「謝謝。」傅念君放下帕子，臉上就略略恢復了平靜。

不管有多大的震驚，傅念君知道，她現在都必須要忍，她不能讓任何人瞧出破綻。若是表現得太過明顯，怕是如今這個像小白兔一樣的陸婉容就被自己嚇走了。

她對陸氏極乖巧地笑了笑。「二孅，我可以同妳們一起走一段路嗎？我想和三娘說說話。」

陸氏頓了頓，卻還是點頭同意了。

陸婉容一路上都紅著臉不敢抬頭，和傅念君並肩走著。她才來了傅家沒有幾天，就聽說過傅念君的很多事了，都是些不好的話。可今天一見，她倒覺得根本不是那個樣子。

傅念君耐心地和她說話：「往後我們可以一起在六夢亭中簸錢，夏天大概是可以採蓮藕的，那裡風景極佳，只是不能釣魚……」

陸婉容靜靜地聽著她說，只覺得傅念君講話不急不緩，又很有滋味，彷彿一下子就知道她喜歡什麼。

「妳怎麼知道我愛簸錢玩呢？」她有點不好意思。她覺得這樣的技藝不好說出口來。

傅念君說：「因為小娘子們都喜愛簸錢啊，我也喜愛，只是技不如人罷了。」

陸婉容彎了彎嘴角。「那下次我教妳。」她簸錢是十分厲害的。

傅念君的眼眶又有了些酸意。她低聲道：「若不是我們是書香人家，尋個彩頭學外面做個關撲（注）玩，也很有趣……」

陸婉容紅著臉「呀」了一聲，也低聲回她：「撲錢可是算作賭的……」

家裡人是斷斷不許她們玩的。簸錢倒是還好，閨中小娘子的技藝。

傅念君輕笑了一聲。「便是要賭妳身上穿的衣裳，妳肯不肯？」

陸婉容也笑起來，沒想到這傅二娘子這樣有趣。陸氏回頭看了她們一眼，兩人立刻止住，陸婉容忙岔開話頭：「六夢亭，名字真是好聽，是誰取的呢？」

「是我爹爹。」傅念君說著。

兩人細聲地在陸氏身後繼續說話，陸氏真是說不上來什麼感覺。

竟然聊得十分投機？一向只對美少年感興趣的傅念君，幾時會這樣親近別的小娘子了？

幾人在遊廊下轉了個彎兒，就遇到了前面過來的幾人。

吱吱喳喳的，是幾個小娘子。

「大姊，妳今日彈的箜篌可真是好聽，那幫學子們傻愣愣地聽著都不願走了……」

是五娘子傅秋華的聲音。她同行的還有傅大娘子傅允華，和四娘子傅梨華。

今日天寧節，她們幾個沒有出門，相約了在園中戲耍，不想隔了一排假山就有一群年輕郎

注　一種在兩宋極為流行的博彩營銷。

君，都是四郎傅瀾的友人。他們尋了琴音過去，聽了許久，直到幾個娘子發現，這才退走了。

傅梨華撇撇嘴。「五姊，大姊又不是那些女伎，不是專門彈給他們聽的，妳別說這樣的話了。」

傅秋華聽了這話心裡不舒服，去拉傅允華的袖子。「大姊，我不是這個意思，我只是……」

「我明白。」傅允華對她笑了笑，顯得有些心不在焉的，好像心裡有別的事。

「妳看，大姊都不開心了。」傅梨華皺了皺鼻子。「我瞧著適才那位陸家的大郎倒是目光灼灼的……」她這話裡聽不出是酸意，還是氣憤。

傅允華是知道她的，立刻應道：「四姊，我豈是那樣的人，我雖不如妳福氣好，早早訂了親事，可到底是有禮義廉恥的……」

傅梨華一聽這話，心裡瞬間舒坦了，忙道：「我不是這個意思。」

「就是，大姊又不是二姊。」傅秋華插嘴：「要是她啊，恐怕會撲上去……」

傅梨華不客氣地笑起來。「五姊還總說我，瞧妳說的，真是！」

「不過那位陸大郎是二房裡二嬸的侄兒，我看二姊未必瞧得上眼，她對二嬸不都是……」

傅梨華不知是不是喝了些酒，口無遮攔起來就沒了邊兒。

「啊！二嬸！」傅秋華突然驚叫了一聲。

傅梨華立刻閉嘴，傅允華也愣了一愣。陸氏拐過了彎兒，正站在不遠處看著她們，身後是傅念君和陸婉容。

陸婉容往傅念君看了一眼……剛才那些話她聽了……

傅念君卻對她笑了笑，眼中都是溫和，沒有半點怒意。

同樣的，站在她們前面的陸氏也沒有生氣的跡象，她看著紅了臉垂下頭的三個小娘子，只說：「我從外頭帶了『笑靨兒』回來，妳們要嚐嚐嗎？」

笑靨兒是用油麵糖蜜製成的果食，在東京市面上很受歡迎。傅梨華剛想回嘴這種庶民的東西誰要吃，就被傅允華扯住了衣袖。

「如此就多謝二嬸了。」

陸氏「嗯」了一聲，就抬步走過去，幾人立刻讓路。

傅梨華攥了攥拳頭，待陸氏過去後，才哼了一聲：「我又沒說錯……」

「好了。」傅允華無奈道：「四姊，二嬸再怎麼樣都是我們的長輩，何況陸家……」

傅梨華仰了仰頭。「陸家又如何，我外祖父還是榮安侯呢。」

傅秋華張了張嘴，往傅允華看了一眼。

可以，真是可以。四姊這自信倒是頗有姚家那位寡婦再嫁的方老夫人的風采。

「不過，二姊怎麼會跟著二嬸呢？」傅允華喃喃道。

「她愛去哪兒去哪兒，反正我們幾個玩的東西她又不懂。」傅梨華提到傅念君這個人就覺得煩。

傅秋華說：「後頭那小娘子好像是二嬸的侄女兒，生得文靜秀氣，倒是連正眼都不看我們。」

傅允華道：「看似只是害羞，倒不是沒有規矩。」

畢竟是陸家出來的。

「反正和二姊走得這樣近，她再要來同我說話，我是不願的了。」傅梨華嫌惡地皺皺眉。這回傅秋華倒是也應和了她。

另一邊，傅念君送陸婉容到陸氏的院子門口，就笑盈盈地告辭了。

「不如進來坐坐吧……」陸婉容隨口一說，但是一想就後悔了，這是姑母的地方，斷斷輪不到她來請人。

傅念君知道此時彼此的關係還沒有到那份上，只搖搖頭說：「我覺得有些乏了，改日我們再說話吧。」

陸婉容抿著嘴角，望著她點頭。「好。」

陸氏看著陸婉容和傅念君兩人，微微蹙了蹙眉。

陸婉容見姑母一直打量著自己，頓時有點不好意思，低聲說：「姑母覺得我不該同二娘子親近？」

陸氏微哂，倒也不像其他人那樣當頭就說傅念君的壞處，只道：「妳有自己的主意，我能插什麼手。閨中小娘子們的交情，年輕時也是必須學學的。她風聞在外，是真是假都要妳自己判斷，而她是否別有目的，也要妳自己去發現。與人相處之道是門大學問，我不會阻攔妳，妳要自己掌握分寸。」

陸婉容點點頭，有些崇拜地往陸氏看過去。

她從小就知道，雖然這位姑姑不受族中人待見，可是她是極有想法和本事的。她的閨中生涯過得不好，頂著陸家這樣大的名頭嫁到了傅家來，生下表弟和表妹之後，早早守寡，也不能說日子太好。

可是姑母身上，總有一種淡然處之的氣魄，即便當面聽到晚輩非議自己，也不會自己找氣受，因為她早就已經不在乎這些了吧。

在姑母眼裡，那些人那些事，根本不值得她動氣。

陸婉容心裡不由有些羨慕。比起姑母來，她雖相貌才藝皆算上乘，可是連外祖母都說，她的性子太過和軟懦弱了。

正巧兩人拐進了月洞門，卻看見四郎傅瀾和陸婉容的長兄陸成遙站在廊下說話，一坐一立。

「是阿娘回來了。」傅瀾站起身，朝陸氏笑道。

陸氏也微微勾起唇，看了他一眼，說道：「怎麼玩得這樣放肆，衣服弄髒了也不知道，去換身衣裳吧。」

傅瀾愣了愣，看見陸氏的目光落在自己身邊的表哥身上，立刻猜到了七八分，便垂首退下了。

「三娘，七姊也該醒了，妳替我去看看。」陸氏又說。

傅七娘子傅月華今日早起染了風寒，陸氏便沒帶她出門。

陸婉容點點頭，也返身離開了。陸氏吩咐下人們站遠些，自己走上臺階。

「姑母有話要問我？」陸成遙見她刻意支開傅瀾和陸婉容。

陸氏看著眼前假山石旁種的一棵石榴樹，道：「我適才遇到了幾位侄女，聽她們言辭間談到了你。怎麼，今日你同四哥他們一起喝酒了？」

陸成遙臉色微微變了變，陸氏用餘光也看了個清楚。

她是知道他的，陸成遙是陸家三爺的嫡長子，被家族寄予厚望。他自幾日前到傅家後，便常與傅淵來往。說起來他們幼時還被同一位先生開蒙，算得上是同門，反而他和嫡親表弟傅瀾差了好幾歲，來往的人都不是同一批，顯得倒不是很親近。

明顯醉翁之意不在酒。

陸氏見他不說話，直截了當地說：「看上了哪個？」

陸成遙差點一嗆，這位姑母，還真是……他平日裡英氣勃發的臉上此時也帶了些羞赧。

「這……也不是……」

陸氏很平靜。「四娘子訂了親，五娘子年紀小又鬧騰。是四房裡的大娘子？」她自顧自說著。

陸成遙窒了窒，他倒也沒有想那麼多，只是想再聽聽那箜篌聲。

也不知今日是他心境改變，還是其他什麼原因，他覺得傅大娘子的箜篌聲似乎也不如那日動人心弦了。

人倒是個美人，氣度也很不錯。

「大郎，以你的品貌和陸家的家世，聘個傅家女當然算不得什麼大事，只是……」陸氏的話音突然間冷了兩分。

「你以為這家族裡又有多少清楚明白的人。」

不過都是一樣。什麼世家，什麼庶民，誰又比誰高貴到哪裡去。

陸成遙看不見陸氏眼裡的譏誚，只是說著：「傅家的小娘子，侄兒聽說，只除了長房二娘子，都是幼承庭訓，教授詩書禮儀長大的……」他想到傅淵與自己的交情，傅琨又是當朝丞相，就又改了口：「倒不是說二娘子拖了家族後腿，只是……」

「好了。」陸氏打斷他。「你爹爹娘親這時候讓你從西京過來，想必也存著兩分讓你盡快成家的念頭，這事既然你們都有自己的主張，我又能說什麼。」

說罷她轉身，只淡淡地留下一句話：「我只是提點你一兩句，看人的時候，要更加用點心。」

傅念君未必就那樣不堪。

不，陸氏想著，應該換句話說，那幾個未必就比她好得到哪裡去。這府裡的，還不都是一樣，有哪個會教女兒的。

陸成遙望著姑母離去的身影，蹙了蹙眉。

姑母是想說，傅家的小娘子們都不怎麼樣嗎？不，不會的，有那樣疏朗高闊琴音的小娘子，必然心胸見識非同一般，那樣的小娘子，再差也不會差到哪裡去。

陸成遙胸中有口氣堵著，又不好直接去問傅淵，便只能壓下心中的嚮往。來日方長。

6 方老夫人

天寧節後第二日，傅念君還沒有等來李道姑的消息，杜淮挨打的事情就先傳到了傅家。

當然沒有人相信這會是傅念君做的。

甚至不只是傅家的人，就連杜淮自己的親爹杜判官，在前一天兒子哭抱著他大腿要求他去傅家為自己討回公道時，杜判官就不耐煩地一掌把他甩開。

「你哪裡不對勁？說這是傅家二娘子做的，她一個小娘子，還敢有這麼狠辣的心思？」

杜判官瞪著一雙大眼。要說是傅二娘子和傅四娘子為了他兒子爭風吃醋倒是可能的。他在心裡沾沾自喜。

「一定是你惹了什麼人！」他指著兒子的鼻子罵道。

杜淮動了動嘴唇，只好話頭一轉：「是駙馬府的齊大郎，爹爹，是他！孩兒沒得罪他，是他、是他……」

「他怎麼？」杜判官不明白怎麼又和公主那個寶貝紈絝兒子扯上了關係。

杜淮嚥了口口水，只好說：「傅二娘子舉止輕浮，從前對孩兒幾番示好，是我沒有理會她，也不知她幾時又與那齊大郎有了交情，大概是尋釁報復，生生把孩兒打成了這樣……」

「當真？」杜判官揚了揚眉毛。

「再無其他可能，您是知道我的，孩兒從不與京中紈絝子弟們廝混，偶爾與友人同遊，也都是清雅之士，怎麼能招來這樣的毒打？」

杜判官摸摸鬍子，這倒確實有可能。杜淮看著父親面色，頓時心中一喜。

「既然如此，爹爹您……」

「我怎麼？」杜判官臉沉了沉。

倒不是他害怕邠國長公主和齊駙馬，實在是公主那股子潑辣勁讓人不耐。杜判官是個朝廷大員，總不能真的扯著臉皮去和她吵鬧吧，可人家卻敢進宮去到官家和太后面前哭。每次但凡不順心，邠國長公主便進宮去哭訴撒潑，人人都曉得。

何況是牽扯到她那個寶貝兒子。

「您、您……」杜淮語塞。「孩兒都成了這樣……」

「你先去歇著。」杜判官無奈。「我自然尋個機會和齊駙馬說說這事。」

比起來，還是齊駙馬更通情達理一些。

杜淮心中一喜。「多謝爹爹，孩兒這傷也不能白挨啊！」

杜判官心裡也有火氣，看著兒子從出門前的翩翩少年郎變成個豬頭回來，心裡怎麼樣都不會舒坦。何況他那個妻子，是個不輸邠國長公主的悍婦，她不敢去和長公主叫板，讓她看見兒子這樣了，只會拚命拉著自己囉嗦。

杜淮得到了父親的允諾，自然覺得心裡舒坦了不少，連帶著覺得傷也不是那麼疼了，終於可以好好地請郎中來看看了。

§§§

天寧節後第三天，也是杜淮挨打的第三天，有個人猝不及防地上門了，就是榮安侯家的那位方老夫人，也就是傅梨華的親外祖母，姚氏的生母。

「您怎麼會過來了？」姚氏很是驚訝。

方老夫人出行的排場很大，左右圍了七、八個丫頭僕婦，小小的花廳裡顯得有些擁擠。

方老夫人揮揮手。「哎，讓幾個孩子過來我見見吧，也許久沒見了。」

「已經讓人去叫了。」姚氏回道。

很快，除了出門上學的傅淵，傅念君、傅梨華，還有傅梨華的同胞弟弟，六郎傅溶都來了。

方老夫人的眼神掃過一眾外孫，留在傅念君身上的時候，顯然目光沉了沉。

「外祖母……」傅梨華和傅溶一左一右地撲了過去，對她很是親密。

方老夫人對他們也很慈藹，一家人和樂融融。

傅念君靜靜地看著這一幕，十分乖巧。方老夫人知道若是平時，她早就氣呼呼地轉頭走人了，可今天卻很異常，想起了女兒說的「神仙指路」，不由便往傅念君多看了幾眼。

「二姊，我也很久沒見妳了，過來讓外祖母瞧瞧。」

傅念君走近，叫了一聲：「老夫人好。」

方老夫人的臉色沉了沉。「妳叫我什麼？」

「老夫人。」傅念君笑著重複了一遍。

「二姊妳……」姚氏皺著眉頭。「這是妳外祖母！」

傅念君道：「可是我外祖母曾託夢給我，她不喜歡我叫旁人外祖母。」

託夢當然是假，不過據芳竹說，原來的傅饒華確實從沒叫過方老夫人一聲外祖母，因為像這樣的場合，她基本行個禮就走了。

可就連傅淵也不曾叫過。因為若他們叫了，那麼那位死去的一品榮國夫人梅氏又算什麼。人都是順桿子往上爬的，方老夫人大概見她今日和順，便想討一聲「外祖母」來長長臉面。

傅念君打量著方老夫人略顯隆重的裝扮，她這輩子最缺的東西，大概就是臉面這東西了。

氣氛突然有些尷尬，傅梨華忍不住了。「這是我們的外祖母，就是行跪拜大禮也是應當的，二姊，妳這是孝道嗎？」

傅念君笑盈盈地看著她。「可我對老夫人行了跪拜大禮，我又該用什麼禮數去面對我自己的外祖母呢？還有什麼禮比跪拜禮更重嗎？若說是一視同仁也不該吧，老夫人對我外祖母的牌位尚且還要行禮，我要怎樣一視同仁呢？」

這不就亂了尊卑次序。

傅梨華徹底噎住了。

方老夫人沉了臉。「好了！」

她這輩子最最不想提起的人，就是梅氏。更可惡的是，因為梅氏的兒子姚隨勢大，她自己兩個兒子又不成氣，她竟然連個像樣的誥命都掙不來。

是啊，姚隨說一句話，比幾乎早已卸職的姚安信有用多了。

方老夫人早些年還想爭一爭，可總是被姚安信一句話堵回來：「當初嫁我的時候是怎麼說的，當妾為奴都不論，只要跟著我就好。念在往日情分，我迎娶妳為正妻，給三個孩子體面，妳現在還想要與梅氏同樣的誥命嗎？她和梅家為大宋做了多少，妳又做了多少？」

方老夫人便再也不敢提了。她這輩子，是注定永遠不可能超過榮國夫人梅氏的。

姚氏臉色也不好看，蹙眉瞪了傅梨華一眼。

方老夫人開始說正事：「我今日去了杜家，聽說杜二郎被人打了，打得很重，那孩子也是可憐。」

傅梨華急道：「外祖母，真的嚴重？我昨天也聽說了，只以為是小傷。」

方老夫人搖搖頭。「我送了些補品過去，他還說了，讓大夫人和四娘子不要擔心，真是個懂事的……」

傅念君坐在一邊只想笑。杜淮挨了打，方老夫人就這樣不管不顧地親自上門去探望，若被她知道是自己手下的人做的，大概會當場剝了她的皮吧。

姚氏也覺得不妥。「阿娘，您這樣過去，是不是不太好？」

「有什麼不好的！」方老夫人白了她一眼。「杜家那位夫人不知道有多好，她招待我呀……」

她看見傅念君似笑非笑的樣子，突然停下了。傅梨華也望過去，心裡不由罵傅念君臉皮厚，以前她們說話她早不耐煩地走了，現在倒好，坐在那裡聽什麼聽！

姚氏咳了一聲。「二姊，我小廚房裡有新鮮的燕窩，妳要不要嚐嚐？」

傅念君站起身來，臉皮厚到底，笑著說：「好啊，多謝母親了，能否多加些糖呢？」

姚氏：「……」明明她吃的燕窩更貴，竟還要來訛她這一碗！

傅念君退了出去後，方老夫人才繼續興奮地說道：「杜家夫人請我喝的茶，就是那有名的建州王家的白茶。一餅值一貫錢，聽說一株啊，只能作五、七個餅，真和上供的一樣金貴……」話裡與有榮焉。

姚氏不想聽她絮叨這些，覺得方老夫人這樣大肆誇獎杜家的茶葉十分丟臉。

「阿娘，妳喜歡喝茶，一會兒從我這裡拿些回去吧……」

方老夫人看了她一眼。「家裡喝什麼茶，妳兩個哥哥自然會給我準備，妳這樣講把他們放在哪裡？」

姚氏心裡暗自惱怒。「我不是這個意思。」

「好了，我要說的不是這個。」方老夫人打斷她，壓低了聲音：「我從杜家聽來風聲，似乎是說，杜二郎挨打這回事和駙馬府齊家那位脫不開關係。」

姚氏嚇了一跳。「駙馬府？齊家大郎？怎麼會。」

方老夫人蹙了蹙眉。「就是要來問問妳，好好的怎麼扯上了駙馬府。」

姚氏也想不通。「文武殊途，何況邠國長公主那般身分，老爺和齊駙馬是沒有什麼往來的。阿娘，妳怎麼會來問我們？」

杜淮和齊昭若的私人恩怨，斷斷扯不到傅家來，方老夫人會來問，恐怕是杜家給了暗示。

旁邊的傅梨華一直咬唇暗自忍耐，這會兒終於忍不住插嘴：「外祖母，難道和二姊有關？」

方老夫人詫異。「為什麼這麼說？」

她也只是猜測，難道齊昭若和傅念君真有什麼……因為傅念君近來又心念她的杜郎，招來齊昭若的嫉妒，便一時動了手？

傅梨華心中很是惱恨，可是旁人或許不清楚，但她是知道的，傅念君一直都對那齊昭若的皮相念念不忘，可傅梨華一直覺得人家不見得會搭理她。

她越想越覺得可能，她的杜郎那樣好，傅念君眼紅她也不只這一次了。

姚氏經她提醒也想起來了，前幾日崔家五郎鬧著要上門退親，她身邊的方氏是被傅琨叫過去問話的，雖然她沒有聽到前半段，可是盤問了倒茶的小丫頭。小丫頭說傅淵和崔涵之說話時，似乎提到了齊昭若。可小丫頭無法篤定，畢竟他們那場談話沒有留下人在場。

姚氏現下一想立刻明白了！

崔五郎急吼吼要來退婚，一定是傅念君做了什麼令人不齒的事，否則傅琨父子怎麼會後來一點都沒有追究崔家的意思，可見是傅念君理虧在先。

那麼極有可能是她和齊昭若往來密切，被崔家知道了才想退婚的。這就說得通了！

傅念君在自家林子裡都敢厚著臉皮和杜淮說話糾纏，顯然是有心於他，後來求之不得，還要倒過來誣衊杜淮先輕薄她。這點姚氏是在心裡篤定的。

那麼無論是齊昭若出於嫉妒，還是為了幫傅念君，都很有可能是他派人下手打了杜淮。都怨那不省心的東西！

姚氏忍不住揪著手裡的帕子，指甲差點把薄薄的帕子摳破了。

「阿妙，妳怎麼了？讓四姊給說中了不成？」方老夫人忙問女兒。

姚氏把心裡的推測說了一遍，方老夫人更是氣得頻頻跺腳。

「這個、這個……」若是她年輕時還在市井裡時，必然什麼難聽的話都罵出口來了，可是如今她是榮安侯的嫡妻，自然也得顧及點臉面。

傅梨華這時已氣得淚盈於睫，心中恨不得把傅念君千刀萬剮。

「那個崔五郎不要她，她就把念頭打到杜郎身上去，怎麼會有這麼不要臉的人！阿娘！」她哭道：「她真有本事，讓長公主來聘她啊，知道自己入不了公主的眼，還要和齊大郎不清不楚，最後連累到杜郎！」

「好了。」姚氏沉眉喝斷她：「我說過多少次了，她是妳長姊，不能這麼非議她，要是讓妳爹爹聽到了……」

「爹爹、爹爹，您只會這樣說！」傅梨華氣得大叫：「她做什麼爹爹都不會怪她，讓爹爹拆了我的婚事，讓她替我去嫁吧！」說著便大哭著奔了出去。

姚氏心裡也有火，只是自己親娘還在這裡，她沒空去安慰那不成器的孩子，只吩咐：「去看著點四娘子，帶她去梳洗換件衣裳再過來。」

她這裡還有話要和方老夫人說。

「四姊不成器，可有一句話真讓她說中了，老爺他……真的有和杜家斷親的念頭。」

方老夫人一驚，那怎麼成？她立刻想到的就是杜家那些銀子、那好茶，豈不都要落空了。

「這怎麼行，這是萬萬不行的！」

姚氏當然也不會同意，只好耐心和母親商量對策。

傅琨懷疑杜淮的人品，是建立在相信傅念君的基礎上。可姚氏和方老夫人等人顯然與他完全相反，她們只覺得是傅念君先不檢點，外加造謠生事，這才拖累了杜淮。

說來說去，最後還是全都怪到了傅念君身上。方老夫人更是氣得恨不得立刻把她掐死才算。

「真如四姊所說，她自己不如意，便見不得四姊如意，世上怎麼會有這樣惡毒的人！」方老夫人彷彿第一次開了眼界。

她想到了傅念君的生母，總是溫和平靜、對人笑語輕盈的大姚氏。方老夫人覺得自己果真沒看錯，大姚氏必然內心也是攻於算計的，和傅念君一樣心思歹毒，連帶著她想到了那過世很久的梅氏，也肯定不是大家談論的那樣！

上下祖孫三代都是這般愛惺惺作態！

「阿娘，那可怎麼辦？照這樣的勢頭下去，一旦二姊真被崔家退了親，我怕四姊也會被她給搭進去。照老爺那樣子，還不是都依著她，怎麼辦啊，這門親事……」

方老夫人一拍桌子。「這親事傅家出過半分力不曾！杜家這樣好的人家，杜二郎這樣好的人品，難不成傅相公還要叫我們白白送給她那個汙泥一樣不堪的長女？」

想都不要想！

傅念君手裡握了這麼大筆嫁妝，都是姚家的財產，她都還沒計較，他們也欺人太甚。當然如果有人要說傅念君那些錢是梅老夫人帶來的，方老夫人一定會這樣回他，嫁到姚家的就是姚家的了，她自己的嫁妝不也都是姚家的了嗎？

哪怕她的嫁妝是指她守寡時的一間破土屋，和幾件進了質庫（注）都當不了幾個錢的家具。

方老夫人想了想，便對姚氏道：「那崔家真要退親不成？」

姚氏默了默。「我也摸不清老爺的意思，後來崔郎中上門，但是很快讓老爺請了出去，怕是動了氣的。」她是這樣揣測傅琨的。

方老夫人點點頭。「畢竟他這樣的身分，被崔家踩到臉面上來也不好看。」

姚氏嘆氣，若崔家這親事成不了，傅念君還能嫁給誰呢？

姚氏真想等她一及笄就把這禍害嫁出去，坑別人也總比來坑她們母女得好。沒想到方老夫人這下和她想到一起去了。

「免得她害了我們四姊和杜二郎的好親事，必得讓她趕緊成親才是。」

「趕緊成親也要有趕緊成親的道理才是。」姚氏蹙眉。「她還有幾個月才及笄，崔家那裡，必定也是要等崔五郎殿試過後才會再將這事提上章程，如何快得起來？」

方老夫人想了想。「這事兒交給我，崔家那裡我去探探消息，總有法子的。為了咱們四姊順順利利嫁去杜家，我這個做外祖母的，再難也要幫她掃清路上那些礙眼的垃圾。」

方老夫人眼裡放出凌厲的光芒，那是一種勢在必得的決心。

而此時那個被她稱為「垃圾」的傅念君，正心情十分不錯地吃了姚氏的燕窩，慢慢走回自己

注　質庫就是當舖，也叫「長生庫」，長生庫一般是寺廟開設的。

的繡樓。她走得很慢，當作消食了。

芳竹在耳邊驚呼了一聲，傅念君回頭就看見傅梨華殺了過來，氣勢十分凶猛。

傅念君微笑，對兩個丫頭說：「妳們猜她這次想打我哪邊臉？」

左邊？還是右邊？芳竹和儀蘭無奈。

傅梨華果真像傅念君想的一樣，看見她就咬牙切齒地揚著手衝了過來。

傅念君一把擒住她的手腕，她本就生得比傅梨華高，年紀也比她大，何況又有準備，自然不會再讓她得逞。

「又發什麼瘋？」傅念君倒很平靜，看著傅梨華的眼神像看一個笑話。打她還上癮了不成。

傅梨華狠狠掙開她。「我曉得妳這個賤人做了什麼！杜二郎挨了齊大郎的打，就是因為妳！」

原來她們祖孫三人要說的悄悄話，就是這個。這就是她們得出的結論嗎？確實也很符合她們的腦子。

傅念君道：「是嗎，為什麼因為我？」

傅梨華氣道：「妳、妳心裡有杜郎是不是？妳個不要臉的，知道自己和崔家的親事成不了，就想搶我的杜郎是不是。妳和齊昭若不清不楚的，他是因為妳才去尋杜郎的晦氣，我都明白。都是妳，傅念君，妳就看不得我們好！」

傅念君這次是真的笑出聲來了，而且有些停不下來，這麼短的時間，她們竟幻想出了這麼一大段？不知道是被那杜淮引導的，還是在傅梨華眼中，她的杜郎真就好到人人想搶。

自己因為搶不到還瘋瘋癲癲地要尋釁報復，臉也是真夠大的。

傅梨華被傅念君笑懵了，這時候她不和自己吵反而在那裡笑，她是不是瘋了！

這個四娘子，實在是個妙人。傅念君不由想道。

人沒有腦子並不可怕，可怕的是還以為別人和妳一樣沒有腦子。

「妳、妳……別笑了！妳有病啊！」

傅梨華也氣得臉都青了。她說了什麼有這麼好笑，她怎麼一點都不知道？

就是這清脆悅耳的笑聲，讓路過的傅淵和陸成遙也怔了怔，傅淵走近一看，不意外又是兩個妹妹在外爭吵。

「妳們兩個。」傅淵冷冷的聲音又響起：「為什麼又在外頭吵？有沒有規矩？」

傅念君止住笑聲，回過頭。

陸成遙就看見了一雙水汪汪的靈動秀目，盈盈有光在其中躍動，說不盡的聰慧狡黠，一看便知是個極有主意的聰明人。他沒有見過傅念君，倒是一時望著她有些失神。

傅念君抿抿唇，因為大笑而雙頰泛紅。「三哥，你可誤會了，我只是在笑，沒有和四姊爭吵。」

「……」傅淵覺得好像也是。「那妳笑什麼？」

「自然是有可笑之事。」

傅梨華忍不住叫道：「妳說我可笑?!」

「四姊。」傅淵沉聲冷喝：「怎麼和妳二姊說話的，不懂長幼尊卑。」

雖然他先入為主地認為一般這樣的紛爭都是由傅念君挑起的，可是最近漸漸覺得，這個他不願意多管的異母妹妹也越來越放肆了。

二姊！他身邊的陸成遙反應過來，那不就是傅二娘子嗎？是那位聲名狼藉的傅二娘子！

陸成遙心中大大地吃了一驚，他斷沒有想過她會是這樣一個人。這樣……這樣一副難得的容貌神情，卻是那樣粗鄙不堪的內心嗎？那老天就真是太會捉弄人了。

傅梨華被傅淵訓得低下了頭，她一直都怕長兄。

「到底是因為什麼事？」傅淵問道。

傅念君含笑回答：「前兩日杜家郎君在萬壽觀被人打了個鼻青臉腫，四姊不知聽誰說他是被邠國長公主家的齊大郎打的，便來怪罪我，說是因為我心儀杜二郎求而不得，支使和利用齊大郎去打杜二郎。」

她幾句話就把事情經過交代了清楚。

傅淵的臉色很奇怪，看著傅梨華微微吊了吊眉毛。傅念君覺得他可能也想笑。

傅淵旁邊的陸成遙今日倒是對傅四娘子有了一番新的感觀。把個這樣不靠譜的傳聞當作真相一般，還氣鼓鼓地和姊姊爭吵。

傅梨華攥緊了拳頭，沒來由覺得有些丟臉。

沒想到傅念君轉過頭對她說道：「既然三哥和這位……」

「……這位陸表哥在此，正好做個見證，有幾句話四姊該聽一聽，免得沒頭沒腦什麼事都值得妳衝過來要與我吵。」

「陸表哥。」傅淵替她接道。

傅念君先前也沒有見過陸成遙，只覺得他有些面熟，但此時也不能多想。

傅梨華臉色有些變了，只聽傅念君不急不緩地說著：「可能有些事四姊不知道，天寧節那日我正巧也去了萬壽觀吃素齋，正巧遇到了杜二郎滿道觀找打他的凶手。他當日進了我的客室就指著我大罵，說是我做的，絲毫不顧及我傅家的臉面，我也沒與他計較……」

「……這種種，我的兩個丫頭，和當日與他同行的學子，甚至萬壽觀的宣明道長都可以作證，而那日齊大郎也在萬壽觀會友，後來是他勸服了杜二郎，還派人手幫他去找凶手。」

傅念君頓了頓。「這就是天寧節那日我知道的情形，我對杜二郎求而不得？要到了打他一頓的地步？可那日在梅林之中，他言語輕佻，被我甩了一巴掌，這事父親都親自審過，妳怎麼就不記得了？」

「而至於四姊為什麼也要像杜二郎一樣非把髒水潑在我身上……」

傅念君垂了垂眸，苦笑著說了一句：「大約是因為，如今大宋天下什麼髒的臭的事，都是能往我頭上栽的。」

因為她是那個令人討厭的傅念君。

沒來由的，她這樣一句話，讓旁邊一直看熱鬧的陸成遙突然心裡一動。

是啊，每個人都有先入為主的觀念，他不也是一樣嗎？連人都沒有見到，先聽到的就是她的種種劣跡，心下也當然地以為她是個不堪的女子。

可是此時兩相對比，他卻覺得傅念君大方灑脫，毫不矯情，反而傅梨華急不可耐跳腳罵人的樣子，更像外頭傳聞的傅念君。

陸成遙心裡嘆了一聲。

小娘子們總是為名聲所累。他姑母年輕的時候，不也是如此嗎？

其實想來，真正知道她們品性如何的，也不過身邊幾個至親好友罷了。

傅淵此時也皺著眉思索。傅念君的一番話說的有理有據，比傅梨華那番聽起來就有些不像話的說辭更令人信服。畢竟他多少還是知道杜淮這麼個人的，讓傅念君為他癡狂到如此地步不太可能，還值得讓齊昭若去打他一頓也不太可能。

恐怕齊昭若有沒有正眼看過杜淮都是個問題。畢竟那樣子的皇親國戚，對誰又會輕易放在眼裡。所以傅梨華的話本身就是站不住腳的。

而且傅淵總覺得杜淮這個人，眼神太跳，顯然很不安分，何況那天傅琨要查杜淮調戲傅念君一事的時候他也在旁邊，那一回，他確實是相信傅念君抽了他一個巴掌的。

合理的推斷，杜淮大概是懷恨在心，隨口亂攀咬，便把自己挨打一事栽在傅念君頭上。

反正她身上的惡名那麼多，還在乎這一條嗎？真是小人行徑。

傅淵不自覺心裡有些氣，傅念君再不成器，也是傅氏女，也是他同胞的妹妹。杜淮把她當成個想踩就踩的軟柿子，又把他和爹爹放在哪裡？

還有這個傅梨華，還沒有出嫁，便聽那小子說什麼都信，這樣大吵大鬧地丟臉，蠢得真是沒邊兒了。

「四姊。」傅淵冷冷地道：「以後再說這種混帳話，就去跪祠堂吧。」

傅梨華傻了，跪祠堂一向是懲罰傅念君的方式啊，她又沒做錯！

她盯著傅淵眼圈兒發紅，心裡全是委屈，他們是親兄妹，他自然偏幫她！

傅念君彎了彎唇角，應對傅梨華這樣的小娘子，其實也不用太複雜的方法。她完全以一個局外人的立場將那日的事說出來，反而不會有人懷疑到她頭上。她在心裡小小地笑了一下。

傅梨華卻還不死心，她努力找尋著傅念君話中的漏洞，她抬起臉，不馴地對傅淵道：「三哥，你怎麼不問問二姊，她那日去萬壽觀做什麼，就有那麼巧齊大郎也在那兒嗎，他們分明就是去私會的！」

傅淵臉黑了，聲音也高了兩分：「胡說八道什麼！這是妳長姊！」

私會這樣的混帳話是能說的嗎？還當著陸成遙的面！

陸成遙咳了一聲，不好意思地半轉過身，餘光卻看到那位傅二娘子依然含笑靜立，沒有狼狽，沒有急躁，瑩白的臉彷彿在陽光下透明了一般……

他收回眼光的一剎那，就聽見傅念君的聲音響起：「四姊，當日齊大郎是會友，他身邊兩位友人妳可知是誰？我眼拙，還是宣明道長告知，竟是兩位貴人，東平郡王與壽春郡王，齊大郎要與我私會，會帶著兩位郡王嗎？」

她似笑非笑地看著傅梨華，帶著好笑的口吻問出了這句話。這傻孩子，為什麼總是要給自己挖坑跳呢？

傅梨華徹底結巴了。「郡、郡王……」

傅念君點點頭。「妳大可以去問萬壽觀的道童們，那日與齊大郎同行的兩位郎君，可是被喚作『六郎』、『七郎』。」

東平和壽春兩位郡王行六和行七，這是誰都知道的事。

「夠了！」傅淵忍不住了，他冷冰冰的眼神讓傅梨華腳底發寒，他一字一頓地說著：「不止二姊說的這些，四姊，我再告訴妳一樁，天寧節當日齊大郎不慎落馬摔到了頭，這兩日長公主已經尋遍了東京的好郎中，顯然傷得不輕。」

傅梨華不由渾身發顫。

怎、怎麼會……原來齊大郎也在那日受傷了。她真的不知道啊！

傅淵的眼睛如寒冰般。「如果想讓妳的杜郎好好的，就閉嘴別再說是齊大郎打了杜二郎這樣的話。長公主的脾性妳也是知道的，她在追查齊大郎落馬之事是否為意外，妳嘴裡這話讓她聽到了，她會怎麼想？」

傅念君笑了笑，聽說長公主是很喜歡遷怒和株連那一套的。

「她會想……是不是這個杜二郎存心報復。」傅念君替傅梨華回答了兄長的問題。

傅淵冷冷地對傅梨華「哼」了一聲。「她根本不會在乎自己的兒子究竟有沒有打了杜淮，她只會認定是杜淮為了報復害了她的寶貝兒子。」

傅梨華的任性也就只敢和傅念君叫板了，可長公主的任性，那才是用權勢威壓讓人百口莫辯地低頭。

傅梨華雙股打顫……不能！絕對不能說杜郎和齊大郎有過節，不能說……在這個當口，長公主正缺這麼一個有過節的人來轉移怒火啊！

「所以，閉嘴。」傅淵只吐出這四個字，再也不肯多說一句，轉頭就走了。

真是個蠢貨，這樣浪費他的口舌！

陸成遙倒是走前還回頭還望了一眼，傅念君正在出神，看起來有點迷糊，他也忍不住彎了彎嘴角。

此時的傅梨華兩腳一軟。

「娘子！」身邊丫頭們驚呼，傅梨華滿頭是汗地倒在她們臂彎中。

傅念君有些同情地望了她一眼，說話不經過腦子的人，早晚會在這個上頭吃大虧的。

「妳、妳……」傅梨華指著傅念君，「妳」了半天卻也沒說出什麼來。

傅念君轉身，帶著丫頭們離開，沒有什麼興致繼續欣賞傅梨華的窘態。

回去的路上，她開始思索那位讓人眼熟的「陸兄」。姓陸的，應當就是二房陸氏的親戚了。

不會吧……她立刻就想到了。

她忍不住問芳竹：「和陸三娘子一起進府的，可有她的兄長？」

芳竹想了想。「似乎是有的，只記得她不是單獨前來，何況一個小娘子進京，一般都是會有兄長護送的。」

那剛才那位，就是她的舅舅了？這可真是……不能怪傅念君想不起來，從她記事開始，外祖陸家幾乎就像忘了她們這對母女一般。

到底陸婉容身上發生過什麼事呢？讓陸家這樣對她。

可是傅念君隱隱還能記得，小時候有個很高大的男子抱過自己，他的手臂很有力氣，能把她高高地舉起她還不覺得怕。她從上往下看著那人咯咯地笑，可是那張臉卻在記憶裡成了一片模糊。

她叫他舅舅。是這一個嗎？她真的記不得了，她那時候太小了。

後來的記憶，連那位舅舅也沒有出現過。陸家，似乎最後也敗了……

她不由心情有些沉重，改朝換代中，多少世家因為站錯了隊而在朝堂上再無立足之地，傅家和陸家，似乎都是在新帝登基後逐漸敗落了。

這些事，等到她出生的時候早就已經完全抹平，她見到的，又是一片海晏河清。

總會有新的權臣和世家不斷頂上，淘汰的那些，再也沒有人記得。三十年前的現在，這些事，都還沒有發生。

傅念君在傅淵口中得知了齊昭若似乎病得不輕，但是具體是怎樣的病，最後還是李道姑給了她答案。

「……失去了部分記憶。」她喃喃念著這句引人思索的話。

芳竹和儀蘭兩個倒是沒什麼奇怪的，娘子她自己不也是嗎，她被「神仙指路」後，許多事都會記不清，有些事卻又能記得清。

頭者，精明之府也。稍有磕損，就會影響一個人的言行。要不怎麼有些人會突然變傻子？

傅念君心裡卻有點恐懼。她幾乎能夠確信了，那個就是周紹敏！

剛睜眼的時候，那反應是騙不了人的。他張口就叫壽春郡王周毓白做「爹爹」……

傅念君知道，如果她剛醒過來眼前的不是芳竹，而是陸婉容，哪怕是年輕了三十歲的陸婉容，她一定也會說漏嘴。這畢竟是她的親生母親啊。

失憶啊。她嘆了口氣。

她因為本來就是傅饒華的後輩，所以對傅家很多人很多事多少是有些瞭解的，可是周紹敏如果回來了，他面對陌生的環境和家人，確實只有「失憶」這個藉口最好用。

那齊昭若去哪了？和傅饒華一樣，徹底消失於世間了嗎？

傅念君抬手捏了捏眉心，覺得十分頭疼。這件事暫且放在一邊，但是杜淮挨打事件卻以傅念君所沒有預料的態勢慢慢發酵起來。

起因是杜淮的父親杜判官，因為杜淮告狀只說了一部分內容，杜判官也沒有查實當日的情況，便自覺很有道理，怒氣衝衝地就去向齊駙馬討個說法。

這就相當於把傅淵說過的問題，直接捅到了齊家面前。

齊昭若的父親齊栩也是做指揮使的，並不是一味領閒差的駙馬都尉，他當即便冷嗖嗖地回問杜判官：「杜大人可知犬子也在天寧節那日不慎墜馬，且事後查即時發現是馬鞍馬蹬被人動了手腳，他如今摔得連父母都不認得了，我這說法又去問誰討？」

在杜判官目瞪口呆中，齊駙馬冷笑：「小孩子們鬧不愉快，竟要用如此招數？如果真像你所說是我兒打了令公子，看來令公子報復的手段也是不遑多讓啊。」

杜判官是真的被震住了，只能連聲說：「不可能不可能……」

可是齊駙馬哪裡會聽他解釋，一甩衣袖就走了，看架勢是要回家去告知邠國長公主。

杜判官急得跺腳，回去就把杜淮拎出來要問個明白。

杜淮當然也傻了。他本來只是想讓齊昭若吃點苦頭，可是沒想到會這麼嚴重。人家摔得連父母都不認得了，這不就是傻了？他就算再笨，此時也知道堅決不能認罪。

「爹爹，孩兒怎麼可能會做這樣的齷齪事，爹爹，您一向是知道我的品行的，斷斷不可能使如此陰招啊……」

「不是你又會是誰，現在大概長公主都知道了，你就等著明日一封摺子爹爹被人參奏吧！」

杜判官氣得直冒火，他現在並不關心這事是不是真是兒子做的，只知道這對他的官聲和來年的晉升大有影響。他花了多少心力想謀三司副使的職位，很可能因為這鳥事化為泡影。

長公主那女人，雖然做不到干預朝政的地步，可處處添堵還是可以的。朝中文武，總會有賣她和太后面子的人。

杜淮也急了。「爹爹，您要幫我澄清啊，可不是我做的……」

「不是你能是誰！」杜判官不耐煩地又吼了一聲。

旁人哪個還和齊昭若有仇？再說他都自己嚷嚷到齊駙馬面前去了，誰還能被拉出來做替罪羊？這倒楣催的！

杜淮嚇得五內俱焚，他可是還要考舉人的，要是讓長公主和齊昭若徹底記恨上，他以後仕途還有什麼指望？

「是……是……」杜淮拚命轉動腦子，突然說道：「爹爹，是傅家二娘子！一定是她！」他隨口就栽贓到傅念君頭上去了，且毫不猶豫、心安理得。

「怎麼就是她了？」杜判官恨不得抽他一巴掌。「是你說齊昭若為了幫她出頭才找人打你的，她有什麼理由要去害齊昭若？」

「為了……栽贓！」杜淮一口咬定。「對！就是為了今日這局面，她想看到我和齊昭若兩廂猜疑，這狠毒的女人。」

杜判官當然不相信，他不覺得那個沒腦子的小丫頭能算計這麼多事。

「淮兒，你說的可是真的？」

門口突然出現了一位著裝華麗、氣度不凡的婦人，梳著時興的高髻，睥睨間給人一種凌厲之感，正是杜淮的母親李夫人。

「阿娘。」杜淮淒慘地叫了一聲。

李夫人輕輕蹙著眉，跨進門來，冷嗖嗖的眼風只朝杜判官一掃。「我覺得淮兒說得有道理。」

杜判官噎了噎。

「夫人妳這是……」

吃錯藥了？哪裡就有道理了？

杜淮心中一喜，他這位母親一向就很有主意，手段非凡，堪稱女中丈夫，這麼多年來，杜判官多少騎虎難下的決定，都是李夫人拍板定案的。她說有道理，必然就是可行的。

杜判官一向有些懼內。「夫人，沒有證據，人家傅二娘子，也確實沒有理由要去害齊大郎……」

李夫人只是睨了杜判官一眼。「老爺未免也膽子太小了，不過就是長公主那一關罷了。」

杜判官無言，是他膽小嗎？是確實難辦啊。

李夫人又看了一眼兒子。「淮兒，起來，像什麼樣子，多大的事也值得這樣又哭又跪的。」

杜淮抹了把臉，偎到李夫人身邊去獻殷勤。「阿娘，快坐快坐。」

還是親娘最疼他啊。

李夫人滿意地看著兒子為自己忙前忙後端茶遞水的，說道：「那齊大郎真都什麼都不記得了？」

杜判官到底是在三司當差的，人面也廣，他回家前先去問過給齊大郎診治的太醫，大致對他的病情有了個瞭解。

「倒也不能說全然不記得了。先前醒的時候似乎有些迷糊，漸漸地就能認人了，神思也清明，而且認字、武藝這些也都沒忘，但若問他前一天吃了些什麼、去年發生的事，從前的回憶，這些是都不記得了。」

所以，其實也不是特別嚴重。但是對於愛子如命的長公主來說，可足夠她生大氣的了。

李夫人了然地點點頭。「這很好，忘了才好，天寧節那日的事，他不就什麼都不記得了。」

「也好也不好。」杜判官有些頭疼。「他若是記得，說不定不是他打的淮兒，咱們也不必去惹長公主的晦氣。」他依然心存這樣的幻想。

「他若不記得呢，也不能一口否認沒打淮兒，哎，這可真是……」

李夫人抬手撫了撫髮鬢。「咱們淮兒受的委屈，也不能不討，他打了就是打了，自然不能讓外頭人說我們杜家郎君好欺負。」

「可是……齊家那邊……」

「就照淮兒說的。」李夫人淡淡道：「甩給傅家二娘子。」

「怎、怎麼甩？」杜判官問道。

李夫人看了杜淮一眼。「先前你說過的，傅二娘子和齊大郎不清不楚的事可是真的？」

「真，頂真！」杜淮立刻說：「她上個月還和齊大郎在遇仙樓私會，兩人單獨，不叫旁人，足足待了好幾個時辰，怕清白都已經……」

杜判官咳了一聲，杜淮又轉了話頭：「然後天寧節前幾天，崔家就想去傅家退親，大概也是因為這樁事，只是不知怎麼就沒成，大概是她捨不下崔五郎，畢竟崔五郎生得很不錯。」

退親這事，是他一手添油加醋的，他怎麼會不知道。崔涵之事後還十分沮喪。

「還有啊，」杜淮道：「哪有那麼巧她那天也在萬壽觀，分明和齊大郎又要私會。」

李夫人勾了勾唇。「果真是個不知廉恥的，好得很。」

「阿娘打算……」

杜淮期待地望過去。若能讓傅念君知道知道他的厲害，看她還敢不敢囂張！

李夫人說：「她和齊大郎有這麼層不清不楚的關係，近來又遇崔家退婚，她心中氣怒是齊大郎壞了她親事，又自覺嫁不進齊家，萬壽觀中兩人談不攏，她便想讓舊情人吃吃苦頭，安排了這出墜馬，這就說得通了。」

杜判官和杜淮仔細一想，似乎還真覺得有那麼點道理。畢竟兩個有私情的男女，怎麼揣度都是不過分的，反正也沒第三個人知道。妙就還妙在齊昭若失憶了，最近這些事他一件都不知道，那麼這樣傅念君一個人說的話也可以被視作狡辯。

「長公主硬要栽到我們頭上來，難道就一定是我們做了這事？」李夫人振振有詞。「她不過是想要個發洩怒氣的目標罷了。傅二娘子這種名聲了還怕什麼，何況她又不掙仕途博名聲，不像我們淮兒大好前程，斷不能叫一樁無中生有的事給毀了。」

給她兒子鋪鋪路，那是應當的。

杜淮被她這麼一說，心裡最後一絲心虛也沒了。

杜判官道：「可是傅相公那裡，怕是不好對付……」總歸是傅相公的長女。

李夫人笑了笑。「老爺別擔心，您可別忘了，咱們未來那位兒媳婦，可也是傅相公的女兒。」

父子兩人立刻恍然大悟。

杜淮尤其激動。「只要四娘子肯出面說一句，傅二娘子和齊昭若有私，後因為崔涵之反目，這事兒也就定下來了！長公主自然而然會轉移目標。」

傅梨華這樣期待嫁進杜家，這件事情，她不做也得做。

「而且會更加憤怒。」李夫人添了一句，話音十分溫柔：「相信我，每一個做娘的，看到這種爛泥一樣的女人貼上自家兒子，都會恨不得立刻將她扔回泥潭裡，讓她永世不得翻身。」

李夫人看著兒子的目光格外慈愛。杜淮也對著親娘傻傻地笑了，還是娘親想得周到啊！

杜判官摸了摸鬍子，漸漸也被妻子說服了，只是還有一點。

「這證據方面……」

「證據這種東西，只要你說的是真話，只要別人篤定你說的是真話，證據便是可有可無的。」李夫人悠悠說著。

沒有證據，就捏兩樣證據出來，這是再容易不過的事了。

「我們杜家不是傅二娘子的夫家，我們說什麼不管用，可是她自己的親妹妹，和她被退婚的夫家來說呢？」李夫人勾勾唇。「是不是最確鑿的證據了？」

杜判官又一次含笑點頭，不吝誇讚：「夫人，高，真是高！」

杜淮也拚命點頭，這簡直一箭雙雕，既洗脫了自己的嫌疑，又把傅念君那個小賤人拖下水，厲害啊！真不愧是娘親。

「好了，崔家那裡，趕明兒找個人去走一趟就是了，我央求我娘家嫂子一句就是。」李夫人滿不在乎地道。

她的哥哥恰好請過崔家蔣夫人的長兄做過兩年佐官，有這層關係在，李夫人對蔣夫人說幾句話也不是什麼難事。

提點一二

崔家的蔣夫人今日心情有些複雜，既有點開心，又有點傷心。

開心的原因是她娘家的嫂子楚氏來探風聲，說的是崔五郎的婚事。問信的是杜判官家李夫人娘家一位待嫁的小娘子。這位李夫人的娘家說起來也是顯赫人家，李家和杜家祖上都是讀書人，雖說和傅家還是差一些的，可是蔣夫人聽嫂子一說，真覺得那位李家小娘子知書達理，嫻靜優雅，真比傅念君好了不是一點半點。

正好前不久崔涵之被他父親一頓大罵，這婚事將吹不吹的，傅家很可能以後仕途上也不會提攜他了，蔣夫人正打著另覓佳婦的念頭，這就送上門來了。

可是傷心的也是這回事，傅家的親，哪是說退就能退的，李家小娘子可是等不起的，而崔郎中顯然更傾向於與傅家重修舊好，若蔣夫人說話作數，當日也不會訂下這門親了。

楚氏卻是個有主意又會說話的。「不是我說，這婚書都扣在傅家了，往後即便成了親也難免有嫌隙。我們五郎這般人品，只差一個提攜的人罷了，不是傅相公，別人自然也行，總歸造化是五郎自己的，又不是他們給的。」

這話就正說到蔣夫人心坎裡去了，她不由有些得意。「是啊，我的五哥這樣好，高中是必然的，不過是希望岳家扶持他少走些彎路罷了。」

每個母親提起自己的兒子都是充滿驕傲，可蔣夫人也知道和傅家退親的難處。

「可是這事好不容易被老爺摁下來了，馬上要再提起的話……」

蔣夫人雖然偶爾會看不起丹徒鎮上老家那些商人出身的族人和親戚，可到底骨子裡她還是極有規矩的人，三從四德，對丈夫的決定多是支持的，何況崔郎中上次生了那麼大的氣。

楚氏卻嘆了口氣。「妹妹當真不知道嗎？五郎這樣規矩乖巧的一個人，他當日發了瘋似地要去退婚的因由……」

蔣夫人還真不知道。崔涵之沒有和她說過，她就也沒有細問，總之都是傅念君的錯處，她不問也知道。

崔涵之固然是俗世中多數人認可的君子，他這樣的君子，即便知道了未婚妻子的醜事，即便他也想拚命阻止這門親事，可是具體涉及到人家小娘子陰私的難聽話，他是不會向旁人多言的，哪怕是自己的長輩。

楚氏見蔣夫人果真不知道，便把傅念君和齊昭若「有私」的事情說了出來，還強調是李夫人多問了幾句。

「李夫人的長子定了傅相公的次女，這話有沒有道理，妳自己想想吧……」楚氏只這麼說，言下之意這話是傅家流出來的，那就八九不離十了。

蔣夫人先是愣了一下，接著便是傾洩而出的怒氣。她徹底忍不住了，氣得站起身子，手也微微顫抖。

「她真把我們崔家當作什麼了？她有心於長公主家裡的郎君，何故還要來耽誤我們五哥！人家不要她，她知道嫁不進齊家，轉頭就要死賴著五哥嗎，好不知廉恥，把五哥和我們當什麼了……」

蔣夫人想起崔涵之被他父親罰跪到第二天，站都站不起來卻還執著地要去上學的樣子，心就像揪著一樣疼。她從小就這般優秀的兒子，這樣上進這樣孝順，卻為什麼要被這樣一個不要臉的女人如此糟踐！

蔣夫人被氣得血往頭上沖，竟然止不住地流下淚來。楚氏也嚇了一跳。

「我的五哥，我的五哥，他好苦的命啊……」蔣夫人抽泣著，覺得千苦萬苦，誰都沒有自己的兒子苦。

楚氏有點無言，難怪夫君說這位小姑子年輕時就是多翻幾頁詩就會傷感，看著南飛的大雁和秋天的落葉都要流淚，現在都這麼大年紀快做祖母了，原來毛病還沒改？

她忍不住道：「妹妹，我們是要想辦法解決問題，哭能頂什麼事呢？」

蔣夫人很快收住眼淚。「那嫂子說該如何解決？」

楚氏說：「傅二娘子這樣不要臉，我們五郎也不能去接手齊大郎碰過又不要的女人，這肯定得退親！」

「能退我就退了。」蔣夫人嘆氣，「我的五哥從小到大就違背了他父親這一次，可是妳也看到了……」

楚氏壓低聲音湊過去。「妳沒有法子，不代表別人沒有啊。我幫妳約杜家李夫人一趟如何，正好妳們能談談李家小娘子的事，最重要的是，她認識邠國長公主……」

蔣夫人眨眨眼，望著楚氏，又眨眨眼。

楚氏急了，怎麼就這麼不開竅呢？看來幸好崔涵之不像她。

楚氏道：「唉，妳要知道，傅二娘子招惹的不僅僅是我們五郎，她一會兒這樣一會兒那樣的，是把五郎和齊家大郎溜著玩呢。長公主什麼人，脾性可不能和妹妹妳比，被她知道了有這麼一號人勾引自己的兒子，還是訂了親的，帶累他的名聲，青天白日就在遇仙樓攪和在一起，妳說她會怎麼樣？」

雖然其實齊昭若的名聲根本和傅念君半斤八兩，可是蔣夫人想不到這麼多，她一聽就覺得十分有道理。

「這、這能行嗎？」

「放心吧，杜大人和李夫人是誠心看重五郎人品，想替娘家招這麼一個賢婿，順手幫你們解決這親事也不算什麼，到底不是我們理虧。」

蔣夫人一聽就開心了，就說嘛，她的五哥自然多的是人賞識！

「可是長公主出手的話……」

傅念君大概是徹底婚姻無望了。

楚氏無所謂地聳聳肩。「庵堂這麼多，出家也好，清修也罷，又不是活不下去。」輕飄飄的一句話。傅念君的婚姻，和她們又有什麼關係。

蔣夫人便立刻放心了。也是，這都是她自己造的孽，那樣的人，成親也是拖累壞夫家，她們這還算是功德了。

「不過妳這話不要去告訴妹夫啊！」楚氏提醒她，補了句：「不然照他那個奉承傅相公的樣子，怕是會叫五郎忍下做龜公，也要成了這門親的。」

楚氏真不愧是和蔣夫人相處幾十年的姑嫂，瞬間又一句話戳中了她的軟肋。「龜公」兩個字落在蔣夫人耳朵裡像道雷聲一樣響，讓她在高興和憤怒間瞬間來去了一回。

蔣夫人扯著帕子恨恨地咬牙，被楚氏一說，她立刻覺得自己的夫君真是脫不開商戶人家的淺薄，因為傅相公的權勢就如此巴結。

她的五郎怎麼能還沒成親就戴綠帽做烏龜！當真是奇恥大辱！再說她覺得李家和杜家也很不錯了……

前些天崔郎中苦口婆心說的那番話此時她是一句都記不得了，她滿心只有一個念頭：夫君目光短淺，兒子受盡委屈。她做人妻子和母親的，這時候她不站出來還有誰來？

蔣夫人頓時便覺得自己身上有了重擔，重重地道：「嫂子放心，我定不告訴他，等親事退了看他又能耐我何。」

楚氏也微笑。「那好，我立刻去給李夫人回話。」

等走出門，楚氏才輕抹了一把汗，喃喃道：「不知道李夫人說的明年能提攜夫君一把，是不是真的……」

蔣家大爺那芝麻綠豆官，若是能被杜判官這樣的人看見，已經實屬不易了啊！

§§§

傅念君被陸婉容請去二房那裡喝茶，路上看見了一個熟悉的人影匆匆離去，很著急的樣子。她蹙了蹙眉。「怎麼回事？方老夫人又來了？」

芳竹也壓低聲音說：「這才幾天工夫呢。」

傅念君覺得不尋常。這不合常理，應該是有事。

「妳去看看母親和四姊那裡。」她吩咐了芳竹。

這祖孫三個，大概琢磨不出什麼好事來。

到二房時，陸婉容正在彈琵琶。傅念君扶著門框聽了一會兒。

陸家先祖擅音律，因此子孫後輩也素重音律，傅念君記起年少時，為她啟蒙音律的就是母親陸婉容。陸婉容如今還年少，指法技術雖好，可是琴音中卻還有些生澀青蔥的味道，意境缺了兩分，但比起同齡的小娘子依然勝出不少。

傅念君知道，教自己彈琵琶的母親，那時琴音裡的厚重婉轉，都是她人生中不愉快的經歷所打磨出來的。

她曾對自己說過，年輕的時候百事無憂，不過幾分閒愁，又怎麼彈得出入人心魄的琴音。傅念君抓著門框的手緊了緊，如果可以，她寧願母親一輩子都像此時一般天真少艾。

陸婉容彈完了一曲，身邊的傅七娘子傅月華正羨慕地摸著她手上的五弦琵琶，通體施螺鈿裝飾，腹面鑲嵌一騎駝人撫琵琶的畫面，雕刻精美，泛著紫檀沉木的漂亮光澤。

這把琴，就像此時和表妹嬉笑無慮的陸婉容一樣，精緻華美。

傅念君想起母親當年死的時候，留給自己的只是一把看起來十分普通的紫紅花梨琵琶，那把琴陪她度過了多年寂寥的歲月。但是後來，傅念君想，那琵琶在她死後應該也一起毀在了皇宮的大火中了吧。

陸婉容轉頭看見了傅念君，便笑著喚她進來，看見她的眼神一直盯著自己手裡的琵琶，便不猶豫爽快地遞上去。

「念君妳也來彈一曲吧。」

她們二人如今已經互喚對方的閨名了，只是傅念君到底無法直接喊自己親娘的名字，只叫她作三娘。

傅念君望著她的笑臉勾勾唇。「我彈得不好。」

「不妨不妨。」陸婉容道：「彈得不好我姑姑也能指點妳啊。」

傅念君望見緊閉的格扇。陸氏還真是個奇怪的人。

傅念君低頭看見七娘傅月華也在望著自己，一對眼睛好像會說話般，對她笑了笑，突然有些事竄過了腦海。

她接過琵琶，便照著陸婉容適才的曲子又彈了一遍。她對樂曲其實並不如陸婉容熟悉，可是到底心中正有感懷，彈起來便更加曲意深長，神情灑脫，不似閨中小娘子們尋常那樣柔婉。

陸婉容愣了愣，這叫不好？

傅念君只彈了一半就放下了，因為有人的掌聲打斷了她。陸婉容和傅念君同時望向門外，卻是四郎傅瀾，他身後是高大的陸成遙。

傅瀾情不自禁道：「二姊，妳什麼時候彈琵琶這樣好了？」

陸成遙也望向傅念君，適才他的手不自覺往後腰摸了摸，因為十分想用蕭與她合一曲。可惜今日沒有帶，不知日後還有沒有機會了。

傅念君笑笑，望向傅瀾。「四哥太過獎了。」

陸成遙此時卻出聲了。「傅二娘子可會彈箜篌？」他不自覺就脫口而出這句話。

陸婉容和傅瀾對望了一眼，覺得大哥怎麼……有點奇怪。

傅念君回道：「傅家的小娘子們都會。」

很圓滑的答案，看來她對自己防備頗深。陸成遙心中落了落。「妳可是彈得最好的？」

這話未免問得有點傻氣。誰會說自己比姊妹彈得好，那不是得罪人嗎？

傅念君回了一個很安全的答案：「不如大姊。」但是比其他人都好。

論技藝嫻熟，她也確實不如傅允華，只是不知道陸成遙為什麼要問這個。

陸成遙不自覺微微地笑了笑。

傅瀾咳了一聲，大步踏進屋，問兩個妹妹：「阿娘呢？我找她……」

格扇突然被拉開，陸氏終於出現了。

「阿、阿娘……」傅瀾彷彿被嚇了一跳。

陸氏抬眼看了看他。「說吧，什麼事。」

傅瀾摸摸鼻子，有些尷尬。「我們幾個會文的好友，籌畫跟著孫先生去青州遊歷幾日……」

傅念君一下就聽明白了，是向陸氏支取銀錢來的。

陸氏卻只看了一眼陸成遙。「你表哥去嗎？」

「表哥不去，但是他會送我們出開封府。」傅瀾越說，底氣越不足。

「好。」誰知陸氏卻只點點頭，竟是二話不說就答應了。

傅瀾立刻露出笑顏來。「多謝阿娘。」

傅念君感到有些奇怪，陸氏竟會這麼寵兒子。陸氏固然是有錢的，可她一個寡居的婦人，拖帶著一兒一女，卻不節省著過日子，這樣寵溺兒子不覺得有點不妥嗎？

傅念君不由望著陸氏，後者轉過身來微微向她投去一眼，傅念君立刻心虛地撇開視線。但是傅念君猜錯了，陸氏並不是個慈母，相反還很……

「回來的時候我要見到五十首詩，十篇散文。」她只淡淡地說著。

傅瀾的臉一下子青了。

「五、五十首，十、十篇……」

陸氏淡淡地又補充：「六十首，十二篇。」

傅瀾立刻乖乖閉嘴。果真是親娘！

傅念君見旁邊陸婉容和陸成遙都見怪不怪的樣子，就明白這情形怕是經常出現。

傅瀾蔫蔫地走了，陸成遙見這裡都是女眷，也不好再打擾便告辭。陸氏回屋去，沒有關格扇。

傅念君問陸婉容：「二嬸她……一向如此？」

陸婉容點點頭。「姑母對於表哥要說嚴苛，也嚴苛，要說放鬆，也放鬆。表哥是你們傅家最常辦文會的郎君，交遊也廣闊，姑母從不攔著他。」

這一點傅念君也知道，傅瀾其實比起傅淵崔涵之這些人來說，只能說才智平平，她仔細想了想這個人，也想不起來後來他究竟有沒有中進士。

「而且啊，姑母不喜歡那些韻文、駢文，偏愛叫表哥作散文，每個月都要寫上許多。」陸婉容輕聲道。

這倒是新奇。駢文即為四六體，以偶句為主，講究對仗和聲律，始於漢魏，崇尚駢儷，以藻繪相飾，辭藻華麗，聲律鏗鏘，重韻律和句式。更重要的是，唐代以來素以詩賦取士，這也是如今文章的主流，可陸氏竟這般標新立異，叫兒子學散文而非駢文？

散文即是古體文，講究「形散神聚」。形散，即題材廣泛、寫法多樣，且結構自由、不拘一格。「神聚」則只能意會，講究意境深邃，由淺入深，表達個人的情感和胸臆。

在三十年前的現在，雖也有大儒提倡振興古文，可開科取士依然以駢文為主。傅念君也不喜歡駢文，她看過許多所謂才子應試的墨寶，文章錦繡，她卻只覺得虛浮縹緲，言語浮誇，看不出來他們肚子裡到底有多少墨水。當然現在，往往這些人才能被大受追捧。

但是傅念君知道，三十年後，將會有一大批經世致用的人才湧現，而他們，也正是擺脫了前朝那一貫以來的虛浮靡靡之風，堅持振興古文的那批人。

傅念君當然驚愕，陸氏竟有如此眼光？

她看出來傅瀾並不適宜如今的科舉，便另闢蹊徑，讓他學作古文？

寫散文十分難，年輕一些的學子很難入門，傅瀾如今才多大？這是個極漫長的過程，再有才學的士子，恐怕只有到了朝中諸位內翰那年紀，才能真正做到古樸文章，意納千秋吧。

「怎麼了？」陸婉容見傅念君發呆。「妳在想什麼？是不是也覺得姑母十分奇怪？」

傅念君看著陸婉容有些不以為然的神情。是啊，她現在這樣年輕，自然不懂。

「姑母大概不知道真正文采風流的俊彥是怎樣的吧……」陸婉容眼中有幾分嚮往，臉上卻又藏著幾分羞澀。

傅念君抿了抿唇，顧不得自己親娘那一點少女情思，她在心裡終於再一次確認：陸氏這個女人，太不簡單了。

日後傅家頹敗，這個傅瀾或許並不在其中。倒不是官途不順或一事無成，而是他若堅持寫上三十年的散文，到了日後，即便不能才名傳天下，也絕對是個讓眾年輕學子仰望的前輩了。

傅念君轉頭看著身邊那個安安靜靜、沉默著的小娘子傅月華。一個七、八歲的小丫頭，很少說話，但是她在聽。

傅念君不記得傅瀾了，或許是他早逝還是別的原因，可她剛剛就想起來了，這個如今的傅七娘子，便是三十年後的傅大家。終身不嫁，宮中幾次召其為女官而不受，眾家千金爭相拜師的傅大家啊。

這個女人，用自己的學識，在三十年後沒有家族父母的情況下，得到了世俗的認同。

傅念君撇了撇嘴唇，她當然沒有拜過傅大家為師，因為這個傅大家，與她的那個傅家，根本形同陌路。

傅瀾的天資或許有限，可從傅月華身上也能看出來，陸氏教一對兒女，把他們都教得極其出色，而且都是與世俗之人不同的道路。這太難得了。

「念君，妳盯著七姊看什麼？」陸婉容覺得她今日太愛出神了。

「沒什麼。」傅念君收回思緒。

此時陸氏換了衣裳出來，對傅念君微微頷首，十分自然地問她：「二姊，上回妳的酥瓊葉是如何做的？三娘說想要學。」

旁邊的陸婉容莞爾，對著傅念君悄悄又咬了咬耳朵：「其實我姑母，有時也挺貪嘴的。」

上回她們天寧節出門，就是巧遇傅念君那次，其實就是陸氏想吃外頭的「笑靨兒」罷了。後來還分了些給傅允華傅梨華她們。

傅念君心中一動，對著兩人把做菜的方法簡單講了一遍。

其實很簡單，酥瓊葉不過是將宿蒸餅薄薄切就，塗上蜜和油，傅念君用了幾種芳香的花蜜，再將它們就火上炙烤，地上鋪上紙散火氣，炙好後的餅子非常鬆脆，嚼起來像雪花聲一般，且芳香撲鼻。

傅念君給它取了個極雅的名字，叫做「酥瓊葉」。

「若是二嬸喜歡，我倒還有許多的小點可以試試，不知道二嬸和三娘願不願意嚐嚐？」

傅念君對著陸氏笑得極燦爛，一對眼睛眨啊眨的，說不盡的惹人憐愛。陸氏挑了挑眉望過去，這丫頭究竟是怎麼回事？

上回且不論，這討好的模樣也太明顯了罷？陸氏覺得詫異，她要來討好自己嗎？她不是一向看不上自己這個嬸娘。

傅念君知道自己的性子其實並不算很好，說好聽了叫嬌憨，說不好聽了是有幾分無賴。

她不是一個很剛強的女子，也不算特別聰明，除了在大是大非上從不猶豫，她覺得適時地讓別人幫助幫助自己，也沒有什麼不妥。

她不過是知道三十年來的大事，可陸氏卻是真正的有眼光和厲害。如今自己在這傅家有太多的事看不穿，若是能得陸氏一兩句提點，一定能少走許多彎路。這麼想著，她的笑容自然是格外甜美。

陸氏無奈，她揮了揮手，對陸婉容道：「三娘，把七姊帶出去玩，我和二姊還有幾句話說。」她相當乾脆，似乎在她看來，沒什麼是不能一五一十說明白的。

陸婉容點點頭，突然覺得姑母和傅念君之間似乎在一瞬間有了交流？可她自己明明一直在這裡啊。她只好奇怪地帶著傅月華出門了，對於陸氏的話，她一向很遵從。

屋裡的陸氏打量著傅念君從容卻不失俏皮的樣子，覺得她和從前自己認識的傅念君真是如兩個人一般。神仙指路這說法太過玄乎，可也想不到還有什麼別的解釋。

陸氏嘆了口氣。「二姊，妳好像有話要對我說？」

傅念君點點頭。「我想請二嬸幫我個忙。」她也如陸氏一樣直接。

陸氏反而笑了，這個尚且不滿十五歲的小丫頭，膽子倒是大。

「有什麼忙是妳爹爹不能幫而我可以的？我只是一個寡居婦人，而妳是傅相公的嫡長女。」這話裡稍微有了兩分諷刺，從前的傅饒華若不是頂著這個身分，她也不知被多少人算計了。

其實這也是相對的。傅饒華有身分有錢，可是她蠢，這樣的人反而不值得別人動心思，因為本身就是一塊最大的箭靶子。可現在不一樣了，傅念君很清楚這一點，她不可能像傅饒華一樣作踐自己，所以相應的，她的變化一定會改變很多事。頭一件，就是和繼母、姊妹、還有外祖家的關係。這是避無可避的。

而她也不打算委屈自己，欺負她的人，她也沒有想過要忍。所以杜淮那樣的敗類，她從來不後悔給他點教訓嘗嘗。

「這樣的身分，說有用是有用，可沒用也沒用，二嬸還是陸家的嫡女呢。」傅念君毫不在意地說著。

陸氏眼中閃過一絲惱怒。她是驕傲的，她看不上傅家那一堆的蠢貨，可是今天，她突然發現，眼前這個似乎不是她以為的那樣。

「幫妳？我何必？」她冷冷地勾了勾唇角，連問都不問是什麼忙。

陸氏已經習慣了兩耳不聞窗外事，根本不把傅家這幾房妯娌看在眼裡，甚至下頭兩位小叔，她也看不起。

沒有錯，和傅念君想得一樣，陸氏這樣一個天生有容貌缺憾又早早守寡的女人，在世人眼裡是可憐的、失敗的，而陸氏能做到這麼淡然處之，並不是她十分能忍耐，或心胸格外寬大。她只是覺得不需要這些人看得起罷了。多看一眼都浪費她心力的東西，她才一向漠不關心。

她當然知道傅家很多陰私祕密，她在這裡生活了這麼多年，又是這樣聰明的人，沒什麼能瞞過她的眼睛。可她何必要幫傅念君？

傅念君也不是一個天真的人，她知道對陸氏這樣個性的人，不可能像對傅琨那樣撒個嬌、賣個乖就好。

她輕輕喝了口茶。「二嬸且不用把話說得太滿，您又怎麼知道沒有需要我幫忙的一天？」

陸氏眼睛中閃了閃。「那妳說說看，我哪裡會需要妳的幫忙？」

傅念君靜靜地吐出兩個字來：「再醮。」

婦女再醮，即為改嫁。

陸氏神情一動，卻靜靜地不說話。她不相信一個十四歲的小娘子就能把她看穿了。

傅念君望著她。「婦女再醮，是國朝律例，誰都不能違背，甚至您自己說了都不算。如今二嬸還能藉口七姊年幼，可是再過幾年呢？您用什麼理由擋？」

她笑了笑續道：「人人都覺得嫁人是個好去處，女人都是要嫁人的，可是我覺得二嬸一定不會這麼想。」又頓了頓道：「我也覺得，沒有什麼人夠值得二嬸妳再嫁一次的。」

陸氏驚愕，她真的看出來了！她怎麼看出來的？

陸氏的念頭埋得很深，深到傅家這些人根本不可能看出來，包括去世的老夫人，臨死前還拉著她的手說覺得對不起她。

其實有什麼對不起的，陸氏是故意的。嫁這麼一個快死的丈夫，她心甘情願，她覺得很輕鬆。死了丈夫很輕鬆，雖然兒子女兒有些麻煩，但也不是不能忍受。

她很喜歡這種守寡的日子。

自己從來沒有流露過這種念頭，因為世上那些蠢貨是不會懂的，包括她的娘家。可今天，她卻被傅念君點破了。

傅念君看著她。「可是二嬸，妳如今能過這樣的日子，是因為我爹爹在，若一旦他出什麼事，妳覺得三叔、四叔能保妳嗎？」

就傅念君所知，傅琨後期的名聲不好，有一件事就是因為有人參奏他「不使弟婦改嫁」，然後便得有心人傳話，他其實與弟婦有私。

傅琨有三個弟妹，傅念君到現在才能肯定，那位與他「有私」的弟妹，一定就是指陸氏。

這當然是個圈套，傅琨對髮妻的情感，連姚氏這個年輕貌美的繼妻都不可能動搖，而陸氏更是不可能與男人私通。

日後，從傅琨一步步在朝堂上失勢，到傅家的整個衰頹，肯定不是偶然。陸氏這個不肯改嫁的念頭，將來也會成為別人算計傅琨的一個機會。

陸氏深深蹙了蹙眉。「他們不能保我，難道妳能？」

口氣也太大了。這是大宋鐵令律例，是不能改的（注），連陸氏都沒有辦法。女人在這世上是注定無法隨心所欲的。

陸氏當然知道不能指望那兩個小叔，這傅家，也就一個傅琨還算明白一點。

傅念君卻十分嚴肅，一字一句說道：「我不能保妳，但是能保住我爹爹。」

就算不為了陸氏，她也會為了傅琨盡量避過這些莫須有的罪名，不僅僅是因為自己成了他的女兒，也是因為傅琨對她的疼愛，確實太情真意切。

讓她這個假女兒也無法不動容。

陸氏看著傅念君，看到了她眼裡的堅定。她本來想說，傅琨堂堂宰輔，難道還需要妳一個小娘子來保嗎？可是想到她剛剛一語就點破自己心底的想法，陸氏就說不出這樣的話來了。

她終於承認，傅家總算有一個她看得上眼的人了。

氣氛似乎一下子就鬆緩了，陸氏收回視線。「說說看，想讓我幫妳什麼？」她終於讓步了。

傅念君道：「方老夫人今天又來了，我不覺得是個偶然。」

陸氏「嗯」了一聲，低頭喝茶。「可是線索太少，分析不出來是嗎？」

這也不怪她，裡裡外外想要安插人手，傅念君還不到那火候。

陸氏揮揮手就叫了三個人過來，兩個婆子、一個丫頭，問她們方老夫人幾時來的，幾時走的，從哪裡來的。

她們仔細地稟告了一遍，連方老夫人穿什麼衣服都記得清清楚楚。陸氏的人安排不到門房去，但是陳婆子的兒子是馬房裡餵馬的，她已向兒子問了一嘴，陸氏和傅念君一聽就知道不對。

「時辰不對，姚家離我們並不遠，馬怎麼可能喝了這麼多水，她應該去過別的地方。」傅念君說著。

「而且停留在那裡的時間不長，馬都沒牽進府。」陸氏接口。

傅念君又想了想。「姚家雖然不窮，可是方老夫人卻沒有這麼多錢，出門還要坐這樣氣派的馬車，恐怕是因為她去的那戶人家也很不凡。」

馬不是人人都有資格坐的，養馬的也都先緊著家裡郎君們去騎，傅念君這樣的小娘子出門能夠有牛車坐已經很不錯了。

「不凡的人家卻還要她留在門口等？」陸氏似笑非笑地說：「看來對她也不甚重視。」

結合這些條件一分析，傅念君哪裡還有不明白的。

「杜家。她先去了杜家，再來了我們家。」

別的人家，哪裡值得方老夫人如此。而且她是市井出身，尋常要找各家老夫人們抹骨牌人家還不樂意。

陸氏道：「看來果真有算計。」

傅念君想到了那天傅梨華瘋了一般和自己吵架的情形，她就隱隱覺得這事沒完。

傅梨華的腦子拐不了那麼多彎，她說的，一定是從姚氏和方老夫人那裡聽來的。也就是說，那母女兩個一心以為，杜淮挨了打是因為自己，他是被齊昭若打的；而傅淵出現後，更是吐露了一個更大的危機，長公主正在四處為摔失憶的兒子討公道。

兩廂結合，傅念君猜測杜家敢把這口風漏給方老夫人，就肯定也漏到了外頭去，所以此時，最有麻煩的應該是杜家！

注　北宋時期婦女改嫁確實是法律，後來理學興盛了才鼓勵守節。

也虧得杜淮能做，硬生生又惹上長公主這尊大佛。八成讓齊昭若摔馬的也確實是他。上一次是探病，那麼今日方老夫人又匆匆去杜家又為了什麼？她隨即又趕來傅家想做什麼？這說不通。

傅念君眼睛一閃。「我明白了，她們想把杜淮的麻煩栽到我身上來。」

陸氏挑了挑眉，問了一句很關鍵的話：「妳當日去萬壽觀，真是巧合？」

傅念君微微笑了笑，神色中有幾分調皮。「自然不是，是我揍了他一頓。」

陸氏微愕，好在剛才來回話的下人都退下了。她還真敢！

「不過後來的事，倒真是巧合了。」傅念君說著：「那日東平和壽春兩位郡王，還有齊昭若也在吃素齋，杜淮找不到證據，又被齊昭若一段排揎，便認定是齊昭若動手打的。」

「他怎麼就會認定是齊昭若？」

「心裡有鬼啊。」傅念君感慨。「當日崔五郎來家裡退婚，就是他在背後搞得鬼，誣衊我和齊昭若不清白，不然我打他幹嘛？他大概是以為齊昭若知道了前因後果故意在那等著他呢。」

傅念君講這些的時候落落大方，一點都沒有什麼不自然，當然，也沒有任何後悔之意。

陸氏勾了勾唇，只評價杜淮道：「就這腦子，怕也成不了什麼事。」

「不過他顯然是又有招了。」傅念君蹙了蹙眉。

「杜家的招多半只能往大嫂和四姊身上招呼，尤其是四姊。」陸氏看得很透，也很不以為然。「她對杜家的親事這樣熱衷，叫她說什麼自然就說什麼。」

「如今看來，杜家想把禍水東引，只可能是把齊昭若墮馬之事栽到我頭上，只是要為我尋個理由……」

陸氏笑了笑。「妳和齊昭若有私這一點，就足夠做文章了。」

傅念君在心裡不由感概，她上輩子是真沒領會過一個女人聲名盡毀是什麼體驗。大事小事，不管什麼事，最後竟然都能扯到妳的私德上來。一個小娘子，但凡私德有虧，便是有天大的好處也沒有人會幫她了。

不過幸好陸氏是個蔑視教條禮法的，也不去問傅念君究竟和齊昭若有什麼，只提醒：「杜淮是被誰打的這件事如今沒有人在乎，當務之急，要把他下手害齊昭若的證據找到。」

傅念君道：「這麼些日子了，恐怕……」

「沒有證據？」陸氏說著：「編一個。」

輕飄飄一句話。這是以其人之道還治其人之身。大家都是空口說白話，誰都是亂咬人，難不成只能由著你們姓杜的咬？

傅念君瞬間就不知道該說什麼了。這位二嬸，真的夠厲害！

陸氏看傅念君這樣子，也有點好笑，聰明是聰明，可是畢竟年輕，手段到底還不夠，如此便賣她個好，多提點她幾句：「編也要編得好，人家已經在布局，先入為主，長公主一旦發難，憑妳根本擋不住。我剛才聽妳說當日在場的還有兩位郡王，可以，郡王這身分也夠了。去，挑一個，拿下。」

「拿、拿下？」傅念君突然有點舌頭打結。

陸氏瞪了她一眼。「不是妳想的那一種。」

傅念君無奈，到底是頑固的舊日印象作怪，陸氏也以為她……其實她根本沒有想到「那一種」啊。雖然東平郡王和壽春郡王的畫像在大宋美男冊上也屬十分惹眼的，從前的傅饒華也很欣賞他們的「美貌」。

陸氏扶額，對傅念君一副彷彿受冤枉的表情視而不見。

「妳不是很有本事？若是妳有能耐保住妳爹爹，那麼妳身上，必然也有兩位郡王看重的東西。」說提點就只是提點，怎麼做還要靠傅念君自己。可陸氏這樣一句話，不異於驚雷在傅念君耳畔響過。

是啊，傅琨的未來和朝局息息相關，和兩位郡王的命運也脫不開關係。在她決定要保住傅琨時，就注定她會投身於在三十年前的亂局之中。

她知道太多人的結局，雖然只是脈絡，可是耐心地一點點撥開雲霧，一定能把很多事看個清楚明白，讓傅琨不至於落得如此下場。

陸氏望著她的眼神突然又帶了幾分笑意，又說了一句讓傅念君十分震驚的話。

「其實妳想的那種『拿下』也無不可，畢竟妳娘給妳生了一副好相貌。」

「……」

陸氏的笑話還真的是來得突然。傅念君當然不會傻得拿這話當真，若兩位郡王真是貪花好色之徒，那麼大概也早就被傅饒華「採花」了。

§§

陸氏的話給傅念君很大一個警醒。可即便要找一位拉攏，傅念君依然很難做選擇。

壽春郡王周毓白自不用說，那兩父子在她眼裡簡直是修羅再世，若有的選擇，她根本不想和他們多做接觸。何況如果周紹敏真回來了，她更加要保護自己不露出半點馬腳才是，怎麼能再往周毓白眼前湊。

而東平郡王周毓琛呢，傅念君嘆了口氣，這個人的結局也很不好。

他被自己一母同胞的親哥哥滕王，砍殺在自己王府之中，這件事甚至在三十年後還被人津津樂道。很多人都看見滕王瘋瘋癲癲地拿著沾滿血的刀從齊王府出來，狀若癲狂，雙目赤紅，早已不像個人了，更像是個惡鬼。

而那時周毓琛已被封為齊王了。

張淑妃幾乎在一夜之間白了頭，她寄予厚望的小兒子就這樣慘死在大兒子手下，她能怎麼辦呢？她在一夜之間就失去了兩個兒子。

大兒子滕王被奪了封號，更被官家下令抽打了一百零八鞭，沒有人樣地從宮裡被拖出來，身上沒一塊好肉。為了張淑妃，聖上沒有殺了他，可一輩子再也踏不出小小的院子。

傅念君甚至不記得滕王是什麼時候死的，因為從來沒人在乎過那個人。

有人說滕王雖然傻，可他知道好壞，認識自己的家人，尤其疼愛得來不易的幼子。後來的市井傳言，正是周毓琛害死了滕王唯一的兒子，才引得這個傻子發了瘋。

傅念君垂下了眼睛。皇家就是一筆說不清的爛帳，沒有人知道什麼才是真相。可她別無選擇。

她喚來了芳竹和儀蘭。

「男裝？」芳竹用一種很怪異的眼神看著她。

傅念君默了默。「果真沒有這種東西嗎？」

芳竹的回應卻是又一次讓傅念君無話可說。「娘子要哪一套？咱們有好些呢，都是從前您出門去會郎君的時候穿的啊……」

「……」

兩個丫頭一副了然於胸的神情，讓傅念君很無奈。

「算了，不要男裝了。」

掩耳盜鈴罷了，她這個樣子也沒幾個人會覺得她是男人，何況傅念君換男裝時勾搭的男子大概也不會比穿女裝時少。

隔日，傅念君的牛車就停在了九橋門街市外的中山園子正店外。這裡的兩層彩樓歡門十分華麗，每層的頂部都結紮出了山形的花架，其上裝點有花形、鳥狀等各類裝飾，簷下垂掛著流蘇。彩樓歡門是一家酒店的臉面，像中山園子正店這樣的酒樓不是給普通市民和商人享樂的，出入這裡的，不是文人雅士就是達官貴人，甚至連樓內都裝飾上只有皇家貴胄才可以用的藻井紋。

孫家園子正店內部是江南園林庭院，有廳院，廊廡掩映，排列小閣子，吊窗花竹，各垂簾幕。進了園子，就能聽見絲竹管弦之聲，樓內夥計、過賣、鐺頭也都是熱熱鬧鬧的，雜卻不亂。

從前的傅饒華也不是沒有來過孫家園子正店，只是她總一個人，難免覺得沒趣味，會文作詩的才子多不會選擇這裡。這裡連器皿都是銀質的。

芳竹和儀蘭顯然有點心疼。「娘子，銀錢不是這樣花的……」

傅念君對她們笑笑。「妳們喜歡吃什麼，不用客氣。」

這裡也沒有外人，兩個丫頭互視了一眼，還是儀蘭鼓起勇氣小心翼翼地道：「娘子，您又要找人啊？」

她的確是來找人的。傅念君給自己倒了一杯茶。「不是妳想的那樣。」

當然兩個丫頭依然保持著懷疑的態度。

§§§

格扇被扣響了，一溜兒進來三個官妓，都是輕衫薄裳，粉面含春。

屋裡有兩個少年郎君，三個官妓只往那錦袍玉帶的少年投了一眼去，唇角就帶了笑意，羞得不敢抬頭。從未見過這般俊俏的郎君。

年長些的那個倒是先給年幼的那個斟了酒。「中山園子的千日春，七郎大概很久沒有喝到了吧。」

他對面如珠玉般的少年勾勾唇。「陳三，我替我六哥來喝這回酒，喝酒就是喝酒，官妓又算怎麼回事？回頭我爹爹要是知道了，我該怎麼說？」

他的聲音清澈，語氣中威懾卻不容小覷。

陳三嘿嘿笑了兩聲。「她們是來彈曲的，七郎規矩嚴，這我哪裡不知道，何況中山園子也不是那等地方。」

狎妓有狎妓專門的去處，也不能隨便就在那裡胡天胡地。

不過少年哪有不愛美色的，軟玉溫香在眼前，再加幾杯黃湯下肚，他就不信看到了幾個美人，這位還能一直這麼鎮定自若。

周毓白低頭喝酒，可眼睛裡卻有冷光閃過。

陳三郎娶了宗室女，說起來和皇家還帶了幾分姻親，可是他父親在外任，要說在京職權還真沒有多少，前頭他賭錢輸了好些，如今正琢磨著弄點銀子。

最近手裡能有銀子的，也就是周毓琛和周毓白了，兄弟倆年前被聖上派了兩件肥差。

陳三絮絮叨叨地話還沒說幾句，格扇就又響了，這回是陳三郎的小廝。陳三只聽了幾句話就面色變了變，和周毓白說了幾句失陪的話，就先匆匆忙忙地跟小廝過去了。

陳三一向懼內，周毓白想了想，大概只能是他妻子的事，或許是欠錢被發現了吧。貴人裡也是什麼人都有，沒錢還死撐這樣的排場。

周毓白放下手裡的杯子，對三個官妓道：「都停下吧。」

官妓們立刻慌了，這是不滿意她們？

「放心，賞錢自然有人給妳們。」

周毓白剛說完話，格扇就又被輕輕推開了，他眸子眯了眯，看清來人時突然有了幾分意外。

進門的是傅念君，她見到是周毓白，也真想朝老天問一句，何必如此捉弄她。她是來找周毓琛的啊。不過也由不得她挑了。

「是妳啊……」

周毓白微微笑了笑，抱臂看著她，臉色倒是看不出來喜怒。

三個官妓抱著琵琶、阮和簫，看看他又看看她，有些不知如何是好，傅念君退開半步，給她們讓道。

一陣香風掃過她，她們三個膽子倒大，有個生得最嬌媚的還偷偷往她瞧了一眼。

傅念君不生氣，不由勾了勾唇。「美人當壚，亮盞共話，也算雅趣。」

周毓白站起身來，走到傅念君身邊，親自關好格扇，回頭時不知是不是因為酒意，似乎帶了幾分媚色，不似在人群中時的孤高清冷，而像那天在她面前折柳而笑的樣子。

「傅二娘子來此做什麼？」

傅念君自顧自踱步到桌前坐下，說道：「七郎請收起腦中那些念頭，我來此並非因你貌美。」她說這話時帶了幾分無奈。

她素行不良，這是滿京城都知道的。從前的傅饒華其實並不是不想接近這位如珠如玉的壽春郡王，只是先前他一直住在宮中，平常不大會出來，到了去年才開府別居。而官家派了差事給他，他年後又下了趟江南，因此近來才回京。

傅饒華是一直沒有機會，也幸好她沒有機會，不然此時自己大概會被他打出去吧。傅念君不由想著。罷了，不知檢點也有不知檢點的好處。

周毓白聽她這麼說倒是也挺無奈，她適才的眼神真是很清明純潔，讓他沒能想到自己的「美色」會引得人瘋狂覬覦。

傅念君也不想多說廢話。「我是來同您談一樁買賣的。」

「妳怎麼把陳三郎引出去的？」他只是逕自問他的。

「這不是我要說的事……」

「哦。」周毓白坐下自顧自地吃菜。「妳是來找我六哥的？」

「這……也不是我要說的事。」

傅念君有點尷尬，如果可以，她真寧願拉一把東平郡王，而不是眼前這個……

「嗯。」周毓白喝了口酒。「看來妳對我六哥比較滿意。」

這算什麼話？他們好像才見第二次面吧，說這樣的話是不是有些失禮？其實這個人還算她的長輩來著……

不知怎麼的，傅念君突然有點心虛。

「這樣也要和我談？妳遇到了麻煩。」周毓白依然神情自若，但是什麼都知道。

「是。」傅念君一向知道，和聰明人說話不用費工夫掩飾。

「杜淮害齊昭若墜馬，邠國長公主有意為難杜家，杜家禍水東引，想推我出去，以我與齊昭若的關係做筏。」

周毓白撇撇唇。「這和我有什麼關係？我知道是妳打了杜淮。」

周毓白是當日在場唯一一個篤定是她動手的人，其實這件事確實由他出面更合適。

傅念君很快就穩住了心神。

「和您沒有關係，我說了是和壽春郡王您做一筆交易。」她淡淡地說：「您去了一趟江南，太湖流域的水利問題可解決了？」

周毓白的神色不動，他早就已經習慣了這些年來無論做什麼，都被人盯著一舉一動的感覺。到如今，連個這樣的小娘子也敢對自己指手畫腳。

「圩田是個很不錯的法子，但是您做不成。」她說著：「起碼這兩年，是做不到的。」

周毓白握筷子的手一緊，眼中的光芒閃了閃。「妳聽誰說的？」

「誰說的很重要？」她看了周毓白一眼。「您想的難道不是如何解決太湖水患，完成好官家的差事？」

皇帝交給周毓琛、周毓白兄弟倆的，與其說是差事，更不如說是考驗。周毓琛接的是海州建立鹽場一事，周毓白則是太湖的水利，都是極大的肥差，除了工部戶部官員從旁協助，兄弟倆必須要拿出章程及具體舉措出來。

官家明年就要看到成效。

他們二人讀了這麼多年書，深知詩詞歌賦是無法治國的，如何在政事上做一個明確的謀斷，利國利民，才是一個太子的基本功課。所有朝臣都明白，官家還是屬意這兩個小兒子的。

從接到差事起周毓白就調了大量的縣志和地理志來看，把兩漢到唐朝有關江南水利方面措施的卷宗全部看了一遍，還有澇災頻發的年份、太湖周邊各縣的損失和救災情況，他幾乎幾個月都在忙這件事，更是親自下了一趟江南，實地考察太湖水利。

圩田是他想到的最好的法子。

圩田指的是縱浦橫塘之間的方塊土地。建立圩田是農田建設方面極好的減少損失的方法，在江南也有農人小規模的施行，但是技術和舉措都不成熟。

太湖周邊地勢低平，許多地方是水漲，成沼澤；水退，為農田。

周毓白想做的，就是把這些土地改造成為基本上旱澇保收的良田，他所制定的主要工程，也是經過當地官員一再的商議和核實。

不得不說，傅念君前世知道他在江南所施行的辦法後，也不由感嘆這人的聰明。

周毓白親力親為，制定了十分詳盡的工程。到三十年後，這套工程在太湖周邊起到了很大的作用。

他在瀕臨塘浦的圩田四周，築造堅固的堤防。堤的高矮寬窄，就要視圩的大小、地勢和周圍水情而定，一般高五尺到二丈，寬數丈。堤上有路，以利通行；堤外植柳，以護堤腳。圩周有閘門，以便旱時開閘，引堤外塘浦之水灌田，澇時閉閘，防外水內侵。圩內穿鑿縱橫排水管道，形如棋盤；澇則排田水入渠，旱則戽渠水灌田。

圩內地勢最低處，則改造成為池塘以集水。一圩方數里到數十里不等。如此施行，圩田對一般水旱有很強的自衛能力，且其經濟效益遠遠高於普通農田。

江南地區水路太多，縱橫交錯，從古至今朝廷也修建了很塘、瀆、涇、浦，就是為了排洪，可饒是如此，江南還是在夏季頻發水患。

「五里一縱浦，七里一橫塘」，這裡農田破碎，無法連結成片，且常常受天災侵襲，每年的糧食產量很不穩定。

傅念君也知道在排洪方面不可能再繼續去挖塘洩洪，官家要他做的也不是這個，周毓白把主意放在農田建設上，一點錯都沒有。

傅念君用手指蘸了蘸茶水，在桌上比比畫畫，很簡單直觀地把周毓白心裡關於圩田的建設說了個一清二楚。

周毓白的視線從她的手指移到她低垂的眼睫上，她低眉順眼不疾不徐地說著，很專注。

他眉心突然一跳。他總覺得對她有種十分奇怪的感覺，毫無由來。

他閉了閉眼。「妳的先生是誰？誰教會了妳這些？」

尋常小娘子，哪裡會學這種東西，農田水利，她比那些舞文弄墨的學子們都精通。

傅念君看了他一眼，很意外在他眼裡只看到一片平靜。他根本不在乎自己的計畫被人戳破，還是說，他其實胸有成竹呢？

傅念君想到了這件事的結局。周毓白當然沒有做錯，可是有時人往往是很難勝天的。

沒人能想像到，來年江南地區的洪澇會是幾十年來最嚴重的一次，他的圩田建設成了一紙空談，無論什麼，都被大水淹了個透，整個太湖流域，成了最嚴重的災區。

朝廷的銀糧一波波發下去，罷免了好幾個在職官員，民心需要穩定，總要有人出來背鍋。

而周毓白，身為皇子，也無法被治太嚴重的罪，如此他無疑成了御史台攻訐的最佳物件。

一個十六、七歲的少年，僅僅因為是皇子，就可以隨意這樣胡來罔顧人命嗎？江南一年的收成他擔當得起嗎？他們總有理由。

傅念君不知道裡頭有多少人是真正懂得水利的，許多文人從年輕時就沒踏出過書房，他們的錦繡江山都在紙上而已。當然也有懂的人知道周毓白沒有錯，可是沒有辦法，這個時候即便是官家，他都護不了自己的親兒子。

御史們的唾沫可以噴到官家臉上，可是因為太祖下令「不殺言官」，道理就攥到了他們手裡，他們只需要一個結果。

所以周毓白受到了父親的斥責，被革了一年的銀米，連封王的時間都推後了。

一直到了幾年後，江南地區的狀況漸漸緩過來，圩田繼續使用，慢慢人們才見到這其中的妙處，可是周毓白卻已背負了好幾年的唾罵。

所以當傅念君開門見到是周毓白時，她很快就從善如流沒有掉頭就走，在心裡也告訴自己，或許江南很多人命也能因此逃過一劫了吧。

之前她想選擇周毓琛，是因為他那件差事也有問題，但是海州鹽場比江南水患要好，挺了兩、三年，說實話她也不一定真有把握說服周毓琛。

「這算什麼？」周毓白說著：「妳說明年會有大水患就會有嗎？妳憑什麼？」

傅念君的手指點了點桌子。「憑天機。」

她的樣子十分自信，又帶了隱隱的驕傲，讓周毓白突然無話可說。

前一刻還在和他大談江南水利，後一刻就像個小孩子般，毫無根據地說這樣的話。

周毓白說：「那依妳看，太湖水利該如何籌措？」

傅念君道：「很簡單。江南最不缺的就是河道，可是近年來，再挖洪塘顯然不能夠，但是許多唐以前的古河道淤結廢棄，這樣……」

她又用白皙的手指蘸取茶水在桌上比畫。

「……把古河道挖通連接、清淤，從這時候開始到來年夏天還有好幾個月，且江南的湖水不凍……」

她的神情很認真。周毓白原本不指望她真的能說出解決的方法，可漸漸卻發現她還真不是個假把式。

「僅僅是這樣，就能抵擋妳那幾十年難遇的洪災？」

傅念君無視他話中的調侃，只耐心地說下去：「還不夠。我翻閱過一些書和縣志，唐朝時有個人叫姚嶠，他曾擬過一個太湖由苧溪向東南排水入杭州灣的方案。這一方案曾付諸實施，卻因當時唐朝國勢衰頹，工程過大而沒有完成，如果繼續挖掘的話……」

三十年後這個方案已經施行，傅念君覺得將它提早三十年也無不可，可以多救一些人的性命。其實她也不是個悲天憫人的人，如果不是自己需要一個面對長公主的擋箭牌，她大概也不會主動做這樣的事。

周毓白又給自己倒了一杯酒。

傅念君知道時辰不早了。「如果七郎不相信的話，隨便您吧。」

她已經把該說的都說了，圩田的方案並不是不施行，而是緩一緩，如今想解決江南明年的水患，他必須先考慮的是河道洩洪的能力，圩田可以作為後續治理太湖流域的措施。

他可以不相信自己，可如果他連這點膽識都沒有的話，這個人在爭大位的鬥爭之中失敗，也沒有什麼奇怪的。

那她也不需要這樣的擋箭牌。傅念君勾勾唇，起身要走。

「我說不答應了？」周毓白叫住她，看著她的樣子似笑非笑，緩聲說：「坐下喝杯酒吧。」

8 這些女人

傅念君心裡定了定，卻又聽見他得寸進尺道：「幫我倒杯酒？既然要我幫忙的話。」

傅念君有些怒起。明年他就會知道自己幫了他多大的忙了，竟然說這樣的話！

「您如果有需要，我可以再幫您叫那幾個官妓來。」她說著。

周毓白的眼中似乎有笑意滑過，他的神情還是淡淡的，可是卻不再讓人覺得冷清而難以靠近，就像突然食人間煙火的普通少年。果真他不是像外頭說的那樣。

傅念君腦子裡那個成年後的淮王影子淡淡褪去了，好像這個人才是自己認識的一樣，他就應該一直是這個樣子……

她被自己的想法嚇了一跳，忙正了正心神。

「我也沒有這樣的想法，只是聽齊昭若說過，妳給他倒過酒。」

話題引回了她的身上，傅念君知道，他同意出手了。她又坐回去，忍不住輕聲咕噥了一聲：「我如果說和齊昭若什麼都沒有，大概也沒人會信。」

起碼自己的兩個貼身丫頭就先不信。

周毓白好像覺得這話很有趣。這個傅二娘子真和外頭說的很不一樣。

「他……算了。」

周毓白想到了齊昭若近來的奇怪之處，也不大想談他。

「我可以幫妳這個忙。」他垂下眼睛。「姑母她有時也太出格了。」

把什麼都不放在眼裡，和太后、徐德妃，還有肅王那一家子同氣連枝的，連蠢和衝動也是一脈相承。一個小娘子罷了，她也能被煽動了去尋釁，是該被挫挫銳氣了。

別說齊昭若現在沒事，即便是有事，她這樣的作態又是御史們好一筆談資。這些年來皇家的私事，御史們沒有少罵。

而杜淮那一家人，杜判官為人就很油滑，由此多少能看出點家風來，只是國朝對於皇子們的限制很多，他是不能多與朝臣結交的。

傅念君彷彿看出了他的想法，語氣反而輕快道：「有勞七郎了，只要您能想法子擋住長公主，杜家自然好處理。」

她似乎早就把一切都籌畫得妥妥當當。周毓白看了一眼她飛揚的眼角眉梢，也勾唇笑了笑。

今天那陳三郎也不算做了一件蠢事。

§§§

傅念君回去自己的小閣裡，芳竹和儀蘭擔心地直跺腳。

她們生怕又有哪個房裡衝出來三五個郎君奪門而逃的場景出現，那明日這中山園子正店也要留下她們娘子的一段「佳話」了。

看到傅念君平安回來，兩個丫頭才總算放心下來。

「還、還好嗎娘子？」儀蘭問得小心：「是、是哪位郎、郎君，您還合意嗎？」

「……」

傅念君常常面對她們無話可說。她覺得自己彷彿也成了狎妓的男人，還是眾妓口中風評很不好的那一位。

「還有您讓二夫人的人幫您逮人，這回也太那啥了吧？」

芳竹的話落，傅念君才想起陸氏幫她的「小忙」。解決那個陳三郎。

今天他們二人的小聚也不算是件隱祕的大事，陸氏能打聽到，就能幫她這個忙。傅念君也沒推辭，否則要單獨見到周毓白和周毓琛，除非是萬壽觀那樣的機會。

「都別胡說了。吃東西吧。」傅念君不願意再和她們說這個，兩個丫頭，一個比一個想得多。

而周毓白那裡，被攔在路上不得入的陳三郎終於被放進來了。

「也不知道是怎麼回事……」他擦著額頭上的汗。「就被兩個凶惡的大漢攔住了去路，咦？七郎那幾位官妓……」

周毓白也吃得差不多了。「那兩個是我手下的人。」

他不用特地吩咐，手下的人都很有眼色。

「是、是嗎？」陳三郎突然不知道該說什麼好，只能傻傻地乾笑幾聲。

周毓白不明白，這樣一個人，他會有什麼別的目的？他不覺得今天是個偶然，他也不習慣身邊出現偶然。

「那七郎，這銀子……」陳三郎期期艾艾地說。

再不好開口他也得開口啊！他借銀子的事確實是真的。

周毓白站起身。「銀子你再問我六哥。我吃完了，陳三，走吧。」

「啊、啊？可是我還沒吃完啊……」

陳三郎欲哭無淚，但是再看一眼，人家已經出門了。這可真是……

「七郎，六郎他幾時有空啊……」

他又忙不迭追出去。他還真不知道周毓白這是什麼意思，可周毓白卻不願意再和他歪纏下去。周毓白想著，太湖水利的事既然決定要改，他就要盡快著手去做，從東京一個指令下達到江南，並不是三兩天就能做到的。

可是猛然間，他頓住腳步回頭，覺得很奇怪……

與此同時，周毓白望去的方向。中山園子正店今日的貴客並不只壽春郡王一個。

明暗相接的小閣裡，桌上擺著滿滿的酒菜卻一口未動。一個身影獨坐在桌後，挺拔而清瘦，二樓並不敞亮的小閣內他的面容一片模糊。

「走了？」此人聲音很清，也很有威懾。

「是。」有個屬下在向他稟告。

「陳三是個沒用的，能套出什麼話來？早就不該抱有這點希望。」他像自嘲般說了一句。

「不過也不錯，他既然今天能出來，應該是準備得差不多了。」

這個「他」，自然就是周毓白。

屬下又稟告：「倒是有個小娘子和七郎說了一會兒的話。」

「小娘子？生得什麼樣子？」那人倒是不知道什麼小娘子。

「郎君恕罪，屬下眼拙，沒瞧清。」

「罷了。他還年輕呢，年少慕艾，總有幾筆風流債的。」他並沒有把傅念君的事放在心上。

他似乎抬起了手，應該是在飲酒，落在桌上的是一片寬大的袖子，自說自話地呢喃著：「你要怎麼處理太湖水利的事呢？還是用圩田？哈哈……」他笑了幾聲，讓人有些不寒而慄。

「真是天真……」

笑夠了又喝了一盅千日春，他喃喃念了幾句。

「一直都那麼天真。哎，真是可憐啊……」他的嘆息又長又緩。

整個屋裡漸漸沒了聲音，下屬都退了下去，只留下一副很漂亮的簾子微微晃動，安靜無聲。

§§§

邠國長公主來傅家的這天，傅琨不在家中。

他當然是不會在家裡的，最起碼即便長公主不知道要避開他，她身邊的李夫人也替她記著。風和日麗，甚至傅家幾個郎君也都出門了，家裡只有一堆女眷。

邠國長公主穿著淡紫雲霞鳳紋五彩妝花大袖，束著高冠，姿容華麗，表情冷冷地不易親近，對每個人都透露著濃濃的鄙夷和不耐煩。她身上這樣的大袖披帛是五代傳下來的衣著風格，十分華麗，到了國朝，太祖太宗兩位皇帝崇尚簡約，即便是上品貴婦，也多像長公主身邊的李夫人一樣穿件織錦團花的褙子就可。當然長公主這輩子大概和「簡約」、「樸素」這樣的詞是搭不上任何關係的，她總是怎麼華貴怎麼彰顯身分就怎麼來。

不過除了李夫人，倒是還有一位意外的客人，姚氏覺得她有些面熟，想了想才記起來這不就是崔家那位蔣夫人嘛。

平時連臉都不露，今天倒和這兩位一起上門來了，實在是說不出地詭異。

方老夫人和傅梨華說的事情悄悄避過了姚氏，畢竟不是什麼光彩的事，方老夫人怕姚氏這個做繼母的不好做人，索性不讓她知道。

這三個女人氣勢洶洶，姚氏也不敢怠慢。

這可是邠國長公主啊！就連平時也不太愛和人交際的傅家四夫人金氏，也琢磨著帶著女兒傅允華出來露個臉。

長公主見到桌上泡著的茶輕輕蹙了蹙眉，她身邊立著的內侍劉保良立刻會意，將自帶的貢茶和茶具取來交給傅家丫頭。

「公主愛喝第三泡的茶，太釅不行，太寡也不行，妳注意些分寸，燒水燎子底下別擱煤炭，煮了不得味，你們府裡有山泉水沒有……」

劉保良大概三十來歲年紀，生得也算清俊，不像個宦官倒像個士人，他鉅細靡遺地向傅家下人們說明，不急不緩，雖然規矩繁瑣卻很有耐心，還算平易近人。

只是喝個茶，前前後後這麼多講究……眾人心裡不由轉著同一個念頭。

邠國長公主喝到了滿意的茶，眉頭這才鬆了鬆。

「傅家夫人……」她往旁邊的姚氏投過去一眼。

姚氏道：「是，妾身正是傅姚氏，今日長公主大駕光臨，是我們有失遠迎了。」

長公主顯然不耐聽她這樣的話，只說：「聽說妳有個長女，很是出息啊，可在這裡？」「出息」兩個字，咬得極重，滿滿諷刺意味。

姚氏抿抿唇向下人道：「去請二娘子過來。」

傅念君過來的時候，長公主正好喝完第一杯茶。接著眾女眷就看到了不敢置信的一幕。

前一刻還端著一副高貴冷豔架子的長公主，抬手就把空了的茶碗摔到了傅念君腳旁，所有人都嚇了一跳。

「什麼人家的小娘子，要叫長輩等，妳算什麼東西？」

好吧，不管外表如何，這位長公主還真是如傳聞一樣潑辣不講道理。李夫人只在旁喝茶，微微勾了勾唇。

傅念君也不慌，彎腰拾起了地上沒碎的茶碗，親自交給了迎上來的劉保良。

這是長公主自己的東西，她看不上傅家那些粗陋的青瓷。

「有勞中貴人了。」傅念君反倒對劉保良笑了笑。

劉保良有些詫異地接過來。

「和妳說話沒聽到嗎？」長公主一拍桌子，瞪著傅念君的神色更是有幾分猙獰。

「長公主並未傳喚我，我不知您在等我。」傅念君笑了笑。「不知我有什麼值得您等的。」

她邠國長公主一來，自己就要像哈巴狗兒一樣去門口搖尾巴嗎？

「妳父親身為宰輔，就教出來妳這樣的女兒？」長公主冷笑。

眾人都看出來她這是借題發揮，分明就是特地上門來尋麻煩的。傅念君怎麼就惹了她，誰也不知道，滿屋子的女眷都低下了頭，只有傅梨華眼裡閃過一絲興奮的光芒。

她就等著傅念君被好好收拾的這一刻！

「我不知道我這樣的女兒怎樣就給爹爹丟臉了？還請長公主指點一二。」傅念君依然是很乖巧的樣子，不怕，也不慌。

長公主覺得自己好像一拳打到了棉花上，正要發作怒喝。

「公主……」一道溫和的聲音響起，劉保良緩緩地說著：「您且顧著身子，別氣壞了。」

長公主的臉色稍微鬆了鬆，對著堂下的傅念君道：「好，妳既然要講道理，那我今日就來問問妳這不知檢點的小娘子。妳和我家大郎是不是糾纏不清？」

傅念君眨眨眼，似乎不太明白這裡頭的意思。「糾纏不清？您指的是怎樣的糾纏？」

長公主突然被她一句話哽住了。這死丫頭……

她不自覺地去看李夫人和蔣夫人，可這兩個女人都只是全神貫注地盯著傅念君，好似根本沒察覺她的視線。

長公主心裡有氣。「還能是怎樣的糾纏！妳不知廉恥，未婚就與大郎頻繁往來，是不是打著要嫁進齊家的打算！」

傅家女眷們心裡也都一突，這傅念君還這麼不要臉？就是崔家都嫌棄她，怎麼還想嫁去駙馬府呢！

傅念君心裡想笑，這位長公主的自信也是世間少有，難道她還覺得齊家就是多好的去處嗎？就這麼一位婆婆，就是那郎君天下第一好，自己也消受不起。

「我的親事由家裡做主已配了崔家，長公主大概是誤會了，我斷斷沒有存過這樣的心思。我與齊大郎之間，我也說過好幾次，不過是君子之交罷了，也不知是什麼小人向長公主嚼了舌根讓您誤會。何況即便我是那心思不正的，齊大郎也是個德才兼修的君子，怎麼可能與旁人的未婚妻子有牽扯？」

這後頭一句話倒是把長公主說舒坦了，她的兒子雖然有時候混帳，可確實也沒有哪次打過有夫之婦的主意。傅念君這番話倒是終於讓李夫人坐不住了。

她就是那「小人」。

「二娘子終於承認自己心思不正了？」李夫人笑咪咪地說著。

李夫人說話有種讓方老夫人誇讚過無數次的適宜從容。「親事是家裡的事，這人心裡頭有什麼打算，可不是家族能左右的。」

傅念君卻只覺得一股子陰陽怪氣，她轉向李夫人，將她打量了一圈，迎著那對充滿算計的眼睛，做了個天真而十分不解的表情。「這位夫人是？」

李夫人的笑僵住了。姚氏見狀忙出聲替未來親家解圍：「休得無禮，這是杜判官家的夫人。」

傅念君「哦」了一聲。「原來您就是四姊未來的婆母李夫人了。」

她笑得十分燦爛。

「妳……」李夫人突然覺得眼前這小娘子似乎很不好對付。

「既然您是四姊的婆母，憑什麼管我的親事？」傅念君笑咪咪地吐出這句話來。「我心思正不正，您又怎麼知道，難不成您想說我打過貴府公子的主意？」她「噗嗤」笑了一聲。「不能吧。」

這句「不能吧」把李夫人和傅梨華同時氣了個大紅臉，長公主倒是向李氏瞟了一眼。也是，她的兒子這樣優秀，豈是李氏的兒子能比的。

要說對她兒子齊昭若動心思那是應該的，對李氏那個兒子動心思，只怕還真是她自作多情。

天下的母親總是同一個念頭。

李夫人見到長公主那帶著鄙夷和調侃的眼神，話到嘴裡只能往肚裡吞。姚氏見傅念君這麼不客氣地下李夫人面子，也滿心不快。

「胡說什麼，還不快向李夫人……」

「母親。」傅念君轉頭。「李夫人又不是我的婆母，我應當感謝她對我的關切？這真是奇怪了，四姊才更應該當得起這份關愛啊，不然轉頭我又讓人戳脊樑骨說些有的沒的，不僅影響我們姊妹感情，您又該心疼了吧？」

姚氏被她一句話噎住了。

是啊，繼女和親女，她當著那麼多人的面也不能偏心得太明顯。好在姚氏切換起態度來還是很從容的。

「這是自然，妳們都是我的女兒，當母親的都希望自己的孩子不要受半點委屈，相信長公主也是這樣的想法。」

不著痕跡，又把話頭轉回給長公主了。傅念君撇撇嘴，這個姚氏，還真是夠挑弄人的。

長公主點點頭，她要說話是沒人再敢打斷的，但是顯然她記得過來的初衷，自然不可能幾句話被傅念君拉攏。

「妳既然說李夫人沒資格指點，這裡可還坐了一位妳未來的正經婆母，合該聽聽她怎麼說，免得妳又滿嘴狡辯！」長公主說著說著又怒起了。

崔家就是因為她和齊昭若的事要退婚，她帶累了自己兒子的名聲，還說不是另有打算？

蔣夫人在李夫人的示意下，終於磕磕巴巴開口了：「是、是啊，傅二娘子，妳、妳同齊大郎的事人盡皆知，若不是我們五郎重情義，如今也……」

「也如何？」傅念君笑道：「退婚？將我甩了開去？」崔五郎重情義？這話可真是好笑了。

「妳怎麼說話的！」長公主又是一拍桌。「自己不知廉恥在先，還有理了？」

傅念君勾勾唇，只說著：「拿上來吧。」

立刻就有一人端上了一個上鎖的桐木匣子。

「長公主，這裡頭就是我和崔家的婚書，這件事早就理得明明白白了，我不知道蔣夫人今日為何還會舊事重提。若是傅家理虧，此時婚書會在我手裡嗎？」

長公主蹙了蹙眉，她雖然衝動脾氣大，倒也不至於蠢得過分。她看向李氏蔣氏二人的神色就多了兩分打量。

蔣夫人道：「裡頭是什麼，妳怎麼證明？」

崔四老爺已經回江南了，誰能作證？蔣夫人就是咬準了傅念君沒別的法子，她挺了挺肩膀，自己總歸是占著理的。她背後有李夫人和長公主，還有明擺著偏幫她們的姚氏，誰會管傅念君一個勢單力薄的小娘子說什麼？

過了今天，傅念君聲名盡毀，到時就是傅家求著他們退親！

傅念君依然不急不緩，面對三個長輩咄咄逼人的攻勢也絲毫沒有怯意。

「自然會有人替我證明。傅家與崔家的婚事是一回事，但是蔣夫人請恕罪，長公主和齊大郎的事要緊，我想先向公主說明一些事情。」

長公主卻不想再聽她多說，她這兩天因為兒子的病情整個人心浮氣躁，在齊駙馬和她說了杜家的事後就想尋個由頭去出出氣，可今日還沒出門，杜家的李夫人倒是先來了，告訴了她這個傅二娘子的事。

其實無論杜淮還是傅念君，要說他們害齊昭若墜馬的理由都不算充分，可長公主任性了幾十年，她想的只是發洩自己身上的怒火。她的兒子不能白摔，必須有個人要來負責。

因此李夫人帶著所謂的證據，和蔣夫人一起到了駙馬府後，長公主就毫不猶豫地把目標定為傅念君。如果不是這小娘子，就根本不會出那麼多事！

「還有何好說的，妳對齊大郎因愛生恨，算計他墜馬，這本來就是真的。」突然有道聲音冒了出來。

長公主整張臉頓時覆上了一層寒霜，也不責怪來人放肆，直直地朝那聲音望去。

傅梨華跳出來指著傅念君說著：「長公主，我是她的親妹妹，我、我知道，她和齊大郎一直都……到了這幾天才沒了聯繫。」

「四姊。」姚氏微愕。「這關係到妳姊姊的名聲，妳要想清楚再說。」

沒有拉住她，也沒有制止，只是讓她「想清楚」。

傅梨華突然就從眼裡滾落了一串淚來，彷彿是事先就預定好般地完美。她跪下，帶著極低的泣音說著：「長公主，今日李夫人也在此，我冒著口舌大忌，不怕未來的婆母厭棄我，也要說這些話，二姊她……」

她突然轉向傅念君，眼中閃著淚光道：「二姊，妳已經對不起崔五郎了，為什麼連齊大郎都不想放過呢？妳一直都只顧自己一時痛快，可是爹爹和阿娘，妳有想過他們嗎？爹爹為妳的事奔走地還少嗎。他這樣辛苦，我們做兒女的，即便不能為他分憂，也不能再讓他如此受累啊！」

傅梨華繼續落淚。「前天夜裡，爹爹房裡的燈又是一夜未滅，二姊，妳就不知道心疼他嗎？妳只是一個女子，終身只能有一個夫君相伴，二姊，妳到底還要糊塗到幾時啊……」

說罷就掩面痛哭起來。字字泣血，恨其不爭，卻又無可奈何。不過話裡的意思，就差直接點明傅念君水性楊花了。

姚氏即便事先不知情，此時哪裡還會有不明白的道理，也不知怎麼濕了眼眶抱住傅梨華就輕泣道：「好孩子，難為妳一直看在眼裡……」

傅念君看著這母女兩個天衣無縫的配合，嘴角不禁抽了抽，覺得滿屋子也就自己一個正常人了。這些女人到底是怎麼回事？

傅梨華那些把她膩味壞了的話，可不是她一貫的風格，必然是旁人教她的。

她忍不住向李夫人投去一眼，那這位的品味可真是夠了，也不怕酸倒自己的牙。

前天夜裡她和傅琨下棋，他老人家明明酣暢淋漓，不到天亮不許她走，怎麼到了傅梨華嘴裡就成了如此苦情的一幕？

「不用再說了。」長公主的聲音更冷，面對傅念君已是徹底厭恨，她向四周掃了一圈：「把她帶走。」

這樣一個不孝不悌、不懂規矩、不顧禮儀的女人，竟然害得她的大郎這樣！就是投進大牢餓死她也不為過！

傅念君微笑。「長公主，無憑無據，您要把我帶去哪裡呢？」

「哪裡？」長公主冷笑：「拉出去讓滿東京的人知道妳傅二娘子做下的好事！妳以為仗著傅家這座大山能如何？別忘了這天下是誰的天下，太后娘娘一道旨意下來，就是白綾三尺，牽機一盞送了妳歸西，妳也要跪下謝恩！」

長公主又一次高高在上地彰顯出皇家高貴的身分，一種視性命如草芥的氣魄。

傅念君沒有像她預想的那樣跪下來痛哭求她開恩，反而只是點點頭。

「聽起來似乎都是挺痛苦的法子。」

她當然知道長公主是嚇她的，公主自己是什麼斤兩傅念君也很清楚，生殺予奪，她以為自己有什麼資格？

「帶下去！」長公主塗了蔻丹的十指差點要戳到傅念君的臉上去了，她對這小丫頭這般藐視權威的行為更是怒不可遏。她爹傅琨不賣自己面子也就罷了，可就憑她，她怎麼敢！

「本宮看妳是喜歡學那些不入流的手段，那就好好跪大街上去！」

此時長公主的狂怒，大概她自己都分不清有幾分是為了齊昭若出氣，她好像終於找到了一個可以發洩怒氣的藉口，什麼不好聽的都往外說。

她罵的是不肯恭敬跪舔自己的傅念君，也是傅念君背後不把她放在眼裡的傅琨，更是朝堂上處處掣肘她公主權力的文官們。

她眼中狂亂的神色讓身邊一直安靜的劉保良也蹙眉出聲：「公主，您……」他扶住渾身顫抖的長公主，半強迫地把她帶回了椅子上，親自倒茶端到她嘴邊。

傅念君看這主僕兩個的樣子，突然覺得長公主此時的情緒崩潰，更像是一種病。

堂下本來抱頭在演苦情的姚氏母女徹底愣住了，她們怎麼都無法把此時的長公主和剛剛那個雍容華麗、表情冷淡的女人連繫在一起……這轉變也……

李夫人眼裡閃過一絲痛快的神色，傅念君，是逃不掉了。一旦傅念君毀了，傅琨必然大怒。此後，姚氏母女，還連帶著方老夫人那個老太婆，全都被她握得死死的。

蔣夫人怕得直往後縮，手不由自主地微微顫抖。

「不要臉、不要臉的小狐狸精……」長公主嘴裡還在罵罵咧咧。「保良，打她，將她拖下去打，狠狠地給本宮打……」

這兩句說得很輕，幾乎只有劉保良一個人聽見了。

「公主，您別怕，沒事的，您是邠國長公主，您是最尊貴的公主……」

他低低地安慰著長公主，聲音溫潤堅定，緩和卻有力，長公主顫抖的手漸漸地能夠拿起自己的茶杯了。

「念君妳……快向長公主磕頭賠罪啊。」

姚氏終於回過神來了。「母親平時是怎麼教妳的？」怎麼現在就這麼難纏了！

「二姊，都怨妳，妳快去磕頭，長公主要是生氣了，我們……爹爹怎麼辦！」傅梨華緊緊咬著牙關，惡狠狠地盯著站得筆直不動的傅念君，神情一點都沒有剛才的梨花帶雨。

傅念君居高臨下地望了她一眼。「我去跪，倒不如妳繼續哭。」

傅梨華剛要大罵，門外卻突然有聲音傳來。很快一位丫頭的腳步聲響起。

「夫人，夫人……」

她找了一圈才找到了半跪在地上摟著女兒忘記起來的姚氏，愣了一下。「夫人，有一位壽春郡王來了……」

姚氏這時還是不糊塗的，立刻站起來整理好衣衫，把傅梨華也一把拉起來。可是周毓白卻已經到了門口，身邊跟著兩個人是二房裡傅瀾和陸成遙。

傅念君微微笑了笑，陸氏說只幫她一半，今日的事自己不會出手的，可到底還是讓傅瀾和陸成遙提前回來了，怕她實在招架不住吧。

「郡王，您別急。」

傅瀾的聲音響起：「長公主此來，您不用擔心……」

長公主此時在劉保良的勸慰下漸漸恢復了神智，只是臉色不太好，瞪著傅念君的時候目光還是刻毒，卻不會再不顧及公主身分對她破口大罵了。

傅瀾朝屋裡的女人望了一圈，有點摸不著頭腦。這氣氛，是已經鳴金收兵了？

傅念君心裡卻有點無奈。她要說的話還都沒說完呢，她的「證據」就這麼快上門來了。

周毓白蹙眉，看著長公主的樣子彷彿明白了點什麼，快步走到長公主身邊。

「姑母，您沒事吧？您覺得怎麼樣？」

這樣一道挺拔俊秀的身影，幾乎吸引了所有女眷的目光，傅家幾個小娘子顧不得失禮，眼神緊緊黏著周毓白。

原來這就是壽春郡王啊……今日的傅家何其有幸。

長公主有些恍然，望了周毓白一眼道：「原來是七郎啊。」

劉保良微不可察地朝周毓白點點頭。

傅念君看見了。與此同時，她感到自己身上也有一道視線，望過去正好看見陸成遙偏轉過頭去。大概是自己想多了吧，她只覺得有些奇怪。

周毓白微微鬆了口氣，他向四下裡的女眷們望了一眼，姚氏、蔣夫人、李夫人只覺得身上彷彿被冰塊抹了一遍，一個十六、七歲的少年竟有這樣的威勢。

人都說壽春郡王最有當年太祖皇帝的氣魄，看來也有幾分道理。

周毓白的目光最後落到了李夫人身上。他向李夫人微微笑了笑，整個人看起來更是像玉雕琉璃一般俊朗。

「李夫人？不知貴公子身上的傷可好了？」好似一句極普通的問候。

李夫人愣了愣。這個壽春郡王出現在這裡算什麼意思？她想起杜淮說起天寧節那日見到了兩位郡王。

李夫人忙拿眼睛去看姚氏，姚氏是傅家的當家主母，只有她能說話擋一擋。可姚氏怎麼可能領會她的意思，她似乎還沒完全回過神來一樣，只盯著周毓白瞧。

長公主的神色倒是好多了，她對周毓白這個侄兒倒是不錯的。

「七郎，怎麼過來了，你有話要說？」

她的視線在忐忑的李夫人和周毓白之間來回看了看。

「是。」周毓白道：「表弟在西京休養，也脫不開身，不然有些話應該是他來說，免得姑母聽了些不三不四的話，給人留下把柄說嘴。」

長公主蹙眉。「怎麼不三不四的話，七郎你是還小，不知道那些下作的狐媚子的手段……」說著又狠狠朝傅念君瞪了一眼。

傅念君依舊裝聾作啞到底，她是完全找到了對付長公主的祕訣，對於這位天之嬌女，最讓她受不了的就是對方刻意的忽視，所以她很自然地假裝沒看到。

長公主氣得又站起身來，周毓白一步擋在她面前，心裡也頗覺無奈。

「姑母，請聽我說幾句，表弟墜馬傷到了頭，我知道您心裡不痛快，但是您無憑無據地冤枉旁人……」

「冤枉?!」長公主提高嗓音。「這麼多人作證，她勾引大郎在先，她知道自己和崔家的親事成不了，想著嫁進我們家，大郎必然不依，她就害得大郎……」

周毓白默了默。長公主現在是盯緊傅念君了，已經根本不想去證實。這位姑母，和她講道理從來是講不通的。

長公主的神色突然怪異起來。「七郎你為這小賤人說話，她也勾引了你是不是？」

滿堂的人都愣住了，包括傅念君自己。勾引這位嗎……她不知道是不是該感謝長公主這麼看得起自己。

周毓白是知道她的，她腦子要是真清楚，現在也不會出現在這裡了。

他好氣又好笑地道：「我說的話您也不聽的話，有個人的話您該信了……」

話音剛落，門外就傳來了幾聲哀嚎。

門邊一直看熱鬧的傅瀾也嚇了一跳。「怎麼和殺豬一樣？」

確實是像殺豬一樣，杜淮就這麼被人四腳朝天地抬了進來。

「阿娘救我，阿娘救我，我要死了我要死了……」杜淮滿臉狼狽，頭髮淩亂，像是被人半路上綁來的。

「淮兒！」李夫人倏然起身，咬著牙望向周毓白。「郡王這是做什麼？」

周毓白笑笑。「夫人莫急，不過是受我表弟之託，查查當日可疑之人罷了。」

「齊大郎已經失憶，天寧節發生了什麼他如何還記得！」

李夫人擔心兒子，口不擇言起來，沒注意到長公主轉過來不善的目光。

「誰說他失憶了？」周毓白道：「他認得爹娘認得我們，哪個說他失憶了？」

李夫人一時噎住了。

「原來李夫人是咬準了他失憶，就什麼都往別人身上推了啊。」周毓白指的自然是傅念君。

「這位傅二娘子出現在萬壽觀是不是巧合我不知道，只是若她真與齊昭若約好了有話說，齊昭若會帶著我和六哥去嗎？李夫人，我們可不傻。」

李夫人被他一頓話說得面紅耳赤，她怎麼都想不通會冒出個壽春郡王來作證。

「那、那又如何！」李夫人氣短起來。

「既然他們不是約好的，傅二娘子怎麼可能算計表弟墜馬？強詞奪理也該有個限度吧。」

這話一落，長公主的臉色也變了。周毓白轉身，地上的杜淮還在瑟瑟發抖。

「杜淮，這話是要你自己說，還是我找人來指認？你做的好事倒是不怕遠，千方百計地想栽到人家頭上。」

他似笑非笑地說著，眼神卻看向了李夫人，好像覺得這簡直是場無稽的鬧劇。李夫人咬了咬牙，看著沒用的兒子，一狠心，跪在了長公主面前。

「長公主，妾身是個沒用的婦人，可都是做母親的，您想必也懂得妾身心疼兒子的感受。齊大郎為了傅二娘子打了淮兒一頓，這不是齊大郎的錯，錯的是那賊心賊膽的壞人。我家老爺寬宏大度，也不願多做追究，可是有些事，我們不敢認啊！即便要報復，妾身也定要找那黑了心肝的報復！」說罷紅著眼睛看向傅念君。

這話說得很有水準，不僅把杜淮挨揍的事拉出來讓長公主心虛，又表達了心中對傅念君的恨意，卻不說怪齊昭若，這樣一來依然能博取長公主幾分同情。

傅念君看著跪著的李夫人，心裡苦笑。她和這女人無冤無仇，僅僅是因為她要替自己兒子找一個揹鍋的，就彷彿與自己真有深仇大恨一般。

別人要冤枉她，她就只能受著，還不許反抗嗎？這些女人，平時一個個菩薩面孔，可是心底裡，卻歹毒至此。

旁邊的傅梨華一直偷偷拉姚氏的衣裳，想讓她出聲幫幫李夫人。

姚氏咬咬唇。「長公主……」

「母親。」傅念君截斷她。「您當日又不在場，您能說什麼？我知道您想替我說話，我心領了，可您別為了我與李夫人壞了情分才是。」

她眨著眼睛，十分信任姚氏的模樣。姚氏再一次被她噎住了。傅梨華還想開口，被姚氏拉住了手腕。

就這樣舉重若輕的幾句話，就把心思不正的繼母擋了回去，這小娘子確實是個聰明人。周毓白不由想著。這樣一個人，每個人卻都想要千方百計地往她身上踏上一腳。

他不知道傅念君以前做過什麼、是個什麼樣子，他只相信自己看到的。她絕對不會這樣受人欺侮的。

杜淮是他綁來的沒錯，但是他知道他不動手，她的人也準備動手了。還是他來吧，她那兩個看著強壯的護衛到底只是尋常小廝出身，事情辦得不好很容易留下把柄。誰都能有把柄，誰都可以犯錯，可傅二娘子不可以，她做的每件不妥當的事，都會被人無限放大，就像今天一樣。

周毓白又在心裡嘆了口氣，既然答應了幫她作證，多伸把手也無妨，雖然這一向不是他的作風。

周毓白不理李夫人還在向長公主哭求，只蹲下對杜淮道：「你最好快點把話說清楚，還是說我這個皇子，姑母這位長公主還聽不得你一句真話？再不說，你身邊那幾個下人可都要遭殃了……我記得你身邊有個叫扈大的，他很擅長養馬？」

杜淮一聽到扈大的名字，抖得更厲害了，這事不能鬧大啊，鬧大了他不僅是謀害齊昭若，還要罪加一等，做局騙長公主！她告到宮裡去，他可怎麼辦啊！

「我、我，我……」

「淮兒！」李夫人的聲音響起。「不要怕，有什麼說什麼，沒人能誣陷了你。」

杜淮望了他母親一眼，咬了咬唇，心裡依舊搖擺不定。他怎麼這麼蠢，當時為什麼鐵了心要設計齊昭若！那傢伙又怎麼會這麼沒用，輕輕跌一跤跌成這樣！

可是除了傅念君，沒有人再能為他擋這場災，不拖她下水，他就要遭殃。

杜淮心一橫，也擺出了一副無賴腔：「郡王請去查吧，相信老天自有公道！」

周毓白笑了笑，還沒來得及說話……

「說得好。」突然有道冷清的嗓音響起。

「三哥……」傅瀾稍稍吃驚了一下。

傅淵竟然也回來了？再一看，他身後還站著一位挺拔秀氣的少年，正是那崔涵之。

傅淵甩袍大步跨了進來，向長公主和周毓白行過禮，不卑不亢，態度從容。

長公主到這時心裡也沒底了，傅家的郎君們都一一介入，說不定真是她冤枉了傅念君？

崔涵之臉色十分尷尬，看到了坐在李夫人身邊自己的母親，他紅著臉道：「阿娘，您來這裡做什麼！」

「我、我……」蔣夫人支支吾吾地說不出話來，滿臉的心虛。

長公主知道這位就是要和傅念君退親的崔家五郎，再看崔家母子兩人詭異的神情，不由滿心疑竇，脾氣又不好起來。「到底是怎麼回事？」

李夫人心中冒火，忙想打斷長公主。「長公主，說了這麼久的話，您是不是有些渴了？」

「閉嘴！」長公主豎著臉，狠狠地喝斷李夫人。

鴉雀無聲。李夫人臉上青一陣白一陣閃過狼狽。

好，好得很！這個長公主竟然當著這麼多人的面一點面子都不給她留！

「妳說！」長公主塗著蔻丹的手指轉向了崔涵之。

崔涵之躬身福了福。「小生此來，只是為了接回家母，請長公主恕罪。」

長公主冷道：「我只問你一句，你和傅二娘子是不是真的退親了？」

崔涵之頓了頓，根本沒有向傅念君投去一眼，只是垂著濃密的眼睫。

「沒有。」清清朗朗的兩個字。

長公主追問：「那你先前為何要退婚？」

崔涵之抿了抿唇。「只是因為一個誤會，是我誤信人言，傅二娘子處事並無不妥。」

傅念君微微勾了勾唇，看著崔涵之的臉色有些好笑。這位崔五郎，肯屈尊為她說這一句話大概已經是忍耐到極限了吧？他大概還覺得自己受了極大的委屈。

周毓白早就坐到了一邊去喝茶，他已按照承諾完成了她交託的事，現在人家長兄都出面了，他自然只要在旁看戲就好，順便掃了一眼崔涵之這個人。

他不由揚了揚唇角，有這麼一位糊塗娘，自然兒子也高明不到哪裡去。

蔣夫人怕長公主怪罪寶貝兒子，忙要開口辯駁：「長公主，五郎並不知情我此來……」

「五郎。」傅淵毫不客氣地打斷了蔣夫人，衝著崔涵之冷道：「是誰讓你有了那個誤會，在長公主面前，還請你說說清楚，免得我妹妹再被人無端潑上髒水。」

崔涵之臉色變了變，傅淵是不會輕易放過自己了。

他心裡思索了一圈，雖然為了個傅念君得罪杜家不值得，可是傅淵確實是個君子，他這樣開口要求，自己也避不開了。他拱了拱手，說道：「傅二娘子與齊大郎有私一事，確實是出自杜淮之口。」

一句話落，堂中好幾個人的臉色都變了變。傅淵滿意地點點頭。

蔣夫人也是一陣頭暈，急得眼眶就紅了起來，完了完了，長公主要恨上自己了！

崔涵之卻又繼續請罪：「長公主，家母確實不知道我先前想與傅家退婚內情，被有心人利用了。今日之事，是我們的過失，我們對不起您，也對不起傅家。」

說罷向長公主鞠躬行禮，又朝著傅淵和傅家眾人方向誠懇地鞠躬。只除了傅念君。

她此時正偏轉了頭發呆，好像這裡的一切和自己無關，崔涵之怎麼樣她根本沒放在眼裡。

蔣夫人看著她一向清高的兒子竟然對著這麼多人道歉，這都怪自己！她紅了眼睛，也學著李夫人一下跪到了長公主面前，白著臉道：「請長公主罰我吧，是妾身的錯，五郎的名聲可不能耽誤了，長公主……」

她這一跪，比起李夫人來，確實更加誠心。

可長公主根本無暇去管這對母子，她黑著臉掃了堂中人一圈，只淡淡道：「所以，傅二娘子與大郎有私一事，根本就是杜淮這小子杜撰？」她冷冷地勾了勾唇角：「李夫人，是不是這樣？」

9 欠的人情

李夫人整個後背都濕透了，神色也開始倉皇不定，一直以來的鎮靜和自若蕩然無存。

「不、不是……長、長公主……」

「什麼她要嫁入齊家，設計害了大郎墜馬，都是為了要給妳兒子遮掩找的理由？」長公主哈哈笑了一聲，此時還有什麼不明白？

她抬手就又甩了自己手邊的茶杯，茶水濺了李夫人滿衣裙。

沒人敢躲。杜淮索性開始裝死，兩眼一翻暈了過去。

傅梨華看著這一切，急在心頭，她更加拚命地拉姚氏的衣袖，可姚氏死死扣著她的手腕。這個時候，堅決不能為李夫人和杜家說話啊！她咬了咬牙，傅念君到底是什麼道行，先是壽春郡王周毓白來幫她，現在連一向不理會她、連她死了都不會問一句的傅淵也來幫忙！

「好，好得很！」長公主臉上神色微微猙獰。「這麼多年了，還從來沒有人敢把我這麼耍，好個李氏，好個杜家！」

「長公主……」姚氏還是想委婉地上去勸兩句，卻被身前的傅淵一步擋住了視線。

他挺直的背脊向一道山一樣，姚氏頓時便氣短了。

她從來不敢和傅淵多說什麼，他對自己也從來沒有正眼看過一眼，哪怕她母親方老夫人來了都不能把他如何。

這是傅家和姚家未來最出息的郎君啊！她們怎麼敢得罪？別說傅家，就是姚家，姚安信都是無條件地信任這個外孫的。

姚氏緊緊攥緊了手心。

長公主根本不理會李氏，只冷笑了三聲，便甩袖大步離開了，一句話都沒有撂下。

就這樣？可瞭解她的人都曉得，若是當場發作，這事也就完了，惹得長公主沒發洩出來，那她就是憋足了勁要想法子報復了，此時如此匆匆，恐怕是為了立刻往宮裡太后那去。

李夫人知道大事不好，也不敢去追長公主，立刻要帶杜淮回府想辦法，理也沒理不斷流淚的蔣夫人。

杜淮暈了一陣就醒來了，忙要爬起來跟著母親走，傅念君卻一步攔在他們母子面前。這些人，一個兩個的，還都真是很沒禮貌。

「李夫人，您和令郎隨便就上門誣衊我，我雖是個小娘子，可到底是傅家的女兒，您不準備交代什麼？」

李夫人攙著兒子冷笑。「交代？說妳與齊大郎有私的是妳親妹妹，作證的人是妳未來婆母蔣夫人，我要給妳交代什麼？」

傅念君撇撇嘴。「不交代也行，您今兒別想出門了，您是長輩，我沒資格和您談，等我爹爹回來您再把這幾句話說一遍如何？」

堂中的傅淵微微勾了勾唇，他從進門開始，說的話就不超過三句。可僅僅是這樣站著，就已經是他的支持了。欠了他這樣一個人情啊……傅念君在心裡嘆了口氣。

姚氏拉下臉。「念君，快快讓開。」

「讓開？」傅念君懶懶地朝她看了一眼。「好讓他們再回去商量毒計對付我？母親還是先別忙別人的事，四姊剛剛在長公主面前那番話，等爹爹回來她該怎麼交代，您先替她想想吧。」

傅梨華腳一軟，她說話時沒想到那麼多，傅念君要是真被長公主帶走了，傅琨到時回來也無暇來管自己。可是現在情況完全是對杜家不利，還有她……雖然她認定傅念君和齊昭若不清白，可沒有證據啊！

「娘……」傅梨華也知道慌了。

姚氏恨得咬牙。「念君，她是你妹妹！」

「她剛才也沒想起來我是她姊姊。」傅念君不耐煩地揮揮手，轉向李夫人：「您先坐會兒吧，別忙了。」

到最後李夫人真的只能坐下，因為劉保良在送邠國長公主上了進宮的馬車後，很快折返回來，二話不說帶著人把杜淮綁了。至於李夫人，她是有誥命的外命婦，長公主現在不動她，且有後招等著。

周毓白見這家裡一團亂麻，也跟著劉保良離開了。傅瀾和陸成遙看了一齣免費的好戲，藉口送他們也退開了。

「二娘子，她一直都是這樣……？」陸成遙在路上忍不住問表弟。

傅瀾聳聳肩。「大房裡的事情，阿娘一直都不許我們管，今天鬧得這樣大我也是第一次見。人人都說大伯母對二姊好，其實，只怕也就那樣了。」

他也是到了今日才算看穿。傅念君的孤立無援他們都看在眼裡，如果今天沒有周毓白，沒有後來崔涵之的幾句話，她就要在姚氏母女的推波助瀾下被長公主帶走了。

從此後，聲名盡毀是一定的，最好的結局，怕也是只能出家修行了。

傅淵送崔涵之母子出門，蔣夫人流了一路的眼淚，只不斷對崔涵之重複說著「阿娘對不起你」。傅淵覺得，她心裡覺得對不起的不是今天來的這一趟，而是讓崔涵之折了臉面。

傅淵的臉色此時像罩著一層寒霜。

「傅東閣。」崔涵之在上馬車之前向他拱了拱手。「今日是我們給貴府添麻煩了。」他依舊是溫潤如玉的樣子，眼裡的抱歉也是情真意切。可是這道歉不是對傅念君的，是對他、對傅琨、對傅家的……

傅淵突然覺得一陣索然無味，點點頭轉身離開了。他有點不想承認，傅琨和傅念君先前的決定並沒有錯。

崔涵之人品才華都很出眾是不錯，可是一個女人，她嫁人，如果她的丈夫既不愛惜她，又不敬重她，只有這樣鄙夷和輕視的態度，僅僅是出於道義照顧她，那麼哪怕他再優秀，這也不是個值得託付的良人。

如果傅念君在崔涵之上門退親當日就看穿了這一點，那她又何止是聰明。

她真的不一樣了……傅淵突然有些悵然。

今日純粹是意外，他見到了傅念君身邊的人，他們是奉她的命去「請」崔涵之的。後來他親自出面邀請崔涵之，他就更加不好拒絕。

當自己和父親都不在家的時候，她遭遇的是這樣的事。可儘管這樣，她還是不想派個人來告訴他們。她想自己解決。

傅淵想到了這個妹妹出生時，是母親溫柔地抱在懷裡的一個襁褓，小小的嬰兒嬌嬌軟軟的。

母親笑著對他說：「三哥，這是你妹妹，快來看看她。」

他還記得他那時候心裡的感覺，有些不可思議，有些彆扭，可他知道，這是除了父母外，與自己關係最密切的人了。從什麼時候開始他不願意再理她了呢？

是從她做一些瘋瘋癲癲自以為驚人的舉動開始？還是從她對生母沒有半點留戀尊敬開始？還是從她執著於與各位少年郎君頻繁往來開始？

他說不清這種感情是厭惡，還是失望……

他的妹妹啊。傅淵嘆了口氣。

§§§

傅念君當然懶得去管李夫人，她是杜判官親自來接回去的，當時傅琨已經先一步歸家了，杜判官急得滿頭大汗，杜淮被長公主的人直接帶走了，他還得想法子去撈，偏還有個渾家(注)要顧。

好在傅家倒是沒有太難為他們夫妻倆。倒不是傅琨不想，而是還礙著個姚氏。

傅淵跟進了傅琨的書房，對於今天的事，他也沒有做過多的評判，只皺眉說了一句：「崔家，並非良配。」

可是看在姚氏母女兩人眼裡，覺得傅淵和傅念君兄妹定然不會放過她們了，姚氏當機立斷，給姚家方老夫人去了信，等傅琨一回來，就跪到了書房門口去。

傅念君懶得看她們唱大戲。姚氏母女要的，不僅僅是傅梨華免受處罰，他們還要傅琨去為杜家說話。傅念君同樣不想傅琨難做，索性進了自己房裡，杜家怎麼樣，長公主自然會有法子，姚氏母女再哭再鬧，她們現在處於弱勢，自己說什麼都不好，她們要求情，就讓她們去吧。

注　渾家就是指妻子。

傅淵的想法也和傅念君差不多，惡人自有惡人磨，李夫人人品如此敗壞，被長公主如何折騰都不關傅家的事，他和傅琨說了幾句，便理也不理跪著的姚氏母女兩人，甩袖走了。

傅琨今日倒是真的吃了一驚，從初進門時的憤怒，到現在的不可思議。

不可思議於長子如此相護傅念君，也驚訝於這兄妹兩個如出一轍的處事方式。

他們很瞭解姚氏的為人吧，因此她看著門外的姚氏倒反而覺得有些好笑。

「這樣成何體統，妳是我夫人，滿府下人的主母，一言一行這麼多雙眼睛看著，快快起來。」

姚氏泣道：「老爺甫回家，就先領了三哥進書房，再怎樣，您也該聽聽妾身的話吧？」

傅琨心中一陣冷意。姚氏固然是個不錯的妻子，可和髮妻實在差得太多。小心思太多了。

「三哥什麼都沒和我說，放寬心吧，今日的事到底怎麼回事，我自己有嘴巴有耳朵。」

姚氏噎住了。傅淵沒說嗎？什麼都沒說？

姚氏身邊的傅梨華更是渾身發抖，時不時就覷著四周，看有沒有傅念君的身影出現。她直覺傅念君會第一時間來告狀的！這麼好的機會，她怎麼可能不像瘋狗一樣跳出來咬人？

傅琨疲累地抬手捏捏鼻梁。「妳帶著四姊回屋去，我還要出門。」

一聽到他要出門，姚氏立刻心思又轉了轉，試探道：「您是不是為了杜家的事……」

傅琨的眼神冷冰冰的，他好像第一次認清眼前的人。

「妳惦記著和杜家的親事，我如何能不管！」

再怎樣，杜淮現在還和傅梨華有婚約在身，杜淮算是他的女婿，他出了事，傅梨華的面子上也不好看。

姚氏眼中含著淚，柔柔地喚了一聲：「老爺……」

傅琨卻沒什麼心思再聽她說下去。手心是肉，手背也是肉，傅梨華也是他女兒，即便做了再大的錯事，他怎麼可能對她狠得下心。而那兩個孩子，也根本沒有要針對她們母女的意思。

念君受了這麼大的委屈，他都沒有時間過去看看她，他第一時間想的是杜家的事，可姚氏在做什麼？還在拿自己的小心思算計他……

傅琨不是看不透這些事，只是為了這個家，他有太多次不得不裝聾作啞。

「好了，快回去吧！」傅琨的臉色很不好看。

姚氏抹了把淚，立刻把傅梨華從自己身邊拉起來。

她知道傅琨說出口的話，就一定會盡力做到。從前傅念君那樣荒唐，他不也願意一次次地去擺平，這次換她的四姊出了事，他同樣沒有理由躲在家裡。

杜淮不能有事啊，不然四姊怎麼辦！姚氏這麼一想，心情就鬆快了。

傅梨華還在嗚嗚地哭，姚氏恨聲道：「閉嘴。杜二郎能如何，全看妳爹爹肯出多少力了，妳平時若能學得二姊撒嬌討巧幾分，妳爹爹此時定然更願意為妳奔走……」

傅梨華扭著身子。「都怪她，都怪她……」

她害得杜郎這樣，害得自己這樣！傅念君那個惹禍精，掃把星！

「糟了。」姚氏一回房，沒坐片刻就想起來了。「阿娘，快去攔住阿娘！」

她一開始以為今日這事不會善了，因此才帶話給方老夫人請她過來坐鎮，話中無限委屈，就想靠著她丈母娘的面子勸住傅琨，可沒想到傅琨二話不說就出門，這會兒方老夫人過來也沒用了，被人傳話給傅琨知道，他怕是還會覺得自己心思多。

下人卻來回話，說沒見到方老夫人，已經沿路去追趕了。姚氏定了定心。

傅梨華勸她：「阿娘，這個時辰，說不定外祖母不會出門了……」

姚氏「嗯」了一聲，只叫人隨時打聽傅琨的消息，她現在滿心關心的就是長公主大怒，會如何報復杜淮和李夫人母子……

可是她不知道的是，方老夫人早就叫人先一步從側門領進了府，直接到了傅念君院子裡。

方老夫人滿心的火氣，扠著腰就大罵，拿出了年輕時市井罵街的氣勢。

「好個不要臉的小蹄子，把妳母親氣成這樣，還躲著裝死了？」

她之所以直接過來，據說是女兒姚氏的意思，請她給傅念君點顏色看看。

方老夫人一向不願多想那些曲曲折折的，只知道李夫人委託給她的事自己是辦砸了，不僅沒成功把那個老鼠屎傅念君踩進泥裡，還要連累了四姊和杜家的婚事。

都怪這個小賤人！不愧是那梅氏留下的賤種。

她活著有什麼用？和她那個短命的娘一樣，就該早早死了才叫好，活在世上也是害人！她害了姚氏，害了傅梨華，這全都怪她！

方老夫人越想越氣，手上拐杖狠狠地拄在地上，差點就要叫人去把傅念君從屋裡拖出來。

奇怪的是，傅家竟然沒有一個下人攔著她。門緩緩打開了，傅念君穿著一身單衣出來，臉色慘白，看起來十分憔悴。

「方老夫人有何貴幹？」她微微頷首。

方老夫人冷笑，頗有幾分惱羞成怒的味道。「小畜生，耍滑偷奸的事都做遍了，還敢問我有何貴幹。我是妳名義上的外祖母，今天就是把妳打死了也不為過！」

傅念君挑了挑眉，也不問她因由，也不與她辯駁，只淡淡說：「那就打死吧。」

方老夫人被這一句話氣得就差點背過氣去，提著拐杖就要朝她衝過去。方老太太身邊的僕婦連忙拉住她。

這可了不得，誰不知道這位傅二娘子是傅相公的心頭肉，誰敢打？

方老夫人被人拉住了，索性把拐杖一扔，突然換了套招數，撒潑往地上一坐，蹬著腿就哭嚎起來：「我死了算了，讓個小輩騎到頭上來！我可憐的阿妙，可憐的四姊啊……她好不容易攤上一門好親事，就教自己的親姊姊毀了個一乾二淨，也沒人管她死活了，我這老不死的幫不上忙，死了算了……」

傅念君只是由著她鬧，默默等著周圍的人越聚越多。

「老夫人，老夫人……」方老夫人身邊的婆子忙要作勢去扶她，可是哪裡扶得動，方老夫人身體好得很，力氣也夠大。

「讓她跪下，跪下！」她蹬著腿繼續耍無賴。「從小到大，她連一句外祖母都沒叫過我，難怪我的阿妙在這府裡沒地位，我的四姊被人欺負成這樣啊……」

圍觀的下人漸漸聚攏過來，交頭接耳地竊竊私語起來。

讓人詫異的是，傅念君竟然真的「撲通」一聲立刻跪在方老夫人面前。

眾人都驚住了，包括方老夫人自己，差點都忘了哭嚎。

少女上身跪得筆直，身形單薄瘦弱，垂下羽睫淡淡地說：「老夫人要我跪，那我就跪吧。」

方老夫人從來沒有想過傅念君會這麼容易就範，她嘴裡一堆要指責她不孝不悌的話突然就哽住了。

芳竹和儀蘭在後面看得直跺腳。誰都知道方老夫人是有意找事，可是就像她說的一樣，她終究是傅念君名義上的外祖母，她撕破臉皮大聲嚷嚷，傅念君面上也很難看。

可是這位傅二娘子，何時會忍下這樣的委屈，讓她跪就跪啊？

方老夫人終於找回了些臉面，滿意地看著身前的傅念君，終於肯從地上站起來。

「算妳還有點良心！妳母親仁厚捨不得罰妳，可妳卻一次次地不知禮數。二姊，妳自己說說，妳做過多少難堪的事是讓妳母親去擦屁股的？我們姚家雖然是行伍人家，可也重女子教養，妳這樣……」

她說這話聲音越來越大，中氣越來越足，恨不得傅家所有人都來聽聽。聽聽傅念君的不堪，和姚氏的大度仁慈。

方老夫人的心裡只覺得，既然她已經輸了一成，必須要想辦法壓過傅念君一頭，不然往後傅梨華豈不是更抬不起頭來了！

從前她的阿妙就是太心慈手軟，妳看，傅念君不是也很好拿捏。

這邊方老夫人扠著腰罵得起勁，傅念君就只跪著一句話都不回，似乎也聽不見，只跪得筆挺，膝下連塊墊布都沒有。

二夫人陸氏和四夫人金氏也趕到了，身邊還跟著金氏的女兒大娘子傅允華和三房裡傅秋華。

除了陸氏，她們幾個都有目睹適才廳堂裡那一幕。

事情已經再明白不過了，李夫人為了保全自家兒子，想把禍端引到傅念君身上來，姚氏母女在旁推波助瀾，後來因為壽春郡王和崔涵之的出現，李夫人的計畫敗露，長公主勃然大怒。

這些事此時已在府裡傳得差不多了。

因此此時她們幾人見到方老夫人竟讓傅念君跪著，還這樣破口大罵、盛氣淩人，她們心裡不由地感覺無比詫異。

姚氏難道就沒跟方老夫人通個氣嗎？

傅梨華攀咬傅念君和齊昭若有私，若是實情倒還好說，可現在沒誰能證明，那麼傅梨華就得背上個詬陷長姊的罪名。

她為的，當然就是未來夫君杜淮。

這筆帳傅琨還沒來得及和姚氏母女算，這方老夫人不在這時候躲著點，竟然還敢跑傅家作威作福起來了？這是什麼腦子！

她罵傅念君想怎麼樣？人家一個小娘子，就活該背上個罵名給妳親外孫女婿揹鍋？這親的和不親的，還果真是兩副面孔啊。也太刻毒涼薄了！

人都說方老夫人寡婦再嫁，剋死過丈夫，本就是個損陰德的人，現在看來還真是說對了。

就連一向最喜歡煽風點火的金氏都不由嘖了兩聲：「這大嫂怎麼也不管管？」

她的女兒大娘子傅允華卻有兩分機靈，立刻道：「莫非大伯母還不曉得？娘，您快點……」

金氏抬手打斷她，覷了一眼旁邊神情無波的陸氏，笑道：「二嫂，大嫂這是在忙什麼？怕還不知道這齣呢，您看要不要……」

陸氏轉頭望了她一眼，點點頭，吩咐左右立刻去尋大夫人。

金氏勾勾嘴角。她最擅長的就是在妯娌間兩不得罪，她做事也一向遊刃有餘，再大的事也習慣半點不沾身。

陸氏看著金氏那自得的樣子，眼底飛快滑過一絲諷刺。又是個蠢貨罷了。

陸氏當然知道大夫人姚氏沒得到消息，因為假傳了姚氏的口信把方老夫人從側門請進來的人，就是她。

陸氏看著傅念君跪得筆直的身影，微不可察地勾了勾嘴角。

還不錯，她沒有看錯她，這小娘子比她想得還要聰明。能想到這樣的法子，說明她心裡早就一步步籌畫好了。

這裡的女眷們只看卻不動。陸氏在府中一向隔岸觀火，而金氏更是看熱鬧不嫌事大，身邊的五娘子傅秋華見傅念君這樣，其實也覺得頗為解氣。

「大姊，大姊，妳快看她……」

傅秋華拉著傅允華的衣袖很興奮。可大娘子傅允華卻默默地在想著另一件事。

剛才驚鴻一瞥的，那位壽春郡王周毓白……她突然臉上一紅。

她在想，他為什麼會幫傅念君呢？是因為與杜家有過結，還是純粹想要幫傅念君這個人？

她遠遠地望去，只能看見傅念君的身影，看著單薄，可其實相當窈窕。傅允華心中突然有些不快，她為了保持身形清瘦，總是吃得很少，可還是不像傅念君那樣，總覺得哪裡都缺了幾分。

她不由有些懊惱，大概男人都比較喜歡傅念君那樣的。這麼想著，她就隱隱對壽春郡王生出兩分不知何處萌生的怨氣。生得那般相貌，也是那膚淺嗎？

「我知道妳在想誰。」傅秋華突然湊過來和她咬耳朵。

傅允華嚇了一跳，連忙心慌道：「誰？」

傅秋華「咯咯」笑了兩聲。「還不就是那位崔五郎。」

傅允華心中定了定，正色道：「五妹，不可胡說，崔五郎是二姊的夫婿。」

「是是。」傅秋華揮揮手，不耐道：「大姊每回都要強調這一點，可惜五郎如此清雅一個人，和大姊妳才該是絕配的，被傅念君一朵鮮花插在牛糞上了……」

鮮花是崔涵之，傅念君是牛糞。

傅允華聽了這話心裡就舒坦了些，也是，那崔五郎就不會被傅念君那副皮囊迷惑。他是最最清冷高潔的一個人了啊……

女眷們不動，自然也沒人去扶傅念君，如此等到姚氏過來，看見罵爽快了正在喝茶的方老夫人，差點急得昏倒。

她此時已經沒有心思去想這是誰的安排，只知道若是被傅琨知道了，定然不會善了！

「娘！您在做什麼，您、您快回去……」

方老夫人正好好發了一把威，得意得有些找不著北。

看見沒有，傅家兩位夫人都只敢在旁邊看，都不敢上來勸，也被她的威勢所震懾了，以往來傅家一直覺得矮人一頭的方老夫人，第一次覺得如此暢快。

她不滿道：「妳不會教女兒，我替妳教……」

姚氏看了一眼跪著的傅念君，背心裡出了一層薄汗，顧不得方老夫人的喋喋不休，忙要去扶傅念君。

「妳這孩子，和自己外祖母哪裡有什麼仇，值得跪在這裡。快快起來，被人看見了還以為妳外祖母是什麼歹毒心腸之人了……」

傅念君挑了挑眉梢，望著姚氏：「母親，方老夫人叫我跪在這裡，我不跪是不孝，怎麼現在不起來，又是讓老夫人背上歹毒心腸的惡名了？母親，我腦子笨，您二位給句痛快話吧，到底想讓我如何？」

姚氏的臉色變了變，聽見四周的竊竊私語聲又響了兩分。

方老夫人被傅念君的語氣激怒了，又罵道：「怎麼和妳母親說話的，懂不懂規矩！」真是個小畜生。

這裡鬧哄哄的一片，總算有個能說話的人出現了。傅淵換了身衣裳，臉色如臘月寒冰。

今日的事到底還有完沒完？他飛快掃了一圈庭中眾人，根本不搭理姚氏和方老夫人，只冷冷地吩咐：「請老夫人去坐，伺候好了，等爹爹回來。」

「三哥，這就不必了吧，妳外祖母年紀大了，也該回府了……」

姚氏這樣賠著笑臉，可傅淵根本不理會她，俊眉一凜。「都聾了？」

他身後七、八個下僕立刻二話不說圍住了方老夫人，半強迫地把她往前院帶。方老夫人咋咋呼呼地喊著姚氏，可傅淵到底是府裡除了傅琨外最大的主子，此時根本沒人聽她的。

姚氏急得要命，只能跟著方老夫人走。

傅淵又轉眼睨著地上的傅念君，口氣很不善：「還不起來？」

傅念君微微笑了笑，自己站起身，腳步一時有些踉蹌，後頭的儀蘭和芳竹立刻上來攙扶。

「進去。」傅淵吐出兩個字，又倏然轉身，眉目間的凜冽讓四夫人金氏不由嚇了一跳。

「我、我們該回去了……」金氏說罷，立刻轉身帶著看熱鬧的人走了。

金氏身旁的陸氏卻很淡定，她同樣回望了傅淵一眼，不急不緩地吩咐左右：「去給二娘子尋些膏藥來。」這才也轉身離開了。

傅淵看著兩位夫人離去的背影，臉色沉了沉。他很少生氣，可今天真的有點動氣了。

他一把推開傅念君房裡的格扇。他好像從沒來過她這裡，屋裡是淡淡的茶花香，她慣常用的那種。

傅念君正把右腿擱在芳竹腿上由她給自己用熱毛巾敷著膝蓋，傅淵突然進來，丫頭們也嚇了一跳，芳竹連忙把傅念君的衣裙放下，擋住她纖細的小腿。

傅念君沒有起身，只是盯著面色冰冷的傅淵。

「苦肉計？」他望了一眼她的膝蓋。

傅念君笑了笑，把手邊的茶杯蓋子反扣在桌上。

「還是連環計。」

傅淵自然是個聰明人，他不會不明白傅念君的意圖。他嗤道：「何必做得這麼絕。」

「絕嗎？」傅念君反問：「三哥，你也是爹爹的孩子，你知道他會如何處理這件事。方老夫人安然無恙，就是對我最大的威脅，我不絕，她們就會做絕。」

她對傅淵也根本不想隱瞞自己的想法。她對他笑了笑，笑容好像暖陽般明媚。

她長得多像母親啊！傅淵不由有些失神，尤其是笑起來的樣子。他因為這笑顏心中軟了軟，僵硬的臉色也鬆了鬆，她真的再也不一樣了。

從前的傅念君，是絕對不會有這副模樣的，也不會做這樣的事。

傅琨會怎麼處理這件事，他們心裡都有數，傅梨華畢竟是他們的妹妹，為了她，傅琨就不會太過追究她們誣衊傅念君這件事。

但前提是，傅念君平安無事。

而剛剛方老夫人那段指桑罵槐的痛斥，還有傅念君的傷，就是最能戳中傅琨的軟肋。傅琨對姚氏母女當然也有情，可是這情，是斷斷比不過傅念君和她的生母。方老夫人如此欺侮傅念君，就像是踩在大姚氏頭上一樣。

傅淵和傅念君都很清楚，讓傅琨發怒的點是什麼。

「苦肉計，雖然很蠢，卻很好用。」傅念君笑意盈盈地望了傅淵一眼。

方老夫人必須不能獨善其身。傅念君很清楚這一點，不要說讓她跪這些時間，就是再讓她跪下去，她都是願意的。如果傅淵不出現的話。

傅饒華從前的名聲就像個毒瘤，永遠存在於她身上最顯眼的位置。李夫人和方老夫人敢這樣肆無忌憚地算計她，就是因為她背負著這顆毒瘤。

而從禮法和教化興盛開始，輿論和道德往往會默默引導世人往一個看似正確的固定方向，在這其中，沒有人關心事情本身的對錯，他們只會在教條禮法的標準下，覺得「傅二娘子」這個人，就是個大荒唐。

所以沒有人會站在她這邊。所以什麼人都敢往她頭上潑髒水。

傅念君早就看清了她眼前最大的困局。想要破局，她要累積名聲不是一朝一夕的事，唯一能做的，就是以彼之道還施彼身，讓自己在輿論和道德風向之中，處於絕對的弱勢。人是很奇怪的動物，他們敬畏強權，又憐惜弱者；同樣的，理虧的一方並不一定就是必輸的一方。所以她要讓別人看看清楚，那幾個女人是如何在壓倒性的權威之下，無限制地「欺負」自己。

這不僅僅是對傅琨，更是對世人施展的苦肉計，是她為自己正名所踏出的關鍵的一步。以後別人提起傅二娘子，先說的未必就是她的荒唐和沒規矩，而是她的繼母、外祖母、親生妹妹，是如何地想拉她墊背，是如何地欺負她無人可靠……

她會從一個千夫所指的浪蕩小娘子，變成飽受欺淩的可憐孤女；漸漸的，她過去的錯誤會被人無限縮小，只要她不再犯蠢，傅饒華的陰影可以一點點從她的生活中消退。

從李夫人設計的局中脫身不是傅念君唯一的目標，但同時她要利用這一仗，讓一個新的傅念君被人接受。

傅淵沉沉地看了眼前的傅念君一眼，竟撩袍在她對面坐下了。這是他第一次覺得自己有資格和他同桌吧，傅念君想。

「三哥想喝茶嗎？」傅念君微微側過頭，帶了兩分笑意。

傅淵的眉心微皺。「妳怎麼說服壽春郡王的？」

傅念君道：「我猜到了一些事，藉此和他做個交換罷了。」

傅淵看著她的樣子，不免對她又生出幾分不滿來，她難道真以為自己是那些運籌帷幄的幕僚嗎？方老夫人等人的段位她或許可以輕鬆應付，可是那幾個皇室中人，實在說不好。

傅淵冷哼了一聲。「自作聰明。」

「真聰明也好，假聰明也罷，我不求三哥出手相助，只要看著就好。」

傅念君笑了笑，對傅淵的態度很客氣，卻也很疏離。她沒有討好厭惡自己的人的習慣，傅淵對她什麼觀感，其實她並不在乎。

傅淵站起身。「這次的事，我一個字都不會多說，但是我只提醒一句，爹爹對妳是真心疼愛，我不想再看到下一次。」

看到她的算計，是包括傅琨在內的。

傅念君看著傅淵離去的背影，不由苦笑了一下。她沒有必要去對一個這樣排斥自己的人多解釋什麼。

§§§

傅琨回府時，方老夫人已經在姚氏的勸說下終於弄清楚了事情的前因後果，似乎才從糊塗中清醒過來。她剛才好像做了些不好的事？

傅琨得知了方老夫人在傅念君院子裡大鬧後，心中壓抑的火氣突然就燒了起來。

他當即就折了方向先去看女兒，等看到傅念君的膝蓋時，臉色又冷了幾分。他為了那個不著調的杜淮親自出門奔走，就怕明日朝堂上言官的風向，朝長公主那裡偏。

齊昭若也算是個皇親，謀害皇親的罪名可大可小，這裡頭的分寸很難控制。

人人都知道傅相家裡有個頗為風流的大女兒，這回出事的卻是小女兒的未婚夫婿，讓人不勝唏噓，看來傅相確實是沒有岳父命。

傅琨正是心情不佳的時候，方老夫人不顧規矩地發這一通瘋，立刻就觸了他的逆鱗。

當初定杜家，就是姚家的意思，如今瞧瞧，她做的是什麼事？

傅琨不顧姚氏的眼淚，當即就青著臉下令：以後沒事，不許這個岳母隨時登門，姚氏相請也不可以。

傅琨是個儒雅的人，從來不會在後宅發脾氣，可是他的每一句話，都代表著不容置疑的權威。姚氏知道他這是動了大氣了。

方老夫人睜著眼睛還要鬧，被姚氏哭著打斷了。她怕方老夫人再說下去，傅琨的怒火就不止如此了。

好不容易方老夫人在女兒的拉扯下被送出了門，在姚氏的忐忑之中，傅琨又悠悠地說出了他的決定：「以德報怨，我自認這一輩子也做了很多回這樣的事，不怕再多做這一回。杜淮如今還是四姊定下的夫婿，該為他奔走，我也會出一份力，但是僅此而已。無論結局如何，他和四姊的親事，就作罷了吧。」

姚氏瞪著一對哭腫了的眼睛。「老、老爺……」

傅琨打斷她。「岳父那裡，我自然會親自登門去說明，四姊年紀還小，親事還能再議。」

姚氏還沒反應，就聽見傅梨華譁地一聲從門外衝了進來。

「爹爹，爹爹，不成……女兒不能退婚，不然女兒成了什麼……」她扯著嗓子哀嚎起來。

傅琨冷冷地望著地上的傅梨華，只說：「不退婚，從此妳就住到城外家廟裡去吧。」

傅梨華一聲嚎叫突然凍在了嗓子眼裡。她沒聽錯吧？爹爹連辯駁的機會都不給自己嗎？

「我意已絕。妳今日說了二姊什麼話我也不會再追究，妳們終究是姊妹，沒有隔夜的仇。杜淮人品堪憂實非良配，李夫人心性狠辣，更是不可做我的親家，妳若再說一句，便不是我的女兒。」

這是很嚴重的一句話。傅梨華的眼淚就這樣紛紛滾落下來。沒有哪個小娘子會頂著不孝的名聲，硬要為自己爭取一個郎君。

杜郎，她的杜郎……她想了這麼多年，就是為了嫁他為妻，現在，全完了！

傅梨華整個身子突然向一邊軟倒，姚氏一把摟住女兒，也止不住在她肩頭低泣起來。母女倆一副淒風苦雨的可憐樣子，可惜卻沒有人同情。

因為這裡一個伺候的下人都沒有。

「好好讓四姊回屋休息去吧，杜家的事，妳們二人再也不要插手了。」

姚氏不敢再有任何反抗。這一局，她們是徹底輸了。

§§§

三房裡頭，三老爺和三夫人都放了外任，可是房裡還有一位老姨娘，姓寧，傅家後輩也會尊稱她一聲寧老夫人。

傅家老太夫人過世後，這位寧老夫人也深居簡出，她知道自己尷尬的身分，從來不往人前湊。她唯一的孫女傅秋華是跟著寧老夫人長大的。

傅秋華把今天的事像笑話一樣說給寧老夫人聽。

「太婆，妳說有趣不有趣，大房裡可真夠亂的。」這一齣接一齣的，什麼戲都沒這樣精彩。

寧老夫人撚著佛珠，只感嘆一聲：「若是前頭那位大夫人還在，哪裡能鬧出來這許多事。」

妻賢夫禍少。

現在的傅琨，身居高位，每日裡殫精竭慮，朝堂上時時要留意著那些個想把他拉下來取而代之的人，可是這般境況，後院還起火，自己的妻子和老丈母娘如此不消停，他甚至還要親自出面料理後宅之事。

人人都說如今的傅家大夫人賢慧能幹，她卻不這麼覺得。真正的賢慧能幹，可不是管些銀米就算了的；傅家這樣的人家，一步踏錯，一念之間就是刀山劍雨等著。

如今那位，可完全不能和先前那位比。

寧老夫人感慨著對傅秋華道：「五姊，往後大房那裡妳得少去湊湊，那房裡都是糊塗人，往後還不知會遭什麼災呢。」

傅秋華點點頭。「我曉得了。我本來與四姊就不甚熱絡。」

比起來，她更喜歡大娘子傅允華，她總覺得傅家最有出息的小娘子，應該是大姊。

§§

杜家和傅家的事在「有心人」的傳播下沸沸揚揚傳了兩天，李夫人、方老夫人和姚氏被傳了多少閒話他們自己都無暇顧及。

比起來，邠國長公主對杜家的手段更加讓人感興趣。

長公主當日就進宮向徐太后哭訴，聲淚俱下，把杜淮和李夫人的惡毒誇大了十倍，順便還提了助紂為虐的蔣夫人幾句，總之她是天下第一委屈。

徐太后被她說得頭暈，又召了東平和壽春兩位郡王來問話。

周毓琛和周毓白也沒有隱瞞，至於天寧節那日到底是不是齊昭若打了杜淮，是不是杜淮害了齊昭若墮馬，不用他們來說，長公主一口咬定的那就是真相。

徐太后溺愛女兒，當即就拉了兒子開始哭訴，皇帝被纏得沒辦法，第二天就把杜判官留在了禁中。

算起來這不是朝堂大事，只是皇家與杜家的糾葛，御史們能參也就參一個長公主規矩不嚴，有失身分。

可到底天家也是常人，自己受了委屈不找老娘哭訴還能找誰呢？禮法上不對，可情理上也能體諒，齊昭若現在都還在西京養傷，這就立刻能叫御史們閉嘴了。可杜判官夫妻到底是明白人，扈大已被處理乾淨了，他的家人也都打點妥當，確鑿的證據長公主還真拿不出來，能找到的一些蛛絲馬跡，也無法作為杜淮蓄意謀害齊昭若的有力佐證。

長公主便換了個方式，她告李夫人誆騙自己，藐視天家威嚴。

對於外命婦的處置，皇后舒娘娘和徐太后就能做主，李夫人的誥命被奪並被懿旨申斥，在家廟靜思己過一年，不得外出半步。

而杜判官和杜淮父子，也被皇帝順理成章地下了一道旨意，家風不正，治內不嚴，杜判官被奪了半年俸祿，杜淮被勒令停學思過。

這樣的懲罰不重，也不算輕，長公主稍稍出了一口惡氣，杜判官也輕輕鬆了一口氣。治李夫人的罪，總比治杜淮的罪來得好。

邠國長公主當然不會善罷甘休，傅念君覺得她是因為本身就很閒，好不容易出了這麼一個能被她針對的目標，當然不會輕易放棄。

杜家接下去一段時間的大小麻煩應該不會少。杜判官父子現在鬆口氣有點太早。

而「助紂為虐」的蔣夫人，這幾日幾乎天天以淚洗面，生怕宮裡一道聖旨過來要罰她回老家，只能天天揪著兒子的袖子哭訴。崔涵之不勝其煩，而崔郎中也又一次深切見識到了自己夫人的愚蠢。

可是罵也罵了，難不成真把她休回家去？

蔣夫人沒有誥命，因此倒也省得長公主來針對了，只要她縮著尾巴再也別想著做樁大事，想必一時半會兒長公主不會這麼自降身分來難為她。

崔涵之如今反而上傅家的門倒是勤快了些，丹徒鎮上崔家老夫人運了幾大車時興鮮貨過來，送給傅家過冬，崔涵之親自送去傅家。

他對傅家的歉意是真的，請求原諒的態度也是真，而與此相對的，傅琨和傅淵接待他的客氣也是真的。只是沒有把他當作未來女婿和妹夫罷了。

傅家四娘子傅梨華要和杜家退親，這已是板上釘釘的事。然而傅琨這兩個女兒，不能在連續在這個秋天退親，因此和崔家的親事只能先就這麼放著。

而傅念君，除了偶爾瘸著腿在府裡走一走，能夠不出門就盡量躲著不出門，說是冬日來了，受傷的膝蓋受不得寒。

在那樣冷的青石板上跪了這麼久，怕是會落下病根。

說來也實在有些可憐，府裡下人們不由對她多了兩分同情，直念叨方老夫人可真不是個省油的燈。

10 至親至疏

傅念君藉口腿傷，在府裡待了一個多月都沒有出門。

時序很快進入冬季，今年的臘梅開得早了些。傅念君一大清早就裹著大氅去院子裡摘梅花。

「娘子為什麼不多睡些時辰……」芳竹一邊踮著腳，一邊搆著枝椏上的臘梅說話。往年冬日，娘子都習慣晚起。

傅念君不是不想睡，而是睡不著，她腦子裡很多事情在轉。

齊昭若在西京待了一個多月，邠國長公主送他過去休養，聽說是因為萬壽觀的張天師近些日子在西京講道。長公主依然不放棄讓兒子找回記憶的想法，神仙佛祖只要是有用的，她都願意信。

現在的齊昭若，到底是不是三十年後的周紹敏，傅念君到底無從證實。她把手裡攢花的小籃往手臂上提了提。

除了這個，還有一件事困擾著她。關於傅淵。

他在長公主上門尋釁那一天幫了自己一把，說到底自己欠了他一個人情，雖然人家也沒有要逼著她還的意思，可是傅念君記著的那件事總是冒出來，讓她覺得什麼都不做又太彆扭。

現在是成泰二十八年，傅琨的危機還未到來，但是很快的，成泰二十九年，傅相公的長子會發生一件大事。

那件事，幾乎將一個前程似錦的少年郎君毀於一旦。

傅念君嘆了口氣。關於傅淵這個人，在三十年後留下過什麼美名，不是傅念君想不起來了，而是人們往往更願意記住一件醜事超過別的一切。

這個人在傅琨死後，彷彿就從世間消失，是死了還是徹底被人遺忘，沒有人知道。以後再有人提起傅琨的兒子，大家都只記得那個傅溶了。如今走到哪裡都可以聽人家尊稱一聲「傅東閣」的傅淵，大概永遠也想不到自己命運的轉折會來得這麼快這麼迅猛。

傅念君手上沒注意，就折斷了一根梅枝。

「娘子，小心手！」儀蘭忙來看傅念君的手。

「無礙。」

傅念君搖搖頭，聽見身後有腳步聲。她轉過身，竟是陸成遙，他見到傅念君也愣了愣，有些不自然地微微偏過頭。

這好歹也是她的舅舅。傅念君朝他點點頭。

陸成遙轉回臉對她莫名來了一句：「天冷，快要下雪了。」

他的嗓音有些厚，和他的相貌一樣，不似少年人的清朗，顯得更加成熟。

傅念君笑著說：「是。」

兩人突然就安靜下來了。陸成遙也不走開，也不說話，氣氛頓時有些尷尬。

傅念君有些不明所以，在她眼裡，陸婉容如今是她最想保護的人，那麼相對的，對陸婉容身邊的人，她也不會表露出什麼明顯的惡意。

「陸表哥要回西京過年嗎？」傅念君不再採梅花，扶著花枝鑽了出來，離陸成遙近了幾步。

他倒是微微退了半步，傅念君也沒放在心上。見到她沒嚇得倒退三步的郎君，已經屬於膽子大的了。

陸成遙清了清嗓子。「在這裡還有些事，如果時間趕得及自然是要回去的。」

「那三娘呢？她和你一起？」傅念君微微有些蹙眉。

陸成遙不知她為何要皺眉，心裡想的是，她還是笑起來比較好看。

他愣住了，半晌沒接她的話，但很快神色又恢復正常，點點頭道：「是，她一個人上路不太方便。」

「嗯。」傅念君低頭，好像在想什麼事。

「二娘子往哪裡去？」陸成遙問她。

傅念君答得順口：「我想去見見三娘。」

「正好與我同路。」

兩人就並肩走去陸氏的院子裡。芳竹和儀蘭在後面跟著，不由交換了個奇怪的眼神。

什麼時候開始還有見到她家娘子不逃，還肯主動親近的郎君了？這位陸家大郎到府也不是一天兩天了，現在的表現就有些奇怪了。

傅念君沒想這麼多，她去見陸婉容，是因為有些事她心裡不確定，但也因此更不好開口。

她一直記得母親心中有個長久以來的遺憾，就是在某一年冬天沒有來得及趕回到她的外祖母身邊去為她送終。

陸婉容幾乎是跟著自己的外祖母長大的，祖孫感情深厚。傅念君只記得母親說過那是她十四、五歲時，到底是哪一年，她沒有細問過。

屋裡的陸婉容正信手低低撥著琵琶弦出神，好像有心事。

陸成遙抬手扣了扣身邊的格扇，陸婉容才回過神來。她見到自己的兄長和傅念君一起出現，有些詫異，但是很快就放下了琵琶，往傅念君快步走去。

「念君，妳的腿好了？這麼冷的天，要緊不要緊？我給妳做的護膝穿了嗎？」

傅念君笑道：「我沒事。」

陸成遙抬手咳了一聲，他與妹妹一向沒什麼話可說。

「我先走了。」

陸婉容見他離去，才奇怪道：「妳怎麼會與我大哥一起過來？」

傅念君更感奇怪。「妳大哥不是來找妳的？」

兩人面面相覷。不過傅念君現在沒有空想陸成遙到底是怎麼回事，她坐下和陸婉容閒話，盡量把話頭往她外祖母身上扯。

「外祖母？我太婆很好，她雖然年紀大了，可是身體一直都很好……」陸婉容提到自己的親人，眉梢就洋溢著溫柔。

傅念君更加不想她今生留下遺憾。不是今年，就是明年，多回去一趟總是不錯的。

「我是覺得今年冬天來得早，怕是不好過，老人家身子弱，且得時時注意著，我聽三哥說要調兩服藥膏給外祖父送去，是老太醫的好方子。他早年傷病，冬日裡膝腿最受不了，妳要不要？」

陸婉容的臉突然有些紅了，傅念君真想不到剛才幾句話裡哪裡就值得她臉紅。

「是、是嗎……這樣也好，我給太婆也送一點去……」她越回聲音竟越小。

「不過我覺得妳還是先寫封信回去問問，老人家有什麼值得注意的、什麼不能碰的，我們也好對症下藥。」

如果老夫人真的有些頭疼腦熱，自己還能勸陸婉容回去看看，若是平安無恙，但願是她想多了吧。

陸婉容眼睛閃了閃，對傅念君很感激。「好，念君，我聽妳的。」

§§§

周毓白從宮裡出來的時候，天上飄起了薄薄的雪，他停下步子望了望天，今年的冬天來得確實早。

宮門外有一個人在等他，遠遠看過去身姿挺拔，淩風而立。很熟悉，卻也很陌生。周毓白的目光不由暗了兩分。

齊昭若從西京回來了。他漸漸朝周毓白的方向轉過了臉，從前一直比女子還嬌豔幾分的氣色，如今竟顯得十分寡淡，整個人如高山冷泉難以親近，莫名多了幾分肅殺之氣。

男生女相，身上卻有這樣的氣質，竟也有種奇異的合適。

以前的齊昭若，被邠國長公主錦衣玉食花團錦簇養大，一身的富貴習氣，周毓白從沒見過他這個樣子。

一身薄衫，輕車簡從。

周毓白解下了自己身上的狐毛斗篷，甩到了齊昭若身上。

「身體剛好點，來這裡做什麼？」在齊昭若面前，他一直都是個很好的哥哥。

齊昭若愣了愣，卻只是淡淡地把斗篷遞回去。

「有幾句話，想和七哥說一說。」

他的嗓音比從前低了幾分，話音裡沒有帶著一貫的俏皮輕揚。

很不習慣。從他上次墜馬開始，這種詭異的感覺就圍繞在周毓白心頭，他覺得齊昭若不僅僅是失憶了，可是到底怎麼回事，卻不能妄下定論。

兩人在御街旁的一家羊肉店裡坐下。

「要和我說什麼？姑母知道你出門嗎？」周毓白問對面的人。

齊昭若的臉色還是很白，看起來像凍的，可是他自己卻不覺得冷，他一直都很習慣這樣。

「不知道。」他淡淡地說，就算攔，他也要出來。

兩個人對面坐著，氣氛卻詭異，說親不親，說疏不疏，就連周毓白身邊的長隨單昀也覺得古怪。再沒有從前兩個表兄弟之間的親近。

齊昭若呼了口氣。他的心態在這些日子早就已經調適過來了，今天來見周毓白，是他想了許久的結果。

「七哥在治理江南太湖水患？」

他輕輕一句話，周毓白就被他定在了椅子上。

「你想問什麼？」周毓白輕輕抬睫，雲淡風輕，可眼裡陡然迸射的光芒太讓齊昭若熟悉。

他見過很多次。在他還是周紹敏的時候。他很瞭解自己的父親，就是這樣的眼神，讓他對這個人起了極大的疑心。

原來他從年輕時起就是這樣了……

齊昭若勾了勾唇。是啊，他記憶中的父親，因為殘了雙腿，多數時間只會望著家中的青檀樹出神，他對一切人和事都了無興趣。

他不關心天下，也不關心自己。偶爾，他會用這樣的眼神看著自己，和別人。他誰也不相信，他誰也不需要。

身為周毓白的兒子，他太瞭解這個男人的薄情和冷漠。

此時他突然有點想笑。這個他前十幾年都視為生命中唯一支柱的人，其實對他這個兒子，從來沒有過一絲一毫的關心。

就算現在周毓白還年輕，還停留在人生中最好的時光，而自己成了他的表弟，哪怕是關係很親近的表弟，他仍是立刻就疑心自己。

齊昭若只覺得心裡的一點火苗漸漸熄滅了。

「七哥，你有沒有想過，這是一個局。」他冷著臉淡淡地說：「有人用太湖水患，給你設局。」

周毓白很快恢復了神色。

一個傅念君就很可疑了，再加上一個齊昭若。難道所有人都知道這是個局，只除了他？神機妙算？窺破天機？周毓白握緊了手裡的茶杯。

明年夏天如果真的像傅念君說的一樣有大水，那這是上天決定的，並非人力所能控制，如何有人提前做局？

可如果不是天災，他的圩田一策幾乎是解決太湖水患最完美的辦法，治標又治本，根本無任何可指摘之處。

「誰告訴你的？」周毓白心裡突然有一絲莫名的惱怒，齊昭若和傅念君，這兩個人到底……

齊昭若望著他的臉色，微微有些訝異，轉而卻又明瞭。

「你知道了。」是篤定的口吻。

原來周毓白根本不需要自己來提醒。那麼是誰告訴他的？如果他早知道了，為什麼又會在明年一腳踏進別人的圈套？齊昭若很快意識到了這其中的奇怪之處，卻不能立刻抓到頭緒。他腦子裡的事情太多了，也有太多不能說。

屋裡突然安靜下來，退守在門外的侍從們幾乎覺得時間在寧靜中緩緩流逝，很有一種歲月靜好的錯覺……是錯覺。

屋裡突然傳來了筷盞掃落，桌椅移位的巨大聲響，陡然又趨於寧靜。

周毓白一隻手已緊緊揪住齊昭若脖處的衣襟，少年纖細的脖頸被桎梏，可它的主人卻只垂著眼盯著眼前那隻手。

適才齊昭若隨周毓白的動作，右手腕迅速一翻，可自己腰側卻是一片空落落。

他驚覺如今的自己隨身沒有佩刀。周毓白也看清了他的動作，心裡更加確信。

他緊緊盯著這個自己看了十幾年的表弟。「你到底是誰？」

周毓白俯下臉，望進他幽幽的眼睛。

這絕不是齊昭若！他絕對不會是齊昭若！一個人可以失憶，甚至他的生活習慣、嗓音舉動，都會有變化，可是下意識的動作是騙不了人的。

齊昭若有幾斤幾兩沒人比他更清楚，他的動作絕對做不到這麼敏捷靈巧。

而對方顯然也立刻發現露底了，沒再繼續掙扎。

齊昭若勾了勾唇，笑起來的樣子讓周毓白覺得有幾分恍惚。周毓琛常常說他一笑起來，就會讓人覺得心裡沒底。

是的，齊昭若笑起來的樣子，很像他。

周毓白手裡的力道不由加大了兩分，把齊昭若的脖子更緊地扼了扼，可語氣還是輕緩：「說說看吧，你究竟是誰……」

「我是誰？我是誰對壽春郡王來說重要嗎，如果我要害你，此時會給你這個機會掐住我的脖子？」齊昭若冷冷地說，心裡卻覺得諷刺。

他活了十九年，這大概是他離自己的父親最近的一次了。從來連眼神都不願意投給自己的父親，也會被他這樣嚇一大跳嗎？他突然覺得值了。

周毓白放開了齊昭若，退開兩步，淡淡地撫了撫衣袖，又回到了俊秀謫仙一般的模樣。齊昭若彎著腰，輕輕攏袖咳嗽了兩聲，卻很快站穩身子，依然脊背筆挺，目光凜然。

這也不是齊昭若該有的規矩。這應該是個個性很強的人。

周毓白把他從頭到腳掃了一遍。

邠國長公主也發現了吧？應該是發現了，所以才會把齊昭若送到西京去見什麼張天師。

「為什麼要和我說？為什麼要提醒我？」周毓白問。

「因為你應該要知道。」齊昭若說著。

周毓白顯然對他這樣的話不感興趣，他的視線偏轉開，好像開始琢磨別的事情。

齊昭若也抬眸掃了一眼周毓白，說道：「七哥，我是誰對你來說重要嗎？我是齊昭若，這就夠了。」

從前的齊昭若是他的親表弟，可他對周毓白有多重要呢？別人或許說不上來，可是現在的齊昭若可以篤定。

答案是，根本不重要。因為他太清楚，自己的父親就是一個如此涼薄的人。

周毓白給了他一個眼神，依然沒有什麼興趣。「你覺得我能相信你？」

「你不需要相信我。」齊昭若順著他的話：「你只需要看。」

這一世，把更多事情都看清楚。也把那個人，給找出來。

很多事，本來就可以不用發生。既然有機會，他就能改變很多事的結局，和很多人的命運。

周毓白頓了頓，對於這樣直接把底牌掀開給自己看的人，他還真不知道該如何處置，齊昭若這一點信心，齊昭若還是有的。

另外一方面，抱著和對傅念君同樣的態度，他其實對抹殺掉一個奇怪的人也並沒那麼熱衷，的目的，他倒是有了兩分好奇。

何況齊昭若是來示好的。

他究竟是別人的一步棋，還是真的有些本事，還待考究。

周毓白撫了撫衣袍坐下，像是什麼都沒發生過一樣。「喝碗熱湯吧，晚回去姑母該找你了。」

這樣，就是談妥了。他承認自己是他的表弟。

齊昭若輕輕鬆了口氣。他和周毓白畢竟是父子，再怎樣，齊昭若都把他當作父親。

兩人在御街分別，齊昭若望著眼前熱鬧的酒肆集市卻一陣怔忡。

他想到了三十年後的御街，也是一樣熱鬧。螳螂捕蟬，黃雀在後，當他以為自己可以得到整個天下的時候，卻死在了宮門口。

甚至連射殺他的弓箭手都沒有看清楚，頭朝地，一頭就栽了下去。直到現在，下屬們的呼喊聲還在夜晚圍繞在他耳邊。

他手刃了仇人，可是在死的那一刻才突然醒悟過來，或許他一直都沒看見自己背後的眼睛。

他殺了皇帝，和他的妻兒。當時的皇帝，現在還是三皇子崇王，那個跛了一足、不被親生父親所喜歡的崇王。

如今是一片海晏河清啊，那幾個伯父都還好好地活著。

可是到最後崇王榮登大位時，皇室已經徹底凋零了。通往帝位的寶座，到底需要沾染多少人的血？他母親的命，他父親的兩條腿，本來應該屬於他們父子的皇位，全部是被崇王奪去的！

崇王一家人都死了，連那個無辜的新婚太子妃都被他一劍殺了，就當他覺得這一切是終結的時候。卻只是個開始。

周紹敏還是死了。他死了以後，大概周毓白也活不長了。

但為什麼他會輸？是誰殺了他？

以前的周紹敏，現在的齊昭若，他不相信偶然，知道自己年輕氣盛，很多時候根本沒聽進旁人的勸告。

是不是有人布了一個更大的局等著他們父子。

是不是他等著自己殺光了崇王的血脈，然後，再殺了自己？

這個人是誰？但無論是誰，他都一定要找出來……

§§§

傅家這裡，陸婉容給自己的外祖母寫的信終於有了回音，老夫人果真身體有恙，可是總覺得是小毛病，就不願意告訴陸婉容，陸婉容一向愛重外祖母，得知了這樣的消息，心裡自然立刻跟著急了起來。

傅念君覺得自己沒有猜錯，大概就是今年了，老夫人走的時候，應該就是在臘月底。傅念君自然要勸陸婉容回西京，因為那是她們的最後一面，可是陸婉容也有自己的考量。

「大哥好不容易得了幾位先生的提點，年節裡跟著妳三哥去司馬內翰家中聽學，正是受益匪淺，我怎麼能這時候嚷著要回家？」

傅念君幫她出了個主意。「陸表哥走不開，我四哥未必沒有空，這件事妳去告訴二嬸，四哥就是再忙，也不會違拗二嬸。」

「這不好吧……」陸婉容看起來並不是很想和傅瀾同行。

傅念君覺得她臉色有些奇怪。「是四哥有什麼地方得罪了妳？」

「沒有沒有。」陸婉容忙否認：「表哥待我極好。」

她近來確實有些古怪，可是卻又不願意和自己說。母親的閨中時光，傅念君聽得很少，因為沒有人告訴她，陸婉容自己，也對這段時光諱莫如深，傅念君實在想不起來有什麼大事發生。

好在陸婉容糾結了兩日，還是對陸氏開了口，陸氏備了厚禮，讓傅瀾送陸婉容回西京，傅七娘子的女塾也放假了，兄妹倆便一道去了。

如此傅念君送走了陸婉容，也覺得身邊冷清了不少。

家中熱熱鬧鬧地忙著過年，傅琨在朝堂的事也漸漸多了起來，家裡的事依然是姚氏打理，在人家眼裡，姚氏常常是「紅著眼眶」、「忍著極大的委屈」在辦事。

傅梨華和杜淮退親的事動靜不算大，可也不算小。傅梨華足足在屋裡哭了兩日，誰勸都不行，最後還是傅淵冷冷地說了一句：「再哭便送她去給杜淮作妾吧，成全她的有情有義。」這才終於消停了。

如此她母女二人這回吃了這麼大的癟，也不敢隨意來找傅念君的麻煩，由此傅念君就更加清閒。傅念君想著這樣也好，她輕鬆的日子並不多，等過完年就是成泰二十九年，還有許多事在等著她。

年節裡的時候，到傅家來往走動的親眷友人比往常多了很多。

傅念君不大出門，可在自己家裡還是會走動的，可是她近來發現了一件很讓人哭笑不得的事。大概是從前的傅饒華太過可怕，那些年輕郎君們沒有一個見著她不是繞道走的，可出了那件事後，加上她又深居簡出，這些來傅家走動的年輕人們膽子也大了，竟對她生了兩、三分「興趣」來。

這幾天隔著樹杈掩映，傅念君時常會發現有目光在打量自己。他們大概是很想確認一下，這位傅二娘子到底轉性成了個什麼樣子。

傅念君在心底嘆氣，只能決定，盡量在家裡也少走動些。她摘了幾枝梅花，打算給陸氏送一些過去，路上卻見著一個穿著粗布衣裳的少年，垂手跟在管家身後走來。

這少年大概十六、七歲的模樣，四肢修長，低著臉，可舉止間卻有些侷促。

管家見了傅念君，便笑著彎腰向她行禮。「小的問二娘子好。」

傅念君點點頭，忍不住又往他身後的少年身上投了一眼過去。她覺得這人看來有幾分熟悉，能進到這裡的大概也是傅家人吧。

傅家在城外郊縣有許多良田，城外也有傅家族人聚居，許多失怙失親的傅家支系族人，都由族裡出錢建屋分地，張羅著住在城外。可是年節裡，依然有很多過不下去的遠親來打秋風，這幾天傅念君也算見多了。

管家見傅念君一直盯著自己身後的人，行動比腦子快一步，立刻一步把身後的少年擋住了。

傅念君：「……」

她很明白管家這動作代表著什麼。以為她老毛病又犯了。

管家也覺得自己的反應有點過激了，尷尬地嘿嘿笑了兩聲，回頭對一直低著頭的少年說：「這是二娘子，輩分上你要喚一聲姑姑的……」

那少年臉色更尷尬了，頭也垂得更低了兩分，囁喏著喊了一聲：「二娘子。」

他不想喊一個比自己還小的人做姑姑。

傅念君張了張口：「你……你叫什麼名字？」

管家替他答了：「二娘子，傅寧的祖上好幾代前和我們曾祖太爺是兄弟，他父親在他還沒出生的時候就過世了……」

管家在心裡嘀咕著。她今天怎麼會問這麼多，問了她也不知道啊。這樣的人家族裡不知有多少，偏這二娘子今天好奇心大盛！

傅寧因為聽了這話，頭埋得更低了。別人雲淡風輕的一句話，聽在他耳朵裡，卻無數倍地放大。

「傅寧……」傅念君有些失神地喃喃重複了一遍。

她的父親，傅寧傅晏清，終於也出現在自己的面前。可是卻是以這樣一種狼狽的姿態。

傅念君忍不住望向他短了一截的袖口，甚至還能看出磨破的邊緣裡鑽出來的破棉絮，他的鞋子看來也不甚合腳，舊得很過分。原來他的少年時代是這樣的……

「二娘子。」管家忍不住道：「您還有話嗎？小的要帶他去見夫人了。」

傅念君退開半步。傅寧很快從她身邊走過，從始至終，都沒有抬眼看過她一次。

管家帶著傅寧快步走著，嘴裡還輕聲嘀咕著：「適才那位二娘子，你以後要是見了啊就離遠點。快點，大夫人近來很忙……」

傅寧的反應只是攥緊了拳頭。二人快步遠去了，傅寧隱忍著的卑微和落魄，刺得傅念君眼睛疼。連管家都可以直呼其名，像對待自己的小輩一樣地招呼。

傅念君沒想到自己那個永遠把姿態擺得比任何人都高的父親，也有過這種模樣。

相較於母親陸婉容，她對傅寧的感情更加複雜。她知道自己對傅寧來說只是一件工具，他培養她、教育她，只是為了讓她成為皇后，延續傅家的輝煌。

可是說到底，她學了十幾年孔孟之道，哪怕到了最後的臨死關頭，她都沒有力氣去恨自己的親生父親。她只覺得無奈。

「芳竹，去取點銀子，送去……」她頓了頓。「算了，不能讓妳去。」

傅寧這樣的人，把自尊看得比什麼都高，到傅家來打秋風已是他的底線，被自己這樣一個一面之緣的小娘子接濟，他怕是只會覺得無比恥辱。

傅念君把梅花送去給陸氏時，就多嘴問了幾句關於傅寧的事。

她想來想去，覺得傅寧會和陸婉容成為夫妻，只可能是通過陸氏。難道說陸氏如今就能看出傅寧日後的造化，早一步做主把侄女配給了他？傅念君覺得陸氏雖然聰明，可不至於這麼玄乎。

果真，陸氏也沒有空去留意這麼一個落魄貧寒的小子。

她皺了皺眉，用很無所謂的口吻問傅念君：「妳的小輩，妳倒來問我？他長得很俊？」

「……」

傅念君覺得陸氏和剛才的管家心裡應該都是一個念頭。傅寧當然也是相當英俊的，畢竟上一世的傅念君生得也很不錯。

陸氏笑了一下。「玩笑話罷了。」

「我只是覺得奇怪，他會被管家親自帶去見母親。」

陸氏道：「妳爹爹素來愛重族裡喜好讀書有才學的年輕人，按妳說的，這一個應該也是如此。」

傅琨愛才惜才，這一點滿朝文武皆知。傅念君在心裡嘆氣，可傅琨的想法，有些人就未必能夠很好地去執行了。

§§§

如同傅念君猜得一樣，傅寧拿回家的銀子，並未有多少。傅琨怎麼說是一回事，可這些事情，最後都是姚氏在做。

姚氏是方老夫人的女兒，天生精打細算，她在傅家這麼多年，不說能為傅家每年進多少收益，可是在節流這方面，卻也算卓有成效。而像傅寧這樣每年都像蛀蟲般來傅家吸血的窮親戚，姚氏並不會像其他夫人一樣刻薄，可也斷斷不可能像大姚氏生前一樣大方。

大姚氏和傅琨心意相通，為人和善，加上她又有本錢，散些銀錢也不痛不癢；而姚氏本就拮据，加上近來受了氣，今年的傅寧甚至連個好臉色都沒落到。

傅寧抱著沉甸甸的銅錢回到了城外的兩間土屋，他的臉色看起來不太好，嘴唇發白，不知是因為冷，還是別的原因。

他的寡母宋氏此時正在屋裡摸索著點燈。宋氏的眼睛不行，到了晚上就和瞎子一樣。

傅寧忙放下手裡的東西去替她點燈。

「這麼晚才回來？」宋氏身體羸弱，說話輕聲細語的。

傅寧「嗯」了一聲，只說：「去找族老將銀子換了幾貫銅錢。」

宋氏聽出了他話中的無力，不由嘆了一聲：「寧兒……」

傅寧卻彷彿知道她想說什麼，出聲打斷她：「明天一早我就去把阿娘的藥錢還上，還有多的，我去買點東西。年節裡您吃好點，您的身體太弱了……」

宋氏聽說他還要買年菜，心裡也鬆了些。「寧兒，是傅相公家裡這回給了多幾兩銀嗎？」

傅寧看著手頭的銅錢，心裡苦苦一笑，還了債，大概什麼都不剩了。

「嗯。」他敷衍地回了一句，不想讓母親為了銀錢操心。

宋氏又開始老生長談。「寧兒，傅相公看重你，你可更要爭氣。你爹爹去得早，阿娘又沒用，你這樣聰明，讀書也是最好的，可千萬不能辜負了你爹爹和傅相公的心意……年節裡吃肉不吃肉的不打緊，你房裡的燈油錢不能省。還有隨先生那裡，你得送些禮……」

宋氏的話灌在傅寧的耳朵裡，一句句鑽到他心裡，讓他沒來由從心底生出一陣無從發洩的煩悶。這種感覺挖心撓肺地折磨他，讓他一直苦苦壓抑的情緒都在一瞬間都積壓在喉嚨口，猛烈地想咆哮而出。

「夠了！」傅寧提高了聲音打斷宋氏。

宋氏愣了愣，傅寧從來不會用這種口氣和她說話。他今天怎麼了？

「我出去劈些柴禾。」傅寧只拋下這一句，就快步出門了。

他不僅僅要讀書，因為宋氏的身體不好，他還要包攬家裡大半的活計。雖然有族裡接濟，他不用像個農夫一樣親自下田，可是無止境繁瑣的家務仍時常讓他心煩意亂。

讀的是經國大義，念的是詩詞歌賦，可手裡做的，卻永遠是這些！

已經過了十幾年這樣的生活，他腦子裡轉著的是白天傅家姚氏對他的臉色，甚至她身邊的僕婦對自己的輕視，他拿了幾兩銀子就換來了她們輕蔑的嗤笑……

還有傅家年輕的郎君小娘子們光鮮的衣著、體面的排場。

還有他最最在意的……那位傅三郎。傅相公的嫡長子，名聲無人不知的傅東閣傅淵。

一個錯身而過，他卻只能對著對方低下頭，緊緊摟著懷裡那幾兩碎銀。

傅淵淡漠高貴，從來不多看旁人一眼，無數人前仆後繼地圍在他身邊，只期待著他偶爾投來的一個眼神。

他傅寧的才華不高嗎？他寫的文章不好嗎？可僅僅因為他沒有一對好的父母。

傅家對他的施捨，讓他覺得自己像是一個最無用的廢物，永遠只能躲在角落，連走到他們身邊都沒有資格。

傅寧冷冷地把手裡的斧子擱下，心裡已經決定了一件事。

隔天天都還沒亮，傅寧就早早起身了。

往常他也起得很早，在讀書這件事上，傅寧比旁人用功十倍。可今天宋氏卻知道他不是起來念書的。她聽見了開門的聲音，他的腳步聲漸漸遠去。

宋氏心裡微微泛苦，隨著年紀漸長，這孩子的心思越來越重，她已經看不透他了。

傅寧又一次進城，可今天卻進了御街上的和樂樓，這裡也是東京數得上的大酒樓，出入豪商巨賈無數，傅寧著一身衣裳顯得極為寒酸。

可門口衣帽潔淨的小廝沒有因此看低他，依然笑著迎他進了門。

傅寧躊躇了半晌，才對小廝道：「我是來見胡先生的。」

小廝瞧了他一眼。「郎君，咱們這裡什麼先生都有，小的且替您去問一句。」

很快掌櫃就來了，上下打量了傅寧一番，問道：「郎君可是姓傅？」

傅寧點點頭。掌櫃立刻恭敬地引他去了一間雅室，讓他稍坐片刻。

傅寧心裡有些忐忑，望著房內雅致精美的布置有些緊張。

胡先生很快來了，約莫四十歲年紀，白面有鬚，很有兩分飄飄欲仙的氣度，十足文士做派，可他卻的的確確是個生意人。這和樂樓，他便占了很大一部分的股。

可是胡先生不喜歡別人稱呼他為官人或員外，第一次見面，他就讓傅寧喚他作胡先生。

傅寧也不算笨，他和胡先生無怨無恩，人家平白找上他這麼一個一無所有的窮書生，一定是他身上有些什麼值得別人找。

他總覺得胡先生背後還有人。他摸不透對方的想法，可是也不需要摸清。現在的自己，沒有資格和任何人談條件。

胡先生笑了笑，坐下後和藹道：「想明白了？」

傅寧抿了抿唇。「先生從前說的話可還作數？」

胡先生似笑非笑地望了他一眼。「上回我就說過，日子還長，你可以慢慢想，我總會在這裡等你的。」

傅寧放在膝上的手慢慢收攏成拳。「先生想讓我做什麼？」

胡先生「唔」了一聲。「我不過是想同郎君你結個善緣，我老胡別的本事沒有，一對眼睛卻還有幾分精光，能看出你傅寧日後必非池中物，這一點還不夠嗎？」他笑了笑，覺得面前的人果真還是太年輕。

傅寧頓了頓，眉心蹙了蹙。

胡先生又說：「施恩並非圖報，現在年節裡，東西都貴得很。令堂身體似乎不好？我這裡早就備了些薄禮，五十年的老參，給她補補身子吧。」

他竟早就預備好了！傅寧又一次吃驚，他知道自己一定會來嗎？

胡先生揮揮手，果真就有人端來了一份厚禮，都用紅紙紅線紮著，十分禮遇。

「傅郎君別嫌棄。」胡先生還是笑得很溫和，傅寧眼眶突然有點熱。

「這……」

「日後和樂樓這裡，你若有心，也可常來走動走動，若是你願意，把我當作半個長輩也可。」

胡先生對付一個十幾歲的少年，可以說是極為遊刃有餘。他對待傅寧的態度既不親密，又不疏離，卻給了傅寧他從別人那裡從來得不到的尊重，只讓他覺得如沐春風。

宋氏日日在傅寧耳邊念叨著傅琨對他有多大的恩義、多大的幫助，他當然也知道傅家給了他許多，可唯獨沒有這種尊重。

傅寧的心裡突然鬆快起來，因此更是坦然接受了胡先生的禮物。「如此，就謝謝您了。」

胡先生笑著擺擺手。「無妨無妨。這世間多數事情都是有緣由的。我老胡不是那些高高在上的大官人，我今日施恩於你，確實圖你來日之報，你傅寧的造化還在後頭，若是你起了這份心……」

胡先生頓了頓，笑著闔上茶杯蓋。「倒不妨視為你我的合作。」

傅寧心裡完全放下心來了，想到適才對胡先生開口很衝的話，不免有些赧顏。

「胡先生，是我狹隘了，適才，請您見諒……」

胡先生的眼底閃過一絲光芒。

「無妨。你們年輕人總是血氣方剛，覺得我老胡無端找上你，必然是要圖什麼。這也不假，我也圖才，卻不是錢財，只是人才啊……」他感慨了一聲：「錢財易得，人才卻難得啊。」

傅寧對胡先生立刻肅然起敬，連稱呼都換了：「胡伯伯，您說的真乃金玉良言。」

傅寧彷彿受到了長久以來一直渴求的認同。

他，傅寧這個人，遠遠比那些錢財珍貴百倍。他不應該用自己的才華，去和傅家做交換，只為了年節時的那幾兩銀子！

也有人是真正欣賞自己，懂自己的……

胡先生笑了笑，眼中滿是憐恤之情。「你還年輕，太過鑽牛角尖卻是不好。生活不易，為了阿堵物執著看不破，倒是俗了。」

傅寧極為受教，離開時都覺得神清氣爽，連腰背都挺直了幾分。他摸摸胡先生送他們母子的禮物，竟在下頭掏到了兩張薄薄的銀票。

他心中一蕩，第一反應是應當送回去，可是胡先生的話在他耳邊轉著圈，傅寧突然又覺得釋然了。

他這等人品才華，還花不得這幾兩銀子嗎？就像胡先生說的一樣，錢財這東西，不過是助他度過目前困境罷了，他的大用處，可是在江山社稷上頭，斷斷犯不著再鑽牛角尖。

真正的清傲，是不把錢財放入眼中。不過是兩張銀票罷了。

傅寧收拾了心情，愉悅地抱著懷裡的東西回家。

胡先生在樓上看著他的身影遠去，勾唇笑了笑，吩咐下人道：「去給郎君回個信吧，姓傅的這小子，成了。」

胡先生悠悠地關上窗戶。忽悠人是門大學問，這等年輕閱歷淺的小子，不過一席話，便讓他分不清南北了。

這世上傲骨難存，寒門貴子，他還真不相信能出幾個。

自古忠言逆耳，良藥苦口；摸準了人家想聽的，給了人家想要的，慢慢地到最後，對方根本分不清這是圈套還是真的了，只會想方設法地自己往套裡來鑽。

「不過，郎君要收攏這麼一個什麼都沒有的小子有什麼用？」

胡先生蹙眉想了想，莫非是和傅家有關？算計傅家，能從這傅寧身上入手？這關係也繞得太遠了。

他看不透，只嘆著搖搖頭，想來自己這些年見慣了人間百態，看過了眾生萬象，說到看不穿的人，自己如今跟著的這位小郎君，還真算一個。

也不知是不是打娘胎裡帶出來的七竅玲瓏心啊。

11 上元偶遇

傅念君心情不大好，她想著適才聽到的關於傅寧的那些話。是陸氏派人打聽了告訴她的。

傅念君還沒有給傅寧送錢過去。她從小和父親就不親密，她只聽家裡人提起過父親年少時家貧，卻不知道到底貧寒到何種程度。

原來是這麼的……傅念君心裡有些煩躁。

她覺得奇怪，奇怪到詭異。她一直以為傅寧才華過人是一方面，受家族提拔也是一方面，甚至祖父或曾祖在朝中應當也是有些人脈的。

可是原來三十年前的傅寧，真的什麼都沒有。他的祖父和父親只能夠靠著幾畝薄田勉強養家糊口，就是讀書，傅寧也並不算特別出眾。讀書這回事，天分是其一，努力和名師教導卻更重要。上輩子就算是傅念君那個天分極差的庶長兄，從小被各路名師一路琢磨到大，就算是塊木頭，也是木頭裡的上品了。現在的傅寧甚至沒有資格進國子學和太學。

國朝尚文，庠序眾多，家世最優的學子入國子學，小官員和平民子弟入太學和四門學，朝廷還設有律學、武學、算學、書學、畫學等等不一而足。地方上設府學和縣學，可民間最多的，還是私學。

傅寧就是在私學裡念書。目前他這樣，離科舉高中，或者直接授官，幾乎還有登天的距離。

顯然傅琨接濟貧困族中子弟，傅寧並不是唯一的一個，更不是特殊的那一個。

傅念君並不是一個不知事的小娘子，她從小在相府長大，她太知道背景和財力這兩樣東西的重要性了。她不得不懷疑，傅寧或許是靠上了什麼勢力，才讓他從真正一無所有，到了在那樣的年紀就成為相公。

是陸家嗎？可是陸家最後也敗了。

傅念君心思很重，覺得這三十年前，簡直就和她所知道的是完全兩個狀況。

顯然傅寧成為一代權臣後，很多關於自己過去的事情都抹殺了，傅念君身為他的女兒，知道的東西，就更少了。

她嘆了口氣，手上輕輕撥著箜篌。心煩意亂的時候，彈彈曲子能幫助她很快地梳理心境。

「二娘子。」突然有道聲音打斷她。

傅念君回頭，看到陸成遙正在遙遙望著她。

其實這樣的情況不是第一次出現了，她這些日子遇到他不下三次。

這裡是後院，這處靠著她院子的小榭平時也沒有什麼人會來，她偶爾來這裡彈彈琴看看書。陸成遙出現在這裡，就有些刻意了。

傅念君對著陸成遙點點頭，喚了一聲：「陸表哥。」

陸成遙笑了笑，寬大的衣袖裡露出一截梅花的枝椏，他是來後院折梅花的。陸成遙望著她的箜篌，臉上有了一種了然的神情。

「原來真是妳啊……」

傅念君不解。「什麼？」

陸成遙走近了兩步，只問：「原來妳箜篌彈得這樣好。」

傅念君頓了頓，覺得他臉上的神色有些奇怪，輕描淡寫地說：「不算很好。」她說的是事實。

她覺得陸成遙該走了，但顯然對方並沒有這個意思。

傅念君蹙了蹙眉，男女有別，他們又不是真的表兄妹，兩人並不適合在這裡獨處。

然而陸成遙好像很有興致和她說幾句話。「之前的事，後來大夫人有為難妳嗎？」

傅念君搖頭笑了。「母親最是慈藹和善的一個人，她怎麼會為難我。」

哪怕顧及著外人的眼光，姚氏也不會把她怎麼樣。

陸成遙默了默，突然說：「妳這些年，都是這樣過嗎？也……太辛苦了。」話語中含著一種憐惜。

傅念君愣了愣，她並沒有把自己視作一個小可憐，也並不覺得自己很需要這些無謂的同情。

她笑了笑，笑容十分真摯。「我過得很好，陸表哥。」

陸成遙不知是怎麼想的，傅念君只覺得他的眼睛似乎閃著亮光，其中含義深濃。她直覺這不是一個好預兆。

果然陸成遙迎著傅念君的目光又上前踏了兩步，把懷中的梅枝放在案几上，他一向剛毅的臉上頓時閃過一絲羞赧。

「以後總會好的，妳值得更好的生活。」他竟帶著幾分篤定的語氣。

傅念君差點嚇得倒退兩大步，她的視線在桌上的梅花枝和他的臉上來回打量。

陸成遙攏拳咳了一聲，就自覺後退了兩步，很有禮地拱拱手：「我走了，擾了二娘子雅興，得罪。」他的表情裡卻沒有一點得罪的意思。

陸成遙走了以後，昏昏欲睡的芳竹和儀蘭才對傅念君說：「好奇怪，陸郎君是什麼意思，娘子又不缺這幾枝梅花。」

傅念君嘆了口氣，神色複雜。「他怕是……對我有些別的心思。」

芳竹和儀蘭愣了愣，對視了一眼，竟是不約而同地說：「您想多了吧？」好自戀啊。真是久違的自戀呢。

傅念君無奈扶額，她和這兩個被傅饒華一手教出來的丫頭真是無法好好溝通。

陸成遙是陸家年輕一輩中很出色的郎君，自然不是個草包。他的話既沒有挑明，卻又暗示地恰到好處，且隱隱帶著一些志在必得的氣魄。

傅念君很熟悉這種感覺，出身世家的許多出色郎君，都是這樣。她也不是那種不諳世事，或是極力維持純真面貌的小娘子，那樣明顯的示好她不會看不出來，更不會嬌嗔著說「怎麼可能呢」。

她得盡快對陸成遙的心思做出反應。

傅念君真的不知道自己是哪裡引起了他的注意，是這把箜篌？還是因為她在李夫人誣衊自己那件事中表現得太過可憐？恐怕也不只是這個道理。

陸成遙從前不瞭解傅饒華，對於她的過去自然不像旁人那樣介懷，這段時間他住在傅家，恐怕也有自己的考量。

她身為傅琨的長女，如果不是太糟糕，還是很值得旁人爭取的，恰好陸成遙又目睹了她「可憐」的處境。他知道崔家和崔涵之對她不屑一顧，他知道姚氏母女對她的憤恨，他知道她除了傅琨，在家裡幾乎是孤立無援。

或許男人們心底裡就有那幾分英雄氣概的，他大概突然間想來「拯救」一下自己，正好還能成為傅琨的東床快婿。

傅念君很能理解這樣的想法，可陸成遙……這人是她的舅舅啊。

傅念君在心底嘆了口氣，麻煩的事總是接踵而來。晚上的時候，她做了一個夢。

夢裡她好像又回到了大婚那天，鳳冠霞帔，坐在大紅的喜床上，可是當她的蓋頭揭開，她眼前出現的臉，竟是含笑的陸成遙。

她甚至還看到了同樣滿面喜色的陸婉容，正親熱地給她端了一碗桂圓蓮子，笑著叫她「大嫂」……

傅念君嚇得立刻摔了手裡的碗，她顧不得旁的，忙拉著陸婉容道：「阿娘，阿娘，這是怎麼回事？」

陸婉容卻笑著說：「念君，妳要嫁給大哥了，要做我的大嫂了，妳開心嗎？」

「不行！」傅念君叫道：「他是我的親舅舅啊！」

這是亂倫啊！傅念君滿頭冷汗地從夢裡驚醒。她摸索著床頭的茶壺給自己倒了一杯茶。

陸成遙大概怎麼也不會想到，他白天的幾句話竟引得她發了這麼一場惡夢。

傅念君苦笑。固然她現在和三十年後的傅念君不是同一個人了，可她心底裡，依然無法接受把前世的親人當作陌生人來重新接受。

這是出於本能的抗拒。傅念君放下茶杯，但是如何讓陸成遙絕了這念頭呢？

陸成遙這念頭若是被傅琨知道了，傅念君默了默，大概傅琨只會覺得上天開眼，又送來了一段好姻緣。

傅念君躺回被窩裡，如何解決，還得想個妥善點的法子。

好在傅念君的危機暫且還能得到緩解，陸成遙和陸婉容的外祖母，在臘月底的一天，溘然長逝。陸婉容好在是送老夫人西去了的，陸成遙也緊著快馬加鞭回西京去奔喪。

如此傅念君還能過一個平安的新年。

§§§

過完新年，崔郎中竟帶著崔涵之很正式地來傅家拜訪了。

傅念君多少也能瞭解這裡頭的意思。蔣夫人上回跟著李夫人來傅家一頓鬧事，事後傅琨並未追究崔家，可崔郎中確實知道傅琨必然是動了大氣。這個罪，崔家自然得賠，可是怎麼賠，拿什麼賠，崔家也猶豫了很久。

蔣夫人拉著兒子日日啼哭，天天要死要活的，最後崔涵之一咬牙一跺腳，便道，崔家沒有什麼東西比我更好了，就拿我賠吧！

婚不退了，他崔涵之豁出臉面，把傅念君求娶回家，姿態放到最低，這總夠了吧？

崔涵之這樣的想法在傅念君看來尤為可笑，因此崔家父子登門這天，她就藉口躲到陸氏屋裡來喝茶了。

陸氏其實很多時候是相當不重規矩的。她隨意地磕著瓜子，嘲諷道：「真當自己是什麼寶貝了，做夢還沒醒呢。」

傅念君知道陸氏是個蔑視傳統禮教的離經叛道之人，自從上次與傅念君說破之後，陸氏在她面前就更加無拘無束。

「把自己的婚姻看做莫大的犧牲，娶一個女人而已，覺得這是對對方的恩賜，又覺得是對自己極大的委屈，也不知是哪裡生出來這種可笑的念頭。」陸氏嗤笑了一聲。

「大概是我實在不堪，與君子們對於女子們的標準相去甚遠，也不怪人家。」傅念君仔細地剝著手裡的核桃，倒不覺得多生氣，話裡還有幾分調侃。

陸氏笑了一聲。「妳願意遵從他們的標準？」

傅念君道：「他們的標準，與他們的人一樣可笑。」

陸氏彎了彎唇角。確實可笑，不僅可笑，還蠢。崔涵之這樣的人，半點都配不上她。

如今連陸氏都能看出，傅琨父子對於這樁婚事，是半點意願都沒有了。崔家那裡卻還覺得，只要他們一再退步，傅家還會願意鬆口。

傅念君還在一旁靜靜剝著核桃，顯然對於崔家父子的事半點都不上心。

陸氏拈了一顆瓜子放在嘴裡，輕輕一咬。從前倒是不知道這丫頭這麼對自己的胃口，若是她日後在婚事上有所求，自己倒也不是不能助她幾分。

陸氏知道在這個世道，女子必然是要成親的，她自己不能說完全得償所願，可也算過得不錯。但傅念君還年輕，她依然需要一個家庭，一個男人。雖然陸氏認為這世上的男子十有八九都是蠢物，也只能說在蠢的裡頭挑那麼一、兩個不算太蠢的成了家，也不至於婚後受太大的氣。

但是顯然崔涵之連「不算太蠢」都達不到。這樣的人，嫁了他豈不是噁心自己。

好在傅琨父子早就心裡對崔家有數，這次崔涵之造訪，連傅淵對他的態度都冷落了不少。

親總是要退的。只是如今，傅琨暫且還開不了這個口。

原因即是，崔郎中帶來了一個消息，崔家的那位奚老夫人，傅琨的親姨母，崔涵之的祖母，即將進京。

老夫人多年未北上，此次上京，只是為了一個因由，在三月初傅念君就要辦及笄禮，奚老夫人特地來為她插笄。奚老夫人親自來做傅念君笄禮的正賓，足以見到她對傅家和傅念君的重視。

傅琨在心裡道，這位姨母，確實是個能幹人。

這麼多年，從他母親在世時到現在，奚老夫人對待傅家一直是這樣的態度，不能說她圖謀甚多，可是幾十年來如一日，她對長姊的敬愛，對傅家小輩們的照顧，也當得起傅琨的幾分尊敬了。

也因此，有些話傅琨更不好說出口，便想著把退親之事再往後壓一壓，待傅念君及笄後再做打算。

但是崔涵之在有些人眼裡是討人嫌，可在有些人眼裡，卻又是值得眼紅的香餑餑了。崔家父子備著厚禮到傅家造訪一事，卻極為刺激了閉門不出的傅梨華。她的親事毀了，可傅念君這裡情勢卻突然急轉，崔家的態度一改以往的冷落，竟十分熱切討好。

傅念君這個狗不理一時成了個香餑餑。關鍵是崔涵之雖然並非出身世家，可是相貌才華無不比杜淮優異，這樣一比，傅梨華更是不甘心。

如今讓崔家一改從前的態度，分明就是傅念君通過踩著她的婚事來實現的！

雖然傅梨華的這些想法從來就沒有根據，可她每一回都對自己的這些念頭篤信不疑。如此覺得受了極大委屈的傅梨華又開始哭鬧，姚氏被她纏得沒法子。

「再念叨一句杜郎，妳爹爹都不饒妳，快閉嘴吧。」

傅梨華抹了淚。「我不嫁杜郎可以，傅念君也不能嫁崔五郎！」

姚氏抿了抿唇，卻沒有斥責女兒。

傅梨華轉了轉眼珠，去拉姚氏的袖子。「阿娘，我們去看看外祖母吧，外祖母一定有法子，咱們這回吃了這樣大的虧，怎麼樣也得讓傅念君吃些苦頭！」

想這麼順利嫁給崔涵之，沒門！

方老夫人不再被允許隨便來傅家，姚氏忙過了新年，自然也琢磨著去見一回她，如此母女倆就收拾了禮物，去姚家見方老夫人。

方老夫人這些日子過得很不好，傅淵寫了信給親舅舅姚隨，把方老夫人摻和著幫李夫人陷害傅念君的事輕描淡寫說了幾句，姚隨一向對兩個外甥、外甥女護得緊，當下便氣得寫了一封信給自己的父親姚安信，且把今年給家裡過年的銀子硬生生削了一半。

姚隨任淮南東路節度使，不說每年自己產業的出息，還有舅家金山銀山做靠山，底氣比姚安信這個一家之主還要足。

方老夫人平時的排場，也只能用姚家的銀子來充場面，自己兩個親兒子又沒用，沒有姚隨的銀子，她立刻就沒膽子說話了。

加上姚安信得知了事情的前因後果，將她一頓臭罵，還說若是她再敢打傅念君的主意，就別再指望她兩個孫女從姚隨那裡得到一分錢嫁妝銀子。

手心是肉，手背也是肉，方老夫人自然疼傅梨華，可她不止有外孫女，她還有親孫女啊。

但是方老夫人也是有兩分倔性的，傅梨華到她面前來一哭，她頓時對傅念君的恨意又燃起了幾分。

「崔家也是奸詐油滑的下作人家，不愧是下九流的商戶出身，真真不要臉面。崔五郎那個母親，一口說著喜歡知書達理、有涵養的小娘子，當日和李夫人說得好好的，可一轉頭成了什麼樣子？傅念君這等齷齪品行，他們礙著傅家，還不是像哈巴狗兒一樣貼上去了，真是沒臉沒皮！」

姚氏被她說得也對崔家沒什麼好感。「正是如此，可那崔五郎倒確實不錯。」

從前姚氏不覺得，可如今這樣一比，看著崔家年前年後送來的那些厚禮，還有奚老夫人特地囑咐給傅念君的首飾頭面，她這才真的認可，當年老夫人確實還給傅念君留了門不錯的親事。

姚氏憐惜地摸了摸傅梨華的頭。

當年老夫人怎麼就沒先緊著些她四姊兒，淨想著那個傅念君。當然事實上明明是方老夫人和她自己先一步看上了杜淮這乘龍快婿，只是姚氏一時就選擇性地遺忘了這樁。

在這方面顯然傅梨華也很得她的真傳，再次流起眼淚來。

「太婆活著時就不疼我，她和爹爹一樣，只疼那個！同樣都是傅家的嫡女，我如今成了這樣，還能有什麼指望？外祖母……」她哭倒在方老夫人的懷裡。

方老夫人也暗恨咬牙。她拍了拍傅梨華的背，說道：「四姊兒，用不著慌，這鴨子還沒煮熟呢，誰知道會不會飛。」

姚氏見她話裡有話，不解道：「阿娘這是什麼意思？」

方老夫人笑了笑。「上回咱們商量著要讓傅念君早點嫁去崔家，可是礙著崔五郎不願娶她，妳不是要我拿個主意，還記得不記得？」

姚氏想起來確實是有那回事，那時她們一心認為傅念君不規矩，對杜淮也有些心思，崔家又嫌棄她名聲臭，她們祖孫三人就琢磨著趕緊讓她嫁出去，免得害了傅梨華的親事。只是沒幾個月，情況卻突然倒了個個兒。

姚氏的臉色不大好看，傅梨華眼眶裡也含著一泡淚。現在，她才是沒人要的那個！

方老夫人不管母女兩人的情緒，自顧自地說：「沒出李夫人那檔子事時，我也動過崔家的腦筋，崔家的蔣夫人是個糊塗人，倒是府裡有個極來事能幹的張姨娘。」

「一個姨娘罷了，能頂什麼用。」姚氏有些不滿意方老夫人的打算。

方老夫人瞪了她一眼。「妳懂什麼，姨娘沒用？看看妳們家裡那個寧氏，下等人出身罷了，就生了傅三老爺，現在老夫人過世了，妳們府裡上上下下還不稱她一聲寧老夫人！這姨娘頂用不頂用，還要看當家夫人怎麼樣。」

方老夫人說到這裡就有些得意。「像咱們家，我自然不能容那些賤人上位。可妳看崔家，蔣夫人本就糊塗，張姨娘若是沒幾個心眼，在崔郎中面前不得臉，能生養兩個郎君嗎？」

姚氏漸漸聽出了些門道。「阿娘的意思是……」

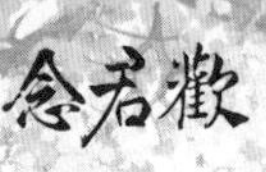

方老夫人望了她一眼。「傅家那位過世的老夫人不是訂了崔家作傅念君的婆家麼？崔家又不止一位郎君，她又不是傅家最好的小娘子，憑什麼配崔家最好的郎君？」

理所當然的一句反問。這無賴氣勢，若傅念君在場，必然要為方老夫人起身鼓一回掌。這位強詞奪理的本事才真正教人嘆為觀止。

傅梨華卻聽得熱血沸騰，激動地起身道：「不錯，您說得對！她那樣不堪的爛泥，憑什麼值得太婆給她配一個好郎君，傅家又不是沒有好女兒了！」像她自己，像大姊傅允華，就是三房那個咋咋呼呼的傅秋華，哪個不比傅念君更優秀！

這麼想著，傅梨華不由底氣更足。「何況她害我一回，我必然要回她一次，這是哪都越不過去的理！」

姚氏默了默，她是擔憂傅琨那裡。自從上回，傅琨待她就更有幾分冷漠了……

方老夫人看出了她的猶豫，說道：「妳就四姊兒一個女兒，她下面還有六哥兒，即便不為四姊兒想，妳也要為六哥兒想。崔五郎本就有出息，傅念君嫁了他，妳那位好老爺再提攜一番，他們往後的日子是四姊兒和六哥兒拍馬也難及的。傅相公偏心傅念君妳我都知，咱們也強迫不得，但要籌畫什麼妳該想想清楚。

「妳得想著讓傅念君嫁一位平庸些的郎君，這樣傅相公提點起來也有限，日後還能輪得到四姊兒和六哥兒，否則的話，妳當他看得見咱們這兩個可憐的孩子？」

方老夫人這兩句話一下就戳到了姚氏的心坎裡。

傅梨華也在旁忿忿道：「不錯，何況她和三哥還有大舅舅幫襯呢，大舅舅從來都不喜歡我！」

姚氏一陣心酸，心裡也燃起了一簇火苗。

「不錯，做娘的，還不是為子女爭一爭。人心是偏的，老爺更是如此，傅念君過得好，就沒咱們四姊的事！我不去爭，咱們就什麼都沒有了！」

姚氏心中對傅琨的不滿突然也燃燒起來，她為傅家當牛做馬這麼多年，卻從未得到過他對長姊一般對自己的愛憐。

心裡的主意一定，姚氏更覺得傅念君的婚事必須給攪了。她的女兒，必須得嫁一個比傅念君的丈夫出色百倍的夫君。這樣才公平。

從她母親方老夫人和榮國夫人梅氏，到她自己和長姊大姚氏，還有姚隨和她兩個親兄弟。她們從來沒有得到過公平的待遇。她們處處矮人家一頭。

現在她的孩子，就一定得不如傅淵和傅念君嗎？

傅淵也就罷了，可傅念君是這樣一個不知檢點、放浪形骸的小婊子，不過是仗著傅琨和姚隨的相護，就處處踩著她們母女。她如此不堪，也一定要比自己的女兒嫁得好嗎？這不公平！

傅念君應該去她應該去的地方，配一個和她一樣粗鄙的夫君，這才是最正確最公平的結果。

方老夫人見女兒終於體會到自己良苦用心，不由嘆了口氣。「我是沒幾天好活了，唯一的念頭，就是看妳們都過得好。阿妙，因此妳爹爹再怨我，我也要為四姊再謀畫一次。」

方老夫人握著傅梨華的手，眼中有光閃過。姚氏突然明白這是什麼意思了。

「阿娘，難道妳覺得崔五郎他……」

方老夫人打斷她。「這都不好說，說不定再有好的，咱們也可慢慢瞧。」

傅梨華突然有些羞紅了臉，低下頭點點頭，曾經那些對她的杜郎自認為可以天長地久的綺思，竟在不知不覺間消失得無影無蹤了。

§§§

傅家這裡，傅念君正凝神聽著。

「娘子要打聽的事倒是不難，三郎君近日來出門飲酒，來往關係不錯的，確實有一位大理寺評事鄭端。鄭端年方二十，他的小舅子和三郎君是國子學的同窗，平日素有往來，那一干郎君出身都很不錯，為人也正派，沒有什麼太大的問題。」

芳竹向傅念君一一稟告，不明白她為何開始對傅淵的交友狀況感興趣。

傅念君沉吟。「安排個人下去，盯著點鄭端，一舉一動，都要回報。」

這些日子以來，傅念君也培養了不少手底下的人手，這是傅琨默許的，經過上回那件事，姚氏是一點都管不到傅念君身邊了。加上陸氏的幫忙，這些人的來歷底細也都確認過，十分清白。

「娘子怎麼會在意這麼一個人……」芳竹很不解。

傅念君頓了頓。「不只是鄭端，他的妻子魏氏也要留意一下。」隨即她又頓了頓。「罷了，女眷的事，我再另想辦法打聽。」

芳竹滿心的不解。鄭端這麼個人，實在是和她們娘子八竿子打不著，娘子怎麼會突然留意這麼個人？難道娘子終於把目標轉向了有婦之夫？傅念君的神色太過嚴肅，芳竹不敢再問。

傅念君揉了揉眉心。這件事她知道得太少了，畢竟只是三十年前的一樁醜聞，她從前沒有仔細留意過。

鄭端這人可說是默默無名，可是他的妻子魏氏，卻是個名噪一時的女人。

傅念君嘆了口氣。她幼時只聽人說過，這論到紅顏禍水，就不得不提一提這個魏氏。

魏氏生得有多漂亮她是不得而知，但想來應當是姿色過人的，不然也不會讓登聞檢院朝請大夫（注）荀樂和其子荀仲甫同時拜倒在她的石榴裙下。

這魏氏同時與荀樂父子二人私通被人告發後，朝廷和民間一時譁然。當今聖上愛重荀樂，發下批示表示從輕發落，但是依然逃不過剛正不阿的監察御史紛紛上書。「父子同惡，行如禽獸」。御史們接連上書，堅決不肯放過荀樂，何況刑統規定，官員與民女私通罪加一等，荀樂就是哭倒在官家腳跟前也沒有用。後來這件案子通過大理寺審判，荀樂被摘掉了官帽，放歸田裡。

但是如果此事就這麼完了，還不足以流傳三十年。

荀樂在被審訊之時，竟供出了當朝宰相傅琨之子傅淵與魏氏也有染，當時審理此案的大理寺丞王勤不知出於何等原因，未敢深究，草草結了案。可是這場風波卻遠遠不止如此。

結案未久，知諫院就將此案翻了出來，正言張興光上奏有人包庇案犯，知情不報，隱瞞真相。聖上此次的反應是大為光火，下令嚴查。大理寺丞王勤當場認供，乃受傅相暗示，雖然證據未夠指認傅琨濫用職權，但最後的結果，傅相長子與魏氏有染被坐實，魏氏隨後在家中自縊，大理寺評事鄭端不堪受辱，辭官回鄉。而傅淵被奪功名，傅琨受官家御旨申斥，王勤也遭貶謫。

成泰二十九年，由一樁私通案沸沸揚揚扯進了大小好幾個官員，鬧得朝野多日不歇，不可以不說是一樁影響極大的醜聞。而在這件事過後，傅淵的前途，也徹底毀於一旦。

但是當時更被人所可惜和津津樂道的是荀樂、王勤、傅琨等人，傅淵年輕且尚無官身，人們談及他時，也不過是一句「傅相公的長子」，他本該有什麼造化、有多大出息，終究無人過問了。

從前的傅念君不瞭解傅琨父子，無法判斷這件事的真假，但是這段日子以來，她也多少能夠

注　朝請大夫為中國古代的文散官職，宋代時從五品。

瞭解傅淵的為人。

雖然他對自己很冷冰冰，也無什麼友愛手足之情，但他的清貴冷傲確實是長在骨子裡的。他不像崔涵之，會被愚昧的偏見蒙蔽雙眼，能夠很理智地做到就事論事，立身正直。

他以這樣的標準約束自己，也同樣以這樣的標準看待別人。起碼這一點，就難能可貴。

就算他同樣厭惡自己，可是在李夫人攛掇長公主陷害自己一事中，傅淵很快就能判斷出孰是孰非，不多不少地給自己一點幫助，事後也斷然地與糊塗的崔涵之畫清界限。

傅念君看人不算太準，可也不算太差。傅淵這樣的品行，這樣的行事作風，就算日後不如傅琨，也不會差到哪裡去。

這麼一個人，怎麼可能去和友人之妻不清不楚，還是這麼個複雜的魏氏。

這件事顯然是一個計畫長遠的局，針對的是傅淵父子，還是荀樂父子，她不能確定。可這件事裡面每一個人都很關鍵。

鄭端夫妻二人，大理寺丞王勤，舉報告發王勤和傅淵的知諫院正言張興光……這件案子牽扯的人太多、太廣。

傅念君不由心驚，如果真是有人安排，此人該有多強的手腕，才能算計到每一個人身上，嚴絲合縫，環環相扣，布這麼一個一箭多雕的局。

她扶著額頭，僅僅是通過記憶裡的蛛絲馬跡，一步步排查，確認這幾個人的姓名，傅念君就花了太多工夫。朝局複雜，她一個小娘子，不可能把每一個官員的底細都記得一清二楚，唯有慢慢地想、細細地猜，才能逐漸把有關傅家的人一個個拎出來。

傅念君望著自己寫的紙上這些人的姓名，胸中一口鬱氣難抒。要找到陷害傅家之人，必須把這些人的背景全部排查清楚。

這太難了，這裡的每個人，背景都不算簡單。

那幕後之人，隱藏得太深，憑她的能力根本查不出來。想來也是，傅琨畢竟是當朝丞相，他的謀略和權勢在朝中能與之匹敵的人也沒有幾個，若是太簡單的布局，很可能很快就被他察覺。所以要害傅琨，並不是一件容易的事，對方必須步步為營，深藏不露。

傅念君苦笑，傅家到底是得罪了什麼人啊，竟這般難纏。

§§§

正月裡有一件最熱鬧的事，比年節更讓人期待，就是正月十五日的上元節。

東京城裡馬行街、潘樓街、宋門外以及州橋以南一帶，許多舖戶早就開始結紮彩棚，懸掛華燈旗幟，那些賣珠翠、頭面首飾、花朵領抹的店鋪也早就開了門迎客，瓦子勾欄從臘月底就沒冷清過。

其他時候的東京城雖然也熱鬧，卻遠遠比不上正月的東京。可是這種種歡騰，依然不如上元節那一夜令人如癡如醉。

每年的上元，香霧彩山，美男麗裝，家家燈品，處處錦帳；鮮豔的花市，奪目的金蓮，如流水的車和如游龍的馬，每一樣都彰顯著人們從午夜到天明放肆的狂歡。

從正月十五到正月二十，這幾個夜晚，東京城裡不滅的煙火，往往在早春未到的寒冷中逼出灼人的熱浪。

城裡每一個小娘子都無比期盼著上元，對她們而言，這一天和一年中其他所有的日子都不同，這一晚，所有的放肆都不能叫做放肆。年輕的郎君們也早就躍躍欲試，或許這一夜，他們有幸能遇到個貌美小娘子春風一度，也有可能認識到自己這一生中從此魂牽夢縈的神女。

每年這幾日的夜晚，只要往街上走一圈兒，就是端門那一處，手拉著手、肩並著肩的少年男女，少說也有百來對。

這幾天所有的禮教和枷鎖都可以先放在一旁，沒有人會來斥責妳不懂規矩、不守婦道。

因此往年的傅二娘子傅饒華，最喜歡的就是上元佳節，她會從臘月裡就準備著這段日子要穿的衣裳、要戴的首飾，確保自己要豔壓群芳，奪人眼目。所以當今年的傅念君安靜得好像忘了這回事時，芳竹和儀蘭就不得不時時在她耳邊提醒。

傅念君的眉頭深鎖，才剛剛打發走了大牛和大虎，她這幾日心裡的事多，還真對上元節的夜晚不是很感興趣。

但是依然是要去的。因為這是她最好的一個機會，去會會那個魏氏。

那個讓眾多男人，甘願為她折了腰、甚至賠上仕途前程的奇女子。

傅念君正在思索著今日如何才能不著痕跡地摸索到魏氏身邊，芳竹卻又來搗亂。

芳竹已經不是第一次拿著一朵繒楮做的碩大玉梅，比畫著要戴在傅念君頭上。傅念君實在覺得忍無可忍，雖然她知道這是上元的風俗，就連官家和娘娘都會賞賜宮花給親近的大臣和內侍簪戴，民間的男女老少也都在自己頭上戴有各式各樣好看時新的花樣。

但是再怎麼樣，她都無法喜歡這種浮誇的頭飾。她一把把芳竹的手拉下來，無奈道：「折騰什麼？我頭上又不是花盆，東插一朵西戴一朵的，就是花園裡也沒我頭上熱鬧。」

芳竹表示很詫異，看了看手裡紅豔豔的大花，說道：「很漂亮啊。」

傅念君懶得和她計較品味問題，自己挑了個繒楮做的鬧蛾兒戴在頭上，抖動的觸鬚栩栩如生又俏皮可愛，不飾頭面，全算個應景了。

「娘子，」芳竹的臉皺成了個包子。「您都快十五了……」又不是那十歲的小娘子，還戴鬧蛾兒。

傅念君咳了一聲。「就是因為年紀越來越大，才想往嫩生生的小丫頭裡靠啊。」雖然她的外表比許多十六、七歲的小娘子還要嬌媚可人。

兩個丫頭圍著傅念君嘮叨，一會兒這個不行，一會兒那個不妥，好像不在上元節一鳴驚人就對不起她傅念君的名頭，如此被她們纏到了晚上。

「好了啊妳們。」傅念君終於豎起了眉毛。「別玩得沒邊兒了，今夜我還有事要做的，妳們聽明白了嗎？」

兩個丫頭連連點頭，眼睛裡也都閃著光，她們畢竟年紀還不大，對一年一度的上元節也十分期待。

上元節中，皇室也講究與民同樂，宣德門城牆下早就搭了各個幕帳，左闕是諸親王宗室，右闕是朝廷重臣；皇帝攜著妻眷在城樓就坐，遠遠就能看見宣德門廣場上的燈山，而城中一片燈海汪洋。再沒有什麼能比這種歌舞昇平，與民同樂的場面更能讓他得到滿足了。

傅念君出門時，傅琨早已去陪駕了，而傅家其他女眷自然是沒有一個願意與她同行的，陸氏是個例外。

曾有人說過，上元節「是人都要去看燈」，偏陸氏自嘲：「我偏就願意做那個『不是人』的。」

傅念君也樂得輕鬆，免得做起什麼事來束手束腳的。

今天晚上的城內，就像天上的星星翻轉到地上，化作了萬燈千盞。坐車燈、袞球燈、日月燈、鏡燈、馬騎燈……各式各樣五花八門，滿街燈火耀得讓人睜不開眼。

芳竹和儀蘭只能在傅念君耳邊嘖嘖稱嘆，根本顧不得別的。

今夜城裡連馬都騎不了，多數人只能選擇步行。宣德門廣場和大相國寺是元宵燈節的中心，往日在宣德門廣場上顯得有些肅穆的禁衛之門，今日在燈火映照下也顯得格外平易近人。

傅念君望著這廣場上的場面，不由又一次感到震撼。

廣場上的大山棚上張燈結綵，除了各色神仙人物的燈火，還紮了兩條巨龍；龍身裡密藏著幾萬盞燭燈，照亮了附近無數熙熙攘攘人群臉上歡愉的神色。而中心這座大燈山上鋪連著五色琉璃閣，裡頭安著機關，裡面還有活動的紙紮人物進出，涌壁上則繪著諸色傳說故事，旁邊龍鳳噀水，蜿蜒如生。

此外燈山上竟還有伶官迭奏新樂，而山前綑木為垣，市民可登垣繞覽，踏在其上。此情此景，真覺得恍如天上廣寒宮殿……

除了嘆為觀止的燈山，廣場邊無數彩燈交相輝映，旁邊樹立長桿，桿上都是紙糊的百戲人物形象，讓廣場中的市民更覺得置身天宮、被神仙們圍繞一般。在他們的身邊，樂棚裡百戲表演毫不停歇，歡笑喝彩聲貫穿雲霄。

不止這裡，東京城中內外二十來個城門口，官府竟個個都設置了樂棚，而街口巷子則是影戲棚子接連，供老人和孩子們觀賞取樂。海晏河清，天下太平。

傅念君透過一張張帶著愉悅和歡喜的笑臉，看到了更多東西。

百姓們都很激動，他們遙遙望著高大的宣德樓城門，若是月色夠亮，他們甚至還能見到皇帝隱約的身影。這就足夠他們欣喜好幾夜了。

傅念君不知該如何評價現在皇帝，這位光宗道武皇帝。

固然他不像他的伯父，是開國之主，能征善戰；也不像他的父親，坐穩了江山，一手規畫出了新的國家。

他在日後人們的評價中甚至有些昏庸，他寵信張淑妃，壓不住徐太后，鬧出了一堆的外戚之患；性子太弱又太過溫厚，身邊不是能臣越主，就是宦官逾矩。

他不夠英明神武，甚至因為自己的優柔寡斷，間接導致了自己的兒子們骨肉相殘。

可是傅念君知道，三十年後的百姓，並不比如今更快活。如今的百姓，他們起碼在這個一身毛病的皇帝治理下，享受到自由快活、無拘無束，如此前無古人也可能後無來者的上元燈節。

太平盛世的標準到底是什麼？傅念君身為一個閨閣小娘子，她無法評說。

她只知道三十年後的上元節，充斥著舉著刀槍冷著臉的皇城司官兵；城內城外的市民必須核查身分，非東京在籍市民必須驅逐出城；百戲賣藝之人須接受官府調查和限制，外地入京者不予批准；正月十七、十八再看不到皇帝下令燃放的各式煙火，而百姓們也絕不可能在城樓上看到皇帝的身影……

他們臉上的愉悅，比現在淡了好幾分。

傅念君嘆了口氣。她習慣了三十年後的東京，再見到這樣的盛況後，她卻不禁想，或許這才是盛世該有的面貌吧。

「娘子、娘子……」

芳竹和儀蘭欣喜地拉著傅念君的衣袖，要去旁邊的燈橋邊玩耍，廣場邊的橋樑上豎起了木桅，置著如塔形的竹架，逐層張燈，遠遠望去，這橋彷彿連接著天上人間，火樹銀花，無限華麗。

傅念君算算時辰，還不到去見魏氏的時候，因此願意跟著人群賞一回花燈。

今天這場面著實有些混亂，橋面上跑著三、五個調皮的小童，他們手裡都滾動著大球燈，貼著地面呼啦啦地穿梭在人群中，擠亂了結伴的人們。

「哎，你們……」

芳竹和儀蘭急得護住傅念君，怕她被他們衝撞了。人潮洶湧，傅念君一下就被擠到了橋邊，腳下略微踉蹌了下，踏空一個石階差點摔了下去。

傅念君勉強穩住身子，覺得腳踝扭了扭，顧不得呼痛，就聽見芳竹和儀蘭驚叫：「娘子！」

傅念君覺得眼前有影子晃動，抬頭一看，原來她頭上一個用生絹糊成的大方燈正搖搖欲墜，眼看就要落下來。她腳上正疼，芳竹和儀蘭又逆著人流一時走不過來，她來不及挪步，頭頂那燈就晃了幾晃，終於支撐不住掉了下來……

好在傅念君感覺到手臂被人抓住，轉眼就被轉了個圈重新立到橋面上。

那燈摔在她原來站的位置，轟然粉碎。四周的人都被嚇了一跳，自發地騰開了一塊地方。

傅念君鬆了口氣，正要回頭道謝。芳竹和儀蘭立刻衝到了她身邊，芳竹卻瞪著一雙眼睛望著傅念君的身後……

手臂上的力道放開了。

「妳沒事吧？」那人的嗓音聽起來是個少年。

「沒事，多謝郎君……」

傅念君轉頭，頓時就明白了芳竹為什麼眼睛要瞪得那麼大了。

正所謂人生何處不相逢！

無論是身為「傅饒華」這具身體的新主人，還是身為已經死在東宮的太子妃傅念君，她最不想看到的人，就這麼坦然坦蕩，將一城燈火作為背景，毫無掩飾地出現在她的面前。

一張比春花還漂亮瑰麗的臉，可這人身上，卻滿是肅殺蕭索的氣息。

傅念君垂了垂眸，她的頸後有一陣涼意掠過。她從來沒有想過這種情況。

這是齊昭若，那個調戲過自己的混帳；這也是周紹敏，送她進了黃泉的仇人！

齊昭若望著眼前這個小娘子，眼中閃過一絲精光。她認識自己。

「阿精。」他側頭喚了一聲，人群中費力鑽出了一個小個子的機靈小廝。

自從自家郎君失憶後，阿精憑藉著出色的概括能力和記憶力，被長公主親自點了名指派在齊昭若身邊，幫助他「記起」各色人物。

阿精看了一眼傅念君，突然像被掐住脖子的母雞一樣「呃」了一聲。

「傅、傅……」傅家那位二娘子啊！他該怎麼介紹？

這位花癡了您很久，您到底和這位有些啥，他這個小廝怎麼知道！這不是為難他嗎？您自個兒的桃花債，還要我這個下人來轉述嗎？

關鍵是這位傅娘子背景也相當強大啊。阿精不知該從何解釋，齊昭若和傅念君之間曾經那些的「難以描述」。

齊昭若蹙了蹙眉。

芳竹不知是不是在上元這節日的氛圍裡被薰染得格外膽大，竟突然膽氣十足，做主一把將傅念君攬到了自己身後，扠著腰，潑婦氣質重出江湖，凶狠地盯著阿精。

「傅什麼？」

她家娘子已經說了要和姓齊的了斷乾淨、摘清關係，若是今晚被人看見他們又在一處，又招來一個上門罵人的邠國長公主可怎麼辦？

芳竹挺了挺胸膛，突然無所畏懼起來。

「傅、傅、傅……」阿精在這樣凶狠的目光洗禮中，舌頭開始打結，竟也被唬住了，隨口就有些自暴自棄地說：「不就是附近的人嘛！」

齊昭若：「……」

傅念君：「……」

阿精咳了一聲，偷偷拉了拉齊昭若的袖子。

這暗示，就是說明有些話主僕倆等會單獨說。齊昭若又深深望了傅念君一眼。

有點意思，他發現這個小娘子根本不敢抬頭看他。沒錯，是不敢。

他很知道這原主從前是個怎樣的蠢貨，要說煩他的人很多，可竟然還有人會怕他？不是因為他母親是邠國長公主，不是因為他齊昭若的身世，僅僅是因為他這個人而已。

她竟會怕他……何況這小娘子看起來還有幾分聰慧。

「既然沒事，那就告辭了。」齊昭若點點頭，轉身提步就走了。

芳竹反而愣了愣，只能目送齊昭若的身影消失在人群中，一回頭正看見儀蘭正蹲下身子在替傅念君看腳傷。

「娘子，疼嗎？」

傅念君扶著儀蘭的肩膀搖搖頭。

「這樣不行，咱們找個地方坐下吧。」芳竹說著。

傅念君道：「去前頭正陽街邊的王婆子茶肆……」

芳竹和儀蘭對於傅念君指定了這個地方也沒什麼想法，左右這裡人那麼多，附近的茶攤怕是連坐都坐不下。

兩人一左一右扶著傅念君，好在傅念君傷得也不重，腳踝只是微微有些紅腫。

芳竹直到下了燈橋才開始害怕。「我剛才真的在齊郎君面前……那樣？」

儀蘭點點頭。「妳的唾沫星子都快噴人家臉上了。」

芳竹默了默。「那、那我、會、會不會……」

「會。」傅念君望了她一眼，帶了幾分憐憫。「妳會被長公主拖出去打死。」

芳竹嚇到失聲。儀蘭噗嗤笑了一聲，衝芳竹擠擠眼睛。

「娘子嚇唬妳的。齊大郎都失憶了，他記不得娘子和咱們，不會來尋仇的。」

芳竹這才咕噥了一聲。「娘子妳嚇死我了。」

傅念君彎了彎唇，心裡卻還是沉甸甸得像壓著一塊玄鐵。齊昭若不在宣德樓城門上，他來這裡幹什麼？他是不是知道今夜會有什麼事呢？

傅念君不可能把三十年前每一件事都記得清清楚楚，可她不記得的事，不代表周紹敏不知道。

她甩了甩頭。算了，顧不得他，她還有自己的事要辦。

正陽街上王婆子茶肆，今夜在臨街樓上設放了圍屏桌席，懸掛許多花燈。

傅念君入了客間，很快就有茶博士添換了茶盞果物，傅念君坐在這裡，能看見樓簷前掛著的湘簾和懸著的燈彩。為什麼還在這裡，自然是因為她有把握，鄭端的夫人魏氏十有八九會在今天來這裡。

她留意魏氏已一個多月，連她日常喜歡的胭脂水粉鋪都摸得一清二楚。

儀蘭尋了冰塊來要給傅念君敷腳傷，傅念君凍得縮了縮腳踝。

「娘子。」儀蘭語重心長。「就是小傷也馬虎不得，您且歇歇，今夜咱們早些回府吧……」

芳竹不似她這般嘮叨，她正睜著眼睛瞧著來往的客人。

王婆子茶肆這裡瞧不見巨大的燈山，不算頂頂好的地方，因此來往的客人也不算很多，更以女眷為主。

不多時，傅念君等著的人終於上樓來了。

當先一個年紀不大的婦人穿著大紅妝花通袖襖兒，嬌綠緞裙，貂鼠皮襖，華貴豔麗，光彩灼人。她後頭跟著兩、三個年輕些的少婦人，中規中矩的打扮，都是白綾襖兒、藍緞裙，身上搭著的比甲和對襟不盡相同。

幾人說說笑笑，一逕兒走到樓窗前，搭扶著觀看。樓下當街也搭了數十座燈架，花紅柳綠，車馬轟雷，幾人也是看得有滋有味。

傅念君沉了沉眸，望向明顯是那幾人中的主心骨，那個最為華貴的年輕婦人。這是魏氏？她很快就否定了這猜測，鄭端身為大理寺評事，他的夫人斷斷擔不起這樣的排場。

果真，那年輕婦人笑著去拉一個女子的手。「魏妹妹，妳看那盞青獅燈，太有趣了……」

傅念君正好能看見那被拉著手的女子的側臉，白皙精緻的臉龐算不上絕美，可線條柔婉，獨有一種清麗脫俗的靈動秀麗。

這才是魏氏。

有些出乎傅念君的意料，她還以為會是個格外勾人的狐狸精，可又覺得這裡頭有這麼幾分意思在。傅淵確實不可能看上那些淺薄的女子，這魏氏瞧著倒是有點味道。

魏氏似乎感覺到了背後的視線，緩緩地轉過頭來，只能看見半明半暗之中坐著一位正由丫頭揉著腳踝的小娘子，面目看不真切。

她身邊那婦人跟著她的視線望過去，蹙了蹙眉。「妳認得？是什麼人？」

魏氏搖搖頭，又側首拉回視線和她繼續說話了。

「噔噔噔」的腳步聲傳來，大牛手裡拿著一根糖葫蘆，傻乎乎地走到了傅念君身邊，眾人見是個粗使的僕役，也都沒有留心。

「娘子，給您的，您說您想了很久啊。」大牛遞上了糖葫蘆。

傅念君點點頭接過，就聽見大牛壓低了聲音回稟：「二夫人身邊的陳姑姑果然好眼力，當中那一位夫人姓連，是殿前防御使、武烈侯的夫人，被封吳國夫人。」

陸氏派了身邊一個極能幹的姑姑給傅念君，傅念君就怕出現這樣的情況，讓陳姑姑早就等在這裡。吳國夫人連氏……傅念君心裡一驚。是連重遇的後人……

大牛當然不知道這些，也沒法給傅念君解惑。他搔了搔頭，芳竹給他遞了個眼色，他就搓搓手下樓了，看起來只是個給自己娘子送糖葫蘆的下僕。

傅念君喝著茶細細思索。

連重遇這人，是閩國末期一位出眾的能臣，攬一國軍權，驍勇善戰，後來國破，死於叛將之手。但是連家一門英豪，勇武過人，等他們臣服於宋後，連重遇也被太宗皇帝追封為侯，到如今在福建泉州、汀州一帶，連家依然享有赫赫威名。

算算年紀，這連夫人應該是連重遇的孫女，而她的丈夫武烈侯盧璿，更是個極出名的人物。

盧璿本不姓盧，他是後周柴氏宗室親王，周滅後，年幼的他被大臣盧琰收為養子以避仇殺，後太祖得江山，接受盧琰「唐虞接受不滅朱均」之議，寬大為懷，赦免前朝諸勳貴宗室，盧璿便留下了性命，從此成為宋臣。

盧璿和連夫人代表著什麼，這不用傅念君來說明，這些人是前朝留下的勳貴，底蘊極深，三十年後，他們這些人當然都已被宋皇室剷除乾淨，可是如今，起碼眼下來說，他們依然富貴風光，連聖上也不敢隨意動他們，盧璿這樣的帝裔在民間和朝廷仍有一定的影響力。

傅念君低頭啜了一口茶。

小小的魏氏，竟然有本事能搭得到連夫人？果真不簡單。

她又啜了一口茶。她不打算在今夜接近魏氏，哪怕是最不刻意的偶遇，她也打消了這念頭。魏氏投過來的那一眼，讓她下定決心按兵不動。

這是個很警覺的人，甚至連自己注視在她身上的視線都能立刻察覺。

傅念君看了一眼那位笑得十分燦爛的連夫人，或許她能從這位的身上入手……魏氏到底是什麼來歷，背後有什麼人指使，她一定要耐下心來一點點去找。

但是天不從人願，傅念君極力地想將自己化作角落裡的影子，卻總會有人突然冒出來破壞她的計畫。

樓梯處傳來一陣喧鬧，眾人抬頭，看見一個年過半百管家模樣的人正在往上擠。

「何伯？」芳竹掩口低叫了一聲。

何伯身後是掙扎著阻攔他的大牛，他卻被兩個人死死地攔住，臉色急得通紅。這兩個自然也是傅家的護院。

幾人的推推搡搡讓老舊木樓梯發出吱嘎吱嘎刺耳的聲音。有人忍不住高聲道：「這裡不是推搡的地方，你們也太失禮了！」

傅念君嘆了口氣，吩咐丫頭：「讓他們過來。」

何伯一馬當先興沖沖地往傅念君跑來，高聲喚了一聲：「娘子！」

無數視線瞬間被引來。何伯是府裡的管事，也是姚氏的人，傅念君抬了抬眸子，微笑道：「何伯有事？」

何伯道：「府裡有些事，請您趕緊回去一趟，何況……相公快回來了，府裡規矩嚴，太晚也不成的。」

面上的難色彷彿在說傅念君打算徹夜不歸地鬼混，一定需要他來特地提醒。傅念君覺得有些好笑，姚氏這是葫蘆裡賣什麼藥呢？

「爹爹快回來了？」

何伯道：「那是！」聲音極嘹亮。

適才就聽到他話中提到「相公」二字，已有許多人立刻豎起了耳朵。

「您可是傅相公的長女，咱們不是一般的人家，不能天明而回……」何伯很故意，絲毫沒有放低聲音。

傅念君悠悠嘆了口氣，感覺到魏氏已經往這裡看了許久。行了，他這麼堂而皇之地將她「傅二娘子」的身分公之於眾，真是給自己幫了好一筆倒忙。

芳竹氣得不行，也顧不得尊老的禮數。「何伯，您嗓子沒壞吧？這麼大聲幹嘛，您要不朝著樓下嚷嚷？咱們娘子是殺了人還是犯了法，這麼不管不顧地要拉回家去……」

「妳這丫頭，我這可是奉了相公的命……」何伯也當仁不讓。

「好了。」傅念君打斷他們。「時辰也不早了，我確實該回府了。」

四周無數的視線襲來，她晃了晃眼前的茶壺。

「但是不能辜負好茶，何伯，你去樓下等，我馬上來。」

何伯點點頭，見傅念君今天這麼痛快，還有些遺憾，回頭站到了樓梯口，吩咐手下的護院

「行了行了，放開他，這小子真像頭牛一樣……」

儀蘭忿忿地在傅念君耳邊道：「娘子，夫人這回確實過分了，怎麼能故意這樣……」

故意讓她丟個臉？讓人家知道她就是那個臭名遠揚的傅二娘子？傅念君無視四周的指指點

點，從容地喝完了杯中的茶。

姚氏不可能平白無故做這樣的事，她肯定還有別的目的。但是好在方老夫人那三代祖孫，腦子裡的東西加起來也靈光不到哪裡去，她應該很快能看到姚氏的意圖。

傅念君站起身，捋了捋衣裙下襬，抬頭就覺得眼前一花，娉娉嫋嫋已經站了一個人影。

傅念君客氣地笑了笑。「這位夫人可有事？」

魏氏也笑了笑。「原來您就是傅二娘子，真是巧，我家官人同您三哥是好友。」她的眼波柔和，好像真的只是來打個招呼。

傅念君抬手摸了摸鬢邊，立刻換了一番風姿，眼中不無驕傲。「是嗎？想來我三哥也確實常常誇我。」

魏氏和兩個丫頭瞬間就無言了。芳竹和儀蘭對視一眼，娘子好似突然就回到了從前？

魏氏愣了愣，卻還是道：「傅二娘子……自然是花容月貌，神仙中人，令兄與妳都是難得一見的人才。」

光這睜眼說瞎話的工夫，就不是一般人了，傅念君心裡頭這麼想著。就是不知她對傅淵的觀感是真是假了。

對面的魏氏心裡也轉著疑惑，只覺得傅念君不對勁。傳聞中的傅二娘子輕浮浪蕩，見男子就撲，可是這短短片刻，魏氏敏銳地察覺到她身上有種與眾不同的東西。

魏氏拿不準傅念君這副無禮樣子是真還是假，正想多說幾句再試探試探，傅念君卻決定先一步結束了兩人之間這種不見刀鋒的過招。

魏氏提出邀請她一起喝杯茶，傅念君就往她身後投去了一眼，語氣和眼神都極自然。「我尚且未及笄，同如此幾位夫人坐在一起不妥吧……」

彷彿很是嫌棄連夫人等人年紀大了，不配和她這樣青春少艾的小娘子坐在一起。

魏氏微哂。用連夫人來做餌，她也不會去咬。傅念君在心中冷笑。

「這位姊姊，我該走了，家中催得急。」傅念君朝魏氏擺擺手，態度很隨意。

魏氏有禮道：「二娘子路上小心。」

短短幾句話，你來我往的試探就此結束，兩人都對對方抱著極大的困惑。

傅念君顧不得腳上略微的疼痛，快步下樓，她急著回去見陸氏。這個魏氏，必然比她想得還要厲害……

魏氏目送傅念君的身影消失於樓梯間，抿了抿唇。傅二娘子啊……傅淵的妹妹。

身後的連夫人已經在喚她了，魏氏轉回頭笑道：「各位姊姊且等等，我再去要壺茶來。」

說罷，走向了一直藏在小小櫃檯後打盹的小二。

櫃檯裡的夥計坐起身，睡得一臉迷糊，張嘴就問：「夫人可有事？」

魏氏輕聲說：「要一壺建州的勝雪白茶。」

她的手指一邊在櫃檯上緩緩摩挲著。

夥計陡然間目光就放亮了，壓低聲音說：「沒有勝雪，龍園可否？」

「也可。」魏氏點點頭。

夥計默了默。「夫人要尋郎君？」

這自是他們的暗語。這兩種茶，是他們郎君所愛，尋常茶肆也很少有人聽過。

魏氏蹙眉說：「許是我太過憂心，請郎君查查那位傅二娘子的來路罷。還有這裡，我怕已經被發現了……」

夥計聽了這話就有些不以為然。雖然他看起來像是迷迷瞪瞪地剛睡醒，其實適才的一切都看在了眼裡。

「夫人是否太過草木皆兵？那位傅二娘子……」他的臉色有些難言。「您隨便上街打聽一兩句，都能說出個幾分來。」

魏氏卻不想和他爭論這個。傅二娘子出現在王婆子茶肆會是個偶然嗎？她不這麼覺得。不過她說不出所以然來，只能低聲說：「還是請郎君定奪吧。」說罷轉身走了。

但願她是庸人自擾。

連夫人已經等得不耐煩，拉著魏氏坐下就道：「妳認識剛才那丫頭？是傅家……哦傅家嘛，那個名聲一塌糊塗的二娘子？我遠遠瞧著人倒是好模樣，品行卻這般不堪嗎？」連夫人眼睛閃閃發亮，顯然對這樣的話題很感興趣。

魏氏只是淡淡地笑著，一貫不愛說人是非，只是不著痕跡地引開話題，很快就讓連夫人忘了傅念君這樁事。

§§

何伯如願以償地領著傅念君出了茶肆，脖子昂起得好似一隻大鵝。

「何伯，你親自來領我，母親給你多少賞錢？」傅念君很有心情和他閒聊。

何伯咳了一聲。「二娘子哪裡話，這是我的本分。」

傅念君「唔」了聲，指著路邊花燈。「你這麼行色匆匆，不想買一盞花燈送給小孫子？」

何伯疼愛小孫子是人盡皆知的。何伯腳下步子不減，心裡叫苦。這位姑奶奶，左拉右扯這是幹什麼？

傅念君笑了笑，由著他兀自火燒尾巴一樣在前面帶路。

還可以再明顯一點嗎？姚氏就挑了這樣的人來對付自己。

前頭結伴而來三五個少年郎君，正嬉笑著比畫著手裡的花燈。

芳竹吸了吸鼻子。「什麼味兒？」

原來是那幾位郎君手裡都拿著「節食」。正月十五上元節，東京城裡的舖子和小販售賣各色節食，五花八門，名堂奇多，讓人眼花撩亂。

何伯停下了腳步，竟和當先一位郎君攀談起來，傅念君自覺地止住步子，不再靠近他們，隔著幾尺遠。她就是這麼不願意配合何伯的演出。

何伯欣喜著一張臉回過頭，卻發現傅念君正站得遠遠的在看風景，不由噎了噎，只能自己快步走到她身邊。

「二娘子，真是巧啊，遇到了崔家的九郎……您說巧不巧，這真是！」

傅念君投了個淡淡的眼神過去。「是很巧。」

何伯拙劣的演技，讓她連身上的一根頭髮都無法相信這是個巧合。傅念君在心裡嘆了口氣。是很巧。沒了？就這樣？

何伯側眼瞧見崔九郎在自己身後負手而立，衣袂飄飄十分瀟灑，二娘子竟一眼都不肯投去？他咬了咬牙。「崔九郎給二娘子送上些節食，乳糖圓子和烏膩糖，您愛吃這個……」

何伯什麼時候知道她愛吃這個了……

傅念君笑了笑。「那麼有勞他了。」

又沒了？這不對啊，何伯搔搔頭，崔九郎生得也很是俊秀，一點都不比他哥哥差，怎麼二娘子竟一點興趣都沒有。

後頭的崔九郎崔衡之大概是終於忍不住了，自己走了過來，朝著傅念君揖了揖，話音十分溫柔：「小生見過二娘子。」

他穿著一身青色的襴衫，披著黑貂羽紗面鶴氅，顯得整個人挺拔俊秀、風度卓然，身上隱隱還傳來了松木香味。

傅念君將視線放在他臉上。崔衡之有五六分像他同父異母的嫡長兄崔涵之，眉眼卻更柔和，唇邊揚著笑意，雖不如大宋美男冊上某幾個出眾，也著實算相貌不凡了。這是個精心打扮過的。

傅念君撇撇嘴，又轉開了視線。

崔衡之得不到她的回應，有些尷尬，何伯此時卻又突然一拍腦門。「適才忘了東西在王婆子茶肆！」

他能忘東西？傅念君剛才就發現了，何伯滿頭大汗，顯然是滿城地找她。

傅念君笑看著何伯倉皇離去，有些無奈地對上了眼前崔衡之的笑臉。

她索性在橋墩上坐下，抱臂看著他道：「說起來，你應該稱呼我一聲五嫂。」

崔衡之臉色變了變。「二娘子說笑了，妳還未同我五哥成親。」

「既然我都還不是你的五嫂，你和我在這裡說話又憑什麼身分呢？」

崔衡之噎住了。他沒想過傅念君是這樣一個人！她不是對有才有貌的郎君都很客氣嗎？自己特地按照她的喜好打扮成這樣，就換來她這樣的譏諷？

是他不夠有才還是不夠有貌？好吧，一定是她還沒有發現。

他在心裡嚥下這口氣，想到母親張姨娘的交代：傅念君很中意崔涵之，可是崔涵之這樣冷冰冰的樣子，哪個女人常年受得了？他只要小意溫柔些，傅念君很快就會移情別戀，到時傅相公的乘龍快婿就是他了！

崔衡之又自己調了調角度，確保從傅念君的方向看過來，能看到他無比英俊的側臉。

「二娘子說笑了，相請不如偶遇，我們今日也算有緣，我這盞燈配了我這樣的主人未免不美，就請妳收下吧……」

他手上是一盞五色琉璃製成的是蘇燈，精美華麗，端的是難得一見。

「這是我家郎君論詩贏來的……」旁邊一個小廝兒冒頭說。

在大相國寺附近，有許多這樣的精品花燈，不售賣也不贈予，猜燈謎寫詩文力壓群雄者，才能得到這些燈作為獎賞。

「休得多嘴，還不退下。」崔衡之忙蹙眉呵斥小廝，又懊惱地向傅念君告罪：「真不是什麼稀罕物，娘子切莫多想。」

很是舉重若金，瀟灑風流，一定要強調這盞燈「確實」不是稀罕物。不過就是他的詩才勝人一籌罷了嘛。

崔衡之深以為自己表現得恰到好處，抬眼一看，果然見傅念君也對他笑得十分燦爛。他心中一喜，看來果真是有很大希望的。

傅念君怎麼能不笑呢？她當然要笑，因為這傢伙如此可笑。

崔衡之看到眼前伸過來一隻素白纖細的小手，十指纖纖，精巧細緻，竟也看得有些失神了。

「如此，我就太謝謝九郎了。」

傅念君笑起來時的眼睛十分明亮，嬌俏靈動，讓整個人瞧起來神采飛揚。

崔衡之覺得外頭那些關於她的傳聞有些言過其實了。他咳了一聲，見傅念君手上拿著燈很是喜歡，便進一步說：「明日不知道還能不能見到二娘子？」

這便是要私自邀約她了。

傅念君點點頭。「自然，明日還在這裡，我來見你，好不好？」話音微揚，聽來十分動人，崔衡之的心當即就軟了一半。

「好，好。」他忙不迭應聲。

傅念君稍稍低下頭，眼珠又悄悄轉了轉。姚氏也太過急功近利了，把這麼個蠢貨往自己眼前送，她不介意送這個人情給她，讓她盡快「得償所願。」

傅念君瞇了瞇眼，見到燈火通明下一個鬼祟的黑影，遠遠地似乎正在往這裡望，是那根本沒有去王婆子茶肆找失物的何伯。

傅念君費了點力氣才壓下到唇邊的笑意。

她往崔衡之湊近了幾步，崔衡之心中大喜過望。「二娘子……」

「長夜漫漫，明日是明日，今日還沒過完，九郎可願意陪我在這火樹銀花、滿城燈火中走走？」

崔衡之平日也是個素愛流連溫柔鄉之人，哪怕今日眼前的不是傅二娘子，別的女子用這樣的語氣邀請他，他都千百個願意。

「自、自然……」崔衡之忙迴身去和他請來陪演戲的那幾個好友告罪，等下便不能同他們一起去花樓尋樂子了。這傅二娘子，可比那些娼妓更撩撥著他的心啊。

傅念君望著他的背影冷笑，待會兒就不知你還能不能這麼開心了。

何伯望著傅念君和崔衡之相攜同遊，摸著鬍子笑咪咪地很滿意，自然也不會再去催傅念君回家了。

他回頭就趕回傅家，向姚氏好好回報加邀功了一番。姚氏原本也是怕傅念君不肯上鉤，讓崔衡之正月十六再約她一回。

「還真是本性難移。」姚氏冷聲說著，神情中滿是厭惡。

隨便什麼男人她都是要的，她配那個庶子，也是正正好。

傅念君此時和崔衡之一起往大相國寺處走，這裡人多混雜，比起宣德樓廣場那邊，更多庶民喜歡到這裡來找樂子。甚至穿著暴露的娼妓也願意在這裡三五成群地肆意調笑，向來往的俊秀郎君身上擲香帕子，若有那互相看順眼的，直接摟了尋個去處成就好事也成，還不帶收錢。在今夜，這樣的事太過稀鬆平常了。

崔衡之板著一張臉，還要裝作磊落高華，可眼神已不知第幾次往路上那些女人身上瞟去。

傅念君打從心眼裡覺得整件事好笑，在她費心思索著關於傅淵和傅家未來的大事時，姚氏竟還來給她鬧這麼一齣，真讓人無言以對。

「九郎，你看那裡……」傅念君指了指前頭，那裡正有好些伎藝人在賣藝，圍了個水洩不通。飛丸擲劍，緣竿走索……可傅念君卻對一個表演「藏火」絕技的伎人十分感興趣。

伎人身披一綈袍，將火盆掩飾起來，再拉綈袍在手團揉，過一會兒將手中綈袍擲在地上，舉起來重新披在身上。襟袖間頓時火焰四射，眾人譁然鼓掌，只見那伎人卻是神色自如又重新豁開綈袍，只見火在袍中，燃燒如前，火勢之猛，讓圍觀眾人倒抽好幾口涼氣。

崔衡之見此情形，嚇得不自覺倒退兩步，傅念君朝芳竹使了個眼色，芳竹抿唇笑著點頭。

傅念君拉住崔衡之的大袖。「九郎可是怕了？我覺得甚是有趣啊。」

「怎、怎麼會怕……」

「既然不怕，走近些看看又如何？」傅念君輕聲催促他，崔衡之側頭見美人如此語笑嫣然，膽子也壯了幾分，左右這裡這麼多人，又不會如何。

兩人便站到了頭排去，傅念君對這「藏火」伎藝有如此濃厚的興趣，崔衡之也不好阻攔。他腦子時時轉著的都是張姨娘對自己的囑託，一定要處處順著傅二娘子。

那伎人又一次準備展現袖間飛火四射的技藝，正當他在眾人的喝彩聲中揚起綈袍，突然他身後卻驀地衝出個大個子來，也不知當巧不巧，就往那伎人身上撞過去。

四下看熱鬧的人忙叫嚷著，很快就亂成了一團，因為除了這意外的衝撞，不知從哪兒鑽出四、五條狗來，吠叫著衝散了人群。

那大個子像是看顧這些狗的人，急得喊著：「小心這些畜生，會咬人！」他這一聲喊，狗吠聲中的場面就更亂了。

崔衡之來不及反應，就覺得後背被人狠推了一下，還聽見耳邊傅念君焦急的輕呼：「九郎！」似乎有一隻手來抓他，可是背後那力道太大了，崔衡之的黑貂羽紗面鶴氅的一角還是從傅念君手裡滑開了。此時崔衡之心裡想的卻是：傅二娘子心裡果真有了我啊！

崔衡之心不在焉地被一下撞到了那伎人面前，正好那伎人被人破壞了把戲，綈袍上的火根本未滅，腳下又步子不穩，袖裡飛射的火焰就落到了崔衡之身上。

一瞬間，崔衡之除了身上陡然燃起火來，火苗竟還纏著他的頭髮眉毛燒了上來，速度快得人無法反應。

崔衡之後知後覺，只覺得在自己籠罩在一片溫暖中時，才徹底回過神。

眼前的伎人也呆住了，忙喊著：「郎君，郎君！」可他自己身上也著了火，一時半會兒顧不得躺在地上打滾的崔衡之了。

崔衡之反應過來後立刻有了行動，這行動就是……

迅速躺在地上四下滾起來，手腳並用地掃著地上一切能觸碰到的東西，嘴裡還伴隨著大喊「救命啊救命啊——」

聲音淒慘，像被人捏著嗓子一般。一身黑貂羽紗面鶴氅徹底沒了適才的瀟灑，全部沾滿了地上的灰土。

旁邊的芳竹望著這場面，吃驚地闔不攏嘴。這個人是崔九郎？剛才在橋上淩風而立的崔九郎，好像變成她看花了眼的一個皮影戲影子罷了。

那伎人終於把自己身上的綈袍扔了出去、滅了身上的火，掏出一把粉末往哀叫著的崔衡之身上灑。

這可要命了，要是出了事，他砸了招牌是小，被官府除了伎籍從此要另找出路糊口也好說，這郎君看起來可像是富貴人家子弟，人家家人要是來尋仇可如何是好！

傅念君望著哭爹喊娘的崔衡之，眼光閃了閃，側頭冷靜地吩咐芳竹：「讓大牛把阿青和狗兒們帶遠些，別被官府抓住了把柄。」

崔衡之這麼大動靜，一會兒怕是會把官兵引來。比起躺在地上的崔衡之，她更心疼自己的幾條狗兒。

阿青是替傅念君養狗的，這幾條犬她養了有一陣子了，特地在東京城裡找了個院子養著，養起來價格不菲，可牠們聽話得很，不然這樣的場面她也不敢放牠們出來。

傅念君一直篤定，幾條忠誠的狗，很多時候比人的用處大。

芳竹壓低聲音：「娘子放心，他們溜得可快了。」

崔衡之還在地上打滾，身上的火已經都滅了，可眉毛頭髮上卻還是冒著煙，引得他一陣發瘋，根本顧不得旁人在大喊著提醒。

那伎人也在旁急得跳腳，他這些東西都是經過特殊處置的，火瞧著旺卻不很大，也燒不傷人，須臾就能滅了。可他幾次接近崔衡之想把他扶起來，都被他的王八拳給打了回來。

這還真真是！一個大男人，用得著這樣嗎？

他索性由著崔衡之在地上翻滾，四下裡的人又重新聚攏起來，更是像看笑話一樣看著崔衡之指指點點。

傅念君當然知道這藏火把戲裡的火燒不死人，本來也就只想給崔衡之點教訓，可他這樣也太丟臉了，簡直比隔壁耍百戲的伎人都受歡迎。四下的市民把他這樣瘋頭瘋腦的樣子當樂子看。

她眼見崔衡之叫得嗓子都破了，再嚎下去也太難聽，便隨手取下了旁邊攤販上掛著的水囊，朝崔衡之的頭臉上擲過去。

對於上元這樣的盛會，防火乃是一個大問題，各攤販鋪子早就被潛火鋪(注)分發了各式滅火器物，水囊水袋水桶更是家家必備，就怕夜裡有個萬一。

崔衡之被水囊砸了個結實，頭髮上的煙也終於消失了，可他卻也當頭被嗆進去了好幾口水，算是消停了。

他半坐起身猛烈地咳嗽，頭上一片狼狽，髮髻塌在一邊已不成樣子。他身邊那個被他下令走得遠些的小廝，在出事時擠不到他身邊，這會兒終於不知從哪兒尋了個水袋來要給崔衡之滅火。

旁邊立著的伎人也是一臉侷促地蹲下去要看看崔衡之的情況，卻被這小廝一把揮開了。這小廝接替了自己的主子也開始嚎啕起來：「郎君，郎君，你怎麼樣了，你要有個萬一，姨娘非扒了我的皮不可啊……」

傅念君深覺這二人在丟臉這回事上你爭我奪，真是誰也不讓誰。

她走到崔衡之身邊打斷那小廝的哭嚎道：「九郎覺得如何了？」

崔衡之一聽她的聲音立刻回過神來，理智總算回籠，忙掙扎著要站起來。

壞了壞了，他的形象，這下徹底崩壞了！崔衡之忙擦乾淨臉面，還想挽救一下。

「二娘子，我這……」他看見傅念君望著他的神色有些怪異，她身後兩個丫頭更是紛紛低頭偷笑。崔衡之一臉尷尬。

小廝兒一把拉住他。「郎君，你、你的眉毛……」說罷竟掏出一隨身小鏡子來與他看。

崔衡之一看之下更是大驚失色。他的臉上沒有燒傷，只是有些灰燼，可是髮尾和眉毛卻燒了個亂七八糟，現在這模樣，真是要多滑稽有多滑稽。

他忙用袖子擋住臉，再不肯和傅念君對視一眼，急急忙忙道：「二娘子，我、我，先走一步了……」說罷在逐漸聚攏的人群中捂著臉快步就轉身走了，一刻都不肯多留。

啊！他的眉毛！他一向引以為傲的，被人誇獎風雅的眉毛，竟被燒光了！他還活不活了，成了這模樣，他崔九以後還怎麼見人？

崔衡之恨不得把當場看過他這樣子的所有人的眼珠都挖出來。

可是在場眾人根本也沒什麼反應，只有一、兩個上了年紀的婆子說著：「什麼瘋小子，將這地上都掃乾淨了……」

「看來確實是個很注重儀表的郎君……」儀蘭感嘆。就這麼毫不留戀地撇下她們娘子走了，什麼男人啊？

「可不嘛，還隨身帶鏡子，這真是……」芳竹也感嘆。

兩人立刻覺得傅念君該給他更狠一點的教訓，這崔九郎太噁心人了。

那仗人見崔衡之就這麼走了，也很詫異，忙向傅念君告罪。「娘子是與那位郎君一道來的嗎？請娘子轉告，在下的火不會燒疼他的，這實在是……」

注　潛火鋪就是現代的消防隊。

傅念君對他笑了笑。「我知道。」

說罷讓芳竹掏了幾百文大錢給他，彌補他今夜的損失。算起來，確實是她害了人家做生意。

傅念君轉身，卻不經意踩到了一人，她一抬頭，就對上了一張青面獠牙的惡鬼面具。

她不覺得害怕。這大概是上元節中跳儺舞的伎人。

著儺服，帶鬼面具。這人的個頭倒是高，她仰頭對著那人笑了笑。「對不住，踩疼你了嗎？」

帶著鬼面具的人居高臨下地望著她，傅念君卻覺得這目光讓人倍感凝重。

她退後兩步，微微蹙了蹙眉。眼前那人卻透過面具突然發出一聲輕笑，這聲音讓傅念君覺得耳熟。

那人抬起手，修長的手指揭開了面具的邊緣，露出和他的手指一樣瑩潤的下巴，細長的脖子連著下巴的弧度十分精緻秀美，像白玉鐫刻的細膩紋路……

傅念君好像知道這人是誰了。真是倒楣！

那人把整張面具都緩緩揭開，青面獠牙的惡鬼面容便移到了他的額際，面具下是與這惡鬼截然相反的清俊容顏。

他幽幽抬了抬眼睫，濃密的睫毛揚起，幽暗暗的眼睛裡似乎倒映著正好綻放在空中的煙火，是一抹無比璀璨明亮的光華。

他身後的滿城燈火，似乎都在一瞬間成了背景。

「怎麼？」簡潔的兩個字，周毓白含笑望著眼前這主僕三人。

芳竹已經忍不住倒吸口氣，開始捧心了。

傅念君不止一次拆穿她，可她抵死不認，其實這小丫頭和原來的傅饒華一樣喜愛欣賞美男。

「壽、壽……」儀蘭結巴地望著眼前的青年，也不禁心下小鹿亂撞。

壽春郡王怎麼看起來比上次更俊了？越看越惑人啊，他到底是什麼妖怪？

周毓白挑眉。「不用行禮。」他是溜出來的，否則何必如此打扮。

傅念君默了默，第一次覺得東京城大概也不太大。

周毓白揭開面具，四周就有小娘子投過來火辣辣的目光，流連在他臉上的目光意圖明顯，有一、兩個甚至停下了腳步，像是伺機要把手裡的香囊帕子砸去他懷裡。

傅念君突然明白了這張惡鬼面具是如何必要。好歹這是傅饒華那本大宋美男冊上響噹噹的魁首啊。想到這裡，她不禁勾了勾唇。

周毓白深感四周目光的火熱，又很快拉下面具遮住臉龐。「換個地方，有幾句話同妳說。」說罷也不等傅念君的回應，兀自抬腳走了。傅念君側頭看了一眼兩個臉頰紅紅的丫頭。

「妳們……」

「娘子，快去啊！」芳竹催促道，目光十分明亮。

「……」傅念君覺得她其實也相當看人端菜碟。

儀蘭稍微還清醒些。「娘子，會不會不妥？」

雖說壽春郡王如此芝蘭玉樹天下少有，真有個萬一還是她們娘子佔便宜，可到底現在傅念君和崔涵之的婚約還在。

傅念君只頓了頓。「妳們稍微站遠些。」她和周毓白上次談的話，不能讓旁人知道。

在燈火輝煌的街巷中，找到這麼一處僻靜的角落也算不易，周毓白站定後重新掀開面具，對身後的傅念君說：「妳怎麼總是在做壞事？」

上回是杜淮，這回是崔衡之。

傅念君無奈，咕噥道：「唯女子與小人難養也。」

周毓白輕笑了一聲。「妳那幾條狗養得不錯。」

她沒放狗直接去咬崔衡之，已經是手下留情了。傅念君知道瞞不住他，他到底站在那兒看了多久？

她和崔家的恩怨沒有必要向他報備，便岔開話題：「郡王如此出行，是為了什麼事？您找小女子想說什麼？」

周毓白默了默。「我以為妳什麼都知道。」

「我又不是神仙。」果然，應當和她上回對他說的話有關，是太湖水利有什麼問題嗎？

周毓白的目光閃了閃，眼中神色難明。傅念君突然心中警鈴大作，雖然上回她透露了一些天機給他，但不代表她會像決心幫扶傅家一樣去幫扶周毓白。

她知道周毓白父子二人都是心機似海、極難把控之人，她犯不著去冒險。

傅念君驀地退了兩步。「郡王想用我做什麼？」

看著她防備的神色，周毓白有些不快，可他還沒有來得及說什麼，就看到有兩個身影在不遠處搜尋。

他拉下面具，果斷握住傅念君的手腕。「走。」

說罷就往僻靜的小巷另一邊走去。儀蘭和芳竹都守在外邊，根本來不及跟上傅念君。

大相國寺附近坊市相接，擁擠不堪，加上今夜車馬堵塞，周毓白帶著傅念君四處穿行，她只覺得眼花撩亂，路上他還尋了一張十分古怪的面具給她戴上，大概是哪個孩童遺落在地的。

「其實何必呢？」傅念君不解。「即便你裝扮成這樣，要找你的人也會找到的。」

兩人在一處橋底下停了步子。

周毓白說：「很奇怪吧？如果只是尋常的流寇，會有這麼大的本事嗎？」

「流寇？東京城裡怎麼會有流寇？」傅念君蹙眉。「這不可能。」

周毓白把玩著手上的惡鬼面具，抬眸望望她，眼神十分冷清。「是太湖裡的水寇，我去江南時順道解決了一些匪患。」

「以至於人家要這麼追著您不放？」

「這個嘛……」周毓白依然雲淡風輕，手指尖拂過了惡鬼的獠牙。「因為我拿了他們一些東西吧。」

傅念君立刻就聯想到他嘴裡所謂的水寇可能背景不凡，而被他找到的東西也很不凡等等，可沒想到周毓白接下來的一句話就讓她徹底無言以對。

「剿了匪，金銀財寶自然是要充公的。朝廷撥的銀子我一分都不會拿，但是所謂肥差，總要讓它名副其實吧。」

竟是為了錢！傅念君望著眼前這個姿態高貴，如神仙一般的人……所以表面就是表面。

傅念君知道剿匪是利民的好事，將他們的金銀收沒入庫也是朝廷給官員合法的野食。如今是太平盛世了，若是早年亂的時候，為了軍資，領兵的將軍們在外行軍，沒錢了去挖一座帝陵，剿一窩盜匪，都是合情合理。

「哪裡有被剿了的匪患，還敢這麼大膽子送上門來？何況還是您這樣的身分。」傅念君說著。

周毓白微微笑了笑。「所以，才奇怪。」

他今夜用自己做餌，就是想探探這幫人的虛實嗎？傅念君突然明白過來，心裡不禁有些生氣。

「郡王是覺得我會知道什麼，才故意與我相認相見的？」

13 暗中對手

他竟這樣絲毫不顧及自己的處境和安全。他想讓她也成為那些水寇的目標嗎？藉此把她拉到和他一條船上來，讓她不得不幫他。傅念君咬了咬牙。

周毓白望著她道：「我知道妳在想什麼，但並不是妳想的那個樣子。」

他只是又一次看見她使壞在欺負人，覺得很有意思罷了。會與她相認實在是……一時衝動。這傅二娘子怎麼會與傳言如此大相逕庭？

不過周毓白告訴自己，他有兩句話想問問她也是真的。

「太湖水寇的事我都細細查過，大概確實是個偶然，可是這幫找我的人，應該就不是偶然了。我一直在想，或許是那批賊贓中的一些東西，流落在江湖是沒有問題的，可到了我手裡，有人就忍不住了。」

傅念君默了默，確實如此。

江湖和廟堂是兩股勢力，有時卻又互相交錯，周毓白的敵人只會是在朝之人，那人既然會忌憚，就是說明這件事背後確實有祕密。而越想掩飾的東西，往往越引人想一探究竟。

「我不能篤定說這件事和我去太湖治理水患兩件事間一定有聯繫，但就是因為什麼都查不到，才更可疑。」

周毓白默了默，他望著傅念君。「妳說過今年江南會有水災，我只是將信將疑。可天災到底是天災，做了，就是防患於未然，並無什麼不可。但是我漸漸覺得蹊蹺，妳還記得陳三郎嗎？」

傅念君點點頭。「當日那個在中山園子正店與你喝酒的人。」

「對。」周毓白的目光閃了閃。「我一直以為他是湊巧缺了錢才想與我和六哥周旋，但是那天後我就一直派人盯著他，覺得此事沒有這麼簡單。後來我發覺，其實他是對我在江南的差事格外關注，但他也不過是人家握在手裡的傀儡，想探探我們的虛實。」

陳三郎輸錢、借錢，都是一整條完整的線，他像隻被人提著的蚱蜢，步步走進別人的圈套。

「妳知道的，對吧？」他的口吻很篤定：「有人盯上了我和六哥。江南水患和海州鹽場，既是爹爹給我們的差事，又是別人的局。」

傅念君愕然。她果真不能小看這個壽春郡王。

是啊，畢竟他曾是最受光宗皇帝屬意的太子人選，甚至還培養出了一個有能力逼宮奪位的兒子，他當然不是一般人！僅僅因為她的一句提醒，和陳三郎的一點點反常，他就能看清自己治理太湖水患這件事中，有人設了局等他。

「但是怎麼可能呢？」周毓白笑了笑。「天災之所以是天災，就是妳我都不知，百姓皇帝、無論再聰明的人，都不會知道。那人怎麼可能會用這個來算計我？還有六哥的鹽場，如今根本找不出半點問題，要說有問題，就是兩、三年後的事，可以後的事，怎麼可能會有人提前知道？」

他想了這麼久，他怎麼都想不通這個關節，甚至好幾次他推翻了自己的設想，把一切從頭推測。但是所有的可能都被他一一排除，剩下這個，最不可能，卻也是唯一的答案。

「所以，傅二娘子，妳能不能告訴我，妳為什麼能提前知道？」

傅念君心下大駭，她盯著周毓白的眼睛，覺得這對眸子像一潭深淵，根本望不見底。

「郡王……是在懷疑我？」

周毓白偏過頭，收斂了氣勢。「妳不用怕，妳冒險告訴我江南水患這件大事，讓我能察覺到自己竟有個如此強大的對手在暗中，我還要謝謝妳。我只是……想不通罷了。」

所以，一定要問問她。不知道為什麼，他總覺得她不會騙自己。

傅念君垂下眼睛，緩聲說：「去年的時候，有關我的一樁傳聞不知您聽說過沒有？神仙指路，雖然聽來無稽，可我確實從那以後變了性子。」

她並不敢全盤托出，只能半真半假。

「從前我荒唐，但是那以後，我斂了性子，並不為了別的，而是因為我能提前預知一些事情。我知道傅家未來不好過，我不想再荒唐下去了，我想要做一些事，我想試一試。」

這些話都是真的。她想要改變傅琨的結局，陸婉容的命運，還有，她自己……

周毓白接道：「為了達成目的，妳需要一些助力。所以上次妳到中山園子正店，說與我做買賣也是真的。」他能夠幫她的忙，她就告訴自己太湖水患一事。

「是。」傅念君淡淡道。

她其實有設想過這一天，避無可避的情況下，她寧願將自己的能耐說出來，將自己定位於一個幕僚這般的位置，對於周毓白這樣的人來說，她的用處太大了。

她可以得到起碼的保護和一定的權力。

傅念君從小生長在權相之家，她接受的就是如此教育，除了心底對珍視之人尚且抱有幾分真情，更多的時候，她會選擇去利用一切可利用之人，包括她自己。

如果周毓白是她唯一的選擇了，那麼她也不會死守著前世那一點夙念，反正只是各取所需罷了。

周毓白不知對「神仙指路」這樣的說法信了幾分，但他確實有些詫異她就這樣毫不掩飾地說了這樣的話。

「妳能知道關於我的事？」

「一點點。」

周毓白默了默。「和旁人的？」

傅念君笑了笑，彷彿知道他要問什麼，搖搖頭。「您最在意的那件事，我不知道。」

周毓白自然不會盡信她這樣的話。

「妳不願說，就不說吧。」總歸是，來日方長。

周毓白勾唇笑了笑，好像突然之間，他們兩人就在這破敗的橋底下，達成了某種祕密協定，無須言表，各自心中卻都定了定。是一種交換了祕密的安心。

周毓白不知道為什麼自己連查都不願意去細查，就願意信了她；傅念君也不知道為什麼，突然就忘了他是那個殘了雙腿的仇人之父。

兩人面前，都是完全與印象中不同的、全新的彼此了。

傅念君給了周毓白一個還算說得過去的交代，這是第一樁事。可還有第二樁。

「所以，難道那個在暗中蟄伏、我這麼長時間都難發現的人，與妳一樣也能預知未來？」周毓白問她。

傅念君頓了頓，有些艱澀地開口：「既然有一個我，就還會有旁人。」

例如，齊昭若，三十年後的周紹敏。更或許，也會有第三個人……

周毓白顯然也只是為了得到她一句的認可。「是啊，這是唯一的解釋了，畢竟我身邊從來不會有什麼偶然。」他那一對微揚的鳳目中閃過寒光。

太湖水患是天災，可是就算是天災，出現在他身邊，也不盡然就是巧合。傅念君以前也想過這一點，卻又總覺得可能是自己疑神疑鬼了，如今周毓白的話也讓她確信了。

是啊，周毓白這樣的人，不能有一步行差踏錯，他身邊一點點的反常都不能忽視。

那人，用太湖水患這天災來算計他……那麼他只可能是提前知道。這是唯一的解釋。

「不對，不對的……不應該……」傅念君突然臉色變了，眉頭緊蹙。

「怎麼？」周毓白問她。

傅念君倒退兩步，扶住粗礪的石柱，覺得腦中一片紛亂。

周毓白現在尚且是十六、七歲的青年，他上頭還有四位完好的哥哥啊。

但那個人現在就知道用太湖水患來算計周毓白，他確實是提前知道今年夏天還未到來的太湖水患。莫非就是因為這個人的算計，周毓白才在最後爭大位之中敗了。

往後三十年的朝局，周毓白一步步從最受皇帝最喜歡的兒子，成為一個偏居別院的落魄親王。如果都是拜那人所賜的話……這裡面就有一個極其嚴重的因果矛盾。

那人如果和她一樣是以後的人，他就無法成為周毓白失敗的因。可那人如果是如今的人，他就不可能預知未來啊！

怎麼會這樣！到底是怎麼回事？

傅念君從來沒有遇到過這樣的境況，她突然發現她自己就像隻螞蟻般渺小，以為仗著自己是三十年後的人，就能放眼這三十年前的朝局、扭轉很多人的命運，可她根本什麼都看不透，看不穿……她不由從心底生出一股驚懼。

更深一層想，布局要害周毓白的人，會不會和害傅家的人是同一個？

如今傅淵的困局、日後傅琨的災厄，她一直在想，有能力在背後籌畫這些事的人，是要多麼厲害。

她想不通了，她怎麼都不明白。她現在甚至想問一問周紹敏，他知道不知道……可只有一點她敢肯定，那個人一定比她和周紹敏知道更多的事。

他才是握住了如今局勢的人！

就像周毓白說的，他的布局就是讓人發現都難。如果不是傅念君來自三十年後，她根本也不可能摸到半點線索。太可怕了！

傅念君不由打了一個寒顫。這潭渾水，比她想像得要深太多了……

「妳……」周毓白不由朝傅念君走近了幾步。

傅念君的手指正緊緊摳著旁邊石壁的縫隙，呼吸加重，渾身像脫力一般，從周毓白這裡望過去，她整張臉看起來白得透明，神色無比凝重。

她想到了什麼？被什麼嚇成了這樣？

周毓白還來不及問，兩人就聽到了陡然響起的腳步聲。這裡僻靜得很，怎麼會有人過來？他立刻走到傅念君身邊，將她往自己身後一攬。

「別說話。」他壓低了嗓音，眸子沉了沉，渾身的氣勢倏然變化，彷彿隨時就準備出手。但是等對方走近了，周毓白卻又突然愣住了。

傅念君也從混亂的思緒中抽身出來，她也發覺了這聲音的古怪……

好像是兩個男女低低的敘語，耳鬢廝磨，曲裾摩擦，時不時伴著調笑。

「好檀郎，你可輕些……」那女子彷彿被男子揉了一把，禁不住地發出一聲嬌吟，帶著纏綿的尾音，聽起來酥媚入骨。

「露娘，妳這般可人，教人怎生忍得住……」那男子的嗓音也染了幾分慾念。

說罷唇齒交纏著發出的嘖嘖水聲越來越近。

周毓白慶倖自己是背對著傅念君的，因為他的臉色實在算不上好看。

傅念君也覺得頗尷尬，找周毓白的人都沒找到這裡，倒是這對野鴛鴦會挑地方。

地上映著兩人的影子併作一個，那兩人大概實在急不可耐，抱著就往這橋底下鑽。

「啊喲媽呀！」那女子叫了一聲。

「有人嗎？」那男子也反應過來，立刻迴身。

周毓白穩穩擋住傅念君，他的鬼面具被撂在了地上，露出一張俊俏如朗月的面孔。

「哎喲，好俊的郎君，那小娘子真是好福氣……」那女子顯然十分豪放，往傅念君看了一眼，神色曖昧。

傅念君十分無言，他們做那勾當，就以為全天下人都愛做那勾當不成？竟誤會她和周毓白也是……

那女子身邊的男子顯然有些不樂意了，一把摟住了她的腰道：「不把我放在眼裡，等會兒哥哥讓妳好生吃吃苦頭。」

那女子又捂著嘴笑起來。

那男子倒是用一種很理解的眼神望了周毓白一眼。「兄弟，你眼光好，這地方歸你了！我們走，你們繼續……」說罷就摟著那女子又纏作了一個影子扭來扭去地走了……

周毓白閉了閉眼，嘴唇的線條看起來冷硬了幾分。傅念君覺得大概有些理解他的感受。

人家一個天潢貴胄，從小就是謫仙般的人物，處處受人仰視，如今竟被誤會成和自己偷情的野鴛鴦，還被那兩個沒規矩的人如此輕佻地調侃了一番，他大概此時挺想罵幾句髒話吧。

傅念君彎了彎唇，突然就忘了適才滿心的鬱結，噗嗤一聲笑出來。

周毓白轉過身，頗覺無奈。「好笑嗎？」

傅念君搖搖頭，正色道：「我是覺得您委屈了。」

§§§

兩人重新回到了熱鬧的街巷之中，周毓白身後跟著的那些人似乎都走了。

「時辰不早了，妳快回家吧。」周毓白戴回鬼臉面具和傅念君道別。

此時已經月上中天，正月十五上元節的夜晚正酣。

傅念君隱隱覺得周毓白還有事要做，但是她沒有資格過問。

她點點頭。「如此，就告辭了。」

周毓白為她指了一個方向，傅念君走過了兩條街，就看見了兩個急得焦頭爛額的丫頭。芳竹手裡還提著崔衡之那盞花燈。

「娘子，您……可算回來了，再不回來，我們只能找阿青再放狗出來了。」

傅念君笑了笑。「沒事了，我們回家吧。」

而此時，東京城內最高的望火樓上，正有一少年引弓搭箭，他一腳蹬在朱紅闌干之上，腰背筆直，姿態肆意。他左腳踏著的雲紋織錦皂靴，靴上的金線在燈燭掩映下還泛著耀眼光澤。

他眉目凜然，側臉貼著弓弦，視線如狼一般搜索著人群。

天上的煙火璀璨，可在樓底下的小娘子們眼裡，都不及這紅衣少年容顏半分。他生得唇紅齒白，竟有這麼大的力氣，搭弓姿態磊落瀟灑，毫無文人扭捏之氣，也不似那些匹夫粗魯無狀。

一個小娘子紅著臉，差點捧著心口昏過去，只喃喃嘆道：「好想作他手裡的弓，讓他拉來折去也願意了……」

「他可是塗了口脂，竟是這般好看的顏色！」

小娘子們嗡嗡地越聚越多，她們當然知道樓上那與相貌極為不符的英氣少年不會塗脂抹粉，他比那些塗脂抹粉的人還要漂亮！生得如牡丹花一樣濃豔，卻又是這副冷淡表情，更讓她們看得難以自持。

有一、兩個膽子大的，揮著帕子在樓下叫喚：「郎君快快下樓，莫要引弓射鳥了！」一個個似乎非要逗得他露出笑臉為止。

樓上的人卻根本沒把這些人放在眼裡，他的眸子緊緊鎖著一處地方，緊接著後臂發力，眉心一蹙，「嗖——」一聲，一支羽箭快如閃電一般射向暗處，他毫不停歇，立刻又在腳邊箭筒裡抽出另一支。

樓下的小娘子們叫得更歡了。「郎君往何處射？怎生不來射我？」

嘻嘻哈哈地鬧成一片，絲毫不知道暗處一個人影砰然倒地。市井裡的小娘子到底不守規矩些，又是這般的上元佳節，她們不認得自己，齊昭若也懶得計較。

又一支箭飛射出去。緊接著又是一支。接連飛出去三五支箭。

樓下的小娘子們開心地拍手叫好，不知情的還以為這裡在拋繡球呢。

齊昭若放下弓箭，身邊的阿精已經嚇得瑟瑟發抖，這可是一張一石二的弓啊，他家郎君竟然說拉開就拉開了，他從前明明連三斗的弓都拉不開啊！要知道軍隊裡兵士配用的弓，也不過一石罷了。

齊昭若甩甩手臂，練了這麼久，依然還是沒回到前世的水準，有兩支箭怕是被他們躲過了。

「那幾個賊人快去帶來，他們要縱火燒蕃坊，晚了就要被同夥救走了。」他迅速吩咐身邊一個目瞪口呆的潛火鋪張副指揮使。

張副指揮使也是勇武的一條好漢，畢竟潛火鋪挑選出來滅火救急的兵士，都是三衙和各司中的精銳，以便確保急救火災時的戰鬥力。

今天他看齊昭若浪蕩衙內晃到望火樓內、還要弓箭時，便也由得他去玩了，拿了這一石二的弓給他。反正他們望火樓的人也得罪不起邠國長公主，由得他去吧。誰知……

「還不快去！」齊昭若又提高了嗓音。

張副指揮使忙愣愣地朝屬下揮揮手，他確實要去檢驗一下齊昭若的弓箭是否真傷了人，看那力道可不輕啊……

「大人，不好了！蕃坊東側真的著火了！」突然有人喊道。

張副指揮使趴在闌干上一看，沉了眉，忙吩咐下去。「敲鑼，發信號！去通傳大人！」

一系列命令緊急發布下去。望火樓的人不參與救火行動，只需要隨時關注城內便可。

張副指揮使望著正負手望向樓下的齊昭若，心中一突。這裡是蕃坊西側，這裡沒著火，只有東側，難道他說的是真的……

須臾，派過去的兵士就拖著兩個人回來了，身上都中了齊昭若射出的箭，而樓下嘻嘻哈哈的小娘子們，早在看見這兩個渾身是血的人時就一哄而散了。

兩人被放在地上，立刻有人搜了他們懷中，果然發現許多易燃物和火種，真是打算縱火！

「齊郎君如何知道？」張副指揮使愣然。

齊昭若蹙眉。「我跟了他們有一陣了。」

所以來望火樓真不是玩的？張副指揮使突然說不出話來了。

門被推開，又一人裹著涼風進來，眾人抬頭一看，竟是壽春郡王周毓白。

「郡王，您怎麼會來？」張副指揮使差點又一次咬了舌頭。

周毓白只是掃了兩眼地上的人。「死了？」

齊昭若摸了摸其中一個人的頸側，毫無情緒波瀾地說：「這個服毒自盡了，在抬進來的片刻。」恐怕是牙後藏了毒藥。

張副指揮使是幹救火這行的，完全不知眼前這是怎麼回事，只張大了嘴巴瞪著地上的人。難怪受了傷吭都不吭一聲。

周毓白望著另一個直接被齊昭若一箭斃命的人。「這個，你射死的？」

齊昭若點點頭。「是意外。」

周毓白反而笑了，對著齊昭若這張看了十幾年的臉仔細打量了幾眼。「倒是驚人。」

齊昭若蹙了蹙眉，他肩膀現在都還覺得疼。

「兩、兩位……」張副指揮使很是不解，這兩尊大佛是在說什麼呢？

周毓白望了他一眼。「這件事請副指揮使不用管了，這兩具屍體我會帶走，他們縱火燒蕃坊大有內情，和望火樓、潛火鋪的諸位無關。我會移交有司衙門處理，暫時也請你保下這個祕密。」

張副指揮使鬆了口氣。「自然，自然。」

畢竟是死了人，誰沾上誰倒楣，他可不想管這兩位的事。

蕃坊是外國商人、教士所聚居之所，在城內所占面積並不大，東側著火的部分很快就被潛火鋪的官兵控制住了，因此並沒有引起多大的恐慌。只是百姓們發現，蕃坊周圍已被開封府衙的官兵團團圍住了。

「郎君，侍衛步軍司的都虞候李懷到了。」周毓白手下的貼身近衛單昀拱手稟告。

周毓白點點頭。李懷一身行伍之氣，落腮鬍子，生得十分魁梧，嗓音也很粗獷：「郡王，這幾個人來歷不明，需要細查，今日驚擾了郡王和齊郎君，是卑職們的疏忽。」

「李虞候言重了。這幾個人行跡鬼祟，恐怕是早有預謀，還要請你們仔細調查。」

「自然。」李懷拱手道。

「還有這蕃坊之中恐有同夥，如今圍起來，需費一番工夫尋找才是。」

李懷望了周毓白一眼，對這句交代不敢含糊：「郡王早就已經留意到這起子賊人了？」

周毓白淡笑，不接他的話：「也是偶然。」

李懷頓了頓，盤問皇子不是他能做的事，他十分知趣地立刻揮手下令，命他們進蕃坊搜查。

齊昭若擰了擰眉，對身側的周毓白說：「他們放火燒蕃坊，不是為了掩蓋證據，就是為了趁亂找人找東西，七哥把這件事交給侍衛步軍司能放心？」

侍衛步軍司不是三衙中最有勢力的衙門，據他所知，該指揮使也不是周毓白的人。

周毓白「嗯」了聲，似乎不願多談。他並非與齊昭若早有計畫，對齊昭若仍防備多於信任。

「倒是你，能看出他們準備縱火。」

齊昭若不以為意。「上元節能籌畫的事也就那麼幾樁，走水是最常見的。七哥早早離席，難道不也是心裡早已有數嗎？」知道今夜會有事發生。

周毓白發現，他還真是喜歡摻和到自己的事情裡來。

「這些人到底想做什麼，我心中也無計量，總歸線索在蕃坊之中。明日我會進宮去見爹爹，但到底是你殺了人，這事你先回去同姑母說，免得進了衙門不好交代。」

周毓白見他出手如此狠厲，其實心中頗為不喜。他現在看待齊昭若，完全從另一個陌生人的角度來看。

那箭的力道分明就是衝著置人死地的念頭去的，周毓白望著齊昭若這張熟悉的臉，從前一貫對著自己耍賴耍滑的表弟，如今再看，只覺得隔了一層寒霜……

他並非是故意的，而是心中殺意太盛，出手就沒有分寸。周毓白突然意識到這一點。

單昀給周毓白尋了大氅披上，周毓白轉身道：「回府，派兩個人護送齊郎君回駙馬府。」

「不必。」齊昭若一甩衣袍。「七哥請吧，我還有事。」說罷領著阿精大步走了。

周毓白默了默，轉頭問單昀：「那小子……這是生氣了？」

單昀也覺得古怪。「看起來像。」

可是生氣的點呢？齊昭若自己其實都不太清楚。

他早知道周毓白是個什麼樣的人，從前自己是他的骨肉時就是那副樣子，更不要說如今了……他也不知道自己為什麼心裡覺得彆扭。

還記得在進宮弒君前一夜，他去見自己的父親。

周毓白依然是一貫清冷，不會多投給他一眼的關注，纖長的手指一頁頁拂過放在膝頭的書頁，臉上不動聲色，歲月和磨難在他身上並沒有留下太多深刻的痕跡。只是多了一身，對一切都了無意趣的死氣。

「你做什麼事，也不會聽我的，也不用與我來說。」周毓白只是這麼說，語調不揚，面色絲毫不改。好像兒子對他說的，不是一樁血腥的大事，只是今天的天氣。

「爹爹在想什麼事，也從來不會與我說。」周紹敏冷笑。「即便我死在宮裡，對您來說也是無關痛癢罷了。」他轉身就走，甚至不願意再回頭看一眼那個人。

他從來沒有把自己當作兒子吧。他不喜歡自己的娘，也不喜歡自己，他誰都不喜歡。所以自己就真的死在宮裡了，那一句賭氣的話，成了真。

齊昭若仰頭喝了一碗酒。他說的還有事，就是來喝酒。

阿精在旁看得目瞪口呆，驚訝程度不亞於適才看見他拉開一石二的弓射殺了一個賊子。

如此豪放地飲酒，真是那個非金玉器皿不用的自家郎君？這店裡的劣酒又豈是他尋常在那些名妓處喝慣的？

齊昭若覺得不大暢快，又直接問店家要了一大罈，一碗接一碗地喝，喝到最後將碗在地上一擲，碎片飛出五、六步遠。他抹了抹嘴，眼睛卻還是一片清亮。

店中有兩個猛漢，見此情形也不由地喝彩。「難得見到如此性情的小兄弟，當是真男兒！」

他長了這麼一張脂粉氣重的臉，從進門起就被人側目。齊昭若凜著眉隨手擲了幾枚大錢出去，將長凳往桌肚內一踢，便又像來時一樣大步離開了。

好帥氣……阿精望著自己郎君的身影，完全與店內諸人一樣眼睛放光。這酒量，這氣概，真是個男人啊！他們郎君終於長大了！阿精激動地差點淚流滿面。

齊昭若從小讀書就不行，被邠國長公主押進宮裡陪兩個皇子讀書也能讀到小宮女身上去，惹得聖上大怒。後來長公主見文這條路他是走不通了，就讓他從武，可跟著自家老爹進親軍隊沒練兩天，就哭爹喊娘地癱在床上再也起不來身了。

他那副身板，也沒人說他適合習武，長公主又只能就此作罷，想著再等他長幾歲再看看路子。瞧瞧，瞧瞧，如今這樣豈不是讓長公主美夢成真了？誰還再敢說他家郎君文不成武不就的？

雖說如今的世道重文人輕武夫，可他家郎君這般英姿颯爽，磊落瀟灑，真甩那批窮酸秀才十八條街！

阿精興沖沖地忙要跟上齊昭若，跑了沒幾步卻又立刻停住了。

原來齊昭若一出門就撞上了三、五個紈綺子弟，將為首一人撞得有些踉蹌。那人生得模樣普通，人卻看起來很不好相與，啐了口剛要開口罵人。

「他奶奶……喲，原來是齊兄弟！」立刻就改了口。

這幫子原本是在御街上也橫著走的主，可瞧著是齊昭若竟也沒生氣。為首那人姓焦，是內外提點殿前太尉焦定鈞的兒子。

內外提點殿前太尉一職聽來風光，在戰時也能統兵馬，不過如今太平歲月，兵權盡歸樞密院。這焦定鈞也算不得什麼了不得的人物，可架不住人家扒住了張淑妃，自然朝裡朝外地位又不一樣了。

焦太尉那兒子焦天弘是個極紈絝的衙內，從前和齊昭若也算是酒肉朋友，兩人隔三差五地約了喝花酒。

焦天弘不生氣，反倒笑著說：「齊兄弟，你從西京回來了？許久沒見你，哥哥想你想得緊。」一對眼睛朝著齊昭若打量卻不懷好意。

齊昭若蹙了蹙眉，不接話。這人一看便是酒色財氣浸泡下的敗類。

焦天弘身邊的人也都嘻嘻哈哈地喚著齊昭若，讓他一同去錄事巷的妓館繼續尋歡作樂，焦天弘卻眉毛一揚把他們都打斷了。

他盯著齊昭若，笑了笑。「近來齊兄弟這銀錢上頭不知寬裕不寬裕了？」

齊昭若不解，這是何意？這人的樣子彷彿自己欠了他錢一般。

「阿精。」他喚了聲，阿精抖抖地站出來。

「原、原來是焦衙內啊……」

這才有人想起來：

「說起來，齊大郎墮馬之前不是欠了焦兄一筆銀錢嗎？」

「是啊是啊，秋天時喝酒的時候還說起過……」

焦天弘很滿意那幾人的機靈，吊著眉毛看向齊昭若。

「齊兄弟，別說做哥哥的不幫你，這都幾個月了？你上回說你那相好的有錢，馬上就能填窟窿，這不能一拖再拖吧。我也不是有金山銀山的替你填錢，你寫的欠條可都還在我那擱著呢……」

齊昭若前段時間一直沒露面，焦天弘今天好不容易逮到了他，自然不會輕易放過。

「相好的？」齊昭若更覺得額頭青筋直跳。

「可不是，哎，不是那官妓蘇瓶兒，但你也不肯說……」

阿精聽得肝膽俱裂，要命了，他家郎君現在可想不起來那相好不相好的。

「管不了那麼多，先把錢拿出來再說。」焦天弘被纏得有些煩了，躲著幾個月找不著人，可不就是想賴帳！

他們幾人也喝了點酒，不免有些渾茫茫，焦天弘以為齊昭若還是以前那個手上沒勁的小子，不由就要上去推推搡搡。這本來也算作平常，他們這些人要都是守規矩的，倒不能叫做紈綺了。

齊昭若本就心情不豫，加上又喝了點酒，被這些人煩得頭疼，當即就動起手來。焦天弘幾人哪裡料到他會真動手，本來也是拳腳功夫不行的，須臾就全部被齊昭若撂倒，焦天弘臉上還挨了一拳，趴在地上唉唉直叫。

齊昭若也沒出多大力，不過就是泄泄酒勁。他扭了扭肩膀，也不看躺在地上哀嚎的幾人，又甩袖走了。

阿精張著嘴，不得了不得了，他真不是眼花了？郎君帶給他的驚訝可真是一浪接一浪的，不過把人家焦衙內打成這樣真的好嗎？

他連忙追上齊昭若勸道：「郎君，這不妥吧？」

齊昭若道：「怎麼？欠了他多少錢，還上就是。」

邠國長公主不至於會容忍他在外頭欠債而不聞不問才是。他從前沒有體會過做一個紈綺子弟的好處，隨便闖禍可以不負責任，有時也覺得挺痛快的。

阿精並不清楚齊昭若的事，只覺得有點憂心。「那陣子，您好像確實挺為這事煩惱的，到底為什麼欠了焦衙內的銀錢，您再好好想想吧……」

齊昭若停了腳步，這原主頗會闖禍，有時還不是那等無傷大雅的小禍。

「我知道了，這件事……他們口中說的我的『相好』是誰？」

他自然是不可能記起來這事的，最省力的法子，問問那位「相好」就是了。

阿精差點咬到舌頭。「或許，應該，可能，大概……就是剛才咱們遇到的那位傅二娘子吧……」他越說聲音越低。

手裡有大宗銀錢的，和他家郎君有聯繫的，應該只有那位傅娘子了。

齊昭若默了默，想到的是剛才那小娘子濃密烏黑又低垂的羽睫，不由笑了聲：「那她的眼光可真夠差的。」

雖然長了一對看起來頗聰慧的眸子。

阿精：「……」您這是在說自己？

§§

傅念君回府後，怎麼處理崔衡之送她的花燈是個大問題。

芳竹覺得盡早把它扔出去就是，而儀蘭覺得應該趕緊收起來，最後傅念君的決定是：把它高高地懸掛在自己廊下，一定是最顯眼最突出的位置，以此來凸顯自己這個主人對它的重視。

「娘子，這不好吧……」兩個丫頭都勸她。

「有什麼不好的。」傅念君笑了笑，她這是如了姚氏的意，還不夠好？

她手裡拿著一把剪刀剪下了那盞琉璃燈一角垂下的流蘇，將它遞給芳竹。

「明天一早就找個人去崔府傳話，一定要把這東西交到崔九郎手裡，就說……月圓人圓，妾盼君至。」說出這最後八個字，真是讓傅念君自己都起了一層雞皮疙瘩。

她怕崔衡之今天被燒了眉毛，明天就躲著不出來了。一定得引得他出了門才行。

芳竹和儀蘭對望了一眼，各自心有戚戚。她們娘子，是越來越壞了，看來還不打算放過崔九郎呢！

「記得，出門去的時候一定要正大光明、耀武揚威。」傅念君囑咐，務必要讓姚氏的人看見。

「娘子放心。」儀蘭嚴肅道：「芳竹本來就是那樣的！」

要說耀武揚威的姿態，誰還能比過她？

芳竹氣得齜著牙就要去揍她。「妳活得不耐煩了？」

兩人在屋裡打打鬧鬧，傅念君坐在床邊，聽見空中的煙火聲依然不斷，掩口打了個呵欠。今夜，可真夠長的。

14 設局上鉤

「當真？」

上午，姚氏就聽聞了一個極讓她開心的好消息。

因為上元節夜裡各家孩子們都鬧得晚了些，姚氏雖然早早歸家，卻要準備著給傅梨華幾個孩子留宵夜，因此睡得比尋常晚了許多，今天也起晚了。

「她真讓人去崔家遞信？」姚氏揪著手裡的帕子。

「真，頂真。」她身邊的張氏回道：「看來那崔九郎還是有些法子的，這麼快就引住了二娘子……」

姚氏冷笑一聲。「哪裡是他有什麼本事，那一位的品性，妳又不是不知道。」

「正是。」張氏道：「二娘子是本性難移。」

姚氏勾唇笑了笑，輕聲吐出了一句話：「她竟是我姊姊的女兒……」

張氏一向慣常能摸到姚氏這樣的小心思，她便接道：「夫人您與去了的先夫人自是不同的，兒女是父母的血脈延續，二娘子這個樣子可……」就是說大姚氏生孩子是不如姚氏了。

姚氏微微笑了笑，打住這個話題。「哎，我只盼我的四姊能有個好歸宿了。」

張氏看出來姚氏被她說得舒心了。

「夫人。」張氏道：「那崔九郎不過庶子出身，無論品行好壞，這出生都是不行的，倒是那崔五郎尚且不錯……」

姚氏之前就動過心思，她嘆了口氣。「我自是知道他不錯，可若是將二姊配了崔家九郎，我們四姊如何能嫁與五郎，豈不是笑話了？何況曾經的姊夫做了夫君，四姊不能受這樣的閒話。」姚氏還不至於這樣沒有腦子。

張氏道：「這是自然，我不是這個意思，而是四房裡大娘子……她都快十六了，還說不上親。四老爺成日不著家，也出不上什麼力，但是四房到底還不錯，四夫人也有心計，您若是能夠拉攏一二……」

姚氏立刻想明白了。出了傅念君那事後，傅琨大發雷霆，還不許方老夫人再上門，他對自己這個妻子的態度眾人也都看在眼裡，姚氏正發愁府裡人漸漸生了心思不服她。

張氏倒給她出了個好主意。四房裡金氏滑不留手，若能通過這親事將她拉攏，賣她個好，自然對自己大有好處。

「這話在理，同樣都是傅家的女兒，崔家左右嫌棄不得，大姊可也是嫡女！」姚氏越想越覺得可行。傅允華是沒什麼嫁妝，可崔家有的是錢，四老爺在外也頗有文名，配得上他們崔家了。

「這不錯。」姚氏一想，立刻就與張氏商議開來。

「阿娘！」傅梨華開心地進了姚氏的房。

「這是做什麼，」姚氏微微皺著眉。「妳的規矩呢？」

在沒有大事的時候，姚氏依然是個看來極有禮數的大家夫人。

傅梨華呶了呶嘴。「今夜我還想出去玩……」

「玩什麼？當自己是妳二姊嗎？」姚氏不客氣地道。

傅梨華的臉色黯了黯。姚氏卻一轉話頭：「今夜有客來，若客人想出去走走，也無不可。」

「什麼客人？」傅梨華追問。

「自然是崔家夫人和五郎了。」張氏替姚氏回道。

這是早就定好的，但是姚氏稍微將心裡頭的計畫改了改。

「崔家五郎？」傅梨華捏緊了手裡的帕子，有些忿忿。「阿娘難道要給傅念君鋪路嗎？」

「胡說什麼。」姚氏呵斥她。

張氏將傅梨華拉到一邊。「四娘子，夫人處處為您考慮，您怎可如此衝撞於她？切莫胡言了，崔五郎如今雖是二娘子的夫婿，但這婚事怕也……」

「當真？阿娘打算做什麼？」傅梨華眼睛又亮了亮。

姚氏卻不願多說：「他傍晚過來，妳出來見客，還有，去叫上妳大姊。」

傅梨華不樂意了。「為什麼要叫大姊？」

「妳怎得這麼多話。」姚氏蹙了蹙眉。「四姊，阿娘難道會害妳不成。」

傅梨華想想便也同意了。「好罷，我去同她說。」

§§§

十六日傍晚，崔涵之攜母親蔣夫人登了傅家的門，蔣夫人是那次之後頭一回再來傅家，滿心都是忐忑。

崔涵之握著娘親的手安慰道：「阿娘，總要過這一回的。」

如果他注定要娶傅念君，那麼應該趁早讓母親和她解開心結才是。她那個性子又是如此，恐怕不是和善大度的，看來要讓母親低一低頭了。

姚氏拉著蔣夫人很是親切，說話談笑間十分自若。倒是蔣夫人一陣心虛，好像上回那事就只有對她帶來了影響一樣，姚氏完全沒有任何變化。

崔涵之去尋了傅淵，卻被告知傅淵已經先一步出門會友去了。他無法，只好自己立在庭中觀賞傅家廊下掛起來的燈。後來蔣夫人喚人去請他，他才又回到女眷嬉笑的院落。

崔涵之不喜歡這樣的場面，他素來就多與文人雅士們往來，這些脂粉香氣逼人的小娘子，卻只讓他覺得麻煩。

姚氏卻笑著要給他介紹：「這幾個小娘子，五郎大概也不識得，這是我們家裡大娘子，這是四娘子，五娘子……」

滿堂少女，卻唯獨缺了個傅念君。崔涵之向她們都拱手行過了禮，俊秀的眉目如遠山一般縹緲淡泊，絲毫不因為這滿室嬌娘而染上幾分俏色。

傅梨華望著他攥了攥帕子，傅念君可配不上他！

大娘子傅允華在一個最醒目的位子上，可她坐下後卻有些悵然。大伯母這是什麼意思呢？以前有這樣的場面，也決計不會讓她們出來見客的。她到底動了什麼心思？

傅允華見到眉角帶著笑意的姚氏正與蔣夫人說話。崔涵之的位子就在傅允華對面，抬眼就能將對方看個滿眼。

「大姊，這可是個好機會。」五娘子傅秋華在傅允華耳邊輕道。

傅允華臉紅了紅，望了一眼對面似乎盯著茶水杯出神的崔涵之，心裡說不上是什麼滋味。

她一直以來都很欣賞他，一直以來就為他感到不平，他寫過那麼多動人的詩詞，每一首她的房裡都有謄本。他這樣一個人，清雅脫俗，她無數次惋惜，他卻只能配給傅念君……

傅允華有很多話都不敢告訴傅秋華。

不知為何，自從她上回在那堂中，見過了壽春郡王周毓白後，她的心意就連自己都有些捉摸不清了。她讓自己不要再去想，可就像是見過了日月的光華後，螢火又怎能比肩爭輝？

此後再見誰，她便不覺要拿他與周毓白比上一比，連崔涵之，她如今看來也是差了半分，索然無味起來。

傅允華不由長嘆一口氣。她這到底是怎麼了？

旁人自然看不出她這心思，傅梨華倒是不見得多滿意崔涵之，可她不願意傅念君嫁這麼一個出色人物，加上幾次來不長的接觸，她覺得崔涵之說話做事自有兩分沉穩，不像她所鄙夷的商戶人家，於是便對崔涵之也多了幾分好感，和氣了幾分，幾番想與他說幾句話。

姚氏卻很快打斷了傅梨華，提醒她：「四姊，妳不是要出去看燈？」

正月十六夜裡比起前一日來更加熱鬧。

「是啊，阿娘，我和大姊、五姊一道去。」

「如此，不如五郎也一起去吧。」姚氏順著她的話道。

姚氏微笑，崔涵之當然要去，他必須要去看看傅念君是怎樣與自己的弟弟私會。

蔣夫人心裡不喜歡姚氏，卻又因為這是傅相的夫人而無可奈何，她道：「怎麼二娘子不在？」

「這……」

蔣夫人剛要說話，卻被姚氏拉住了手。「蔣夫人，我還有幾句話想同妳說。」

他們母子倆來見傅念君才是正理，卻被姚氏拉著擺布，一會兒這樣一會兒那樣的，泥人還有三分土性子，蔣夫人自然不喜。

也不見她出來露個面。」

姚氏笑道：「他們年輕孩子就由得他們出門去吧，我膝下那四姊調皮，崔五郎如此穩重，我才放心些。反正早晚都是一家人，有何好忌諱的。說到二姊，我正要帶妳去二姊的院子裡給妳告個罪。她昨日出門回來晚了，吹了點風，今日怕是起不來了，只能我們過去瞧一瞧她了。」

蔣夫人心裡更加不快，只是這不快卻轉移了對象。「二娘子昨日玩到很晚？」畢竟是個小娘子，也太不像話了。

姚氏沒有否認，只想拉著蔣夫人去傅念君院子裡。

她可一清二楚呢，傅念君廊下掛著崔衡之送她的那盞燈，她真想看看蔣夫人的表情。

傅梨華幾個吱吱喳喳地要出門，崔涵之無法，只能跟在她們身後，誰知一行人都沒出正院，就看見一個小丫頭挑著一盞燈往院子裡的彩棚上掛。

這裡都是姚氏布置的，她當然不能容忍下人隨意破壞。

「妳做什麼？手裡的燈哪裡來的？」

那小丫頭轉過頭來。「夫人，這是二娘子吩咐的，說這燈是崔家送的，自然是要掛出來給崔家的客人看看。」

「崔家？」蔣夫人好奇地望了一眼，這燈如此華麗，他們家何時送了這燈過來？

崔涵之卻看了個明白，臉色更是突然轉青。那盞琉璃燈昨天分明是提在崔衡之手裡，他們兩人在大相國寺分開，崔涵之替他捉刀寫了篇好詩贏了這盞燈，崔衡之便說與朋友有約離開。可轉眼，這燈就到了傅家，這是什麼意思？

姚氏臉色也不好看。這傅念君，她是在給自己示威嗎！

蔣夫人不明所以。「這是……」

姚氏命人速速把那燈取下，只岔開話題，催促著傅梨華幾人出門。蔣夫人越發覺得姚氏這人不正常，生了想回家之意，誰知又被姚氏拉住。

「蔣夫人，既然如此，不然我們跟孩子們去看看熱鬧吧。」

她在心裡篤定，崔衡之這點本事還是有的，他和傅念君既約好了今日相會，必然不會食言。她還特地把人從傅念君的院落都遣開，方便她「偷溜」出府。

崔涵之此時也不想離開了，這傅家當真古怪得很，他倒要看看這位姚夫人又想演哪齣。

§§§

「爹爹沒有動靜？」傅念君問道。

芳竹搖頭。「相公就像不知道一般，適才已經離府了。」

傅念君笑了一聲，傅琨這正是希望姚氏毀了她與崔涵之的婚約呢。姚氏自以為聰明，其實那心思卻被不止一個人看了個分明。

「爹爹確實疼愛我。」傅念君笑了笑。

由得她去發揮。他一向寵起女兒來就十分肆意。

傅念君正由兩個丫頭服侍穿妥了斗篷，柳姑姑就帶著一人進來了。

進來的那婦人身形窈窕，如少女模樣，可一看臉就大不同了。她約莫三十多歲年紀，朝天鼻，皮膚粗黃，臉上生了許多麻子，看來十分凶相。這一個，也是傅念君向陸氏借的人。

傅念君笑著向她道：「蘇姑姑，今次就麻煩妳了。」說罷親自將手裡一對玉鐲子塞到了蘇姑姑手裡。

蘇姑姑震驚。「二娘子，斷斷使不得。」

「這一點心意還是要的，姑姑不用推辭了。我也不是什麼光明磊落的人，做的事自然也如此不上道。」說罷向她眨了眨眼。

蘇姑姑心裡覺得她有趣，便也不推辭了，直接往手上一戴。「二娘子放心，小的自然會完成您的囑託。」

傅念君點點頭，便側頭囑咐兩個丫頭：「給蘇姑姑更衣吧。」

兩個丫頭也覺得新奇，圍著問蘇姑姑道：「姑姑是如何保持地身形如此之好，咱們府上多數姑姑們，可不都是膀大腰圓，就是柳姑姑也不能同您比啊。」

蘇姑姑笑道：「我從前便是吃這口飯的，年輕時用了不好的法子，身形便一直如此了，想胖也是胖不起來的。」

傅念君隱約知道陸氏是從瓦子裡救了這蘇氏，原本大概是伎人出身。伎人本就千奇百怪多種多樣，蘇姑姑這樣已不算稀奇，她怕兩個沒見識的丫頭再問下去，問得人家不好意思回答，忙喝止了她們。

「時辰不早了，妳們倆還想不想看好戲了。」

兩個丫頭立刻不敢廢話，伺候蘇姑姑穿衣裳，換了一副打扮，蘇姑姑再出現的時候便讓人眼前一亮。

蘇姑姑把傅念君的斗篷當頭一罩，兜帽一戴恰恰遮住半張臉，這樣遠遠一瞧，身形竟與傅念君無異。

傅念君滿意地笑了笑。「如此，我們便出門吧。」

§§§

崔九郎崔衡之自從收到了傅念君的口信，心情極為糾結。

一方面他自知昨天丟了這麼大個人，連眉毛都燒沒了，礙於形象自然沒臉再去見傅念君。可另一方面傅念君竟主動來催促，顯然是對他頗為有意，看來並不把他昨天的丟臉事放在心上。

他可正跟傅二娘子漸入佳境呢，如此斷了來往難免可惜。還是他身邊的小廝有辦法，找了個手巧的丫頭，將他的眉毛細細畫了一遍，雖仍舊有些怪異，卻不至於太過難看。

如此崔衡之便又火急火燎地出門赴約去了。

在約定的橋下等了片刻，崔衡之正覺得等得心慌，誰知無聲無息地就被人從背後抱住了。

他嚇了一大跳，怎麼這人走路都沒有聲音？可仔細一聞，這淡淡的茶花香，似乎是傅二娘子昨日熏的。

「傅二娘子？」他有點欣喜，又有點訝異。

素聞這傅二娘子作風豪放，她對自己看來也是相當滿意，可這當街摟摟抱抱的她也做得出來？幸而此時天色也漸暗了。

崔衡之身後之人「嗯」了一聲，聲音有些沙啞。「九郎久等了。」

「妳的聲音怎麼了？」崔衡之忙道。

「昨夜裡吹了些風，有些不好，九郎可心疼？」

這話一問，崔衡之跟著就心頭一熱。

「自然，自然。」說罷就要轉過身去看她。

誰知身後之人卻將他摟得更緊，他甚至都能感受到她整個人貼在了自己的背上，貼得他身子都軟了半邊。

「二娘子，妳這是怎麼了？」他問得很溫柔。

身後摟過來一對皓腕，上頭還帶著傅二娘子昨夜戴過的玉鐲，崔衡之還誇過它們，他此時垂下眼望著它們，只覺得一陣心旌搖盪。

「二娘子這是受委屈了？如若不棄，可否同我說說……」

身後的傅二娘子啞著嗓子低聲道：「這裡不方便，九郎，咱們去後巷裡頭……」說罷她就握住了崔衡之的手腕，不由分說地拉著他轉身就走。

崔衡之只能瞧見她戴著兜帽纖瘦的背影，每每想與她比肩而走，卻都被擋了回來，只能傻傻地由她拉著。此時他滿心裡只有歡喜和興奮，卻早就忘了這一點不同尋常之處。

傅二娘子對他竟這般熱情！

兩人手拖手到了附近一幽暗的小巷子，崔衡之看不清眼前佳人的面容，正要伸手去揭她的兜帽，卻被避開了，佳人又從身後一把摟住了他。

崔衡之心裡暗暗叫苦，這太熱情也教人吃不消啊，她這是要幹嘛？身後摟過來的那對小手卻逕自從後頭攀上了他的衣襟，拉扯著要往兩邊打開。

崔衡之被這動作嚇了一跳。「傅二娘子？」她怎麼這麼饑渴？

身後的傅二娘子道：「九郎可是心裡有我？有我便給我留個念想吧。」

「妳要什麼念想？」要念想脫他衣服幹嘛？崔衡之十分想不明白。

「妾身想要九郎的裡衣……」

崔衡之被噎住了。傅二娘子，果真名不虛傳！對男子的主動程度，就是眾青樓花娘們見了都要挖地三尺，自愧不如了。

崔衡之只聽說過有娼妓送貼身衣物給情郎以寄情思的，這是風情，是雅趣，可他還真沒遇過女子主動問男子要裡衣做念想的。驚世駭俗，確實當之無愧。

崔衡之咬咬牙，想到了傅念君身後的傅琨傅相公。

就算她放浪，可娶了她，他這個庶子就不一樣了。不如索性和她在這成了好事，生米煮成熟飯，想來傅家為了她的名聲著想也只能把她嫁給自己了，也不枉費他和親娘這點算計。

何況她都問自己討裡衣了，不就是最明顯的暗示？

崔衡之突然有些口乾舌燥，他舔了舔嘴唇。「妳……不想嫁我五哥了？」

「哪個喜歡他了，自然不嫁。」身後的人十分果斷。

崔衡之心頭大喜。「好，心肝兒，妳都這麼說了，我怎會有不從之理？」

他一瞬間便也放開來了，話音突然纏綿繾綣起來。身後的人靜默。

崔衡之自信一笑，說話跟著輕佻起來：「只要裡衣便罷了？我還能給你更多……」

身後的人頓了頓，才用啞著的嗓音道：「只要裡衣，九郎先脫與我，讓我見見你的誠心。」

崔九郎此時只想立刻迴身將她就地正法了，可一想到她執意想要裡衣，許是愛這口情趣，便也順從道：「好，妳鬆手，我這就給妳。」

身後的手終於鬆了力道。崔九郎連忙迫不及待地解自己的衣襟，邊解邊往站在暗處看不清面容的傅二娘子撲過去。

誰知她卻閃得很快，只強調：「裡衣。」

崔衡之一陣煩躁，想著這大冷的天，要裡衣得脫好幾件衣裳。可是今夜機會難得，這後巷裡又無人煙，他自然情願凍一凍，如此就一件一件脫了，把裡衣脫下來忙要交給眼前人。

那身影卻用腳踢開地上落下的衣服幾步，只道：「急什麼……」

崔衡之被這寒風一吹，興致也有些減了，再一聽，怎麼覺得這傅二娘子的語氣有些變了？

「我先穿上衣服……」他這麼說著，想讓她把腳從自己衣褲上挪開。

可那雙腳卻就是不動，崔衡之自覺明白她的意思，立刻衝上去一把抱住她。「好，不穿就不穿，咱們就……」

話還沒說話，眼前人就大叫起來：「來人啊……」

赫！這嗓門！崔衡之覺得傅二娘子的嗓子怎麼這樣粗？

「別叫別叫。」崔衡之還沒死心，一陣熱氣衝上腦，便突然嘟起嘴想用嘴去堵住佳人。

這一招在青樓裡可是屢試不爽的，他可真想嘗嘗傅二娘子的滋味啊！

可是臉對臉。靜默。

四周為什麼突然亮起來了，崔衡之沒有注意，他滿腦子就一個念頭：這他娘的到底是誰？這醜婆子哪來的?!

崔衡之摟著根本不是傅二娘子的醜女人還沒反應過來，就聽見耳邊一陣急促的人聲。

這工夫裡，兩人眼前驟然間就明亮了許多，崔衡之根本來不及細想，就聽見幾道尖利的女子尖叫聲灌進了自己的耳朵裡。

崔衡之面對這突如其來場面，很是不知所措。他甚至還抱著這足以做他娘的女人來不及鬆手，而她還在掙扎著呼救。他終於反應過來，白著臉一把推開她，接著被徹底嚇得坐在了地上。

為什麼會有這麼多人？

原來這巷子並非是條完全封閉的小巷，它在東側坍塌了一堵牆，之所以難以注意，是因為上元節裡各個犄角旮旯都搭了密密麻麻的彩棚，擋住了街上的光。

這裡正好是個背對著街道，出租出去賣花朵的商鋪。誰知原本擋得好好的一面幕布，不知是有人拉扯還是偶然，突然就在崔衡之光著身子輕薄「傅二娘子」、對方猛力呼救時倏然落下了。

如此，鋪子裡正挑花樣的大小娘子們被驚了個目瞪口呆。

小娘子們的反應比崔衡之快一步，乍然見到這麼一個不要臉的瘋子，光著身子調戲良家婦女，她們怎麼能不驚？

立刻下意識就把手頭能丟的東西都往他那裡砸了過去。什麼花朵竹籃，水果吃食，還有連帶著湯水的小吃，一點都不含糊，並且伴隨著此起彼伏的責罵聲。

「混帳東西！不要臉的畜生。」

「敗類！淫賊！豬狗不如，真是下作……」

「哪裡來的骯髒賤民，汙了人的眼睛！」

這些都是出自憤怒地捂著女兒們眼睛的夫人大娘們，這鋪子裡還有不少小娘子都尚且沒滿十歲。

崔衡之臉色慘白地身一抖，一部分是因為冷，另一部分是因為怕。這到底……怎麼回事？只見他身前那「傅二娘子」卻一抖衣服，把斗篷收攏在手裡，露出了一張明顯的婦人臉孔，枯黃乾瘦，看得他心裡一陣噁心。這是哪裡來的婦人！為什麼好好的傅二娘子會變成她！

「妳、妳……」他抖著牙關，連話都說不俐索了，只覺得腳下發軟，伸著手指指著柳姑姑。對面的女人們朝他擲過來的東西越來越多，鋪子的主人攔都攔不住。

「住手，住手……」崔衡之喊著，可喊聲在鬧哄哄的女子聲音中根本沒人聽見。

蘇姑姑不去理他，突然一躍跳過了那堵坍塌得只剩幾塊基石的牆，到了那商鋪之中，當即便扯著嗓子向鋪子裡的大小娘子夫人們哭喊告狀：「諸位，這小子拖我到後巷裡，一言不合就脫衣裳，當真下流！想我這麼一個孤寡婆子都能做他娘了，他都不放過，還是不是人了！諸位要替我做主啊……」

眾女子一看蘇姑姑的長相，不由又對崔衡之的怒意高漲了幾分。禽獸！這都下得了口。

那邊的崔衡之根本來不及去跟蘇姑姑計較，他反應過來後就忙哆哆嗦嗦地把自己的衣服穿在自己身上，根本還沒來得及穿妥就想捂著臉跑，可誰知早就被人看出了意圖。

「快，他要跑了，快拉去見官！這等下流畜生，不能讓他再禍害人了！」

蘇姑姑這一聲喊，舖子裡兩、三個看熱鬧的男人，也立刻在自家婆娘的暗示中一躍跳了過去，拉住崔衡之。

「好個賊廝，不許走，跟我們去見官！」

「我、我……」崔衡之想大叫，他是讀書人！根本不是他們想的那樣！

可他又立刻反應過來了，他是崔家人，若敢說出自己的名號，他從今往後可就毀了！

「我不是！我不是！是那女人害我，她害我！」他忙要爭辯。

「呸！」有個陪妻子女兒出來玩耍的壯漢揪住他。「她害你？你主動把衣裳脫成這樣？我們都長眼睛了，連這樣大年紀的都不放過，你這畜生，敗類至極！」

礙著有女人小孩在場，幾個男人的難聽話還不算都罵了出來。

崔衡之低著頭，頭髮上稀稀拉拉地掛著各種湯汁小吃，根本不敢抬頭。

所謂以貌取人，若他衣冠整齊之時，他們怎麼都不可能相信他會是那樣的人。可是他現在這樣……崔衡之終於明白她為什麼一定要問自己要裡衣了……

「毒婦！」他握著拳怒吼道。既是罵蘇姑姑，又是罵傅念君。

「還敢嘴硬！」他還沒吼完，突然就被人摁住了頭。「去了府衙裡看你再說！調戲良家婦女還有理了！」

「綁起來，把他綁起來！」一眾婦人們也喝喝呼呼地幫腔。

她們都是女子，自然都曉得做女子的難處。這等禽獸必然要讓他正法，也不知他淫過幾個婦女，還敢這般大搖大擺，簡直沒有王法了！定要讓他罪有應得。

崔衡之再也說不出一句話來，也不知被誰用新鮮熱乎剛脫下的臭襪子塞住了嘴，五花大綁地被扭送著往府衙去了。

他一身狼狽，又哭得涕淚滿面的，模樣是要多噁心有多噁心，再也不復翩翩郎君的容貌了。這裡熱熱鬧鬧的人一路押送著「淫賊」去官府，傅念君坐在臨街二樓上正喝茶。

蘇姑姑完成了差事就來覆命，噔噔噔上樓來，樣子卻氣呼呼的。

「二娘子，不是我說，這崔九郎，從前不知道，還真是個色胚子！瞧那急色的樣子，好幾次我都快忍不住出手收拾他了！」蘇姑姑一包氣，喝了一大壺茶還不解氣。

「我便是差點晚節不保了。什麼在手心裡畫圈，在耳邊吹氣，還有說的那些葷話，可不都是常年混在勾欄裡學出來的！他才多大年紀，人模狗樣，心裡卻是這等齷齪，可見崔大人教子無方！」

蘇姑姑這話一說，連芳竹、儀蘭都愣住了，她們適才還覺得娘子這麼做到底有些過分了，可聽蘇姑姑一講又不禁生氣起來。

「知人知面不知心，他竟如此沒有私德！」一試就全試出來了。

蘇姑姑嘆氣：「虧得是我，娘子，這等敗類，妳可萬萬不能讓他近半點身啊！」

傅念君看蘇姑姑一臉氣憤的樣子，抱歉道：「這回的事情，讓姑姑受委屈了。」

蘇姑姑揮揮手，神色恢復了平靜。「這也不算什麼，就是覺得二娘子有幾分未卜先知。」她嘆了口氣。「男人，若是以身去試，就是一次，難免都會留下把柄。二娘子做得很對，崔九郎那樣的人就活該這樣的對待，身敗名裂也沒什麼可惜的。」

把他打落到塵埃裡，才能杜絕日後一切因他而作的文章。

傅念君垂了垂眸，心裡沒有覺得一點愧疚。毀了崔九郎這個人，對她來說一點感覺都沒有。她之所以這麼安排，讓固然猥瑣卻也不算犯了大錯的崔衡之成了採花「淫賊」跌到泥裡，其實是因為她一直有一件事不能確定，卻不敢去賭。

她一直隱約記得自己所知道的姑祖母傅饒華並不是嫁給了崔家，可又好像不是崔涵之，那麼她能嫁給誰呢？最後落得那個結局。

崔衡之出現後，她就有了答案。

或許就是這個崔衡之娶了傅饒華，不管其中有誰的安排誰的算計，他成功頂替長兄娶了傅饒華，而後來他們夫妻之間有什麼事什麼糾葛，她也不想去知道。傅饒華婚後失了檢點，最後被浸豬籠，是結局。

那時候的傅家倒臺了，所以傅饒華自然成了案板上的魚肉。女子被浸豬籠，只可能是丈夫點過頭的。女子失節固然是件醜事，可在民間，也有許多丈夫念著舊情，也不會動私刑把妻子置於死地，掃地出門也就罷了。

何況傅琨一定給過自己的女婿很大助力，傅家八成是對傅饒華的丈夫有恩的。

所以從這件事的結局上來看，崔衡之很可能就是未來那個涼薄的丈夫，他在傅家倒臺後，可能就只嫌棄傅饒華是個累贅了。

傅念君知道自己如今舉步維艱，所以哪怕一個在她看來是個草包的崔衡之，她也不敢再去試。她要盡早讓崔衡之徹底沒有可能再踏入她的生活，永絕後患。所以她就必須要下一記狠手。

傅念君對蘇姑姑笑了笑，嘆道：「姑姑莫怪，其實，我就是個不肯吃虧的性子。」

蘇姑姑是在市井民間混過的人，她只道：「娘子這樣也沒什麼不好的。」

休息過了片刻，傅念君就帶著她們下樓。

「母親她們差不多從府裡出來了，我也該去露個面了……」總不能讓期待著自己和崔衡之私會的姚氏失望才是。

比傅念君想得還要湊巧，姚氏一行人在路上還正好遇到了被押解去官府的「淫賊」，正在那扯著嗓子哭爹喊娘的。

姚氏揮了揮帕子，與身邊的蔣夫人說道：「這年頭，還真是什麼人都有……」

「是啊，聽說是個淫賊，趁著這上元節要尋幾樁好事呢，幸好被人捉住了。」蔣夫人附和道。

崔涵之卻越聽越覺得那聲音耳熟，要想看看那人樣貌，卻又因為人太多而擋住了視線。

奇怪，怎麼聽起來這麼像九哥的哀嚎？

算了，大概是他聽錯了，九哥昨天出門有些意外，今日是斷不可能再出來的。

姚氏興沖沖地把崔家母子往傅念君和崔衡之「私會」的地方領。

蔣夫人覺得這裡偏僻，不肯再走了。這個姚氏，神神叨叨的，哪怕她再愚魯，也看出來她是有後招在等著自己。要不是礙著身分，蔣夫人真不想再待了。

姚氏打發下人去望了望，可是根本沒那兩個人的影兒。崔涵之倒是發現了一個坐在石橋邊痛哭的人。

「明川，你怎麼在這哭？九郎君呢？」

明川抬起頭，望著崔涵之的臉愣了愣。

「五郎，九、九郎他不見了！」

「不見了？不見了是什麼意思？你為什麼不跟著他？」崔涵之不明白這小廝的意思。

明川哭得更響了，此時哪裡管得了這麼多。「我跟著九郎，後來他就讓我走遠些，我走開了一些，本來一直盯著的，不知怎麼就睡過去了，醒來尋了許久，郎君已經沒影子了……」

崔涵之見到姚氏帶著蔣夫人也走了過來，他想了想，終於覺得崔衡之有很大問題。「他今天出門來了？來幹什麼，為什麼要叫你走遠點？」

明川到底年紀還小，又心裡害怕，什麼都藏不住了。「他是來和傅二娘子私會的，他們約了要在橋下相會的，所以我要走遠一點……嗚嗚嗚，不知會到哪兒去了……」

這和說好的一點都不一樣！郎君有什麼事一定都會帶著他的，可都怪他自己睡著了，可是好好的他怎麼會歪在牆角睡著的呢？

明川怎麼想都想不通，只能通過哭來發洩。

他那句和傅二娘子私會一出口，聽見這話的人就全部愣住了。

「和傅二娘子……」崔涵之喃喃重複一遍。他突然有點想笑，他的庶弟和他的未婚妻子嗎？這就是姚夫人想讓他看的？他驟然轉身，姚氏臉色卻也有點驚愕，總覺得事情好像有點不對。所謂捉姦在床，可那兩個人呢？怎麼只有個小廝在這哭？

蔣夫人卻已經忍不住大怒起來，她一怒就要哭，和明川不相上下。

「九哥！他、他說要和傅二娘子私會！瘋了，都瘋了，他們……他們想做什麼！真是、真是不要臉面……」她結結巴巴地罵，也不知該罵點什麼。

傅家幾個小娘子在一處，默默地不插話，傅梨華心裡是有數的，傅念君這是和人來私會了呢？可是她人呢？

崔涵之比他親娘冷靜多了，忙喚了自己身邊兩三個小廝：「去尋九郎君，盡快，帶上明川，這裡附近都仔細找找……」

「這麼熱鬧呢？」突然有一道嗓音插進來。

原來是傅念君盈盈立在橋頂，正笑睨著眾人。

「沒想到，能這樣巧遇諸位。」她一步一步踏下來，輕踢腳尖，步履十分輕盈俏皮。

崔涵之望著她，想張口說什麼，卻發現自己什麼都說不出來。

她出現在這裡，那九郎呢……私會……

不，崔涵之在心裡否認。他其實早已看了個分明，姚夫人在這事裡脫不開關係。但是傅念君，她那種人和旁人私會也不是不可能，崔涵之不相信她的人品。

不相信姚氏，也不相信傅念君。所以九郎呢？傅念君把他怎麼樣了？

崔涵之冷著臉向傅念君揖了揖。「傅二娘子……」

只是他還沒有來得及說什麼，姚氏就先他一步衝向了傅念君。

「二姊，妳、妳在這？剛才這小廝說妳同九郎私會，這是怎麼回事，九郎呢？」

傅念君望著姚氏嬌美年輕的面龐，笑得十分可愛。

「母親好生奇怪，蔣夫人和崔五郎都在這裡，您卻問我崔九郎在哪裡？我是崔家的人嗎？我怎麼知道。」

姚氏發現她似乎已經很久沒辦法接上傅念君的話了。她的臉色變了變。「是這小廝，九郎的貼身小廝，說妳……」

「他的小廝說我和他私會？」傅念君哈哈笑了一聲。「誰說一句我就真的去和他私會，是這道理不是？母親覺得該信這小廝不信我？」

姚氏說不出話，臉色逐漸變成慘白。傅念君，她怎麼這樣難纏！

崔衡之這個沒用的，到底去了哪裡！那個崔家的張姨娘看起來是個機靈人，難不成生的兒子這般沒用！

傅念君這樣一說，所有人也都靜默了。

是啊，明川隨便這麼說一句，還能當真不成，那他說崔九郎和什麼張家娘子、李家娘子、王家娘子私會難不成都是真的？

崔涵之默了默，換了種說法問傅念君：「二娘子在路上有沒有見過我那弟弟？」

「五郎的弟弟啊。」傅念君悠悠地望了崔涵之一眼。「是我未來的小叔……」

崔涵之被她一噎。

「是。」他答得甕聲甕氣的。

傅念君翹著白秀的小下巴，作勢仔細想了想。「剛才路上押過去一個採花淫賊，我看了會兒熱鬧，聽見人群裡有個書生說，那人看起來像是他的同窗崔九郎。我當時還想，必定不是你們那個崔家，你們崔家怎麼可能出個淫賊呢？」

她的眼風掃過停住了哭泣、正在那一抽一抽打嗝的小廝明川。

「不過現在嘛，聽起來崔九郎是個很喜歡去和人家『私會』的，說不定剛才那個……」

「妳！」姚氏塗著蔻丹的手指尖高高抬起，眼睛緊緊地盯著傅念君。

崔涵之也臉色一變。這話已經很分明了，她言下之意，剛才那個他們看過笑話的採花賊，熱熱鬧鬧被人押去官府的人，就是崔衡之！

傅念君疑惑道：「我怎麼了？我這也是聽說的，蔣夫人這會兒應該派個人趕緊去府衙瞧瞧才是。」

蔣夫人哪裡還有力氣回她話，她歪在身邊一個姑姑身上，一下一下用手拍著胸口。

「我聽錯了吧？我一定聽錯了啊……啊！九哥……我們崔家……孽障！都是孽障！」

崔涵之望了一眼親娘。好吧，他原本也沒打算蔣夫人能有什麼作用。他深吸了一口氣，定了定神，又朝傅念君揖了揖，這一揖看在傅念君眼裡，可比剛才那個多了幾分誠意。

「二娘子，煩請告訴在下舍弟的下落，請妳……不要再開玩笑了。」

他們崔家，他的父親，都開不起這樣的玩笑。

傅念君裙襬一轉，在橋沿上坐下，也不怕旁人說她沒有規矩，因為即使是坐在橋沿上，她都坐得很漂亮。

「如今的怪事當真是多，五郎，我雖與你有親，卻還不是你們崔家人，崔九郎去了哪裡怎麼要問我。即便你我成了親，我與他還隔著一層叔嫂關係，我該留心他的動向不成？」

崔涵之知道她這是不肯實話實說了，可他又不相信她一個小娘子能把崔衡之弄進府衙去。別無他法，崔涵之請姚氏派個人去府衙問問，他自己的人剛才都被他派出去找崔衡之了。

姚氏咬著牙，覺得冷汗濕了背。傅念君到底是什麼妖精？怎麼什麼法子都動不了她，真是見了鬼了！

四娘子傅梨華一見到傅念君得意便受不了，不顧三七二十一忍不住衝口而出：「二姊！妳是不是背著五郎和九郎私會了，妳現在又把他給弄去哪了？妳怎麼這樣歹毒！」

傅念君望著她，依然沒有提高半分聲音：「四姊總是不長記性，胡亂說話的毛病還不肯改，妳說我和誰有私就有私？上回是齊大郎，這回又是崔九郎了，下回打算杜撰個誰？不如妳先和姊姊說說，我好做個準備。」

傅梨華一向蠻不講理。「少給我歪纏！崔九郎的燈妳都掛到廊下了，還說你們沒什麼，你們昨夜分明就在一起！」她的聲音大，漸漸引來了兩、三人駐足。

傅念君覺得姚氏母女為了傷她八百，是從來不在乎自損一千的，若被人知道這是傅相公的家眷，傅琨怕是在同僚面前頭都要抬不起來了。

「那燈是崔家送來的，我不是送到母親院子裡去了嗎？妳們沒看見？」傅念君故意望向崔涵之。「我只知那燈姓崔，是哪個崔家人的，四姊倒比我清楚……」

崔涵之被她清明的眼神看得心頭一顫。原來適才傅家那盞來自他弟弟的琉璃燈，是這麼個緣故在裡頭。傅念君這是……給他的一個警告嗎……

傅梨華「呸」了一聲，恨不得捋袖子再嚎上幾聲，讓所有人都知道知道傅念君的醜事。

可這時，崔涵之溫和的嗓音卻響起了：「四娘子想岔了，那盞燈是我的……是我，送給傅二娘子的。」

他們是未婚夫妻，送盞燈罷了，合情合理。

傅梨華徹底愣住了，怎麼會這樣？崔涵之說這句話的時候，是對著傅念君的，像是一個承諾。

傅念君垂眸笑了笑，看來崔涵之確實不像他母親，而像他父親。也只能說，在這個時候還是識時務的。他想為自己的庶弟按下這件事。

可惜，僅僅是識時務。如果他早在看到那盞燈的時候做出反應，或許，她今夜就算計不得崔衡之了。

傅念君靜靜地望著崔涵之。可惜，就算他現在如此識時務，他這樣的示好，她也並不會看在眼裡。

因為崔家對她來說什麼都不是，只是早晚會擺脫的麻煩罷了。

傅梨華卻因為崔涵之說了這話更顯得有些怒不可遏。她的腦子一向就不太懂得轉彎，只覺得崔涵之是想擋下傅念君的醜事，為她挽回臉面。他的態度怎麼就和上次來傅家時變了那麼多？難道他還真對傅念君……簡直豈有此理！

「妳！那個明明就是……」她咬牙想再嗆一嗆傅念君，卻被一股力氣拉住了手臂。

回頭見到大娘子傅允華朝她搖搖頭。「四姊，別說了。」

傅梨華卻不死心。「大姊，妳放開我，我……」

她沒來得及繼續針對傅念君，因為有下人回來的稟告打斷了她。

「夫人，」這是姚氏帶出來的護衛。「前頭有人認出了那『淫賊』……」他斟酌了一下才繼續說：「有人認出來，說那確實是崔家九郎君。」

姚氏只能睜目結舌。什、什麼……

崔涵之的臉色黑了黑，他立刻當機立斷對那護衛道：「煩請你去一趟崔家通知家父……」他自己立刻要往府衙方向走。

蔣夫人在哭的空檔拉住了崔涵之。「五、五郎，或許不是的，不會是那樣的，他們看錯了……」

崔涵之默默嘆了口氣，對蔣夫人道：「阿娘，妳先回家，這裡有我。」

他在這方面的見識，畢竟不是蔣夫人這樣的深宅婦人能比的。

事情發生了，應該去求證、去解決，而不是抱著那「萬一」的念頭。

崔涵之轉身又向姚氏作揖。「今日掃了夫人雅興，望夫人恕罪。」很冷淡的一句話，就是告辭了。

姚氏還要說什麼，可崔涵之已經轉過了頭，沒有給傅家眾女眷一眼，匆匆離開了。她心裡滿是火氣，回頭一看，傅念君依然坐在橋沿上，正在仰頭看著天上的星星。

「妳！」

傅念君望向她，笑了笑。「母親想說什麼？」

「是妳做的！」姚氏叫道。

是啊，誰都能看出來。傅念君想。

「母親快些去找方老夫人商量個什麼法子吧，否則怕是對爹爹不好交代。」她是十分誠摯地給了這個建議。

「有什麼不好交代的！」傅梨華站出來替姚氏說道：「妳可真不夠要臉的，吃著碗裡想著鍋裡的，有了哥哥念著弟弟。怎麼，把崔九郎算計成這樣，算妳能耐是不是？」酸的意味很明顯。

「四姊好重的戾氣。」傅念君站起身，裙子上卻無一絲褶皺。「也不知是替崔五郎心疼，還是替崔九郎心疼，總歸不是心疼我這個姊姊。」調侃的意味也很明顯。

傅梨華連連冷笑，還待要說什麼，卻被姚氏喝止住了。

「住口！」姚氏沉著臉。「回府。」

她只扔下這幾個字，便匆匆轉身走了。一副不願多與妳計較的樣子。

傅梨華被傅允華和傅秋華一左一右拉著勸著要將她往回帶。

「妳們……妳們放開我，我、我要教訓她！」

大娘子傅允華急得額頭冒汗。這可是外頭呢，她們剛才在橋上那一齣，已經引來了不少人圍觀，若是任憑四姊再口無遮攔下去，可是帶累了傅家的名聲。

三個小娘子越走越慢，很快就與姚氏隔開了一段距離。

「可惡！」傅梨華還是不肯甘休，扭著要掉頭去教訓傅念君。

她到底為什麼會這麼氣啊？五娘子傅秋華不太明白，用眼神求助傅允華。

傅允華默默垂下眼睫，嘆了口氣。

四姊氣的，是傅念君沒有著她們母女的道，順利脫身出來，反把崔九郎帶進了溝裡，而她們母女在崔五郎和蔣夫人面前丟盡了臉面。她在傅念君面前拿不住理，就只能通過這種方式來宣洩怒氣了。

傅梨華不是一向就這麼不講道理嗎？真是像極了姚家那位方老夫人。

幾個人拉拉扯扯的，一不小心就撞到了前面正喝喝呼呼走在路中間的幾人。

那幾人一看是幾個美貌的小娘子，就不由變了面孔，尤其是當先一個油頭粉面的小子，眼睛一眨不眨地盯著眼前三個傅家娘子。

「他娘的。」突然一個人把這色迷迷的小子踹開，隨即惡狠狠地對眼前幾個小娘子說：「別擋路，速速讓開！」顯然是沒有想調戲的意圖。

那人臉上有幾道新傷，鼻青臉腫的，顯得多了幾分凶神惡煞，正是昨天挨了齊昭若打的焦天弘。他憋著一肚邪火，可又不敢上駙馬府直接挑釁，更加不願承認自己昨天竟被齊昭若那一向弱雞的人打成了個豬頭。

今天再次滿街遊蕩，他琢磨一定要逮住齊昭若，雪一雪恥。因此今天這路上就是有再漂亮的小娘子，他也沒興致。

傅允華見他們也無意為難，想著多一事不如少一事，便想挪步。

誰知傅梨華又不知發哪門子瘋，捂著臉尖叫起來：「你們敢！我是傅相公之女，你們休想輕薄於我！」

焦天弘抽了抽嘴角。哪個說要輕薄她了？就這姿色還以為滿天下都要輕薄她呢？

他又忍不住踹了旁邊那小子一腳，什麼眼神，這也要盯著看！

「焦兄，是傅相公家……」有人提醒他。

焦天弘突然眉目一凜，想到了今天白天特地叫人去打聽的消息。

齊昭若和傅家二娘子似乎有些來往，但究竟是不是相好也沒人確定，畢竟這傅二娘子同時和很多人來往。逮不住齊昭若，逮住他那個相好的也行，架打不成，銀子也不能就這麼被賴了。

焦天弘想到齊昭若那張小白臉就氣得頭頂冒火，此時也不管什麼傅相不傅相了，當即道：「妳們哪個是傅二娘子？」

他一看就是來者不善，傅允華也不想多做糾纏，看見遠遠地幾個護衛正在掉頭找她們，她心裡也鬆了口氣，不想和這幾個紈絝廢話。

誰知傅梨華一聽他們找傅念君，便忙道：「就在東邊一百步的橋上，她剛才就在那，我是她妹妹。」

焦天弘聽了她的話，也沒說留個心眼想一想，磨了磨牙，當即揮一揮手。

「走。」也不再理會她們幾個。

傅允華和傅秋華都望著傅梨華。「四姊，妳……」

傅梨華卻很有道理。「我、我膽子小，被他們一嚇就……」

傅念君身邊沒有帶護衛，畢竟上元節裡的東京並不亂，即便像出了崔衡之「淫賊」那出戲，也會很快被人制住。

「可那幾個人畢竟……」這麼氣勢洶洶的，傅允華還是有點擔心的。

不過傅梨華和傅秋華顯然都很不以為然。傅家的幾個護衛走近了。

「娘子們，適才那幾位……」

「不知道是哪裡來的紈綺子弟，好在沒有生事。」傅允華道。

輕描淡寫也就揭過去了，一行人便在人群中尋了路回傅家。

宗室子弟

傅念君走得很慢，昨天夜裡發生了很多事，聽說蕃坊那裡還著了火，她下意識地把周毓白和這件事連到了一起。

她也細細想過他說的那些太湖流寇。她對這件事沒有什麼印象，但如果真是牽扯到他的事，左右繞不開他那幾個兄長。她搖了搖頭，暫且不想這些。

「儀蘭，我想吃冰糖葫蘆。」她突然對身邊的丫頭說。

儀蘭笑了笑。「好啊，娘子，我去給妳買。」

傅念君停下步子等她。

焦天弘幾人沒花多大力氣，就在傅梨華指路的方向附近，發現了可能最像是傅二娘子的人。

「傅二娘子？」焦天弘頂著一張豬頭臉，衝到了傅念君跟前。

傅念君抬了抬眼皮。「不是。」

回答得十分自然流暢，芳竹在旁邊噎了噎。

「真不是？」焦天弘有些不信。

「真不是。」傅念君強調了一遍。

眼前來人這樣衝上來就要像是尋仇的樣子，她若還說自己就是傅二娘子，就真是腦子有點問題了。上元節裡這麼多人，反正誰也分不清誰。

焦天弘默了默，聽說那位傅二娘子是個很不知檢點的女人，這個小娘子的舉止卻很規矩，一看便是大家閨秀，好像是有點不像。

漂亮倒是漂亮，不過焦天弘現在沒這心思。他又揮了揮手，打算叫身後的人換個方向，再去找「傅二娘子」，期間他似乎都沒想到要懷疑一下傅梨華的話。

他們無頭蒼蠅一樣亂竄，偏還要維持著紈綺衙內們的舉止。真是傻得可愛。

傅念君不由感慨。不過自己幾時會惹這樣的人？她想不明白，芳竹也說從來不曾見過他們。

「傅二娘子。」傅念君突然聽到有人喚她。

「傅二娘子，果真是您，我家郎君……」

突然冒出來的熱情小廝打斷了傅念君的計畫，焦天弘等人倏然轉過頭來。

所以該來的都逃不開嗎？傅念君望著那小廝，這一個又是誰？傅饒華到底在東京城裡創造了多少奇事，真是人怕出名豬怕壯。

那小廝還沒發現焦天弘等人已站到了他身後，興沖沖地指指對岸亮著燈的茶樓。

「我家郎君排行第六，和您也算有過一面之緣，特地喚小的來和您打聲招呼……」

排行第六？難道是東平郡王周毓琛？他和自己打招呼做什麼！

傅念君沒來得及細想，眼前那小廝就被人一下子撥開了，焦天弘氣急敗壞道：「妳果真是傅二娘子！敢騙我！」

傅念君十分氣定神閒。「我不認得你，自然不知道你要找哪個傅二娘子。」

焦天弘恨聲道：「妳就是那齊昭若的相好，是不是！」

傅念君終於明白了，原來是那位給她帶來的麻煩。

「不是。我不是他的相好。」

焦天弘顯然聽不進去，他的人一步步圍到了傅念君和芳竹身邊。「他欠了我的錢，拖了幾個月，他說了他相好的有錢自然能弄來。傅二娘子，妳可別說妳不知道！」

傅念君想到了自己剛來這裡的時候，說是齊昭若曾經想和她合作開水產行，後來被柳姑姑等人勸下了，在萬壽觀時他還又特地來催促過一次。

這事挺蹊蹺的。邠國長公主和齊駙馬難道會沒錢嗎？齊昭若會缺這點錢？可他寧願想法子到傅饒華手裡騙，就說明這事不能向長公主開口，更不能讓她知道。

他應該碰到了一件棘手的麻煩。估計和眼前這人有關。

傅念君又上下打量了一番焦天弘的衣著打扮，看出他應該家底也不凡，都不像缺錢的人。「我不知道，我也沒有理由替他付錢。」傅念君很冷靜。「這位郎君，逼迫一個小娘子不是君子所為，這世上還有王法。」

焦天弘怒火騰然。「他娘的，你們倆是算計好的吧！他有個長公主當娘就得意上天了，妳也很行啊？今天就讓妳嘗嘗……」

「焦天弘，你在做什麼？」

一道溫和的聲音突然響起，焦天弘的火氣驟然滅了，他驚愕地轉過頭，不知何時旁邊已經站了好幾個少年郎君。

為首那人青衣寡淡，眉眼如遠山和煦……

他嚇了一跳。「郡、郡王……」東平郡王周毓琛，他怎麼會在這？

周毓琛走上前，指了指一個灰頭土臉的小廝，嘆道：「我讓阿衡來和傅二娘子打聲招呼，你一下把他撥落到泥潭裡，我可都看見了。你瞧瞧他這身衣裳，你對我府裡的人有意見？」

焦天弘噎了噎，他剛才怒氣衝衝殺過來的時候，傅二娘子跟前好像是有個什麼東西被他一下撥開了。是這個小廝嗎？

他看了愁眉苦臉的阿衡一眼。他竟然剛才沒認出來這小子！阿衡這傢伙他都不知見過多少回了啊……

「沒、沒有。」焦天弘立刻氣短了。

他的父親焦定鈞百般討好張淑妃才在朝中有如此穩固的地位，他們焦家，自然是站在張淑妃母子身後的。

而東平郡王，正是張淑妃寄予厚望的小兒子。焦天弘和周毓琛自然是有些交情，應該說，他就是有天大的火氣，只要周毓琛說一句，他半點聲響都不敢有。

卻偏偏是他！要是回去被他老子知道了，少不得一頓鞭子，焦天弘一想就覺得肉疼。

周毓琛向傅念君望了一眼，她盈盈朝自己福了福。

他轉回視線，對著侷促不安的焦天弘道：「什麼銀錢？」

焦天弘恨不得吞了自己的舌頭。「沒、沒有……」

「和表弟有關？」顯然他什麼都聽到了。

周毓琛又笑了笑。「我自然會去問他，但是他的帳，你來和傅二娘子算是什麼道理？」

他講話十分平緩，比常人慢一些。

焦天弘倒是不知道這小娘子這般有本事，竟還搭上了東平郡王。

「這、這不是，人家都說齊大郎和傅二娘子……」

周毓琛咳了一聲。「人家都說什麼了？我沒聽說過。」

焦天弘立刻住嘴了。這是很明顯的袒護啊。

美色惑人，當真是美色惑人啊。焦天弘不由在心裡叫苦，若讓張淑妃知道了……

他不敢再想下去，因為周毓琛很明白地說：「看時辰也不早了，你還不回去？令尊可知道？」

焦天弘最怕的就是他老子。

「郡、郡王，我走，您會不會……告訴我爹爹？」

周毓琛想了想。「看我明早還記得不記得吧。」

焦天弘當然知道，這記得不記得，全靠自己表現。當下麻利地就帶著身後的跟班跑了個無影無蹤。直到到了看不見的地方才敢把今天給他亂報告消息的小弟踹上幾腳。

誰說傅二娘子的相好是齊昭若了？人家分明是東平郡王罩著的！

傅念君也頗為不解，周毓琛好好的幫她解這個圍做什麼？他們可是毫無半點交情。

而此時她看見周毓琛身後的幾個少年，也都紛紛向自己投來了好奇的目光。

傅念君向周毓琛道謝：「今日謝謝您了。」

「無妨。」周毓琛道：「不過是湊巧。」

並不是湊巧。傅念君微微笑，等著他繼續發話。

周毓琛身後鑽出一個十五、六歲的少年，團團喜氣的一張臉，也算清秀，露著尖尖的小虎牙。

「這就是傅二娘子？七叔相護的那一位？」

傅念君愕然。七叔？是指周毓白嗎？

周毓琛向傅念君介紹道：「這是我大哥的長子，不過比七哥小了半歲。」

是大皇子肅王的兒子周紹雍……

傅念君自然向他行了禮。看起來比實際年紀要小的周紹雍笑嘻嘻地受了她的禮，眉眼間卻全是揶揄。

周毓琛身後另外還有三個少年，其中一個笑道：「六郎怎麼不介紹我們？」

周毓琛說：「自然是要一個一個來的。」

傅念君實在也想不到自己有和這幫人「一個一個來」的必要，可這些人都是宗室子弟，身分貴重，由不得她做決定。

「這是清源郡公，這是馮翊郡公，這是咸寧郡公……」周毓琛耐性很好，按照年紀長幼一點都不馬虎地向傅念君介紹了自己身後這幾人。

傅念君花了一點時間才想明白這幾人的來歷。

本朝開國皇帝太祖周輯並非無子，他死後兄終弟及，弟弟太宗周較登上皇位，太祖自己的兒子便被封為吳王，如今已經過世，這位清源郡公周雲霰就是吳王之子，太祖皇帝僅剩的嫡系血脈了。

這人的年紀比周毓琛略長兩歲，面龐瘦削英俊，下頷線條如刀削一般，眼神倒是平和，疏離客氣地朝傅念君點了點頭。

太祖有兄弟三人，除了太宗，太祖還有一個極疼愛的幼弟，秦王周輔，周輔故後留下兩個兒子，咸寧郡公周雲禾和馮翊郡公周雲詹就是他的孫子。

周雲禾年紀尚小，卻眉目俊朗，面相看著十分溫和，和周毓琛周身氣派十分相似。只是到底少年心性，他瞧著傅念君的眼神也同周紹雍一般閃閃發光。為的是什麼，傅念君心知肚明。

而馮翊郡公周雲詹與周毓琛一般年紀，因為少年喪父，眉宇間含著兩分沉重。他是周家這幫俊俏郎君中外貌最好辨認的一位。聽說他的母親是西域胡女，因此鼻梁與眉骨生得比尋常中原人更挺拔突出些，眼睛也不大一樣。只是傅念君沒有機會看清，因為這位對她的興趣顯然不高，很快就偏轉過頭賞對岸的燈火了。

周毓琛向傅念君笑了笑。「如此傅二娘子可記清楚了？」

我為什麼要記清楚你們家的人？傅念君逼著自己壓下這句話，只好從善如流：「自然，各位郎君都是人品貴重之人，過目難忘。」

周毓琛的笑容中含了兩分不明其意的味道。

周紹雍卻用肘子頂了頂他。「六叔，你豈不是越俎代庖了，七叔自然會幫傅二娘子的……」

傅念君望著他道：「郎君說笑了。」

「怎麼能是說笑？我七叔去傅相公府裡英雄救美的事已經傳遍大內了呢……」周紹雍眨了眨眼睛。

「英雄救美……」傅念君把這四個字在嘴裡盤旋了一遍，實在不知道如何接話。

怎麼說都是越描越黑。那日的場面那麼亂，來來往往這麼多人，她和周毓白又沒過分接觸，這話是怎麼傳出來的？

其實這件事，兩人都覺得很冤枉，大家之所以對周毓白和傅念君有這樣的誤會，完全是拜邠國長公主所賜。邠國長公主當日進宮哭訴之時，倒是沒怎麼說周毓白的不好，只是對周毓白替傅念君說話這件事始終耿耿於懷，便多嘴說了幾句，覺得是傅念君迷惑了他，讓他神智不清了。

如此流言，一傳十十傳百的，宮裡女人們又都寂寞慣了，乍然聽說了這位神仙般俊俏的壽春郡王的風流軼事，自然都伸長了脖子，想看看這位能教他失了分寸的小娘子是何方神聖。

不止女子有好奇心，周毓白這些弟兄侄兒們也是一樣。開了年的上元，這是個最好不過的機會了。

傅念君吸了口氣，說起來，天家也和普通人家沒什麼區別。

她頂著周紹雍的灼灼目光，只說：「有些傳言，還是不能輕信。時辰不早了，我該回府了，各位郎君，告辭。」說罷周全地行了禮要走。

「哎……」周紹雍踏出一步想喚住她，卻被周毓琛打斷了。

「阿雍，別胡鬧了。」

周紹雍止住步子，不滿道：「六叔是怕七叔生氣？不過就是看看罷了，我又不會如何。七叔他從來不愛近女色，難得……」

周毓琛感到無奈。「你這聽風就是雨的性子……」

「傅二娘子倒不如傳聞中那般不堪。」周雲禾小聲地與周紹雍道。

周紹雍也點點頭。「看來此中必有曲折。」

周毓琛敲了敲他的頭。「你又能知道了，等你七叔知曉你今日這般放肆，小心他動氣。」

周紹雍卻不怕。「他在查蕃坊失火一事，才脫不開身來管教我。」

周毓琛默了默，蕃坊失火，確實古怪。幾人回身去茶坊，周雲詹和周雲霰走在後頭。

「詹弟，在看什麼？」周雲霰問身邊的人。

周雲詹收回視線，搖搖頭。「沒什麼。」

周雲霰沒有忽略他視線望去時，那抹隱去在人群中的影子。他眸光閃了閃。「走吧，不要看了。」

§§§

傅念君回到府裡，只覺得滿頭亂麻。

她一直以來的想法，就是敵明我暗，哪怕決定插手朝局之事，也只能暗暗攪動渾水，這幫皇家子弟，哪一個是省油的燈?!

如今她若這麼和周毓白扯上關係，必然盯在自己身上的眼睛就多了很多，就如今天一般。那她日後再有什麼舉動，除了防府裡那幾個，還得防府外，怎麼想都覺得吃力。

「娘子……」

芳竹給她端了燕窩上來。一次見到這麼多俊俏郎君，這還是頭一遭呢，誰知娘子竟這般懊惱，哎，她覺得娘子如今是心思越發重了。

「派出去的人回來了嗎？」傅念君問道。

該記著的事，她一刻都不敢忘。大牛來給她回話，說是跟著傅淵出門的人回來了，已經打聽清楚，他今日確實和大理寺評事鄭端有約，但是鄭端的夫人魏氏到底有沒有同行，就不能確定了。

「那間王婆子茶肆呢？魏氏常去的那家，打聽清楚了沒，東家是何人？」

結果清清楚楚，背景一乾二淨。

「娘子，這種積年的老店，怕是不好做手腳的。」儀蘭也道：「王婆子茶肆開了少說也有二十年了，要真說有問題，難不成二十年前就有問題？」

傅念君也緊緊鎖著眉。可她就是懷疑，懷疑那個魏氏的背景不簡單，懷疑她常去的那家茶肆必然有什麼隱情。

如果不是她庸人自擾，那就只可能是對方本事太大，把線索藏匿得她連一點點都抓不到。

「算了，暫時不去查了。鄭端和魏氏夫婦依舊盯著些，還有，派兩個人去打聽打聽登聞檢院朝請大夫荀樂的近況，事無巨細，一概仔細整理彙報我。」

大牛領了命退下。

芳竹和儀蘭覺得實在奇怪，這些人，她們娘子到底是幾時認識的？

§§§

說到正月十七這日，在姚氏的忐忑之中，崔衡之的事終於也漸漸在傅家傳開了。

說到前一天晚上，崔涵之親自趕往府衙，想領回已被各路義士折騰得沒個正形的崔衡之。可是開封府的官吏自少尹大人伊始，到下屬官差，個個是清高正直，崔郎中和崔涵之兩人出面還保不下個崔衡之，仍是讓他在獄中饑寒交迫地過了一夜才算放出來。

本來是要開堂審案的，可是苦主消失了，也沒個能提供證詞的，問了揪崔衡之過來的熱心義士們，只說昨天就沒看見那被輕薄的女子了。

蘇姑姑自然是早就功成身退，不留半點痕跡。傅念君原本也就是這個目的，打一拳就跑，何況這一拳，也夠重了。

如此最後崔衡之總算被帶了出來，整個人卻精神恍惚，癡癡呆呆，身上惡臭難聞，如同在垃圾堆裡扒拉出來的一般，就是街頭的乞丐彷彿還比他乾淨些。

崔郎中氣得恨不得將他逐出家門，雖說證據不足，可崔衡之「採花淫賊」一名聲早就悄悄傳開了。

人言可畏，尤其是崔郎中這般愛惜羽毛之人，當下拂袖而去，看也不去看這兒子一眼，還是崔涵之找人把他抬了回去。

崔家的張姨娘早已哭得呼天搶地，恨不得用額頭撞碎了門口的青磚。

蔣夫人也哭濕了好幾條帕子，嘴裡不斷念叨著：「真是丟臉……崔家，五哥……可怎麼辦……」

兩個婦人各自為了兒子，什麼都能怪到對方身上去。

張姨娘怨恨崔涵之，覺得是他與傅念君算計了自己兒子；蔣夫人怨恨崔衡之，覺得他丟光了自家和兒子的臉面。

崔郎中一個都不理，只大怒道：「再哭，把妳們全綁去傅家！」

然後竟二話不說把張姨娘塞了嘴，捆了關柴房去了。如此就剩下蔣夫人一個哭得抽抽噎噎的。

「老、老爺，為、為什麼是綁、綁去傅家……」

也不知是不是和張姨娘比哭爭長短讓她有些得意了，竟問了這麼一句蠢話。她就不明白自家哪裡對不起傅家了，說起來還不都怨傅念君那個妖孽，她才是專門來禍害崔家的！

崔郎中氣得鬍子直抖，手上一個控制不住，抬手就把書房裡平日寶貝得要命的青花三足筆洗砸爛在她跟前。

「妳去問問，張氏那個蠢貨和傅家夫人怎麼合計的？啊？九哥有什麼本事能搭得到傅家去？說到底都怪妳，妳才是崔家的主母，如果不是妳處處看不上傅家二娘子，上次還被攛掇著想私自攪黃了五哥的婚事，張氏敢生這麼大的心嗎？用庶子頂嫡子……」

崔郎中又冷笑一聲。「你們把傅相公當什麼了，九哥和張氏敢動這種妄心，還不是妳縱的他去撩撥人家傅氏的嫡長女？哼，狗膽包天！

「傅家就是派人把他打死了，我在朝堂上也不敢說一句話！妳以為傅二娘子有這麼大膽子敢把九哥算計到這地步？這是傅相默許的！就是要給妳們這些掀不開眼皮的愚蠢婦人看看，就是用後宅的手段解決，該怎麼解決這種事！」

崔涵之一直負手站在母親身邊，只側身替她擋了筆洗碎裂的瓷片，其餘時候都只一言不發，也沒有幫著勸父親。因為他也知道，這件事確實難辦。

崔郎中氣得呼哧呼哧直喘氣。怎麼他這位夫人，竟會這樣一天比一天蠢，她到底是怎麼做到的？自從上次他大罵過後，他以為她總算能收斂點了，可沒想到她就好像是和自己槓上了一樣，在不著調的路上一路走到黑。

蔣夫人卻哭得更響了，她覺得自己可真真是冤枉透頂。

「老爺，妾身雖然糊塗，可是自從上回做了錯事，哪裡還敢再隨意插手五哥的婚事。那張氏本身就是個主意大的，俗話說只有千年做賊的，哪裡有千年防賊的？她要算計這樁事，妾身哪裡知道，老爺，您可不要冤枉妾身啊！」

崔郎中只冷笑。「這個張氏，我們府裡是自然留不得她了，但妳別說妳自己一點關係都沒有。妳很清楚，若是阿娘在此，哪裡是個張氏能翻出浪來的。二月裡她老人家就要上京來了，妳且跟著她好好學學如何治家吧，若學不好，就給我回丹徒老家去！」

蔣夫人渾身一軟，幸好崔涵之眼疾手快一把扶住了她。蔣夫人心如死灰，只無言流淚，再也說不出一句話來。

崔家老夫人奚氏是個厲害人物，比起她嫁給傅家的那位長姊，只贏不輸。蔣夫人最怕的就是她，若是自己不在夫婿兒子身邊，去陪著那一位，她可真是不想活了！

「阿娘。」崔涵之嘆了口氣，慢慢地扶起蔣夫人，輕聲道：「爹爹氣得狠了，這兩日妳避著些，等太婆來京，妳好好表現，妳不會被送走的……」

蔣夫人揪著兒子的袖子，好像抓到了主心骨般，點點頭，這才有力氣被丫頭們扶回房去。

「五哥，你跟我進來。」崔郎中稍微氣順了些，這個家裡，真是沒幾個能說明白話的人。

「這件事，你怎麼看？」他扶著桌案，問崔涵之。

崔涵之垂手站著，蹙眉道：「還要靜觀其變，看看傅相公的意思，若是傅家夫人那裡……」

傅琨若是罰了姚氏，態度即很明確了，不但不能追究傅念君的責任，他們父子倆怕還是再要去道一次歉。

崔郎中長嘆一聲。「倒是我從前小瞧了傅二娘子，瞧瞧她做的這事，不要說你阿娘，就是傅家那位夫人也擋不住。」

崔涵之倒是對此不太苟同。「本來也不是件多聰明的事。」在他覺得，姚氏此舉並不明智，因此也說不上傅念君就是多聰明。

崔郎中有些忿忿。「那位傅家夫人可也讓我刮目相看了，從前以為至少是個通達的，怎麼會出這種餿主意。」他頓了頓，把視線放在兒子身上。「她對你們母子的態度卻是有所改善。五哥，難不成她一邊打著九哥的主意，一邊還打著你的主意？」

這婦人！崔涵之也有些微微訝異，可一想到當日姚氏強迫他和一幫小娘子們同行賞燈，也覺得十分彆扭。「無論如何，此次被姚夫人一攪和，我和傅二娘子的婚事怕是……」

他心裡還是存著一絲希冀，或許他和傅念君不必要此生彼此綁在一起呢？

可他卻被崔郎中一抬手打斷了。「這不用你擔心，你阿娘不著調，好在你還有個好太婆，等你太婆進京，我們和傅家的關係自然能有所改善。」

崔郎中想到自己的老母親就有些悵然。「我年輕時一門心思讀書，在人情治事上全仰仗你太婆。原以為娶了你阿娘就能由她接手打點，可沒想到……」他搖頭嘆息。「到頭來有什麼事，還是只有你太婆能來接擔子。」

崔涵之只好安慰親爹：「傅相公內宅尚且不穩，爹爹不用如此妄自菲薄。」

「傅相可比你爹爹有謀算多了啊。」崔郎中見兒子不明白此中關節，耐心解釋道：「他縱著妻子岳母胡鬧，可鬧起來卻又傷害不了傅家根底，這都是籌謀好的。你要知道，位高權重者不能太過白璧無瑕，因此這後宅矛盾，對傅相來說也十分必要。」

崔涵之仔細地聽著，這都是他日後要學習的典範。

「但是我們就不一樣了。」崔郎中不由黯然。「我本就不算太眼明心亮，你阿娘又糊塗至此，連張氏母子這點小心眼都沒注意。如今九哥鬧出這樣的事，他算是徹底廢了，這是傅家給我們的教訓，可我們不僅不能討回公道，還只能笑著把苦果往肚裡吞。九哥雖不成器，可到底也是我的兒子、你的弟弟啊！」

崔涵之心裡也默默痛惜。「如今看來，把九哥送回老家或許是個轉圜的方法。」這東京城，他是不能再留下了。

崔郎中望著崔涵之，語重心長地又勸了幾句：「五哥，其實你我對傅二娘子的認識不過浮於表面，人往往會銘記自己初時的印象而忽略了別的細節。日後你再去傅家，萬不可再被偏見蒙蔽了雙眼，要好好看看她是個怎樣的人。」

崔郎中到底在看人一方面還有幾分眼光。「若她能有這樣的心計和手段，把九哥折騰到如此地步，必然是位女中丈夫。你瞧瞧，近來關於她的傳聞，已漸漸轉變……」

崔涵之皺眉。他不瞭解傅念君嗎？他不想去瞭解。爹爹不知道，她是個怎麼不知廉恥、放肆妄為的女人。

「爹爹為何反而會欣賞她的所作所為？她對付九哥的手段如此狠毒又不留餘地……」

崔郎中卻只覺得他年輕不懂事。「世家後宅和朝堂鬥爭一樣，風起雲湧。對別人留餘地，就是不給自己留餘地。你要記住這一點，你阿娘她就是永遠參不破這個道理。」

才被李夫人聯合著她娘家嫂子把她騙了個團團轉，甚至這次，又著了姚氏的道。

崔涵之抿了抿唇，表情有些掙扎。「是，孩兒知道了。」

崔郎中感慨，他這番教子之訓，也不知他能聽進去幾分。

§§§

傅家這裡，傅念君自然要去向傅琨交代。

「妳如今越發厲害了，崔九郎雖不堪，可此番吃這樣大一個虧，確實也有些太嚴重了……」傅琨嘆道。

雖然他覺得那等人品敗壞之人無甚可惜，可他確實驚訝於傅念君的出手。

「女兒也是為求自保。」傅念君苦笑。「依我的名聲，一分壞能被說成十分，十分好也能被說成一分。人言可畏，爹爹，我連半分錯處也不能在這上頭犯了。」

傅琨也能理解。從前怎樣是從前，這男女之事，本就說不明道不清，前頭已經有個齊昭若帶累得她這樣，後頭可不能再來個未來小叔再拖她後腿。

「妳倒警覺。」傅琨微微笑。

「即便我不警覺，不是也還有爹爹幫我看著呢。」傅念君放軟了聲音，帶了幾分撒嬌意味。

「爹爹不就是縱著我自己處理，十六那晚上才不肯留在家中。」

傅琨默了默。「念君，爹爹對妳有愧。其實，我心裡也不大願意相信妳母親她會……」

會這樣一而再再而三地咬著她不放。

傅念君知道姚氏在傅琨心中雖遠不及她生母大姚氏的地位，可到底這麼多年夫妻情分在，因為這樁事，傅琨也不可能把姚氏休回家去。

傅念君很懂得順坡而下。「我自然知道爹爹心疼我，不然也不會指派給我這麼多人手，由得我放手去做事。這在旁人家，哪個未嫁小娘子能這麼放肆的。」

她挪到傅琨身邊，笑咪咪地道：「我對母親也無多少怨恨，她此番這般做，不過是心中意難平罷了。四姊的婚事沒了，我和崔家五郎的親事卻逐漸穩固，她自然心裡不暢快，不過是想我嫁不成崔五郎罷了。可她不知道，我原本就不想嫁給他呀。」

這一點傅琨也早就在心中認定了，只等崔家奚老夫人到京替傅念君行完及笄禮後，再做退婚商量。

「如此，妳是怎麼想的？」傅琨有些好笑地看著她。

他一直寵愛女兒，在他心裡，傅念君與姚氏母女最大的不同，就是她對自己永遠會坦然相告，什麼念頭什麼想法，她不怕自己這個父親知道。

也正是因為這一點，傅琨才敢放心給她手下撥人，讓她擁有完全不同於傅家其他小娘子的權力。

他不會休了姚氏，他早就知道姚氏對待傅念君並不盡心，所以從以前到現在，他給了傅念君足夠的本錢，讓她自己能保護自己，甚至偶爾給姚氏吃些排頭時他也能睜一隻眼閉一隻眼。

「怎麼想嘛……」傅念君歪頭想了想。「母親想把我與那崔九郎配做對，不如倒全了她愛作媒的心意。如今崔九郎是連門都不敢出了，這親事怕也談不攏，不如讓母親操心操心。」

她朝傅琨眨眨眼。

這可真夠討人厭的！

「妳……真是鬼靈精。」傅琨也無奈。女兒比以前懂事多了，姚氏這麼算計她，她竟也不說要追究責任，只想了這麼個辦法噁心噁心她。

傅念君又道：「好事成雙，還有四房裡大姊，這兩日我看母親總把她帶在身旁，不如讓母親也替她謀畫門好親事。」

她沒把話說明白，姚氏那可不是為了大娘子傅允華著想，是想把她往崔涵之面前湊呢。

傅琨摸摸鬍子，覺得這法子很不錯，給姚氏安排些事情做，免得她時時想攪得家裡不安定。

「就按妳說的來辦吧。」

不得不說傅念君這主意陰損至極，姚氏在忐忑心裡度過了兩、三日，甚至連哀求的腹稿都打好，還準備了素衣素鞋，以備必要時演一齣自請下堂的苦肉計。

那傅念君可不會輕易放過自己！姚氏在心中篤定。

可誰知道傅琨竟一句責備的話都沒有，只說崔家那裡，崔九郎的事傅家也要體恤一二，讓她去辦他的婚事。崔家如今是對傅琨的話唯命是從，崔郎中當然只有同意的份。

姚氏一個頭兩個大，這幾天外頭誰不曉得崔九郎的笑話？

雖然事後崔家放出過風聲，說是崔衡之被人構陷誣衊，證據未足，並不是那採花淫賊。可到底在府衙裡被關了一夜，他那風流瀟灑的俊俏郎君形象，是崩塌得什麼也不剩了。她該怎麼和這麼個人去說媒？

還有傅允華的親事，竟然也壓到她頭上了！傅允華自己有親娘四夫人金氏，需要她來操什麼心？這回真是偷雞不成蝕把米了。

可姚氏卻不敢不去辦，這一回是她理虧，上回的事傅念君就已在府裡府外博了個可憐名聲，若這次她算計繼女和人私通的事被捅出去，姚氏這大夫人的形象也再難維持了。

§§§

傅念君覺得心情甚為不錯，就摸索著到二房裡陸氏這兒來，感謝她派蘇姑姑幫忙是一回事，再者她想問問那個連夫人的夫家，武烈侯盧璿的事情。

倒是她還沒走到門口，就見到四夫人金氏急匆匆地出來，臉色很不好看。

傅念君朝她打了個招呼：「四嬸娘可好？」

金氏皮笑肉不笑地朝她點點頭。「是二姊啊，妳的氣色倒很好，看來近來很順心吧。」

這話裡的酸味讓傅念君差點聽笑了，意思就是金氏自己不順心唄？

腳。

陸氏輕輕「嘖」了聲，對她們迷茫的眼神和呆滯的表情很是不滿，打發她們倆去茶房裡歇

芳竹和儀蘭聽得一頭霧水，這是什麼跟什麼？她們娘子和四夫人可是沒有一點接觸啊……

傅念君抿嘴笑了笑。「果真沒看錯四嬸娘。」

陸氏放下手裡的書，也不起身，只道：「還不都是妳鬧出來的事。」

「她來做什麼？」傅念君好奇地問側臥在榻上看書的陸氏。

金氏用眼梢往傅念君身上掃了掃，轉身離開了。

「還算一切平安。」

「哪裡找的丫頭，用著也不覺得累。」陸氏撇撇唇。

傅念君是知道她的，對於愚魯的人從沒什麼好聲氣。

「能用就行，還挺有意思的。」這兩個丫頭經常在不合時宜的時候語出驚人，習慣了以後傅念君倒還覺得挺有趣。

金氏為人，傅念君還是清楚一二的，所以金氏此來和陸氏說什麼，傅念君大概也能猜到。

「她素來就是個心眼多的人，大嫂如今攬了要替崔家九郎說媒的事，一併還有四房裡大姊兒的婚事。金氏素來就愛往那透風的牆裡湊，這回大嫂動妳腦筋，大概就是想把崔五郎換給大姊兒做親，金氏表面上裝不知道，心裡也是千八百個樂意，估計在被窩裡也偷樂了個兩、三回。如今知道這事不成了，她心底發虛，就以為大嫂是要將大姊兒打發給崔九郎做媳婦了。」

陸氏不由笑起來，對傅念君道：「妳可真是個黑心肝的，折騰了她們，還費了我工夫聽她左右試探……」

傅念君告罪：「二嬸饒了我吧，我也不曉得她會來找妳探話。」

姚氏的意圖是想拉攏金氏，金氏本來就多心，現在事情兩下裡一湊，她自然想法就多了，以為姚氏要用自己的女兒去填崔九郎那個坑，因此才顧不得別的想找陸氏探聽探聽。

「真有那種沒臉皮的人。」陸氏對金氏第一回說這麼重的話。「往日有什麼事躲得比誰都快，連自己女兒的事都想要別人去衝鋒，還真以為普天之下皆是她的奴才了。」

顯然適才與金氏的那一番話讓陸氏很不愉快。

金氏雖和她處了這麼多年妯娌，其實並不瞭解她，要命的是，金氏還以為自己相當懂得平衡府中關係，認為對付陸氏是遊刃有餘。

傅念君只道：「恐怕四嬸娘日後會在這油滑周旋上吃苦頭。」

「懶得理她。」陸氏翻了個白眼。「她的兒女大了，四弟不管事，有的她出門去交際的時候遇到聰明人，瞧她怎麼被打臉吧。」

四老爺傅瑞是個清雅高潔之人，喜愛遊歷名山大川，結交四方文人雅士，興之所至，就和人作詩飲酒，揮毫潑墨。醉個三五日是常事，一年裡有大半年不在家，根本想不起來府裡的孩子妻子。

四夫人金氏雖有她的難處，可到底靠著傅家這棵大樹，誰也不會短了她吃穿，她卻如此熱衷於耍心機四處挑撥，就很讓人不耐了。

「妳今天來是有什麼事？」陸氏直接問傅念君。

傅念君也不和她含糊。「是有點事想問問二嬸，關於武烈侯盧璿，還有他的夫人連氏……」

陸氏挑了挑眉。「打聽他們做什麼？」

傅念君咳了聲。「上元節夜裡，遇到了與三哥交好的大理寺評事鄭端的夫人魏氏，魏氏身邊就有這位連夫人，一時有些好奇……」

陸氏不太出府，不知傅念君是遇到了什麼契機想打聽盧家的事，但總歸她做事還算有分寸。

「盧璿是前朝柴氏後裔，這連街頭三歲小兒都知道……」

「正是。」傅念君道：「連夫人也是閩國舊臣之後。」

陸氏終於坐直了身子，目光平視前方，靜靜道：「妳對前朝之事瞭解多少？」

傅念君搖搖頭，很坦誠說道：「不過爾爾。」

陸氏笑了。「確實，我們陸家這樣的人家，放在前朝也不過是個不輕不重的世家，可是有些人家，和我們是決然不同的。成為宋臣，對陸家而言，不過是氣節的問題，可對有些人，就是天下大義。」

比方盧璿這樣的帝裔嗎……只是天下大義這道理，傅念君卻不甚明白。她只靜靜地聽。

但是陸氏的故事卻不是從盧璿開始。

有些事傅念君很少關注，應該說即便關注了也不曾細細想過，這些已經塵封的往事和作古的人，如今才漸漸在陸氏的嘴裡有了正形。

「本朝未建立之時，時局紛亂，四方群雄並起，哪怕到了如今，許許多多世家貴族、朝中大臣，都是由那些貴族世家演變而來，許多都曾是一方砥柱，一時豪強。」

陸氏笑了笑。「當年後周國滅，盧璿不過幾歲年紀，字都不識幾個。是帝裔又如何，他能有如今的光景，不過是因為他養父盧琰的本事。」

傅念君也是知道盧家的。「越國公盧琰乃是玉川盧姓派系嫡支，自後漢起就是上等貴族世家，聽聞盧公更是得家族所長，人品與才能極為出眾。」

「是啊……」陸氏的神色懷著幾分恍惚。「盧琰也是二臣，侍奉了周室，又變節侍奉宋室，只是這二臣與二臣之間，卻也大不相同。」

由此陸氏講了一個傅念君不知道的故事。

當年太祖皇帝周輯採用七妙計策，廢後周皇帝為王，其餘公卿大臣不改變舊職。他和一批大將奪位成功進入內宮時，發現有一個小孩，太祖問這個小孩是誰，查問結果得知是周廢帝之庶弟，常年不受寵愛，生得畏懼羸弱。

宋太祖便環顧將領們，問該如何處置這個小孩。侍衛們揣摩太祖心意，迅將他抓起來準備處死。那小孩年紀雖小，也知自己性命難保，在大殿之中痛哭失聲，幾次昏厥過去。

其慘狀在眾臣眼中，卻只有盧琰不忍心稚兒殞命。他冒著生命危險勸諫太祖：「堯舜授受不廢朱均，今受周禪安得不存其後？」

這一句話，就這樣救下了盧璿的性命。

太祖生性本也不凶殘，就發令把即將被拖出大殿梟首的孩子救了回來，從此那孩子被盧琰收為養子，不再是後周宗室。

「盧琰侍奉周室時一片赤誠，侍奉宋室一樣嘔心瀝血。」陸氏嘆道：「太祖曾說他有『冰雪之清，松柏之骨』，當真不負。國朝之中，前朝舊臣不少，可何處再有一個盧琰？他不以變節為恥，不以二臣身分為辱，他教訓子孫，只叮囑他們不負盧氏清名，不愧天下百姓。」

傅念君心潮激盪，終於明白陸氏所言「天下大義」為何。

「所以，區區一個盧璿能有多少能耐？」陸氏道：「重不在他乃後周宗室，重的是，他有盧琰這樣一個養父。而他的夫人出自連家，這裡頭多少是衝著盧琰而去。」

原來是這般道理！傅念君終於明白過來。

帝裔好尋，名臣卻難求。

說起來盧琰的夫人連氏乃是閩國名將連重遇之後，這連重遇也算是個極有氣節之人，忠心不移，誓死護衛幼主，力戰而死。

陸氏說起連家的歷史：「當年閩國國滅，連重遇命子攜幼主逃入毗鄰的吳越國。當時中原正統乃是後周，他們幾方尋覓，也沒有再聽說過閩室王家後人的消息，後來也就作罷了。」

傅念君插話：「閩國國小勢弱，當時後周尚且處於內憂外患，恐怕沒有多餘的心思尋訪王氏遺孤了。」

當時這麼多小國林立，若個個滅了都要斬草除根，哪怕是再多兵馬也不夠用。

「不過，尋訪不到，大概是因為吳越國包庇吧。」傅念君說道。

陸氏點頭。「不錯，吳越國在亂世之中度過了這麼多代，沒有戰亂，還占據著如此豐沃的江南土地，不得不說，錢家人很會審時度勢。」

與壽命短暫的閩國這樣的小國不同，吳越立國以來歷時百餘年，一直十分安定，經營著名下的十三州，先後尊後梁、後唐、後晉、後漢、後周和宋為正朔，並且接受其冊封，在藩國之中兵力雖不強，財力卻不容小覷。

「確實，當年太祖平定天下，只有吳越王主動獻兩浙十三州之地歸宋，保全一族榮耀，實乃少有英明之人。」

既避了江南戰禍，又不損自家一兵一卒，且太祖生性並非殘酷暴虐之人，錢家將兵權悉數交出之後，朝廷並未多做苛待。彼時吳越王二子更是在太祖、太宗朝出仕為宦，成為文臣，在朝也算順風順水。

而錢家在江南依然被尊為吳王，朝廷雖然加的封號不同，可「王爺」之名依然跟了錢家人幾代。

到了三十年後，錢家已經幾乎無祖上恩蔭爵位在身，可依然是江南頂級世家，幾代以來累積的財貨，錢家人的富貴生活，怕是連皇室都比不上。

「錢家在杭州一帶根深蒂固，加上如此懂時務，可以說，不僅與皇室關係很穩妥，在江南百姓心中也很有威望。」陸氏繼續說著。

這世間的事並不是非黑即白，錢家保全了江南，保全了自家的錢財人力，讓江南一帶在時局紛亂之中幾乎無有損失。雖被滅國，可是祖宗基業，到底是葬送了還是留下了，恐怕也很難衡量。

「最近上元節，錢家人似乎進京了。」陸氏側首，傅念君很機靈地遞上了一盞茶。

傅念君知道陸氏的消息十分靈通。

「二嬸可知來的是什麼人？有何目的？」

「目的？」陸氏嗤笑。「左不過那幾件事。要麼就是官家又要賜婚錢家，要麼就是國庫裡短了銀兩。」

錢家金山銀山，一時要搬也搬不空，朝廷在江南一帶睜一隻眼閉一隻眼也有好處，左右錢家也算是皇帝的錢袋子。

傅念君默了默，一來二去，一個魏氏竟扯到了連氏、王氏、錢氏這三個家族……她越來越沒有把握，這個魏氏到底是個什麼來路。

陸氏卻給了傅念君一顆定心丸。「妳若是覺得生疑，必然不能放過任何一處關節。」

她整了整神色，把茶杯重重放在小幾上，換了極為嚴肅的表情。

「官家年紀一日比一日大了，立太子之事不能再無限期拖下去。妳爹爹必然是要站隊的，他如今在這個位置上不容易，容不得他和稀泥。朝廷已經有了一位老丞相，畢相公是老臣，油滑得像隻狐狸，必然會急流勇退。現在官家不肯放他歸隱，朝臣們也好望著他做風向，可也就是一兩年的事了；他退下來，接下來就是你爹爹和參知政事王永澄王相公，他們二人素來不和，往後少不得在立儲之事上多有分歧。」

陸氏的擔心也是傅念君一直以來的擔心。

「二嬸說得沒錯，如今朝局複雜，吳越錢家此次來京，恐怕各位皇子要動了。」

陸氏的眼神閃了閃。「恐怕已經動了。」

傅念君心情沉重，東京城裡，遠比她想像地還要暗流洶湧。

陸氏提醒她：「妳爹爹只有一雙眼睛一對手，明面上的鬥爭尚且顧不過來，何況還有這暗裡的。妳說那個大理寺評事鄭端和他妻子奇怪，刻意接近傅淵，確實要防。這件事上，妳比妳哥哥敏銳。」

傅念君苦笑，她是從結果反推因由，否則怎麼可能察覺到這魏氏，還能一路連繫到錢家身上去。

「二嬸，我總覺得這個錢家很不好揣測，閩國遺孤在吳越地界消失，至今不了了之，錢家如此識時務，何必要包庇下來？莫不是有所圖謀？」

陸氏搖搖頭。「這件事我就無法得知了。錢家的意圖，他們和閩國王氏遺孤的事，根本不是妳我能探聽的，若要探聽，確實只有盧璿的夫人連氏這一途徑。」

連重遇的子孫護主從閩入吳越，必然尋得了當時吳越國主的庇護，如今還沒有過多少年，他們和錢家的牽扯必然還很密切。

傅念君嘆了口氣。「當真是頭疼。」

陸氏勾了勾唇。「可不就是頭疼，妳可是信誓旦旦要護得妳爹爹周全，如今這般，怕還只是個開場了。」

陸氏足不出戶，卻知曉古往今來這麼多事，傅念君篤信她心裡也很有一些不平意氣，想與郎君們一較長短。只是陸家不比傅家，傅琨給了傅念君這樣多的權力，而陸氏因相貌缺憾，性子執拗，在閨中時怕是日子比她不好過得多。

「我雖有心，對於朝堂之事，到底很難插手左右，若我與三哥同氣連枝倒也好辦，但是現下……」傅念君很老實地把這話告訴了陸氏。

傅淵也不是笨人，若她在旁提點幾句的話，憑藉他的能耐，做起事來必然比她們兩個內宅女眷得心應手。

「且一步步來吧，妳想速成，恐得嫁個有權勢且愛重妳的郎君，肯聽妳一言。否則啊，妳這點想法，以後也只會成為妄念。」

傅念君點點頭，不管這些，為今之計，她還是要先盯著魏氏那邊。

16 互相試探

「這就是查問出來的結果？」

周毓白把手裡的紙撂在桌子上，聲音和緩平靜。

可他的親衛單昀心中有些忐忑，垂手恭敬道：「郎君，蕃坊裡的人來回盤查了三次，只有這個波斯商人符合您的要求，他曾經路經江南一帶，在無錫縣附近被水賊擄掠。他說這幫賊寇很是奇怪，彷彿自家人鬧內訌一般，過不了三、四天又放了他走，如此他就到了開封落腳。」

周毓白聽完後斂眉，轉向一直立在他書案旁瞇著眼的老頭。「張先生怎麼看這件事？」

張九承是王府的幕僚，大名府人，早年中過舉人，卻一直無心仕途，四處遊歷，到了近五十歲才進了王府。

「郎君心裡怕是有了計量，這幫水賊並不是真正的水賊，或者說，起碼從前他們應該不是水賊。」張九承緩聲道。

「是。」周毓白接道：「他們流落江南，必然是為了些不一樣的原因。」

「他們在找東西，郎君一直懷疑這一點，可是找什麼東西，您心裡可有眉目了？」張九承摸著鬍子微笑。

周毓白是知道他的，這老兒必然早已察覺到了什麼，卻不肯明白說出來。

「恐怕要往我幾位兄長身上去查。」周毓白嘆道：「我往江南走的這一趟，四下裡不知有多少眼睛在盯著，我如何能有多的動作。還有就是，如今吳越錢家進京，機會實在難得，多半這回事與他們有關。」

「對，也不對。」張九承道：「和錢家有關係，卻又不是直接的關係。」

「先生此話何解？」

張九承看了他一眼。「郎君可曾聽聞過『傳國玉璽』和氏璧？」

傳國玉璽乃秦時始皇帝得和氏璧，命丞相李斯用此鐫刻而成，素來被視為帝位正統的證明，只是已經消失許多年。

周毓白勾唇笑了笑，表情便不如剛才漠然，添了幾分暖意。

「先生也愛聽這些茶樓街巷的趣聞？」

張九承掛不住，輕輕攏拳咳嗽了一聲。「郎君可莫要小瞧民間的風言風語，自後梁末帝殞命，傳國玉璽就從世間消失了，傳聞便是到了閩國王氏一族手裡。當年後周滅閩，依然無所尋覓此寶，王氏後人由大將連重遇家人護衛逃入吳越，這東西，便極有可能進了江南。」

周毓白纖長的手指在椅子扶手上扣了扣，似乎在體會這話中的意思。

「派人下江南去搜尋傳國玉璽，這樣的蠢事，別人不說，倒像是我大哥的手筆。」

張九承也笑。「肅王殿下有時候，確實……」

周毓白的目光沉了沉。「若真像先生所言，他們探訪之物是傳國玉璽和氏璧，卻被人隱匿於賊窟，那恐怕是因為這夥水賊，是沒有辦法再進京了。」

張九承接道：「就如郎君所言，有本事找尋傳國玉璽的，並非一般人；而江南之地，吳越錢家如此勢大，不論是哪位王爺，想來去自如，恐怕也沒那麼容易。許是他們得手之後，錢家所派出人手能耐驚人，殺滅了大部分人，剩下的幾個只能匿於賊窟，再伺良機。這才是這件事唯一合理的解釋。」

周毓白垂眸。「大哥的意圖有些太明顯了。」

張九承摸著鬍子，自然明白這句話的意思。

「是啊，肅王殿下若真是想尋了這寶貝獻給官家，大可不必做到如此隱祕。他想尋這傳國玉璽，不為別的，怕是為了打錢家主意而去。」

錢氏私藏傳國玉璽的罪名一旦坐實，他們另有圖謀的念頭就遮不住了，肅王自然想得到和氏璧，可一樣是想拿著它做個契機，把錢家收為己用。

錢家此次入京，就好像一顆石子投在了平靜湖面上。朝中各方關係本就處於互相觀望，各有所備的狀態，他們一來，就引了這些念頭一一亮出明面來。肅王如何能不急。

吳越錢家一旦擇了主，他再捧著塊和氏璧，也只能去送給爹爹博他老人家一笑了。

「吳越錢氏可真不會像做這種事的人。」周毓白說道。

他指的是藏下王氏遺孤，和傳國玉璽一事。就算他們心中有反意，也不能存著這麼明顯地把柄等人來抓。這一點很奇怪。

「暫且不論當年他們如何思量，如今看錢家尚且按兵不動的態勢，並不如何把肅王殿下放在眼裡，或許是早就已經不怕傳國玉璽成為手中的把柄了。郎君，錢家必要爭取啊！」張九承重重地說道。

周毓白比起他的那些皇兄，母家徒有清名，這放在百姓眼裡倒還好說，可做大事是要錢和人的，他的那些產業不過杯水車薪，錢家必然是不得不爭取的一步棋。

周毓白深深擰著眉，他倒不在想如何爭取錢家，而是覺得這件事裡頭處處透著詭異。

「張先生，上元節夜裡來刺殺我的那夥人，你真覺得是大哥的人？」

張九承想了想。「目前看來，確實只有肅王殿下有這能耐和心思做這樣的事，但是……怎麼說呢，即便他懷疑您已經得了傳國玉璽，也不能如此打草驚蛇，這倒是多此一舉了。」

「對。」周毓白首肯。「這更像是有人引導，故意要讓我朝這個方向去查。」

張九承訝然，不是他訝然於周毓白這樣的想法，而是肅王那個人吧，同他親娘徐德妃一樣，脾氣大卻蠢，在做事上有這樣那樣的紕漏很是常見，周毓琛和周毓白兄弟倆應付他也不是一次兩次了。

可是這次，周毓白卻很看重這件事中不合理的地方。說不合理，確實有點不合理。但是以肅王的腦子來說，又很合理。所以張九承有點驚訝。

周毓白卻到底是被與傅念君那一席話影響甚深，如果他所以為的對手，並不是他全部的對手，明裡暗裡，是有人在引導著他一步步去對付別人的話……

「這件事暫且按下吧。」

他抬手揉了揉眉心，這個時候他絕對不能急，一定要把事情都看清楚了才能動手。

張九承卻詫異。「郎君，這可是個好機會。即便您顧及與肅王殿下的手足之情，吳越錢氏卻是放到了您的眼前，如此機會，為何不去一試？」

「有時候占了先機，卻並非是先機。」周毓白眉眼平和，有一種十分穩妥的從容。

何況與幾次三番給他下絆子的肅王手足情深，他還沒有那麼偉大。

張九承知道他並不是這樣不爭不搶的人，但是周毓白從小到大，一直都很有自己的主意，張九承也因此並不再力爭。

「如此，郎君盡可以先靜觀其變，不過還有一樁事，您也該上上心了。」

「何事？」

「您的親事。」

周毓白笑道：「先生幾時也愛做這說媒之事了？」

張九承無奈。「娘娘也不是一次兩次地暗示於您，偏您喜歡裝聾作啞。時局要變了，您也該為自己早做打算才是。」

周毓白問張九承：「先生可有計量？」

如此張九承就推了三個人選出來。

「三司使孫計相家中有三個女兒，參知政事王相公只有兩個兒子，倒是有侄女兒，還有就是同平章事傅相公家中。」

這三個人，都是朝中重臣，如今周毓白和周毓琛都還未成親，這幾位家中的女兒，自然是很值得考量。

「郎君比六郎勝在出身，宮中張淑妃驕橫，且愛結黨斂財、提拔親眷。舒娘娘性情平和，幾位大人也都看在眼中，六郎的婚事比起您來更要難上一難。」

意思就是，他周毓白因為有個清流外祖父和母親，入得了這些文人的眼，他自然比周毓琛更有機會，爭取一個相公做泰山。

周毓白知道張九承已經為他的婚事琢磨良久了，難免帶了幾分好笑地詢問這老兒：「先生覺得這三家，哪家更勝一籌？」

「不好說。」張九承眯了眯眼。「孫計相在這個位置上這麼多年，誰都不得罪，是個不求功不求過的人，且他家夫人生得不好看，幾個小娘子聽說也是極醜，不然何至於現在一個都嫁不出去。若是他心裡早做了打算不願涉水，難免賠上郎君你這樣俊秀的人品，下半生對著個醜婦苦不堪言。」

這老兒說得一本正經，周毓白咳了一聲，端起了茶杯掩飾唇邊的笑意。這老不正經的老琢磨著讓自己去用美人計啊。

張九承分析地頭頭是道：「王相公倒是個好人選，他在朝政上頗有建樹，支持者甚眾，如今也受官家愛重。只是他的政見老朽頗為不喜，死板秉正，太過束手束腳，左一句祖宗遺訓，右一句孔孟之道。郎君是要做大事的，怕是即便一時得了他的支持，今後反被他制約了手腳。」

周毓白點點頭。「那傅相公呢？」

「傅相公倒是也不錯，人也溫和穩妥，且在政事上頗有新意，幾次給官家的奏疏老朽也看了，確實胸有丘壑。若得時機，或許能在朝堂上一掃守舊之風，做一番事情出來。」

「只是啊……」他嘆了一聲。「傅家是世家，家業也龐大，可傅相公的幾個弟兄都不過泛泛，也無甚得力姻親，卻一堆要照拂提拔之人。我聽聞傅相公自己就有些被家族拖累，後宅不定，您若娶了傅家女兒，怕是今後岳家那裡麻煩不少。」

反倒是不如王相公那樣，貧家出身，背景一乾二淨，人家要算計，也算計不出來什麼。

「說完了？」周毓白放下茶杯。「先生倒是為我考慮得妥當，你如今這把年紀，身邊才是該娶一房妻室照料才是。」

張九承一噎，好好地扯到他身上來做什麼？

「郎君……」他不肯放棄，誓要說服周毓白：「自然您的心意也重要，太難看自然是不行的，近來您不如去這三家走動走動？」

周毓白抬手打斷他。「先生的話我聽進去了。」

看起來好像並沒有聽進去啊。張九承無奈，可是還沒來得及說什麼，就聽見下人來稟告：齊郎君又來了。

「又？」張九承也不由有點吃驚。「他這是……」

昨天齊昭若拖了一頭小鹿來，說是上山打的野味，也不管人家要不要，丟下就走了。

周毓白搖頭。「唉，他呀……」

張九承抿了抿唇。「邠國長公主與肅王殿下來往甚密，難道這齊大郎對郎君您有所圖謀？」

周毓白卻只道：「圖謀大概是圖謀的，卻應該不是你想的那個樣子。」

說話間齊昭若已經進來了，今天卻不是拖了一頭死鹿，而是個被五花大綁的人。

是個四十多歲的男子，矮胖臃腫，看起來像個富貴員外，此時已嚇得瑟瑟發抖。

「你做事越發沒章法了，綁了人這樣提進我府裡來，讓人家看了如何說我？」周毓白站在臺階上，話雖這麼說，其實倒也沒有什麼太過指責的意味。

齊昭若把手裡的人往地上一扔，眉目沉然，開門見山地說：「這人是東水門外一間客店的東家，七哥要查那波斯商人，莫被人給欺了，那人沒說實話，你該聽聽這老兒的。」

周毓白朝張九承望了一眼，張九承分明從這眼神裡看出了一種意思。有時還真是齊昭若這般果決狠辣的方式更能見成效。

單昀仔細盤問了那被齊昭若嚇掉了三魂的客店店主，原來那波斯商人並非是欺瞞沒說實話，而是沒說全。

原來那人從江南入東京時，在東水門外的客店暫居了一陣，他的妻子是路上贖的一個娼妓，今年才十幾歲年紀，只是兩人在客店未住多久，那波斯商人就先打算常住進蕃坊再做生意。可誰知，他那個剛剛生了孩子不久的妻子卻尋了機會帶著孩子逃了，他身上錢財早已空，也無處可追，只能自己先進城，投奔城內的友人。

「他那渾家原就是個賊，他因覺損了面子，便不好意思交代。」單昀說道。

周毓白已經請了齊昭若入內喝茶，自己聽單昀回話。他點點頭，讓人把這客店店主放回去。

原來是那商人的妻子大有問題，她是個慣竊，怕是確實在江南落險時，順走了人家賊窟裡的寶貝。

「郎君不命人去追？」單昀不解。

「不追。」周毓白道，再不做什麼解釋。

他轉身進屋，卻見齊昭若正盯著張九承，盯得一向灑脫的老兒很是侷促。

「齊大郎，你一直盯著老朽做什麼？」他又不是漂亮的大姑娘。

齊昭若一條腿翹在膝蓋上，臉上依然是冷冰冰的表情。

張九承……在他父親周毓白雙腿被廢之時，被淩遲處死在城門口，曝屍三日。此後的幾十年，這個人就沒有再被世人提起過了。

「沒什麼。」

張九承轉而望向周毓白，這個齊昭若，怎麼越來越奇怪了！

「七哥不打算去把人抓回來？」齊昭若看周毓白在自己對面坐下。

周毓白卻只是輕輕「嗯」了一聲，雲淡風輕地道：「留下來吃午飯吧，昨天你拿來的鹿肉還有剩。」

齊昭若皺眉，周毓白到底是什麼打算？上元節裡他遇刺一事，有人縱火燒蕃坊一事，就這麼全部揭過去了嗎？他不是個這樣怕事的人。

可是現在的周毓白，不會把心裡的打算全部告訴他。

齊昭若挑了挑唇。「也好，不若請六哥也一道來吃。」

周毓白點頭。「不錯，我們兄弟也有些日子沒一道吃飯了。」

「郎君們有話說，老朽先退下了。」張九承在旁咳了一聲，用手敲了敲膝蓋，一副十分疲累的樣子。

老狐狸。周毓白不禁感到好笑。

齊昭若卻不打算這麼輕易放過他。「也不是外人，張先生也一道喝杯酒吧。」

這算是什麼陣容呢？齊昭若的舉動著實詭異，饒是張先生如此聰明通透一個人，也實在分析不出來他的動機。於是湊著空，他還是向周毓白提個建議，應當再請邠國長公主為兒子求求神拜拜佛才是。

周毓白卻縱了他去。齊昭若想試探周毓琛，就由得他去吧。

皇室五兄弟，若說對哪個不設防，自然是不可能的。但是周毓白與周毓琛年紀相仿，從小就是一同長大，同吃同住，他們二人對彼此的觀感也都差不多，既惺惺相惜，卻又很明白，早晚需要分出個勝負君臣來。

這兄弟之情也不過似鏡花水月，如今看著美，他日卻是一捅就破。

如今齊昭若的介入，也好改變下二人之間的關係。

齊昭若心內的想法自己也不甚清楚，他如今知道的事太少，邠國長公主在他受傷後也越發看得緊，甚至他的開府之日都遙遙無期。要想謀些事，必得從別人身上入手。

周毓琛這個人，他並不太瞭解，因為死得太早。

他一直覺得，這人不該那麼早死的。他一死，兩位年輕皇子之間的平衡暫態就被打破，所有人的目光都聚在周毓白身上。齊昭若就算沒有身處在那樣的環境之中，也能想像那種氛圍，這對沒有萬全準備的周毓白來說，並不是一件好事。

他怎麼會那麼早死呢？決計不應該那麼早死的。

解。

齊昭若一直覺得自己身處在一個巨大的謎團之中，這個局中的每一個人，他都要細細地去瞭

不怪張九承看不破他，他自己都看不破自己。

§§§

壽春郡王府裡，一頓午飯賓主盡歡，周毓琛又是一向溫和的好脾氣，見到了齊昭若，便向他說了當日正月十六晚上之事。

「……遇到了傅二娘子，她被焦太尉家的焦天弘尋釁，由頭似乎是你。他上元節被人打了，是你？哎，你啊，何時才能長大？」周毓琛眼裡是滿滿的無奈。

周毓白坐在不遠處喝茶，聽見傅二娘子的名字，也微微揚了揚眉梢。

若是從前的齊昭若必然插科打諢忽悠過去了，可今次他卻沉著眉頭思索。

齊昭若心裡有些不好的預感，焦天弘算不得什麼東西，可是他對自己如此不依不饒，膽子這麼肥，或許前頭那位原主做下的事，並不是件他以為的小事。

難道他真要去問問傅二娘子……若她真是「自己」的相好。

那邊周毓琛的視線在眉頭緊蹙的齊昭若和舉止自若的周毓白之間來回睃了一圈，目光含了幾分揶揄。「你們和那位傅二娘子倒都是有緣，上回在萬壽觀……」

萬壽觀的事齊昭若是不記得的了，他側眼去看周毓白。

周毓白迎向哥哥的目光，也不願多做解釋了。「遇到了一次就算有緣？你不也遇到了。」

周毓琛笑嘆：「我可沒你們有福氣。」

周毓白的心裡明白，周毓琛從來不會關心什麼小娘子，他這般說，恐怕就如張九承剛才和自

己說的那番話一樣。他們兩個都快要訂親了，傅念君的父親傅琨，是十分值得爭取的勢力。

倒不是周毓琛也打算打傅琨的主意，而是想要摸摸周毓白的底，畢竟周毓白上回幫傅念君一事，著實來得蹊蹺。

傅二娘子的名聲在外，總也不至於是他瞧上了她。

「六哥的福氣恐怕還要更大。」齊昭若道：「到了三、四月間殿試已畢，按照慣例，官家和娘娘必要為一批宗室子女和權貴大臣子女賜婚，屆時六哥的新娘子大概也有眉目了。」

周毓琛倒是第一次真切感受到齊昭若墜馬以來敏銳的思維，從前的他，總是連他和周毓白話裡的彎彎繞繞都聽不出來，幾時又能這樣接上話。

他答得很圓滑：「再看吧，總是爹爹和娘娘在做主。」

齊昭若撇了撇嘴角。「宮裡張淑妃恐怕主意還大著……」

「阿若。」周毓白打斷他，「何故說這些婦人關心之事？前頭我聽潛火鋪的張副指揮使說，你的弓箭練地出眾，既如此，今天六哥、七哥也陪你比畫比畫。」

齊昭若也知道適合而止，周毓白既然打斷了他試探周毓琛的話，也就此作罷，起身扭了扭頭，轉了轉手腕。「那就試試吧。」

「這小子……」周毓琛瞧他氣勢凜然的模樣，嘆息一聲。

周毓白起身道：「輸了也不丟臉。」

畢竟齊昭若拉開的那弓還放在望火樓上，張副指揮使如今天天看著都要驚嘆一番。

三個人比試了一番，自然是周毓琛最後落了下乘。

張淑妃生他的時候年紀已不小了，自然娘胎裡就帶出些體弱，比不得齊昭若和周毓白。

「這小子去西京養了陣子病，竟養得這般結實。」周毓琛搖頭對周毓白嘆道。

其實原本齊昭若底子就不差，只是一來為人無常性無毅力，二來被酒色掏虛了身子，學不成什麼武藝。

「罷了，我要回府去了，鬧不過他。」周毓琛告辭，齊昭若也跟著他一道出府，在門口分別。

周毓琛望著齊昭若的身影，只微微勾了勾唇，打發左右：「去查查看，齊郎君今日捉了個人過來，是什麼意思？」

手下的人一一應了：「聽聞齊郎君近日在替七郎查上元蕃坊縱火一案，應與這裡頭有關係。」

「七哥兒素來謹慎，這次由得齊昭若插手未免奇怪，這件事我們也要上點心，怕是有些別的內情。」

§§§

齊昭若今日沒騎馬，出了王府，卻沒走多遠，就被一行人攔住了去路。

他自重生這些日來，找他攀關係尋仇的也不在少數，那焦天弘就是個例子，可何時竟會惹上這些人？

這些人都穿皀靴戴黑帽，窄袖金革，身配武器，高大威武。是皇城司（注）的衛兵。

「齊郎君。」為首一人向齊昭若拱了拱手。「請齊郎君移步，卑職有幾句話想問問郎君。」

這人面目凶狠，氣勢肅殺，滿身行伍之氣，若論身板，將將是齊昭若兩個般壯實，給人一種直逼面門的壓力。

若換了別的紈絝子弟，只怕此時已嚇得尿了褲子。

齊昭若負手而立，將這些人打量了一圈，卻道：「區區皇城司，也敢攔我的去路？」

那人微微吃驚。齊昭若看了看他的袍服。「在皇城司混，至今仍是個兵額，卻還混不上個官額，你這等下九流的人也敢來拿我？誰給你的膽子，就是你們爺爺勾當皇城司公事許得一來了，我也不必跟他走。」

「你！」有一人已把手按在了佩刀上，齊昭若面前的那位上一指揮親從官卻按住了他的手。

皇城司不屬三衙管理，而是直屬於皇帝的近臣，首腦大都是宦官。如今的頭頭，就是齊昭若嘴裡內侍省副都知兼勾當皇城司公事，許得一。

皇城司從前權柄甚重，做刺探情報之事，雖聲名難聽但得罪不起，若犯了口舌忌諱，尚且招來大禍。由上一指揮親從官劉禹親自來帶人，此人就該知道自己犯了不小的事。

可齊昭若的神態竟毫無一絲懼意，劉禹抓過很多人，倒是很少見到他這樣的。

「齊郎君莫要敬酒不吃吃罰酒，由我們出面來帶您，已是給您留了面子。」劉禹氣勢不減，冷冷地說道。

「面子？」齊昭若嗤笑。「我需要你們這幫東西給我面子？我乃宗室，即便犯了事，也有大宗正司來審，輪得到你們來提？不用和我兜圈子，許得一與張淑妃走得近誰人不知，你們皇城司還當是太祖朝萬千察子遍天下的光景了？少拿話來激我！」

大宗正司乃專門受理宗室的案子，論情論理，他也沒道理直接被皇城司的人攔了去路。

劉禹越發吃驚，這少年竟如此有膽識，還當他如傳聞般沒本事。

他身後的一位從屬忍不住道：「進了開封府司錄司對郎君聲名必然有損，郎君未有官身，免

注 宋朝的官署冗雜重複，很多帶「司」字的都是司法機構。皇城司相當於明朝錦衣衛，但是權力比錦衣衛小很多，不屬於軍隊編制，畢竟宋朝的君權很受限制。

了御史參奏之苦；若直接投了牢獄，轉了大理寺和審刑院去判，才是折了您和長公主的面子。」

意思就是他犯的事不小，進了開封府和大理寺，就只能案律例判了。

「我等奉陛下口諭，郎君切莫為難我們。」劉禹蹙眉，腳步漸動，齊昭若看出他似是要動手。

齊昭若知道原主確實犯了事，可他還是不吃他們這套。這幫人只知奉命行事，卻不知是奉誰的命，他若被帶走了，必然落到了張淑妃的手裡，邠國長公主素來厭惡張淑妃，與其交惡，如今這機會，張淑妃也決計不會放過自己。

「口諭？」齊昭若笑道：「陛下乃是明君，這等不合情理的事他老人家豈會吩咐？台諫官雖管不得我，他們卻管得官家。」

官家素來怕御史言官怕得厲害，怎麼可能明知他涉案，還下令越級讓皇城司來帶他走，此間分明有鬼！

本朝御史台可不僅僅是監察百官，同時還監察皇帝。

而皇城司，只是皇帝手下一個特務機構罷了，且很大可能已被張氏竊權。別說官家不敢濫用職權，若不是礙於祖宗法紀，它早已被百官們上疏廢了。

太祖朝時，太祖皇帝依賴皇城司察子刺探軍務，讓他們一時風光，可如今是太平之世，皇城司也不過空有名頭嚇嚇人罷了。

他還是周紹敏時，在殿前司和侍衛親軍握有極重的權力，皇城司這幫宦官和兵頭，自己還不是讓他們生就生，讓他們死就死。真當他是好揉捏不禁嚇的嗎？

如今的齊昭若可是今非昔比了。

「郎君是要抗旨了？」劉禹的眼神越發冷冽。

齊昭若冷笑。「拿著雞毛當令箭。」

天。

劉禹眉目一斂，就要拔刀，這等小兒，如此蔑視侮辱他與一干弟兄，不教訓教訓豈不是反了天。

他右手去抽刀，可僅僅是一眨眼，他就覺得右手手腕一麻，眼前那人竟已經側身閃到自己身邊，反手就抽出了他左側腰際的大刀，迅如疾風；刀風一轉，那刀就被齊昭若反手橫握著刀柄抵在了他的頸子上。

劉禹來不及多想，身體一轉，就要抬腳，卻不料早被識破，左腳膝彎狠狠挨了一腳，差點一軟跪了下去，幸好他基本功紮實還算穩住，否則可真是丟了大臉。

是他輕敵了！

「大哥！」劉禹手下兩、三個兄弟立刻拔刀相向，適才那個對齊昭若很是不忿的年輕人揚刀就揮了過來。

齊昭若料定他顧及劉禹，必不會對準自己，只微微一側身，左手就握住他的手腕一折，那刀就立刻被奪到了自己手中。

齊昭若勾唇笑了笑，將兩尺來長的鋼刀在空中虛劃了一個半圈，立刻刀尖就對著其原主了。他兩隻手分握兩把刀，一反手一正手，舉重自若，左臂與刀背成一直線，刀身連晃動一下都沒有，好似那沉甸甸的鋼刀在他手裡像羽毛一樣輕，根本不花費半點力氣。

皇城司幾人都呆住了。他這身上，竟是如此深藏不露。

齊昭若瞇了瞇眼，對著眼前目瞪口呆的年輕人笑了笑。他見好就收，兩把刀同時一轉向，背到了自己身後。

劉禹也朝齊昭若看過來，不由道：「我素來尊重勇武之士，齊郎君如此本事，我自奈何不得你。可是聖命難違，我們弟兄如此人數，還是勸您不要再做掙扎為好。」

齊昭若笑了笑，臉色倒是換了一副，將兩把刀倒轉了刀柄還給二人。

「多有得罪。」

劉禹愣了愣，他這是？

齊昭若朗聲道：「你只說要問我幾句話，我也已經同你說了幾句，我犯了事，按部就班也應當入開封府衙聽候發落。你們雖是官家的近臣，可是法紀嚴明自不能破，我如今去開封府領罪，你們斷沒有阻止的道理，也不算抗了聖命。」

「這……」劉禹細細想了一遭，倒是也覺得沒有什麼不妥。

皇城司不設牢獄，他們只負責抓人，左右是不能提審案犯的。但是這世上也有變通的道理，他們上頭，壓著的是國朝鐵律法紀。

「你們『押送』我去開封府，也不算辦砸了差事。」齊昭若這麼一說，劉禹等人也同意了。

雖說這是他們第一回出動卻沒拿住人的，可就像齊昭若自己說的一樣，他是宗室皇親，說邠國長公主的獨子，不是一般的平頭百姓，若傷了碰了他罪過就大了。

劉禹拱手道：「既然如此，齊郎君，請吧。」

齊昭若一甩袍子，大步走了。他這邊的事情鬧得不小，早就傳到了不遠處的王府裡。

張九承午歇剛醒，老頭不修邊幅地就往周毓白院子裡跑，此時周毓白正站在廊下看一隻畫眉鳥，這是前不久從宮裡帶出來的。

那鳥在他眼前蹦蹦跳跳的，蹦得他好生眼花。可瞧在旁邊侍候的丫鬟眼裡，只覺得這畫面卻能美能直接入畫了。

「郎君，齊郎君在出門不久之後，就遇到了皇城司的人……」

周毓白轉過頭，眼神很平靜。

「現下呢？」

張九承道：「糾纏了一會兒，還略動了手，此刻走了，老朽叫人盯著了。」

周毓白吩咐：「去給駙馬府傳信。」

「快馬早就備了，就等郎君的吩咐。」

周毓白明白張九承特地來告訴他的意思。

「皇城司，張淑妃的人……他是有把柄被抓住了。」

「張淑妃如今這般，倒是不怕直接得罪了邠國長公主。」張九承嘆道，從前兩人關係不好，卻也不至於吵到明面上來，何況是拿對方兒子做耗。

畢竟齊昭若和六皇子周毓琛表兄弟關係還不錯。女人嘛，彼此看不順眼對方的原因總是多一些。

「若是直接要難為邠國長公主，她倒不用特地動用皇城司了，畢竟她一個後宮妃子，擅自用爹爹的權力，被言官逮住了又是好一頓說……」

「這倒是。」張九承也覺得張淑妃此舉奇怪。「不是要難為長公主，難不成還幫她不成。」老人嘆著搖頭。

周毓白卻出乎他意料道：「說不定真是如此。」

張九承驚訝地微微張開了口。「齊郎君這可是犯了什麼事啊？」

「讓單昀好好去查查，他嘛……從前，也就那幾件事了，不是為了女人就是為了錢財，總是些紈綺習性，怕是這回捅了大簍子了。」

「張淑妃如今是確然心起了。」張九承說道：「自官家去歲派了差事給您和六郎，就該是個開始了……」

周毓琛母子得到了信號，漸漸有所動作起來。周毓白這裡，本該也籌措起來了。可卻是因為這件江南水賊的案子，張九承知道他又突然決心回歸平靜，按住了所有的心思。

這可真是……是太謹慎呢，還是太風聲鶴唳……

周毓白只溫和地笑了笑，假裝聽不懂這老兒酸溜溜的暗示，側臉去逗那只因得不到他關注、一時有些氣悶的畫眉鳥，那鳥見他的目光又轉向了自己，興奮地婉轉叫了起來。

張九承氣苦，他還不如一隻鳥嗎？

逗著逗著，周毓白腦子裡突然竄過上午周毓琛在這裡說的幾句話。

焦太尉家的兒子要找齊昭若的麻煩，一直找到了傅念君頭上，還是被周毓琛無意給解了圍。

焦天弘雖是個渾不吝（注），他老爹卻很懂得攀附張氏，難道這點眼力沒教給他嗎？又得罪齊家又得罪傅家的，恐怕是他和齊昭若是生了什麼大事，急不可耐地要找轉圜的法子？

是啊，齊昭若失憶了，傅二娘子是他的「相好」，焦天弘病氣亂投醫，已經到了那個地步。

可見這件事和焦天弘有莫大關係。

如今腦中轉了個彎兒，周毓白就明白過來了，喚住張九承：「先生，勞煩你去查查焦太尉家的事了。」

「和焦家有什麼關係？」

「焦家有個不成器的兒子，喚作焦天弘，從前就與齊昭若打馬遊街，嬉笑玩樂在一處，這回齊昭若的簍子，必然是和他一起捅下的。」

張九承「哦」了一聲。「原是為了這個。」

「勞煩先生了，我這裡自有謝禮。」

張九承笑得開心，揣測周毓白莫不是又備了好酒給他……

老頭兒一走，周毓白就喚來了侍女，那笑意看得她一陣心跳。郎君可真是個俊秀無雙的人，還如此溫柔，就是對只架子上的畜生都百般體貼，真教人恨不得也作個畫眉鳥兒了……

「嗯，這鳥，送去張先生院子裡吧，真吵。」

周毓白撂下這話竟轉身就走了，侍女張了張嘴，望著那鳥兒，突然什麼話都說不出來了。

（未完待續）

注 北京方言，意思接近「誰都不怕」，多用於形容街頭痞子。

國家圖書館出版品預行編目資料

念君歡 / 村口的沙包著. -- 初版. -- 臺北市：春光, 城邦文化出版：家庭傳媒城邦分公司發行, 民108.11-
冊； 公分

ISBN 978-957-9439-72-5（卷1：平裝）. --

857.7　　108016900

念君歡〔卷一〕

作　　者／村口的沙包
企劃選書人／李曉芳
責任編輯／劉瑄

版權行政暨數位業務專員／陳玉鈴
資深版權專員／許儀盈
行銷企劃／陳姿億
行銷業務經理／李振東
副總編輯／王雪莉
發 行 人／何飛鵬
法律顧問／元禾法律事務所　王子文律師
出　　版／春光出版
臺北市 104 中山區民生東路二段 141 號 8 樓
電話：(02) 2500-7008　傳真：(02) 2502-7676
部落格：http://stareast.pixnet.net/blog　E-mail：stareast_service@cite.com.tw
發　　行／英屬蓋曼群島商家庭傳媒股份有限公司城邦分公司
臺北市中山區民生東路二段 141 號11 樓
書虫客服服務專線：(02) 2500-7718 / (02) 2500-7719
24小時傳真服務：(02) 2500-1990 / (02) 2500-1991
服務時間：週一至週五上午9:30～12:00，下午13:30～17:00
郵撥帳號：19863813　戶名：書虫股份有限公司
讀者服務信箱E-mail: service@readingclub.com.tw
歡迎光臨城邦讀書花園　網址：www.cite.com.tw
香港發行所／城邦（香港）出版集團有限公司
香港灣仔駱克道 193 號東超商業中心 1 樓
電話：(852) 2508-6231　　傳真：(852) 2578-9337
E-mail : hkcite@biznetvigator.com
馬新發行所／城邦（馬新）出版集團　Cite(M)Sdn. Bhd
41, Jalan Radin Anum, Bandar Baru Sri Petaling,
57000 Kuala Lumpur, Malaysia.
Tel: (603) 90578822　Fax:(603) 90576622　E-mail:cite@cite.com.my

封面設計／Ancy Pi
插畫繪製／容境
內頁排版／極翔企業有限公司
印　　刷／高典印刷有限公司

■ 2019 年（民 108）11 月 28 日初版　　Printed in Taiwan

售價／320元

城邦讀書花園
www.cite.com.tw

本著作物繁體中文版通過閱文集團上海玄霆娛樂信息科技有限公司 www.qidian.com，授予城邦文化股份事業有限公司春光出版獨家發行。

ISBN　978-957-9439-72-5

104 臺北市民生東路二段 141 號 11 樓

英屬蓋曼群島商家庭傳媒股份有限公司

城邦分公司

- -

請沿虛線對折，謝謝！

愛情．生活．心靈

閱讀春光，生命從此神采飛揚

春光出版

書號：OF0061	書名：念君歡〔卷一〕

請於此處用膠水黏貼

【念君歡截角蒐集活動——忠實讀者好禮相送！】

即日起至 2020 年 1 月 15 日止，完成以下活動步驟，就可參加「《念君歡》截角蒐集活動」活動。

前 50 名寄回的忠實讀者（以郵戳日期順序為憑），春光出版將會提供神祕小禮物給你唷！

數量有限，行動要快～

活動步驟：

1. 裁下《念君歡》系列**任兩集**之書腰折口截角（集數不得重複），並連同春光回函卡寄回。
2. 將本回函卡的讀者資料都完整填妥。
3. 將裁下的兩張「截角」和本回函卡一起寄回春光出版，即完成活動。（建議把小卡放入回函卡中，再將四邊用膠水黏貼封好即可寄回。）

春光出版將依照回函卡收件郵戳日期，依序贈送前 50 名忠實讀者，越早寄回，越早收到春光神祕小禮物喔！

〔注意事項〕

1. 本活動限台、澎、金、馬地區讀者。　2. 春光出版保留活動修改變更權利。

您的個人資料

姓名：＿＿＿＿＿＿＿＿＿＿＿　性別：☐男　☐女

地址：＿＿＿＿＿＿＿＿＿＿＿＿＿＿＿＿＿＿＿＿＿＿＿＿＿＿＿＿＿＿＿

電話：＿＿＿＿＿＿＿＿＿＿＿ email：＿＿＿＿＿＿＿＿＿＿＿

請於此處用膠水黏貼